DATE DE RETOUR

09/02/10			
9 mars 2010 a.c.			
00/04	1/0		
18/5/10	C.L.		
	JR		
08·10	JR 62.		
7-12-ra	2 8		
27/9·11	LAF		
0 7 DEC. 2011			
2011	CM		
22-5-12	ITI		

Bibliofiche 297B

LA VIE SECRÈTE
D'EVE ELLIOTT

Diane Chamberlain

LA VIE SECRÈTE D'EVE ELLIOTT

Roman

Traduit de l'anglais (Etats-Unis)
par Francine Siety

Titre original : *The Secret Life of CeeCee Wilkes*

© Diane Chamberlain, 2006
Edition originale : MIRA Books

place des éditeurs

© Presses de la Cité, un département de place des éditeurs, 2009 pour la traduction française
ISBN 978-2-258-07763-8

A John

CORINNE

1

En ce mardi après-midi, peu après cinq heures, Corinne ne parvenait pas à se concentrer. Malgré les caresses tendres, intimes ou passionnées de Ken, son esprit voguait au loin. C'était leur moment privilégié, en dehors de toute réunion ou autre, et ce jour-là, Corinne était impatiente de passer aux confidences sur l'oreiller. Elle avait tant de choses à dire...

Ken roula sur le côté avec un soupir, sourit dans la pénombre et posa une main sur le ventre de Corinne. Ce sourire et ce geste, avaient-ils une signification particulière ? Elle n'osa pas le questionner. Pas encore ! Ken adorait l'« après », quand ils reprenaient progressivement pied dans la réalité ; elle devrait donc patienter. Tout en caressant l'épaisse chevelure blond cendré de son fiancé, elle attendit que sa respiration s'apaise. Leur bébé serait superbe, sans l'ombre d'un doute.

— Hum, ronronna Ken, en frottant son nez contre son épaule.

De fins rais de lumière filtraient à travers les persiennes, dessinant des stries parallèles sur le drap.

— Je t'aime, Cor.

— Moi aussi, Ken.

Elle l'enlaça en se demandant s'il était assez éveillé pour l'écouter.

— J'ai fait une chose extraordinaire aujourd'hui. Deux, en réalité...

— Ah oui ?

Il semblait intéressé, bien qu'à moitié endormi.

— D'abord, j'ai emprunté la 540 pour aller au travail.

La tête de Ken se souleva de l'oreiller.

— Sans blague ?

— Je t'assure.

— C'était comment ?

— Parfait.

Elle avait eu les mains moites tout au long du trajet, mais elle s'en était tirée. Depuis quelques années elle enseignait à des enfants de neuf ans dans une école à une douzaine de kilomètres de chez eux, et n'avait encore jamais eu le courage d'emprunter la voie express pour s'y rendre. Elle se limitait aux petites routes secondaires.

— Ça m'a pris une dizaine de minutes, précisa-t-elle. Habituellement, il m'en faut quarante.

— Je suis fier de toi. Ça n'a pas dû être facile...

— Et ce n'est pas tout !

— Oui, tu m'as parlé de deux choses. Quel autre exploit as-tu accompli ?

— J'ai participé avec mes élèves à la sortie scolaire au musée, au lieu de rester à l'école comme je l'avais prévu.

— Tu m'inquiètes, fit Ken, taquin. Suivrais-tu je ne sais quel nouveau traitement ?

— Suis-je si remarquable ?

— Tu es certainement la plus remarquable de toutes les femmes de ma connaissance, dit-il en se penchant pour l'embrasser. Ma belle rousse courageuse...

Elle avait pénétré dans le musée le plus naturellement du monde, et elle était prête à parier que personne n'avait deviné que son cœur battait la chamade et que l'angoisse lui nouait la gorge. Corinne gardait soigneusement ses phobies pour elle : aucun des parents d'élèves – et surtout pas ses collègues – ne devait connaître son problème.

— Tu ne crains pas de vouloir avancer trop vite ? ajouta Ken.

— Je suis sur ma lancée. Demain, j'ai l'intention d'entrer dans l'ascenseur du cabinet médical. Juste entrer ! Je prendrai l'escalier, mais le simple fait d'y mettre le pied sera un premier pas – c'est le cas de le dire. Et, la semaine prochaine, je monterai peut-être jusqu'au premier étage.

Elle frissonna à l'idée des portes de l'ascenseur se refermant dans son dos, l'enfermant dans une cabine à peine plus grande qu'un cercueil.

— Tu pourras bientôt te passer de moi, Cor.

— J'aurai toujours besoin de toi !

Fallait-il prendre la remarque de Ken au sérieux ? Elle était réellement tributaire de son compagnon... C'était lui qui prenait le volant chaque fois que le parcours excédait quelques kilomètres. Il était sa planche de salut quand elle avait une attaque de panique au beau milieu d'une allée du supermarché, son chariot plein ; il lui tenait le bras pour la guider à travers la galerie marchande ou la salle de concert, quand son cœur s'emballait.

— J'aimerais simplement me sentir moins dépendante, précisa-t-elle. Il le faut, Ken, si je veux obtenir ce job !

On lui avait proposé un poste à partir de septembre prochain : initier des enseignants de Wake County à une méthode dans laquelle elle excellait. Cela l'obligerait à conduire, beaucoup conduire. Il y aurait des autoroutes à six voies, des ponts à traverser, et au bout du chemin d'inévitables ascenseurs, mais elle avait presque une année entière devant elle pour surmonter ses phobies.

— Kenny...

Elle se serra contre lui, troublée par le sujet qu'elle allait aborder.

— J'aimerais que nous parlions d'autre chose aussi...

Il se crispa légèrement.

— De la grossesse ?

Elle détestait cette façon de dire « la grossesse ». S'était-elle méprise quand il avait souri ?

— Oui, parlons du bébé.

— J'ai bien réfléchi, Cor, et je crois que ce n'est pas le moment ; d'autant plus que tu vas commencer ce nouveau job l'année prochaine... As-tu besoin d'un tel stress ?

— Ça ira. Le bébé doit naître fin mai. Je prendrai un congé jusqu'à la fin de l'année scolaire et j'aurai tout l'été pour m'habituer à être une maman, trouver une crèche, etc.

Elle passa une main sur son ventre. Son imagination lui jouait-elle des tours, ou était-il déjà légèrement bombé ?

— Nous sommes ensemble depuis si longtemps, reprit-elle. Je ne vois pas de raison de ne pas le garder, alors que j'ai près de vingt-sept ans, toi trente-huit, et que nous avons les moyens financiers d'élever un enfant.

13

Elle évita d'ajouter qu'il leur faudrait aussi se marier un jour. Ils étaient fiancés et partageaient le même toit depuis quatre ans ; si sa grossesse les obligeait à fixer une date, tant mieux.

Après lui avoir serré l'épaule, il s'assit.

— On en reparlera plus tard, si tu veux.

— Quand ? On ne peut pas différer éternellement.

— Plus tard dans la soirée, promit-il.

Elle suivit son regard jusqu'au téléphone sur la table de nuit. La lumière de la messagerie clignotait. Il souleva le combiné et composa le code de leur boîte vocale.

— Trois messages, dit-il.

Dans la pénombre de la chambre, elle le vit lever les yeux au ciel en écoutant le premier.

— Ta mère... Elle dit que c'est urgent.

— Forcément !

Depuis que Dru avait annoncé la nouvelle à leurs parents, Corinne pouvait s'attendre à recevoir chaque jour des appels urgents. Sa mère lui avait déjà envoyé un mail la prévenant que les rousses couraient de plus grands risques d'hémorragie que les autres après un accouchement. *Merci beaucoup, maman !* Elle n'avait même pas pris la peine de lui répondre : depuis trois ans, elle ne lui avait parlé qu'en de très rares occasions.

— Il y a aussi un message de Dru, reprit Ken. Elle te demande de la rappeler immédiatement.

Voilà qui était plus inquiétant. Un message urgent de sa mère était facile à ignorer ; provenant de sa sœur, il l'était moins.

— J'espère qu'il n'y a rien de grave, dit-elle en se redressant contre les oreillers.

— Dans ce cas, elles t'auraient appelée sur ton portable, suggéra Ken, le combiné toujours contre l'oreille.

— C'est vrai.

Corinne sortit du lit, enfila son court peignoir vert et alluma son téléphone, posé sur la commode.

— Sauf que... je n'ai pas pris mon portable aujourd'hui, à cause de cette sortie scolaire.

— Qu'est-ce que...

Ken fronça les sourcils en écoutant le troisième message.

— De quoi tu parles, nom d'un chien ! cria-t-il dans le combiné, avant de consulter sa montre et de traverser la pièce pour allumer la télévision.

— Que se passe-t-il ? demanda Corinne en le voyant zapper d'une chaîne à l'autre jusqu'à WIGH, la chaîne de Raleigh pour laquelle il était reporter.

— C'était un message de Darren, maugréa-t-il en composant un numéro de téléphone. Il me vire de l'affaire Gleason.

— Quoi ? Mais enfin, pourquoi ?

— Il prétend avoir des raisons évidentes, comme si je pouvais savoir de quoi il s'agit !

Ken consulta à nouveau sa montre : il guettait manifestement les informations de dix-huit heures.

— Passez-moi Darren ! hurla-t-il dans le combiné.

Après avoir raccroché, il composa un nouveau numéro.

— Ils ne peuvent pas te virer de cette affaire. Ce serait trop injuste après tout le mal que tu t'es donné !

L'affaire Gleason était son bébé. Il en avait fait un événement d'intérêt national et on parlait même de sa candidature au Rosedale Award.

— « Etais-tu au courant ? », m'a demandé Darren, comme si je lui avais jamais fait des cachotteries, dit Ken avec nervosité en se passant une main dans les cheveux. Je n'en ai rien à foutre de la boîte vocale ! rugit-il à l'intention du téléphone, impatient de laisser un message. Tu me vires de l'affaire Gleason ; qu'est-ce que ça veut dire, bon Dieu ? Appelle-moi !

Après avoir raccroché, il martela du poing le haut du téléviseur, comme s'il pouvait accélérer la venue des informations.

— Incroyable, grogna-t-il. Quand j'ai quitté le palais de justice aujourd'hui, le jury ne s'était pas encore prononcé et avait prévu de se réunir demain. Aurais-je mal compris ? Et si j'avais manqué la sentence, bon Dieu ?

Corinne se pencha sur son téléphone portable pour parcourir la liste des appels reçus.

— Cinq messages, tous de chez mes parents. Il y a un problème ! Je ferais mieux de rappeler.

— Chut !

Ken augmenta le volume du générique musical qui précédait les informations, et Paul Provost, le présentateur, apparut à l'écran.

« Bonsoir, habitants du Triangle, fit-il en s'adressant au secteur de Raleigh-Durham-Chapel Hill. Plus que quelques heures avant que Timothy Gleason soit jugé pour le meurtre, commis en 1977, de Genevieve Russell et de l'enfant qu'elle portait ; une révélation troublante a semé le doute sur sa culpabilité... »

— Quoi ? s'exclama Ken, les yeux rivés sur la télévision.

Une vue d'un petit pavillon art nouveau remplit l'écran. Le toit paraissait encore humide d'une récente averse, et les arbres luxuriants commençaient juste à perdre leurs feuilles.

— Mais c'est... ?

Corinne plaqua une main sur sa bouche. Elle connaissait exactement l'odeur de l'air dans le jardinet devant cette maison : une odeur douce et sucrée, mêlée à l'humidité automnale.

— Oh, mon Dieu !

Une femme entre deux âges sortait en boitillant sur la terrasse. Elle paraissait lasse et apeurée.

— Qu'est-ce qui se passe, nom d'un chien ? dit Ken.

Corinne s'approcha de lui et s'accrocha à son bras, tandis que sa mère se raclait la gorge.

« Timothy Gleason n'est pas coupable du meurtre de Genevieve Russell, annonça-t-elle. Et je peux le prouver, car j'étais là. »

CEECEE

2

Chère CeeCee,

Tu as maintenant seize ans, mon âge quand je suis tombée enceinte de toi. Quoi qu'il arrive, ne suis pas mon exemple ! Je crois sincèrement que tu es beaucoup plus intelligente et prudente que moi. Pourtant, je n'ai aucun regret. Ma vie aurait été si vide sans toi. Tu es tout pour moi, ma fille chérie. Ne l'oublie jamais.

Chapel Hill, Caroline du Nord
1977

— Bonjour, Tim.

CeeCee lui versa son café. Il l'aimait noir et très fort, et elle avait ajouté ce matin-là, dans la cafetière, une dose supplémentaire dont certains clients s'étaient plaints.

— Ma matinée avait bien commencé, mais te voir c'est la cerise sur le gâteau, dit-il avec un sourire en se carrant dans le box en angle où il s'asseyait toujours.

Un sourire qui la faisait craquer... Elle l'avait rencontré dès son premier jour de service, il y avait de cela un peu plus d'un mois, et elle avait aussitôt renversé du café chaud sur lui. Elle en avait été mortifiée, mais il avait ri de cet incident et l'avait gratifiée d'un pourboire supérieur au prix de son petit déjeuner. Il n'en fallait pas plus pour qu'elle tombe amoureuse.

Ce qu'elle savait à son sujet aurait pu tenir dans une tasse à café. En premier lieu, il était beau. Dans le box en angle, le soleil matinal mettait en valeur ses boucles blondes et donnait à ses yeux verts un éclat de vitrail. Il portait des jeans et des tee-shirts, comme la plupart des étudiants, mais sans le logo de l'université de Caroline du Nord. Il fumait des Marlboro

19

et sa table était toujours jonchée de livres et de papiers. Elle aimait son côté studieux ; et surtout, elle se sentait jolie, intelligente et désirable en sa présence. Un sentiment inhabituel, qu'elle aurait aimé voir durer éternellement.

Elle sortit son carnet de commandes de la poche de son jean.

— Comme d'habitude ? demanda-t-elle, en pensant : Je t'aime.

— Bien sûr !

Il avala une gorgée de café et montra du doigt l'entrée de la salle.

— Sais-tu que chaque fois que je franchis cette porte, j'ai peur que tu ne sois pas là ? Dès que j'entre, je cherche tes cheveux du regard.

Il avait dit aimer ses cheveux. Elle ne les avait jamais coupés et ils tombaient en vagues sombres jusqu'au creux de ses reins.

— Je suis toujours ici, murmura-t-elle. J'y passe quasiment ma vie...

— Mais tu es en congé le samedi. Je ne t'ai pas vue samedi dernier.

— Je vous ai manqué ?

Pour la première fois de sa vie, elle se surprenait en train de flirter.

— Oui, tu m'as manqué, mais j'étais heureux que tu prennes du repos.

— En réalité, il ne s'agissait pas de repos. Je donne des cours le samedi.

— Tu passes ton temps à travailler, CeeCee !

Elle aimait l'entendre prononcer son prénom.

— J'ai besoin d'argent.

Son regard se posa sur son carnet de commandes, comme si elle avait oublié pourquoi elle l'avait en main.

— Si je ne me dépêche pas de passer votre commande, vous serez en retard à votre cours... A tout de suite !

Sur ces mots, elle se dirigea vers la porte battante de la cuisine.

A l'intérieur, flottait une odeur de bacon et de toasts grillés ; elle retrouva sa collègue et colocataire, Ronnie, qui disposait des assiettes de crêpes sur un plateau.

— Je te rappelle que tu as d'autres tables à servir, la taquina celle-ci.

CeeCee accrocha la commande de Tim au carrousel du cuisinier, puis pivota gaiement sur ses talons pour faire face à son amie.

— Je ne suis plus bonne à rien quand il est là !

Ronnie hissa son lourd plateau sur son épaule et s'adossa à la porte battante.

— J'admets qu'il est particulièrement sexy aujourd'hui. Tu devrais lui faire croire que tu es sortie hier soir, ou quelque chose dans ce style, dit-elle avant de sortir.

Ronnie, bien plus expérimentée que CeeCee en matière de garçons, lui prodiguait toujours de mauvais conseils à propos de Tim. « Fais-lui croire que tu as un copain », suggérait-elle. Ou « Prends de temps en temps un air indifférent », ou encore « Laisse-moi le servir pour le frustrer un peu ».

Jamais de la vie ! s'était-elle dit après cette dernière suggestion. La splendide Ronnie ressemblait à la chanteuse Olivia Newton-John. Quand elles étaient ensemble, CeeCee se sentait invisible, car elle était plus petite (un mètre soixante contre un mètre soixante-dix) et sans être grosse, elle était plus trapue que sa colocataire. A part ses cheveux, elle n'avait rien d'inoubliable.

Cela étant, elle était plus intelligente que Ronnie, plus ambitieuse, plus responsable, et beaucoup plus soignée. Mais quand une fille a un petit air à la Olivia Newton-John, les garçons se fichent pas mal qu'elle soit incapable de résoudre une équation du second degré, ou de construire une phrase correctement. Tim était différent ; certes, elle n'en avait aucune preuve, mais le Tim de ses fantasmes accordait de l'importance à tout cela.

CeeCee s'occupa des autres tables, distribuant des serviettes supplémentaires à un groupe de garçons d'une fraternité, qui avaient répandu des miettes partout. Ces étudiants étaient odieux : ils empestaient la bière dès le matin, ne laissaient jamais de pourboire, et la traitaient comme une moins que rien. Elle servit ensuite du thé à un couple noir d'un certain âge, assis dans le box voisin de Tim. Le mari avait des cheveux gris, coupés ras, et portait d'épaisses lunettes ; sa tête et ses mains tremblaient d'une manière incontrôlable. La femme, dont les mains étaient déformées par l'arthrite, lui donnait la becquée avec une patience admirable.

En posant la théière devant elle, CeeCee jeta un coup d'œil vers Tim. Penché sur un livre, il prenait des notes en cours de lecture. Se faisait-elle des illusions à son sujet ? Peut-être n'était-il qu'un type sympathique, sans le moindre point commun avec elle. Il avait vingt-deux ans, elle à peine seize. Alors qu'elle venait de terminer ses études secondaires quatre mois plus tôt, il commençait un troisième cycle. Sa matière principale était les sciences sociales, alors qu'elle n'avait été en contact avec les services sociaux qu'en qualité de bénéficiaire. C'était aussi absurde de sa part que d'avoir le béguin pour une rock star !

Mais quand elle lui apporta son assiette d'œufs au bacon, avec du gruau de maïs, il posa son stylo, croisa les bras, et murmura :

— Je crois qu'il est temps que nous sortions ensemble. Qu'en penses-tu ?

— D'accord !

Elle lui avait répondu avec la plus grande désinvolture, alors qu'elle était près d'exploser et qu'elle n'avait qu'une hâte, tout raconter à Ronnie.

— Mademoiselle ?

La dame du box voisin lui faisait signe.

Elle s'excusa auprès de Tim et se dirigea vers sa gauche.

— Vous voulez votre addition ? demanda-t-elle en sortant son carnet.

— Je sais qu'il faut payer à la caisse, mademoiselle...

Sa cliente examina son badge et reprit :

— Mademoiselle CeeCee... mais je préférerais vous régler directement, c'est beaucoup plus pratique pour nous.

— Bien sûr ! fit CeeCee avant d'annoncer après un rapide calcul mental : Ça fera cinq dollars soixante-quinze.

La femme plongea une main aux doigts enflés dans son sac en cuir ; une alliance en or, polie par l'âge et définitivement tenue en place par une articulation noueuse, brillait à son annulaire. Elle lui tendit un billet de dix dollars.

— Avec toutes mes excuses, mademoiselle CeeCee, je suis si lente maintenant...

— Pas de problème, je vous rapporte votre monnaie.

Le couple s'était levé à son retour. Après l'avoir remerciée, la femme guida à petits pas son mari le long de l'allée, vers la porte.

Elle les observa un moment, puis se tourna vers Tim.

Sa tasse de café à la main, il la contemplait. Elle se mit à débarrasser la table du couple, et une fois les assiettes empilées, s'adressa à lui :

— Alors, où en étions-nous ?

— Si on allait voir un film ?

— Bonne idée, répondit-elle distraitement, son attention attirée par le siège où la dame âgée était assise un instant auparavant.

Deux billets froissés de dix dollars reposaient sur le vinyle bleu. Elle s'en empara aussitôt et chercha des yeux le couple à travers la vitre ; le flot des étudiants, sur le trottoir, lui bloquait la vue.

— Je reviens tout de suite, lança-t-elle.

Elle sortit du café en courant, et, après quelques minutes de recherche, trouva le couple installé sur un banc, à l'arrêt d'autobus.

CeeCee s'assit à côté de la femme, et lui glissa l'argent dans la main.

— Vous avez oublié ceci dans votre box.

— Mon Dieu ! souffla la femme.

Elle prit les billets, puis saisit la main de CeeCee.

— Ne bougez pas, mademoiselle CeeCee, lui ordonna-t-elle en ouvrant son sac. Permettez-moi de vous donner un petit quelque chose pour vous remercier de votre honnêteté.

— Mais non, il n'y a vraiment pas de quoi !

La femme hésita, avant de tendre la main pour tirer légèrement ses longs cheveux.

— Dieu savait ce qu'il faisait en vous donnant les cheveux d'un ange...

— Que s'est-il passé ? s'enquit Tim lorsqu'elle fut de retour.

— Deux billets de dix dollars avaient glissé du sac de cette dame quand elle a pris son argent pour me payer.

Tim tapota son stylo contre son menton.

— Si j'ai bien compris, tu viens de rendre vingt dollars qui t'étaient tombés du ciel, alors que tu manques d'argent...

— Il n'était pas question que je les garde ! Qui sait s'ils n'ont pas besoin de cet argent encore plus que moi ?

Elle lui jeta un coup d'œil soupçonneux.

— Vous l'auriez gardé ?

Tim lui décocha un sourire.

— Tu serais une formidable assistante sociale ! Tu as pitié des plus démunis.

Il lui avait déjà laissé entendre qu'elle aurait été excellente dans le social, tout en sachant qu'elle voulait enseigner. « Le monde serait bien meilleur si chacun avait une vocation sociale », estimait-il.

Il tourna les yeux vers la pendule, au-dessus de la porte de la cuisine.

— Je dois aller en cours, dit-il en se laissant glisser sur son siège. Si on se retrouvait au Varsity Theater à dix-huit heures trente ?

Elle prit un air décontracté.

— Très bien. A plus tard !

Il rassembla ses livres et ses papiers avant de se diriger vers la porte. Elle regarda sur sa table : pour la première fois, il avait oublié de lui laisser un pourboire. Mais, quand elle souleva son assiette vide, elle découvrit deux billets de dix dollars.

3

Tu penses probablement entrer à l'université maintenant, Cee-Cee. Il te faudra une bourse d'études ; j'espère donc que tu as été bonne élève. Je regrette de ne pas avoir eu la possibilité de pourvoir davantage à tes besoins. L'entrée à l'université est si importante... Bats-toi pour y arriver ! J'avais la ferme intention d'étudier, même si je n'obtenais mon diplôme qu'à cinquante ans, mais je sais que je n'aurai jamais cette chance. Si tu es un peu comme moi à ton âge, tu dois t'intéresser aux garçons plus qu'aux études. Pas de problème ; prends ton temps. Souviens-toi simplement que les étudiants sont BEAUCOUP PLUS intéressants que les garçons que tu as connus au lycée.

Si, finalement, tu n'entreprends pas d'études supérieures, n'oublie pas que tu pourras toujours parfaire ton éducation grâce aux gens que tu rencontres. Chaque individu dont tu croises le chemin, qu'il soit médecin ou éboueur, a quelque chose à t'apprendre.

— Il pleut, remarqua Tim, une paume tournée vers le ciel tandis qu'ils s'éloignaient du cinéma.

CeeCee sentit une douce bruine fraîche sur son visage.

— J'aime ça, dit-elle en relevant ses cheveux avant de les couvrir de son feutre noir car si elle aimait la pluie, ce n'était pas le cas de ses cheveux.

— Maintenant, tu me rappelles Annie Hall, plaisanta Tim, alors qu'ils se dirigeaient vers une petite brasserie, parmi une foule d'étudiants.

Ils venaient de voir *Annie Hall*, le film idéal pour un premier rendez-vous.

— Heureusement, tu n'es pas aussi cinglée, reprit-il.

— Elle est cinglée d'une manière charmante.

25

— Oui, mais tu es sérieuse d'une manière non moins charmante !

Cette remarque la démonta.

— Pouah ! Je n'ai pas envie d'être sérieuse. Je veux être drôle et...

Elle leva les bras au ciel et tourbillonna sur elle-même, à la recherche du mot juste.

— Ecervelée !

Il éclata de rire et lui prit le bras pour l'empêcher de se heurter à un groupe d'étudiants.

— Ça me plaît que tu sois sérieuse ! dit-il avant de la lâcher, beaucoup trop vite à son goût. Tu ne considères pas que tout t'est dû...

Il avait raison, mais qu'en savait-il ?

— Tu ne me connais pas vraiment...

— Je suis observateur, perspicace, et...

— Et modeste !

— Et modeste.

Il s'arrêta un instant pour allumer une cigarette.

— Si tu m'expliquais pourquoi tu as cet accent yankee ? suggéra-t-il en se remettant à marcher.

— Je l'ai toujours ? Je croyais avoir pris l'accent du Sud. En fait, j'ai vécu dans le New Jersey jusqu'à mes onze ans.

— Pourquoi es-tu venue ici ?

Ce n'était pas encore le moment de répondre à cette question. Il la trouvait déjà bien suffisamment sérieuse.

— Pour des raisons familiales...

Il n'insista pas, mais laissa planer un silence qui la mit mal à l'aise. Elle le scruta du coin de l'œil : il lui paraissait plus âgé que ce matin. Un véritable adulte... Avait-il pris conscience de leur différence d'âge ce soir ? En particulier quand elle s'était mise à virevolter sur le trottoir comme une gamine ! S'était-il demandé ce qui lui était passé par la tête quand il l'avait invitée à sortir ? Il n'était plus tout à fait comme au café : encore plus beau, peut-être... Elle ne l'aurait pas cru si grand. Assise à côté de lui dans la salle de cinéma, elle avait remarqué ses cuisses longues et minces, frôlant les siennes chaque fois qu'elle bougeait sur son siège. Prends ma main, avait-elle pensé plus d'une fois. Enlace-moi ! A son grand regret, il s'en était abstenu.

— C'est plutôt inhabituel, un assistant social homme, non ? lui demanda-t-elle pour rompre le silence.

Il souffla une bouffée de fumée.

— Contrairement à ce que tu crois, ils sont nombreux dans mon cycle. D'ailleurs je m'intéresse plus à l'aspect politique du travail social qu'au côté contact. J'aimerais exercer une influence politique.

— De quel genre ?

Elle aperçut leur reflet en passant devant la devanture d'un magasin : elle avait l'air d'un petit monstre avec un grand chapeau.

— Permettre aux personnes défavorisées de se faire entendre. Par exemple, ce couple que tu as servi ce matin : des gens âgés, noirs, et l'un d'eux manifestement invalide. Trois handicaps ! Qui plaide leur cause ? Qui s'assure que leurs problèmes sont pris en compte ?

Comment un homme aussi intelligent et cultivé pouvait-il passer une soirée entière avec un petit monstre infantile ?

— Alors, tu voudrais militer pour les personnes défavorisées ?

Un groupe de jeunes gens sophistiqués passa à côté d'eux ; Tim salua l'un d'eux d'un signe de tête avant de répondre.

— Oui, mais c'est surtout la réforme des prisons qui me passionne.

— Pourquoi ?

— Il nous faut, selon moi, de meilleures prisons. Bien sûr, je ne prétends pas que les prisonniers devraient vivre dans le luxe ! Ce n'est pas de ça que je parle, mais j'estime que nous devrions les aider à se réhabiliter. Quant à la peine de mort, il faudrait la supprimer, la décréter inconstitutionnelle.

— Je croyais qu'elle l'était déjà.

— Pendant une brève période, mais en juin, elle est redevenue légale en Caroline du Nord.

— Il me semble que si quelqu'un tue un petit enfant, par exemple, il ou elle devrait payer le même prix, risqua CeeCee.

Tim continua sa marche, le regard au loin. Apparemment, sa réponse ne lui avait pas plu, mais elle n'était pas près de renoncer à ses principes pour ses beaux yeux. Quand il se tourna vers elle, il avait une expression qui ne lui était pas habituelle. Colère ? Déception ?

— Œil pour œil ? fit-il.

— Pourquoi pas ?

Tim laissa tomber son mégot sur le trottoir, l'écrasa du pied, et plongea les mains au fond des poches de son coupe-vent bleu.

— Bon. Par où je commence ? Il arrive que l'on exécute des innocents... Parfois, ils n'ont pas su se défendre correctement, parce qu'ils étaient trop pauvres pour s'offrir un bon avocat. Et même si les condamnés sont coupables, je ne crois pas que cela soit bien d'ôter une vie. Même s'il s'agit de la vie d'une personne qui en a tué une autre. Deux maux ne font pas un bien.

— Dans ce cas, je suppose que tu es aussi contre l'avortement ?

Ronnie s'était fait avorter en août, deux mois plus tôt. Cee-Cee l'avait accompagnée à la clinique, et avait fondu en larmes pendant l'intervention : ce n'était pas tant que c'était mal mais c'était triste. Ronnie n'avait pas compris sa réaction. « Un fœtus de dix semaines seulement ! avait-elle proclamé. En plus, il aurait été Verseau, et, comme tu sais, je ne m'entends pas bien avec les gens de ce signe. »

— L'avortement est parfois un mal nécessaire... répondit Tim en la regardant. Pourquoi ? Tu as subi un avortement ?

— Moi ? Je n'ai pas encore eu de relations sexuelles...

Elle regretta aussitôt ses paroles. Qu'avait-elle dit là ? Quelle imbécile ! Tim se mit à rire et prit sa main, qu'il garda dans la sienne.

— Tu es vraiment cool. Tu dis les choses sans détour.

La brasserie était bondée et résonnait des bavardages des étudiants. Tim et elle se faufilèrent jusqu'à un box du fond ; il semblait connaître quelqu'un presque à chaque table. Qu'ils soient amateurs de sport ou babas cool, intellectuels ou artistes branchés, tous ces gens avaient un point commun : ils étaient nettement plus âgés qu'elle. Il la présenta à certains d'entre eux. Les garçons semblèrent à peine la remarquer, les filles lui sourirent ; mais que cachait leur cordialité ? De l'envie ou du dédain ?

— J'aime cette atmosphère, dit-elle dès qu'ils se furent assis. Rien que des étudiants... C'est comme si...

Elle respira les effluves de fumée et de frites qui flottaient dans l'air et ajouta :

— Comme si je pouvais sentir l'odeur des manuels...

— Je reviens sur ce que j'ai dit, s'esclaffa-t-il. Tu es un peu cinglée, finalement.

Elle ôta son chapeau en le regardant sourire quand ses cheveux se répandirent sur ses épaules.

— Tu mérites de figurer parmi ces étudiants, reprit Tim.

— J'y compte bien.

— Est-ce que c'est seulement une question de gros sous ? Tu as obtenu un bon résultat au test d'entrée à l'université ?

— J'étais à deux doigts d'obtenir une bourse d'études.

Il fronça légèrement les sourcils.

— C'est injuste !

— Ne t'inquiète pas à mon sujet, fit-elle en baissant les yeux sur le menu, gênée.

— Quand penses-tu avoir assez d'argent pour reprendre tes études ?

— Encore un an, si nous continuons à cohabiter, Ronnie et moi, et à partager nos dépenses. Nous vivons dans une seule pièce et elle aimerait qu'on s'installe dans un appartement, mais elle se fiche de faire des économies. Il faudra que je me trouve un meilleur job. D'ici quelques mois je serai suffisamment expérimentée pour travailler dans un bon restaurant, où j'aurai de meilleurs pourboires.

— Ton ambition me plaît, dit Tim.

— Merci. Et toi, où habites-tu ? Près du café, je suppose, puisque tu viens tous les matins.

— Je partage une maison avec mon frère, Marty, à quelques blocs de Franklin. Elle appartient à mon père, qui vit en Californie, et qui l'a mise à notre disposition.

— A ton père seulement ? Tes parents sont divorcés ?

Elle craignit d'avoir posé une question trop personnelle. Au même instant, la serveuse, une blonde, aux cheveux raides mi-longs et aux ongles rouge sang, posa deux verres d'eau devant eux, en la dévisageant.

— Salut, Tim. Ça boume, ce soir ?

— Ça va. Je te présente CeeCee. CeeCee, voici Bets.

Bets lui adressa un clin d'œil.

— Surveille-le bien ! C'est un homme dangereux.

— Merci de me prévenir ! répondit CeeCee avec un rire.

— Vous êtes prêts à commander ?

Tim haussa les sourcils.

— Tu as fait ton choix, CeeCee ?

L'idée de manger en face de lui l'intimidait, car elle ne manquerait pas de renverser quelque chose ou de coincer des aliments entre ses dents.

— Une tarte meringuée au citron vert, dit-elle, en espérant limiter les dégâts.

Tim opta pour un panini.

— Qu'est-ce qu'elle voulait dire en disant ça ? le questionna-t-elle dès que Bets se fut éloignée.

— C'était juste pour te taquiner, répondit Tim, avalant une gorgée d'eau. Pour en revenir à ta question au sujet de mes parents, ils ne sont pas divorcés. Ma mère est morte il n'y a pas très longtemps

— Oh, je suis désolée !

Ce n'était qu'une demi-vérité, car elle venait de se découvrir un point commun avec Tim : ils avaient tous deux perdu leur mère. Elle se demanda si la sienne était morte d'un cancer, elle aussi, mais s'abstint de lui poser la question. Elle détestait que les gens l'interrogent de façon trop personnelle sur sa propre mère.

— Ton frère est étudiant lui aussi ?

Tim se mit à marteler la table comme s'il entendait une musique inaudible pour tout autre que lui.

— Marty n'est pas doué pour les études... Il est allé au Vietnam. A son départ, c'était un gentil garçon de dix-huit ans ; à son retour ce n'était plus qu'un vieil homme amer.

Elle déballa sa paille, qu'elle plongea dans son verre d'eau.

— Alors, il ne travaille pas ?

— Si, si, il est dans le bâtiment. Quelqu'un a été assez fou pour lui mettre un marteau et une perceuse entre les mains, ricana Tim.

— Que veux-tu dire ?

— Rien.

Les coudes sur la table, il se pencha vers elle.

— Revenons-en à toi, ma mystérieuse CeeCee ! Tu n'as donc que seize ans... Tu as commencé l'école super tôt ou quoi ?

— J'ai commencé très petite et j'ai sauté la dernière classe de primaire. Comme j'étais passée d'une bonne école à une école minable, j'étais largement en avance sur les autres élèves. Alors, on m'a admise dans la classe supérieure.

— Je savais que tu étais futée. Où est ta famille ?

Elle hésita avant de lui répondre.

— Tu ne vas pas t'apitoyer sur moi, d'accord ?

— D'accord.

— Ma mère est morte, dit-elle en jouant avec l'emballage de sa paille.

— Oh non ! Je suis désolé.

— Un cancer du sein, alors qu'elle n'avait pas trente ans, et nous sommes descendues du New Jersey jusqu'ici pour qu'elle se fasse soigner à Duke. J'avais douze ans quand elle est morte ; ensuite j'ai été ballottée de droite à gauche.

Tim tendit le bras à travers la table et posa sa main sur la sienne.

— Elle n'avait pas trente ans... Je pensais que ces choses-là n'arrivent jamais.

Il avait de très longs cils, aussi pâles que ses cheveux. Elle les contempla pour éviter de faire une bêtise : par exemple serrer sa main en retour.

— C'est ce que ma mère pensait aussi, alors elle n'a jamais fait attention à surveiller si elle avait une boule ou un truc de ce genre...

CeeCee se garda d'ajouter qu'on lui avait conseillé d'être vigilante à ce sujet. Tim ne devait pas la considérer comme une femme menacée de perdre un jour ses deux seins, comme sa propre mère.

— Tu me disais que tu as été ballottée ensuite, CeeCee...

La main de Tim se resserra sur la sienne et il promena son pouce sur ses doigts. Elle sentit son pouls tambouriner sous la caresse.

— Eh bien, on m'a placée dans cette maison... Je n'ai jamais su exactement ce que c'était... J'appelle ça une sorte de maison de redressement, parce qu'elle était pleine d'enfants qui avaient pété les plombs.

31

— Un centre d'éducation surveillée.

— C'est ça, monsieur le spécialiste du social, dit-elle en souriant.

— Continue, CeeCee.

— J'y suis restée pendant qu'ils cherchaient à retrouver mon père. Mes parents n'étaient pas mariés, et je ne l'avais jamais vu. En fait, il était en prison pour avoir molesté des enfants ; il valait sans doute mieux que je ne le connaisse pas...

— Peut-être, mais tu as dû être terriblement déçue.

Bets apparut à cet instant avec leur commande, et Tim lui lâcha la main pendant qu'elle déposait son assiette devant lui.

— Voilà, dit-elle en lui servant sa tarte, puis elle s'adressa à Tim : Du rab de sauce, Timmy ?

CeeCee tressaillit. Timmy ? A quel point le connaissait-elle ?

— Ça ira, dit-il.

Bets se dirigea vers une autre table et leur lança par-dessus son épaule :

— Bon repas à vous deux !

Tim poussa légèrement son assiette vers CeeCee.

— Une bouchée ?

— Non merci, mais ça a l'air bon.

Elle joua à nouveau avec l'emballage de sa paille, tandis qu'il croquait dans son panini.

— Alors, poursuivit-il une fois sa bouchée avalée, que s'est-il passé après qu'ils ont retrouvé ton père ?

— On m'a placée en famille d'accueil.

— Ah ! Tu as donc une certaine expérience des services sociaux.

— Une grande expérience !

Elle promena les dents de la fourchette sur la surface lisse et pâle de sa tarte.

— J'ai été placée dans six familles différentes. Je ne leur posais pas de problèmes particuliers ; c'était une question de circonstances...

Il hocha la tête, car il avait compris.

— La dernière famille a été la mieux. Une femme seule, avec deux jeunes enfants adorables. Mais, après le lycée, je me suis retrouvée toute seule.

— Tu en as vu de toutes les couleurs, marmonna Tim en avalant une gorgée d'eau.

— Pas autant que tu l'imagines ! J'ai rencontré des tas de gens. On a quelque chose à apprendre de tous ceux qu'on croise.

— Très sage remarque...

— Salut, Gleason !

CeeCee tourna la tête. Un beau noir à l'allure sportive et qui frisait les deux mètres se dirigeait vers leur table. Elle l'avait déjà aperçu en ville, généralement avec un ballon de basket dans les mains. Parfois, elle l'entendait dribler avant même qu'il apparaisse.

— Salut, Wally. Qu'est-ce que tu deviens ?

— Cette nana avec qui j'étais l'autre soir, elle m'a joué un sale tour, répondit Wally en secouant la tête d'un air écœuré.

— Comme par hasard !

— Tu passes à la Cave ce soir ?

— Pas ce soir, non. Je te présente CeeCee.

— Bonjour, fit-elle en adressant un petit signe de la main au nouveau venu.

— T'as de ces cheveux ! dit Wally en guise de compliment.

— Merci.

— Salut, vieux. A la prochaine ! fit Wally avant de s'éloigner, frappant l'air comme s'il faisait rebondir un ballon de basket invisible.

— Tu connais tout le monde à Chapel Hill ? demanda CeeCee.

Tim rit de bon cœur.

— Je vis ici depuis longtemps, répondit-il en prenant son panini. Maintenant, à toi la parole, pour que je puisse faire un sort à ce sandwich ! Parle-moi de ta mère. Tu étais proche d'elle ?

Décidément, il avait la fibre sociale : les questions personnelles ne l'intimidaient pas.

— Eh bien...

Elle passa les dents de sa fourchette sur sa tarte, dans le sens opposé, et admira le quadrillage.

— Ma mère était une femme exceptionnelle. Elle savait qu'elle allait bientôt mourir, mais elle faisait son possible pour me préparer... bien qu'on ne soit jamais vraiment prêt. Tu en sais quelque chose, non ?

Il approuva de la tête, tout en mâchant d'un air grave.

— Au début, elle était absolument hors d'elle, précisa Cee-Cee. Elle me grondait pour un rien, et puis... elle a oscillé entre la colère et une sorte de dépression. Finalement, elle est devenue très calme.

— Les cinq stades du deuil : déni, révolte, marchandage, dépression, acceptation.

— Oui, c'est sans doute ça, mais explique-moi ce que tu entends par marchandage.

Il essuya ses lèvres avec sa serviette.

— C'est comme si on concluait un pacte avec le ciel : « Mon Dieu, si vous me permettez d'aller mieux, plus jamais je ne commettrai une mauvaise action. »

CeeCee ne pouvait imaginer sa mère marchandant pour échapper à l'inévitable.

— Je ne sais pas si elle est passée par là. Mais moi, oui, dit-elle en riant. Je promettais tout le temps à Dieu d'être une bonne fille si elle allait mieux.

— Tu étais sûrement une très bonne fille, remarqua Tim d'une voix douce.

Elle examina sa tarte encore intacte, avant de lui confier un secret dont elle n'avait encore jamais parlé.

— Jusqu'à la fin, j'ai espéré qu'un miracle la sauverait. Tu sais ce qu'elle a fait ? Elle m'a écrit des lettres avant de mourir. Une soixantaine... chacune dans une enveloppe scellée, portant la date à laquelle je devrais la lire. Une pour le lendemain de ses obsèques, une pour chaque anniversaire, et certaines datées au hasard, pour des années où j'aurais particulièrement besoin de ses conseils. Une enveloppe indiquait « seize ans », une autre « seize ans et cinq jours », puis « seize ans et deux mois », etc.

Tim avala une dernière bouchée et secoua la tête, sidéré.

— C'est fabuleux ! Quel âge avait-elle ?

— Vingt-neuf ans.

— Vache ! Je ne sais pas si, dans son état, j'aurais eu autant de force... Il te reste des dizaines de lettres à ouvrir ?

— En fait, non, répondit CeeCee, heureuse de lui avoir tout dit. Je les ai toutes ouvertes le lendemain de son enterrement.

Assise, seule, dans la chambre d'amis d'une grand-tante, elle avait lu les mots de sa mère : trop jeune pour tout comprendre, elle n'en était pas moins déjà capable de les chérir. En larmes, elle s'était recroquevillée sur elle-même, habitée par un profond sentiment de perte. Beaucoup de choses lui échappaient. Elle avait lu en diagonale les conseils maternels en matière de relations sexuelles, car elle ne se sentait pas encore concernée. Ses sages paroles au sujet de l'éducation des enfants ne l'intéressaient pas non plus. Mais qu'elle comprenne ou non, chaque mot écrit de la plume de sa mère lui était précieux.

Ces lettres, rangées dans une boîte sous son lit, l'avaient suivie de famille d'accueil en famille d'accueil. Elles représentaient tout ce qui lui restait de sa mère.

— Maman m'a toujours dit que c'était à moi de décider si je voulais être triste ou sereine. Quand elle est parvenue au stade de... Tu as parlé d'« acceptation », n'est-ce pas ?

— Exactement.

— Elle a réalisé alors qu'elle pouvait se comporter comme une « vraie garce » – ce sont ses propres mots – pendant ses derniers jours, ou, au contraire, se réjouir du temps passé avec moi. Elle avait inventé une chanson qui rendait grâce à la lumière du matin, aux arbres, à l'air... et elle m'avait conseillé de la chanter au réveil.

CeeCee se tut soudain, embarrassée. Presque étourdie par la sensation d'avoir un auditeur attentif, elle en avait trop dit.

— Pourquoi tu t'interromps ? s'étonna Tim.

— Je suis trop bavarde.

— Ça t'arrive de chanter cette chanson ?

— Oui, dans ma tête.

— Elle t'aide ?

— Beaucoup. Comme si ma mère était encore là, et j'essaie d'être reconnaissante pour tout, y compris pour les moments difficiles de ma vie.

Elle réalisa qu'elle avait réduit sa tarte en miettes.

— Je n'ai pas l'habitude de parler aussi longtemps de moi. Désolée !

— Je t'en prie. Je suis content de mieux te connaître, et je pense que tu as beaucoup de chance d'avoir eu une mère pareille.

— Tu n'as pas pu placer un seul mot.

— Nous aurons tout le temps...

Tim la dévisagea en souriant.

— Tu me plais beaucoup, tu sais. Je n'ai jamais rencontré une personne aussi positive que toi.

Ce compliment toucha CeeCee plus que tout autre. Quand on est positif, on ne recule devant rien.

Après la brasserie, il lui proposa de la ramener chez elle. En montant dans sa fourgonnette Ford blanche, elle aperçut un matelas à l'arrière, à la lumière d'un réverbère. Ses genoux fléchirent et elle eut envie de l'entraîner dans cette caverne sombre, pour qu'il soit son premier amant. Mais quand il se gara devant sa pension de style victorien, il descendit et fit le tour de son véhicule pour lui ouvrir la portière.

— J'aimerais te proposer d'entrer, lui dit-elle sur les marches du porche, mais on nous interdit de recevoir des visiteurs masculins dans notre chambre.

— Pas de problème.

Quand il effleura ses lèvres d'un baiser aérien, elle eut toutes les peines du monde à s'écarter sans en demander plus.

— A demain matin, dit-il.

La lumière du porche se reflétait dans ses yeux. Il tiraillla ses cheveux comme l'avait fait la femme noire, à l'arrêt d'autobus.

Elle lui rendit son sourire, tourna sa clef dans la serrure et grimpa quatre à quatre les marches jusqu'au premier étage. Elle avait hâte de raconter à Ronnie cette soirée merveilleuse, même si sa colocataire ne comprendrait pas son excitation. Elle lui avait fait tant de confidences ! Il savait même qu'elle était vierge. Quoi qu'elle lui dise, il l'écoutait avec compassion et compréhension.

La prochaine fois, elle lui donnerait l'occasion de parler à son tour, et elle l'écouterait avec le même intérêt.

Etant l'honnêteté personnifiée, jamais elle n'aurait songé que Tim était d'une nature différente.

4

J'ignore quel genre de fille tu es devenue, donc je ne sais que te dire pour t'aider et je suis furieuse de ne pas être à tes côtés maintenant. Il m'arrive d'être folle de rage à l'idée que je ne pourrai pas te voir grandir.

Voici un certain nombre de choses que tu dois savoir. Premièrement, tu ne dois pas avoir de relations sexuelles ; mais si tu en as, procure-toi des pilules. Tu en trouveras au Planning familial. Deuxièmement, il ne faut pas croire tout ce que l'on raconte au sujet du sexe. On ne sent pas la terre trembler, surtout pas la première fois, et toute femme qui affirme le contraire est une menteuse. Troisièmement, ne fais pas confiance aux garçons ! Voici quelques-uns des bobards qu'ils te raconteront pour que tu couches avec eux :

1. Je n'ai jamais éprouvé un pareil sentiment pour une autre fille.

2. Bien sûr, j'aurai toujours du respect pour toi demain matin.

3. Je vais exploser si on ne fait pas l'amour.

4. Je te promets de faire attention.

Comment puis-je t'écrire ces choses-là à toi, ma petite fille de douze ans ? J'ai du mal à imaginer qu'un jour tu seras assez grande pour avoir besoin de tels conseils ; mais les voici, fais-en bon usage.

Elle partageait avec Ronnie une chambre à peine plus grande qu'un placard. Des lits jumeaux perpendiculaires, deux étroites commodes le long du mur, ne laissant guère la place de traverser la pièce... Le surlendemain de sa sortie avec Tim, CeeCee rentra après avoir travaillé deux services d'affilée.

— Pas de messages ? s'enquit-elle, tournée vers le téléphone.

Tim était apparu au petit-déjeuner ce matin-là, mais ils n'avaient pas eu le temps de bavarder, car l'établissement était bondé.

— Eh non ! fit Ronnie, qui vernissait ses orteils, allongée sur son lit. Mais tu as reçu un paquet !

D'un signe de tête, elle lui indiqua une petite boîte carrée, enveloppée de papier kraft, reposant sur son oreiller.

— Bizarre, dit CeeCee, qui recevait rarement du courrier.

Le paquet était léger comme une plume, et son nom y était écrit à l'encre noire.

— Je l'ai secoué et ça m'a l'air vide, observa Ronnie. Comment ça s'est passé ce soir ? Je parie que Tim n'est pas venu.

— Exact.

CeeCee s'assit sur son lit et envoya promener ses tennis d'un coup de pied pour masser ses orteils endoloris à travers ses socquettes.

— Tu crois qu'il m'invitera encore à sortir avec lui ?

— J'espère bien, fit Ronnie, sincèrement compatissante.

— Après tout, je peux lui proposer une sortie. Pourquoi faut-il toujours qu'on attende que ces messieurs se décident ?

CeeCee tira sur l'extrémité de la ficelle, mais le nœud était très serré.

— Tu me prêtes tes ciseaux à ongles ?

Ronnie les lui lança.

— S'il ne t'invite plus, ce n'est qu'un crétin. Tu peux te passer de lui !

Vraiment ? Elle fantasmait constamment à son sujet... Tim venait la chercher après son service, l'amenait sur un parking, dans un endroit tranquille, et ils faisaient l'amour sur le matelas, à l'arrière de la fourgonnette.

— Je n'aurais jamais dû lui dire que je suis vierge, murmura-t-elle.

— Pas malin, en effet.

Quand CeeCee lui avait parlé de sa gaffe, Ronnie avait hurlé si fort que leur propriétaire était accourue, craignant qu'il ne soit arrivé un malheur.

Après avoir coupé la ficelle, CeeCee déchira le papier : un simple carton blanc apparut. Elle souleva le couvercle et s'écria, suffoquée :

— Il y a plein de fric là-dedans !

— Pardon ?

Ronnie posa son vernis à ongles sur le rebord de la fenêtre et rejoignit CeeCee.

— Nom d'un chien ! s'exclama-t-elle en regardant dans la boîte. Il y a combien ?

CeeCee sortit la liasse de billets et se mit à compter.

— Que des billets de cinquante dollars, constata Ronnie.

— Six cents, six cent cinquante, articula CeeCee, incrédule. Sept cents, sept cent cinquante...

Le nombre s'éleva encore, et Ronnie saisit le papier kraft qui avait enveloppé la boîte.

— Il y avait un nom écrit quelque part ?

— Chut ! fit CeeCee, qui en était à douze cents et dont les mains tremblaient.

Ronnie l'observa en silence jusqu'à ce que CeeCee ait compté cent billets de cinquante dollars. Cinq mille dollars. Elles se regardèrent, interloquées.

— Je n'y comprends rien, souffla CeeCee.

— Et si ça venait de ta dernière mère nourricière ? Tu m'as dit qu'elle était vraiment gentille.

— Aussi pauvre que gentille !

Ronnie prit un billet pour le scruter à la lumière de la lampe.

— Il y a des marques ou des indices ou un truc sur ces billets ?

CeeCee feuilleta rapidement la liasse et secoua la tête.

— Je ne crois pas.

— Eh bien, quand tu as fait des confidences à Tim, l'autre soir, est-ce que tu lui as dit que tu étais fauchée ?

— Mais pourquoi aurait-il fait ça ? s'étonna CeeCee, frappée par le flair de son amie.

Ronnie se mordit les lèvres.

— Ça, c'est une question flippante.

— J'ai reçu un paquet par la poste hier, dit-elle à Tim le lendemain matin en lui servant son café.

— Un paquet ? Et il y avait quoi dedans ? demanda-t-il avec innocence.

— De l'argent !

Elle posa la cafetière sur sa table et arracha son bon de commande du carnet.

— Dis-moi la vérité, Tim. C'est toi qui me l'as envoyé ?

— J'ignore de quoi tu parles.

Ses boucles blondes, éclairées par le soleil, lui donnaient un air angélique.

— Il y avait cinq mille dollars !

— L'équivalent de deux années à l'université, et il t'en resterait encore... siffla Tim, impressionné.

Elle fit claquer son carnet sur la table.

— C'est toi, non ?

— CeeCee, du calme ! répondit Tim en riant. Si c'était moi, je ne te le dirais pas pour que tu ne te sentes pas mon obligée. Je voudrais que tu aies cet argent sans te sentir liée. Si nous rompions du jour au lendemain, je souhaiterais que tu le gardes ; évidemment, au cas où ce serait moi qui te l'aie donné...

« Si nous rompions »... Il les considérait donc, elle et lui, comme un couple. Elle s'efforça de ne pas laisser voir sa jubilation.

— Je vais me fâcher, prétendit-elle. Dis-moi tout !

Il lui tapota le bras.

— Ecoute, CeeCee. La personne qui t'a envoyé cet argent ne l'aurait pas fait si elle n'en avait pas eu les moyens, oui ou non ? Donc, si tu en as besoin, profites-en. Invite-moi à dîner ce soir et dépose le reste à la banque à la première occasion.

Ils dînèrent dans un restaurant marocain, installés sur des coussins dans une petite salle pour eux seuls. Tim commanda une bouteille de vin ; elle but dans son verre quand le garçon eut tourné le dos. L'argent oublié, elle se sentait détendue et un peu fofolle. Ils plaisantèrent et chantèrent des airs de l'« Album blanc » des Beatles, qu'elle connaissait bien, car sa mère les adorait. Elle lui parla du jour où elle les avait vus à Atlantic City, à l'âge de trois ans. Des amis de sa mère avaient acheté des billets, et n'avaient pas trouvé de baby-sitter à qui la confier. Un des souvenirs les plus traumatisants de sa prime jeunesse ! Les hurlements des fans couvraient la musique, et elle était restée assise à même le sol, les mains collées à ses oreilles, tandis que les adultes étaient grimpés sur les sièges.

Quand elle voulut payer l'addition comme convenu, Tim l'en empêcha. Elle aurait aimé lui déclarer qu'elle refuserait désormais tous les pourboires et paierait de sa poche à chacune de leurs sorties, mais comme il n'avait pas admis être le généreux donateur, ce lui fut impossible.

Après dîner, il la conduisit à la maison qu'il partageait avec son frère ; elle eut alors la certitude que c'était bien lui qui lui avait envoyé l'argent. L'imposante demeure de brique, entourée de pelouses impeccables et de haies de buis, se dressait dans le cœur historique et huppé de Chapel Hill. A l'intérieur, elle réprima un cri de surprise : Tim employait certainement un jardinier, mais pas une femme de ménage n'avait dû travailler pour lui ces derniers temps. Dans l'élégant vestibule, des guéridons et des chaises anciennes disparaissaient sous les vêtements, les assiettes sales, les cartons de pizzas. Elle aperçut une chaise renversée dans la salle à manger à sa gauche, et un vase brisé dans le salon à sa droite. Une odeur de marijuana flottait dans l'air tandis que les Eagles chantaient « Hotel California ».

— Le jour de sortie de la bonne, plaisanta Tim. J'espère qu'un peu de désordre ne te gêne pas.

Un homme aux cheveux ébouriffés et les pieds nus sortit du salon, une bière à la main et fumant une cigarette. Il s'arrêta net en les voyant.

— Ça va, frérot ? demanda Tim.

L'homme regarda CeeCee, qui recula aussitôt d'un pas. Il avait les yeux injectés de sang et une barbe de plusieurs jours – comme ces SDF qui traînaient parfois sur Franklin Street.

— Qui c'est ? fit-il, avec un hochement de tête dans sa direction.

— C'est CeeCee, répondit Tim en lui passant un bras autour de la taille. CeeCee, je te présente mon frère, Marty.

Marty la salua froidement.

— Quel âge tu as ? Douze ans ? Treize ?

— Fiche-lui la paix, marmonna Tim.

— J'ai seize ans, répondit-elle.

Marty siffla entre ses dents et regagna le salon, après avoir lancé par-dessus son épaule :

— Tim, amène tes fesses !

Tim la regarda d'un air navré.

— La cuisine est là, dit-il en lui indiquant l'une des portes arquées donnant sur le vestibule. Sers-toi quelque chose à boire ; je te rejoins dans une seconde.

41

La cuisine était dans un état plus désastreux encore que le vestibule. L'évier était encombré de vaisselle sale. Quant aux plans de travail en granite bleu, ils étaient jonchés de restes de pizza, de bouteilles de bière et de cendriers pleins. Elle ouvrit avec précaution le frigidaire, s'attendant à des effluves de nourriture moisie, mais ce n'était pas si grave. Il contenait des bouteilles de condiments, quelques morceaux de fromage, des canettes de bière, et une de Coca-Cola. Après l'avoir décapsulée, elle marcha sur la pointe des pieds jusqu'à la porte, dans l'espoir d'entendre la conversation de Tim et Marty.

— T'as pas de temps à perdre avec ça maintenant, chuchotait ce dernier. Faut que tu te concentres...

Parlait-il des études de son frère ? Cela semblait bizarre qu'un tel marginal se permette de sermonner Tim.

— T'es en train de tout gâcher, dit Marty.

— Va te faire voir ! répliqua Tim.

En entendant ses pas se rapprocher, elle alla s'adosser au plan de travail et avala son Coca à petites gorgées.

— Désolé, dit Tim en entrant dans la cuisine. Marty est parfois assez parano...

— Ce n'est pas grave.

A vrai dire, CeeCee aurait préféré que Marty s'en aille et les laisse tranquilles. Elle ne se sentait pas à l'aise avec lui dans les parages.

Tim la débarrassa de sa canette avant de la prendre dans ses bras, tout sourire, et de l'embrasser. Certes, ce n'était pas la première fois qu'un garçon l'embrassait, mais Tim n'était pas un « garçon », et ce baiser l'électrifia étrangement.

Tim sembla deviner son excitation.

— Montons dans ma chambre.

— Je ne prends même pas la pilule...

— J'ai des préservatifs. Ne t'inquiète pas.

Main dans la main, ils traversèrent le vestibule, montèrent l'escalier en spirale, dépassèrent la chambre d'où s'échappaient la musique tonitruante et l'odeur de marijuana, et longèrent le couloir menant à la chambre de Tim. Une pièce qui avait dû être charmante en d'autres temps : un papier mural très masculin, à rayures bleues, un lit double, une commode et un bureau, le tout en merisier sombre. Elle eut du mal à distinguer les détails, à cause des vêtements et des livres amoncelés un peu partout, et elle s'interdit de penser au temps écoulé depuis la dernière fois qu'il avait changé ses draps. Elle s'en fichait. Après avoir fermé la porte à clef, il l'attira sur le lit, et elle s'abandonna sans retenue.

Ensuite, ils restèrent enlacés. A la lumière de la penderie qu'il avait laissée allumée, CeeCee pouvait tout juste distinguer le visage de Tim, près d'elle sur l'oreiller.

Il promena ses doigts sur sa joue et les plongea dans ses cheveux.

— Ça va ? Tu n'as pas mal ?

— Je me sens mieux que jamais !

Comme le lui avait prédit sa mère, la terre n'avait pas tremblé. Il l'avait fait jouir à plusieurs reprises par ses caresses expertes ; mais elle n'avait pas éprouvé grand-chose une fois qu'il avait été en elle. Peut-être à cause du préservatif. Si elle n'avait pas aimé se sentir si proche de lui, elle aurait été déçue...

On frappa à la porte et elle remonta le drap sur sa poitrine.

— Je sors ! lança Marty.

— Une seconde !

Tim se leva, et sa silhouette svelte se découpa dans la lumière de la penderie. Il ouvrit la porte, qu'il referma derrière lui, et sortit, nu, dans le couloir.

Elle l'entendit questionner son frère.

— Tu as pris tes médocs ?

— Si t'as besoin de baiser, tu as la fourgonnette pour ça ! Inutile de...

Le reste de la phrase se perdit dans un murmure. CeeCee songea à sortir du lit et à se rhabiller, mais son corps était comme pris par la glace. Se pouvait-il qu'elle ne soit pour lui qu'une passade ?

Au bout de quelques minutes, Tim revint dans la pièce. Il s'allongea à côté d'elle en soupirant ; la magie était brisée, irrécupérable.

— Marty croit qu'il ne s'agit que de sexe, mais je tiens à te dire que c'est faux, précisa-t-il. Tu me plais. Tu m'as plu dès le jour où tu as renversé du café sur moi. Je te trouve... adorable, et j'aime être avec toi. Tu es formidable. Peut-être un peu naïve en ce qui concerne le monde dans lequel nous vivons, et c'est sans doute la raison de ton optimisme forcené. Mais l'ignorance n'est-elle pas une bénédiction, comme on dit ?

Elle l'écouta sans un mot, heureuse de ses compliments, mais gênée de sa prétendue naïveté.

— Tu as raison, admit-elle une fois qu'il eut fini. Je ne sais pratiquement rien au sujet du Vietnam, par exemple, sauf qu'il y a eu beaucoup de protestations contre cette guerre... et qu'elle a fichu en l'air un certain nombre de jeunes gens... comme Marty. Quel genre de traitement suit-il ?

— Tu as entendu notre conversation ? demanda Tim, les yeux fixés au plafond.

— Une partie.

— Il est paranoïaque. Il se sent constamment menacé et ne fait confiance à personne. Si tu l'avais connu avant, tu l'aurais apprécié et tu comprendrais pourquoi je me fais du mouron pour lui. Je suis déjà bien content qu'il soit revenu vivant... Beaucoup d'autres n'ont pas eu cette chance, et il est si intelligent... Plus intelligent que ma sœur et moi.

— Tu as une sœur... Elle vit ici ?

— Non, fit Tim d'un ton sans réplique.

Elle s'assit sur le lit et serra ses genoux à travers la couverture, en promenant son regard sur le vaste foutoir qu'était la chambre. Pas de doute : elle était tombée amoureuse d'un homme auquel la notion de propreté était étrangère. Une idée lui vint, qui lui permit de retrouver le sourire.

— J'aimerais faire le ménage chez toi, dit-elle. Je suis une surdouée du rangement.

— Pas question.

— J'y tiens ! Je t'en prie, laisse-moi m'en occuper.

Elle ne pouvait pas en faire moins pour l'homme qui, selon toute vraisemblance, lui avait offert cinq mille dollars.

Il effleura son dos nu de ses doigts.

— Tu t'inscris à la fac au printemps ?

— Certainement.

— Alors, cette maison est à toi. Fais-en ce que tu veux, à condition de te tenir à l'écart de la chambre de Marty.

— Je n'ai pas l'intention d'approcher Marty.

— Ça me paraît une sage décision !

44

— Tu as besoin d'étudier maintenant ?

— J'ai un texte à taper, mais ce n'est pas...

— Eh bien, je m'y mets tout de suite, l'interrompit-elle. Ça ne t'ennuie pas si je touche à tes affaires ?

Il lui caressa un sein en riant.

— Tu as déjà eu l'occasion d'y toucher joliment !

Elle lui donna une bourrade.

— Va travailler ! Et moi, je range.

Il sortit du lit et enfila son jean. Elle l'imita en sentant son regard errer sur son corps.

Quand elle leva les yeux, il lui sourit.

— Je ne sais pas si j'arriverai à rester assis ici sans rien faire, pendant que tu trimes, jolie comme un bouton de rose.

— Tu ne vas pas rester sans rien faire, tu as du travail !

Elle alluma le plafonnier, avant de le guider jusqu'à son bureau.

— En plus, j'adore ce genre de besogne. Sans rire. A mon départ d'une de mes familles d'accueil, ma mère nourricière a dit à l'assistante sociale qu'elle regretterait mon sens du rangement.

— J'aurais beaucoup plus à regretter si tu me quittais, répondit Tim en s'installant derrière son bureau.

Elle se pencha pour l'embrasser sur le crâne. Comment avait-elle pu imaginer, vingt-quatre heures plus tôt, que leur relation était terminée ? Elle se sentait maintenant aussi à l'aise que s'ils avaient vécu en couple depuis des années et se prit à espérer qu'une longue vie commune les attendait.

Elle commença par les vêtements. Après avoir mis les plus sales dans la corbeille à linge déjà pleine, elle suspendit ou plia les autres. Elle s'attela ensuite à la bibliothèque, où papiers et cahiers étaient entassés au hasard. Tim tapait à la machine, et elle travaillait au rythme du cliquetis des touches du clavier.

Au bout d'une heure environ, il repoussa son siège et se mit à l'observer : assise par terre en tailleur, au milieu de livres et de papiers, elle posa la main sur l'une des piles.

— Je me demande ce que je dois en faire. Et ça, c'est quoi ? demanda CeeCee en brandissant des papiers agrafés. La silhouette d'un homme, la tête sur le billot, était tracée sur la première page ; le bourreau, debout à côté, s'apprêtait à abattre sa hache. Cette photo lui donnait la chair de poule.

En haut de la feuille, le mot « SCAPE » était écrit en gros caractères.

— Que veut dire SCAPE ? reprit-elle.

Tim contempla longuement la liasse, comme s'il cherchait à se souvenir quand il l'avait vue pour la dernière fois, puis plongea ses yeux dans les siens.

— Si je te confie quelque chose, pourras-tu garder le secret, CeeCee ?

— Bien sûr, Tim, s'écria-t-elle offusquée. Pense à tout ce que moi je t'ai confié !

Après une légère hésitation, il se leva et lui tendit la main. Elle le suivit dans le couloir, jusqu'à une immense chambre qui avait dû être celle de ses parents. Quel soulagement de découvrir une pièce que les deux frères n'avaient pas encore transformée en poubelle ! CeeCee admira le grand lit à colonnes et le tapis persan, rouge et beige, presque aussi grand que la chambre.

Tim s'assit au bord du lit et prit l'une des photos encadrées, sur la table de nuit à dessus de marbre. Comme elle l'avait rejoint, il l'enlaça en posant la photo sur ses genoux. Trois adolescents – deux garçons et une fille – souriaient à l'appareil avec une joie sans mélange. A gauche se tenait Tim : ses boucles blondes étaient plus longues et moins disciplinées à l'époque, et son sourire différent. Plus ouvert, moins marqué par le temps et l'expérience...

— C'est toi ! dit CeeCee.

— Oui, et là, ajouta Tim en lui montrant le garçon à droite, voici Marty.

Le jeune Marty, le cheveu coupé ras, avait un air conquérant.

— Je ne l'aurais pas reconnu !

— Il venait d'avoir dix-huit ans. La semaine suivante, il s'embarquait.

Tim désigna la fille, debout entre les deux frères.

— Nous avions quinze ans, Andie et moi.

— Ta sœur ?

Pour la première fois depuis qu'elle l'avait interrogé sur le mot « SCAPE », Tim lui sourit.

— Ma jumelle, murmura-t-il d'une voix vibrante d'émotion, en effleurant du bout des doigts le verre qui protégeait la photo. C'est là qu'intervient SCAPE.

— Je ne comprends toujours pas.

Tim poussa un profond soupir.

— Il y a quelques années, Andie a été incarcérée pour meurtre.

CeeCee retint sa respiration, puis dit d'une petite voix :

— Pour meurtre ? Elle était coupable ?

— L'été dernier, quand elle a enfin été appelée à comparaître, les jurés ont conclu qu'elle l'était.

Tim n'avait pas répondu à sa question, mais CeeCee comprit son intérêt particulier pour la réforme des prisons.

— Pourquoi ? demanda-t-elle.

— Parce qu'ils ne la connaissaient pas réellement. Andie n'aurait pas fait de mal à une mouche ! Et puis... Marty a foutu la merde. Je ne le blâme pas, mais il s'en veut encore.

— Qu'est-ce qu'il a fait ?

Tim avait les yeux rivés sur la photo.

— Voilà... Ce photographe était censé venir prendre des photos de notre maison, en vue d'un reportage dans *Southern Living Classics*. Tu sais, le magazine ?

Elle acquiesça d'un signe de tête, bien qu'elle n'en ait jamais entendu parler.

— Mes parents étaient en Europe, reprit Tim. Donc ce type devait simplement photographier l'extérieur et faire le reste à leur retour. Andie était à la maison, elle étudiait dans sa chambre. Nous terminions tous les deux notre deuxième année à l'université de Caroline. Elle venait... nous venions d'avoir dix-neuf ans. En tout cas, elle a dit qu'elle ne savait même pas que le photographe était là... mais, le lendemain, un de nos voisins l'a retrouvé mort dans le jardin de derrière. Lardé d'au moins une douzaine de coups de couteau de cuisine. Ce voisin a prétendu avoir aperçu Andie la veille, en train de parler avec lui.

Tim reposa le cadre sur la table de nuit et se leva en passant une main dans ses cheveux.

— Ensuite, tout a dérapé.

CeeCee tenta de dissimuler son effroi. Un homme avait été assassiné dans le jardin de la maison où elle se trouvait. Elle frissonna à cette pensée.

— Les flics nous ont interrogés séparément, Andie, Marty et moi.

Tim effleura distraitement les objets sur la commode : une autre photo, un miroir, un briquet en argent.

— Nous avons donné des versions différentes. J'ai dit la pure vérité : j'étais sur le campus à l'heure présumée du meurtre et j'avais retrouvé Marty pour le déjeuner. Il venait de rentrer du Vietnam, très perturbé.

De l'un des tiroirs de la commode, Tim sortit un paquet de Winston qu'il ouvrit. Sans broncher, CeeCee le regarda allumer une cigarette et souffler une bouffée de fumée. Il lui tendit le paquet, mais elle refusa son offre d'un hochement de tête.

— Marty a menti, ajouta Tim. Il a déclaré qu'il avait passé l'après-midi à la maison avec Andie et qu'elle n'était pas sortie une seule fois. Avec l'intention de la protéger, évidemment ! C'est tellement merdique...

— Et Andie, elle a dit quoi ?

— Elle a dit qu'elle était à la maison et qu'elle n'avait jamais vu ce photographe. Ses empreintes digitales étaient sur le couteau... parce que c'était un couteau de cuisine dont elle se servait souvent. Donc, Marty s'est fait taper sur les doigts, et Andie a passé deux ans en taule, en attendant son jugement. Mes parents, rentrés d'urgence, lui ont trouvé un avocat convenable, mais son histoire était tordue, et ça n'a pas échappé au jury. L'accusation a soutenu que c'était un geste prémédité : Andie aurait tué ce photographe pour lui voler son matériel. Pourtant, il n'a jamais été prouvé qu'il manquait quelque chose. En fait, comme Andie n'imaginait pas qu'elle serait condamnée, elle n'avait raconté à personne ce qui s'était réellement passé. Elle a menti au cours de son procès, et menti à son avocat, parce que...

Tim tira une longue bouffée de sa cigarette et regarda Cee-Cee dans les yeux.

— Parce que c'était bien elle qui l'avait tué, et elle craignait d'aggraver son cas si elle l'avouait.

— Elle l'a tué ?

La scène du jardin se précisa pour CeeCee. Elle voyait la jolie blonde de la photo, plongeant un couteau dans le cœur d'un inconnu. Douze fois.

— Elle a tout dit, après sa condamnation. Un moment... effroyable. Quand le verdict a été prononcé, nous étions dans la salle du tribunal. Ma mère a fondu en larmes, et Andie s'est levée en hurlant : « Je veux dire la vérité ! Je veux dire la vérité ! » Mais c'était un peu tard.

— La vérité ?

— Ce type l'avait violée.

Tim porta sa cigarette à ses lèvres d'une main tremblante.

— Il l'avait persuadée d'entrer pour prendre une photo à l'intérieur, et...

Tim s'interrompit.

— ... Disons qu'il s'est conduit comme une ordure... Quand il est parti, folle de rage, elle l'a poursuivi dans le jardin avec le couteau, et... elle lui a rendu la monnaie de sa pièce. J'ai cru Andie, nous l'avons tous crue ; tous sauf le procureur. Si elle avait menti une fois, elle mentirait encore... C'est du moins ce qu'ils ont dit, et elle a été condamnée à mort.

— Oh ! fit CeeCee, atterrée.

— Ma mère n'a pas supporté. Elle avait toujours eu des tendances dépressives... Elle s'est reproché ses voyages avec mon père, de ne pas avoir été assez présente pour Andie. Pourtant, nous étions tous en âge de vivre notre vie. Alors...

Tim tourna les paumes vers le ciel, désespéré.

— Quand je suis revenu à la maison, quelques jours après le jugement, j'ai trouvé ma mère morte d'une overdose.

Il regarda le lit sur lequel CeeCee était assise et elle comprit que c'était là qu'il l'avait découverte.

— Mon Dieu... Je suis désolée, dit-elle en se levant.

Quelle tragédie ! Une famille, apparemment heureuse et prospère, réduite en un rien de temps au néant : une fille condamnée à mort, un fils perdant la raison au Vietnam, le suicide de la mère. Elle serra Tim dans ses bras, sa joue contre son torse nu.

Il lui rendit son étreinte, son menton appuyé sur son crâne.

— Tu veux tout de même rester ici avec moi, CeeCee ?

— Plus que jamais ! répondit-elle en se disant qu'ils s'apporteraient mutuellement du réconfort. Andie est toujours en vie ? demanda-t-elle.

— Dans le couloir de la mort... et je ne t'ai toujours pas parlé de SCAPE.

— Explique-moi.

Après avoir posé sa cigarette, il l'entraîna vers le lit.

— Marty et moi nous avons cherché, avec l'aide d'avocats, à obtenir une réduction de peine. SCAPE est une association de personnes qui réclament l'abrogation totale de la peine de mort, mais notre action est plus ou moins clandestine.

— C'est-à-dire ?

— As-tu entendu parler de Weather Underground ?

CeeCee haussa les épaules. Si ce nom lui était familier, elle n'aurait su dire pourquoi.

— C'est un groupe de gens qui veulent changer le monde en renonçant aux moyens conventionnels. Donc, en ce qui concerne SCAPE, notre but est la suppression de la peine de mort. Nous manifestons, et nous agissons de différentes manières...

— Tu as essayé d'écrire au président Carter ?

— Ça ne dépend pas de lui ! Le gouverneur Russell est le seul à pouvoir intervenir. Nous lui avons écrit pour obtenir un rendez-vous mais il n'y a rien à en tirer ! C'est un jusqu'au-boutiste, qui se réjouit du rétablissement de la peine de mort. Cet imbécile voudrait faire un exemple avec Andie... histoire de montrer que les femmes aussi doivent payer si elles enfreignent les lois.

— Il y a sûrement un moyen...

Pour la première fois depuis qu'il avait commencé à parler d'Andie, Tim ébaucha un sourire.

— J'adore ton optimisme, dit-il, et j'ai l'impression que je suis en train de tomber amoureux de toi.

Les mots tant attendus !

— Et moi, je sais que je t'aime, répondit-elle.

Tim enroula une mèche de ses cheveux autour de son index.

— Honnêtement, aucune autre fille ne m'a encore inspiré un sentiment pareil. Tu es jeune, et j'ai d'abord cru que ça pourrait poser un problème, mais tu as une telle personnalité ! Tu es si positive que tu m'as insufflé ton optimisme. Merci.

Elle hocha la tête.

— Je te demande de garder pour toi ce que je t'ai raconté au sujet de SCAPE, conclut Tim.

Devant son anxiété, elle se sentit déborder d'amour.

— Pour toi, je suis capable de tout, murmura-t-elle du fond du cœur.

5

Chère CeeCee,

Je ne vois pas comment te donner d'autres conseils au sujet des garçons et des hommes sans te faire peur. Comment te préparer sans t'effrayer ? La meilleure solution consiste, je suppose, à te raconter ma propre expérience.

A l'âge de quinze ans, j'ai été violée. (Ne t'inquiète pas, ce n'était pas ton père !) Je travaillais après les cours dans des serres, dont cet homme était un client régulier. Un soir, il m'a proposé de me raccompagner chez moi ; j'ai accepté. Il faisait nuit quand nous sommes arrivés, et j'ai eu la bêtise de lui dire que mes parents étaient absents. Il m'a suivie jusqu'à la porte, et en un rien de temps, je me suis trouvée allongée sur le sol de la véranda, sa main plaquée sur ma bouche. Je n'ai pas pu lui échapper. Après, il s'est relevé en souriant et il s'est enfui au volant de sa voiture. Jamais je n'avais été aussi en colère. Si j'avais eu une arme, je l'aurais tué.

Je n'en ai parlé à personne, sauf à toi, CeeCee, parce que j'avais terriblement honte.

Malgré tout, je reste convaincue qu'il y a des hommes dignes de ce nom sur terre, même si je n'ai jamais eu la chance d'en rencontrer. Sois prudente et fais en sorte de ne jamais être aussi naïve que moi. D'accord ?

Son amour pour Tim ne cessait de croître. Le matin, au café, c'était comme si leur doux secret planait dans l'air. Certes, Ronnie savait combien elle l'aimait, mais elle ignorait – et n'aurait jamais pu imaginer – la force du lien qui se tissait entre eux. Ronnie avait tendance à jouer avec les garçons. Elle lui conseillait de flirter avec d'autres clients pour rendre

51

Tim jaloux, et de simuler des orgasmes pour flatter son ego. Cette question de l'orgasme la préoccupait en effet, mais elle se moquait généralement des suggestions de son amie.

Depuis ses douze ans, elle ne s'était jamais sentie aimée à ce point : quoi qu'elle fasse, il s'en réjouissait. Ils étaient amants et amis. Il l'aidait à préparer son dossier d'inscription à l'université de Caroline. La mi-janvier était la date butoir, mais il l'incita à prendre les devants. Lorsqu'elle dut se procurer ses relevés de notes et rédiger une dissertation, il la guida pas à pas. Son admission semblait lui tenir à cœur autant qu'à elle.

Après avoir rangé la chambre de Tim et sa penderie, elle s'attaqua au reste de la maison. La cuisine, jadis infecte, étincelait et chaque casserole était à sa place. Elle avait ciré les meubles du salon avec de l'huile au citron, et raclé la moisissure du carrelage de la salle de bains. Tim avait beau lui répéter qu'elle n'avait aucune obligation, elle prenait son rôle de ménagère à cœur. Il faisait tant pour elle qu'elle lui rendait ce service avec joie, de plus en plus à l'aise dans la belle demeure.

Il y avait des photos d'Andie partout. Elle ne se lassait pas d'admirer le sourire radieux de la jeune fille. Si tu avais su ce qui t'attendait, se disait-elle. Elle imaginait Andie se faisant violer : bien que la scène ait eu lieu à l'intérieur de la maison, elle se la figurait de nuit, sur la véranda – une véranda dont était dépourvue la maison de Tim.

Celui-ci lui racontait des souvenirs d'enfance. Andie ramenait à la maison des chatons égarés ; à sept ans, elle avait tenté de s'introduire clandestinement dans sa chambre d'hôpital quand il avait été opéré de l'appendicite ; et elle avait voulu grimper dans le cercueil, aux obsèques de sa grand-mère. L'amour de CeeCee pour Tim finit par inclure sa sœur jumelle.

— Je pourrais la rencontrer ? lui demanda-t-elle un jour, alors qu'il lui racontait des histoires d'Andie.

— Je vais voir ce que je peux faire. Elle est à Raleigh et les visites sont limitées. Mais tu dois faire sa connaissance. Vous vous entendriez à merveille toutes les deux.

Etrangement, l'amour pouvait doubler et même tripler, car elle s'était également attachée à Marty. Le frère aîné de Tim commençait à la considérer comme une amie plutôt qu'une rivale – et le jour où il lui déclara que son poulet frit était un vrai régal, elle sut qu'elle l'avait conquis. Ce soir-là, il apporta sa guitare dans le salon et joua de mémoire toutes sortes de chansons du Creedence Clearwater Revival, tandis que Tim et elle bredouillaient les paroles. Il avait une guitare au Vietnam, lui apprit-il, et la musique l'avait aidé à supporter des moments difficiles.

La veille d'Halloween, elle acheta trois citrouilles ; Tim, Marty et elle s'assirent dans la cuisine pour ciseler des lanternes, tout en se régalant de graines passées au gril. Elle avait d'abord hésité à mettre un couteau entre les mains de Marty, mais il le mania avec adresse, et son découpage se révéla le plus complexe et le plus effrayant des trois.

Autrefois, sa mère aimait se déguiser pour ouvrir la porte aux enfants quémandant des bonbons. Elle se confectionna donc un costume de Géant Vert à l'aide de collants verts, d'un pull à col roulé vert, et d'une grande quantité de feutre de même couleur. Si Tim jugea peut-être qu'elle avait un peu dépassé les bornes, il ne lui en dit pas moins qu'il la trouvait charmante.

Le soir d'Halloween, elle revêtit son déguisement, puis alluma des chandelles dans les citrouilles-lanternes, qu'elle déposa sur le perron. Pourtant, quand le premier gamin vint demander « un bonbon ou un sort », Marty paniqua.

Assis dans le salon avec son frère, il se leva brusquement et fonça vers l'escalier, en criant :

— N'ouvre pas la porte !

— Ce n'est rien, fit Tim. Juste un gosse qui réclame des friandises...

— N'ouvre pas, répéta Marty du haut des marches.

CeeCee, qui serrait dans ses mains une coupe de bouchées au chocolat, lut une véritable terreur dans ses yeux.

— D'accord, Marty, fit-elle, je n'ouvrirai pas.

Tim lui jeta un regard de gratitude et murmura quelques mots d'excuse.

Elle sortit et souffla les bougies à l'intérieur des lanternes ; Tim alla éteindre les lumières de la façade. Debout au milieu du vestibule, dans son habit de Géant Vert, elle observa

Marty, assis en haut des marches comme un petit enfant, ses coudes sur les genoux et le menton entre les mains.

— Va chercher ta guitare, Marty, et descends, lui dit-elle. Nous avons des chocolats à grignoter.

Quatre semaines après leur premier rendez-vous, Tim l'appela en sortant de son cours du soir. Il était près de vingt-deux heures trente ; CeeCee et Ronnie lisaient, allongées sur leurs lits, mais quand il proposa de venir la chercher sous prétexte d'une chose importante à lui demander elle n'hésita pas un instant. Il l'attendrait donc devant chez elle.

Après avoir raccroché, elle sauta du lit.

— Il a une demande importante à me faire, annonça-t-elle à Ronnie, en envoyant promener son pyjama.

Son amie posa son magazine.

— Mon Dieu ! Une demande en mariage ? Il y a un mois, jour pour jour, que vous sortez ensemble, non ?

CeeCee avait songé à cette hypothèse, bien qu'ils n'aient jamais parlé mariage, Tim et elle. En tout cas, il s'agissait d'une affaire sérieuse.

— Je ne sais pas, marmonna-t-elle en passant un tee-shirt, sans se soucier d'enfiler un soutien-gorge. Je ne le vois pas me faire sa demande maintenant.

Elle n'aurait su dire si elle souhaitait vraiment l'épouser...

— Tu es déjà sa femme, pour ainsi dire, estima Ronnie. Tu lui fais même sa lessive ! Il pense peut-être que c'est le moment d'officialiser.

CeeCee passa une brosse dans ses cheveux et se pencha pour apercevoir son reflet dans le miroir, au-dessus de la commode.

— A mon avis, ça n'est pas du tout ce que tu imagines.

Ronnie s'assit dans son lit, les genoux ramassés contre sa poitrine.

— Et moi, je suis sûre que c'est ça ! Tu répondrais quoi si c'était le cas ?

CeeCee se donna un dernier coup de brosse en réfléchissant.

— Je refuserais. Bien sûr, Tim est l'homme qu'il me faut, mais je veux terminer mes études et être autonome financièrement avant de m'engager. Pas question de dépendre de lui !

Ronnie lui tendit le numéro du *Cosmopolitan* qu'elle était en train de lire.

— Tu devrais jeter un coup d'œil à cet article. Il est riche. Laisse-le subvenir à tes besoins.

Après avoir ouvert la porte, CeeCee se retourna en souriant.

— Un de ces jours, Ronnie. Mais pas aujourd'hui !

6

Aujourd'hui, tu m'as massé le dos après que j'ai vomi. Ça m'a fait un bien fou... Comme si tu étais devenue ma mère, et moi ton enfant. Tu es naturellement douée pour aider les autres, CeeCee. Comment ai-je eu la chance de t'avoir pour fille ?

Une fois dans la fourgonnette de Tim, elle se pencha pour l'embrasser. Il paraissait nerveux : son sourire sonnait faux, et au lieu d'échanger un regard avec elle selon son habitude, il démarra aussitôt.

— Un problème ? fit-elle.

— Je ne tiens pas à parler ici...

Il devait s'imaginer que Ronnie les guettait de la fenêtre.

— On va chez toi ?

Il secoua la tête et s'engagea sur le parking d'une vieille église baptiste.

— Marty est à la maison, et je veux te parler en tête à tête.

Mon Dieu, il allait la demander en mariage...

— Il fait un froid de canard dehors ! dit-il en coupant le contact. Ça ne t'ennuie pas si on reste ici un moment ?

— Pas de problème !

A la lueur des réverbères, Tim lui sembla pâle, presque blafard.

— Je voudrais te parler d'une chose grave, murmura-t-il.

— Je t'écoute.

Quand elle refuserait sa demande, il lui faudrait se montrer très douce, très aimante, lui faire comprendre qu'elle n'avait rien contre la proposition en elle-même, mais que ce n'était pas le bon moment.

Tim se frotta les mains comme s'il cherchait à se réchauffer.

— Tu pourrais aider Andie d'une certaine manière, articula-t-il.

Surprise, elle ravala les mots qu'elle s'apprêtait à prononcer. Elle n'aurait su dire si elle se sentait soulagée ou déçue.

— L'aider comment ?

Les mains jointes, il la regarda dans les yeux pour la première fois.

— Difficile à expliquer... D'abord, je dois te dire que nous avons un projet, Marty et moi. Un projet illégal, ajouta-t-il en guettant sa réaction, et dangereux.

Elle s'accrocha à son bras.

— Qu'est-ce que tu racontes ?

Elle se souvint de la serveuse, Bets, la prévenant que Tim était un homme dangereux, et elle craignit tout à coup de le perdre. On pourrait l'incarcérer exactement comme Andie.

— Rien ne t'oblige à accepter, bien sûr ! poursuivit Tim en pressant sa main dans la sienne. Je t'aime, ma puce, et je t'aimerai, que tu m'aides ou non. C'est clair ?

— Oui, mais...

— Préfères-tu connaître notre plan ou ne rien savoir ?

— Je ne peux pas te répondre sans savoir !

— Si je te le dis, il faut que tu me jures de n'en souffler mot à personne... pas même à Ronnie. Si tu sens que tu n'arriveras pas à te taire, préviens-moi tout de suite pour que...

— Je te promets de garder ça pour moi.

Ils projetaient de tirer Andie de prison : rien d'autre ne pouvait le rendre aussi anxieux et nerveux. Allaient-ils lui demander de conduire la voiture dans laquelle elle s'évaderait ? Si c'était le seul moyen de sauver Andie, en serait-elle capable ? Dans ce cas, « dangereux » était un euphémisme.

— Si elle est dans le couloir de la mort, est-ce que ce n'est pas quasi impossible de la faire sortir ? murmura-t-elle.

— Il ne s'agit pas de ça, CeeCee, dit-il avec gêne en se passant les mains dans les cheveux. Tu sais que nous avons cherché à obtenir une réduction de peine par tous les moyens légaux, n'est-ce pas ?

— Oui, je sais.

— Maintenant, il va falloir jouer serré. Ecoute-moi bien !

Il prit ses deux mains dans les siennes.

— Marty et moi allons kidnapper la femme du gouverneur Russell.

— Quoi ? gloussa CeeCee. Tu plaisantes ?

Il regarda au loin, avec une expression figée. Il ne plaisantait pas.

— Tim... C'est absurde, dit-elle en lui prenant le visage dans les mains. Une idée de Marty, je parie.

— Non, c'est mon idée, et elle n'a rien d'absurde. Nous avons tout mis au point.

— Je n'arrive pas à croire que tu aies pu ne serait-ce que penser à un tel projet.

— Eh bien, n'en parlons plus ! Je compte sur ton silence.

— Je t'ai promis de me taire, mais ne compte pas sur moi. En quoi kidnapper la femme du gouverneur peut-il aider Andie ?

— Nous la relâcherons s'il la gracie.

— Tu risques de finir tes jours en prison.

— Mais non !

— Et s'il refuse ?

— Il ne refusera pas !

— Si tu...

Exaspéré, Tim leva les mains au ciel.

— Ça va marcher. Il faut que ça marche. Alors, arrête de me mettre des bâtons dans les roues avec tes « si » !

C'était la première fois qu'il se permettait de lui parler sur ce ton.

— Désolée, fit-elle, au bord des larmes.

— A quoi bon dénigrer un plan dont tu ignores tout, CeeCee ? reprit-il, le souffle court et les mains sur les yeux. Tu ne me facilites pas les choses, tu sais.

Perplexe, elle se mordit les lèvres. Quand il laissa retomber ses mains, ses yeux étaient rouges et brillants.

— Il s'agit de ma sœur, bon Dieu ! Je dois l'aider.

— Je sais, et je sais aussi que tu l'aimes, répondit CeeCee en lui passant un bras autour des épaules, désireuse de partager son chagrin. Que voulais-tu me demander exactement ?

— Ne t'inquiète pas ; on pourra s'adresser à quelqu'un d'autre.

Il alluma une cigarette et inspira profondément la fumée.

— Il y a une fille de SCAPE à qui on pourrait probablement...

— Dis-moi ce que tu voulais me demander, répéta CeeCee.

Il soupira en dodelinant de la tête, comme si cette conversation lui faisait mal à la nuque.

— Voilà, reprit-il. Des membres de ma famille ont un chalet sur la Neuse River, près de New Bern. Tu sais où ça se trouve ?

— A quelques heures d'ici, c'est ça ?

— Exact. Ils n'y vont jamais en cette saison, c'est donc là qu'on amènera cette femme. Ensuite Marty et moi, on ira dans une autre maison de Jacksonville pour négocier avec Russell... le gouverneur. Sa parole donnée, on ira chercher son épouse et on la lui rendra indemne.

— Vous la laisserez seule dans ce chalet ? Et si...

Devinant que ses questions allaient importuner Tim, Cee-Cee s'interrompit.

— C'est là que tu interviens, précisa-t-il. Toi... ou cette fille de SCAPE, ou je ne sais qui. Il faudra rester avec la femme du gouverneur.

CeeCee imagina la gamine de seize ans qu'elle était gardant en captivité une femme adulte.

— J'en serais incapable, Tim.

— Ça ne me surprend pas.

Il lui effleura la joue, et elle fut soulagée de constater que sa colère était tombée.

— Tu refuses de nous aider, poursuivit-il, et ce n'est pas si grave... C'est juste que Marty et moi, on te faisait confiance : il nous faut quelqu'un pour se charger de la femme du gouverneur, et tu es vraiment douée pour ce genre de tâche. Je ne sais pas grand-chose de la fille de SCAPE, mais elle est sans doute fiable. Comme tu nous es très attachée, à Andie, Marty et moi, on avait trouvé logique de t'en parler.

CeeCee se sentit coupable. Tim s'était montré si généreux ! La « fille de SCAPE », prête à se battre pour faire triompher ses valeurs, accepterait d'aider Tim et Marty qu'elle connaissait à peine.

Elle se pencha à travers l'espace qui séparait leurs sièges pour le prendre dans ses bras, en évitant de son mieux sa cigarette.

— Tim, je préférerais que tu ne te lances pas là-dedans. C'est trop dangereux.

— Nous n'avons pas le choix, CeeCee...

Il soupira de dépit en démarrant.

— Et nous ferons le nécessaire, conclut-il, avec ou sans toi !

7

La psychologue du service m'a demandé pourquoi je ne t'avais jamais coupé les cheveux. Je lui ai répondu que ce serait à toi d'en décider. Toute petite déjà, tu prenais de sages décisions. (Sauf le jour où tu as jeté ton ours en peluche dans les toilettes. T'en souviens-tu ?) Quand on doit prendre une résolution importante, difficile de trancher. On finit par devenir cinglé si l'on n'arrête pas de peser le pour et le contre. C'est comme le jour où j'ai décidé d'aller à Duke pour ce protocole sur le cancer : un choix qui t'a arrachée à tes camarades de classe et m'a permis d'essayer un nouveau traitement. Mon esprit me disait « Ne le fais pas ! », mais mon cœur m'incitait à tenter le coup. Ai-je pris la bonne décision ? Je n'en sais rien. Je vais bientôt mourir, donc je pourrais considérer que j'ai eu tort ; mais si j'étais restée dans le New Jersey, je serais probablement en train de mourir là-bas, en regrettant de ne pas avoir couru ce risque. Donc, quand il s'agit de faire un choix, envisage les deux facettes du problème, écoute ton cœur, décide-toi et plonge !

Au café, le lendemain matin, CeeCee posa une assiette d'œufs et de gruau de maïs devant Tim, puis se pencha en murmurant :

— Je voudrais vous parler, à Marty et toi, de... tu sais quoi...

— Tu as réfléchi ?

— J'ai des tas de questions.

Tim lui caressa la main.

— Ça ne m'étonne pas. Passe à la maison ce soir ! Je commanderai une pizza et nous parlerons.

61

— En présence de Marty ! insista CeeCee. Je veux être sûre que nous sommes tous d'accord, avant de prendre ma décision.

— Je m'arrangerai pour qu'il soit là, et je regrette d'avoir été dur avec toi hier soir, conclut Tim.

Ronnie, qui ne dormait pas encore quand CeeCee était rentrée la veille, avait voulu savoir si son amoureux l'avait demandée en mariage. S'attendant à cette question, elle lui avait répondu avec désinvolture :

« Nous nous faisions des idées ! Il voulait simplement me demander conseil au sujet d'un cadeau pour une de ses tantes. »

Ronnie avait tressailli.

« Tu n'es pas déçue ?

— Plutôt rassurée ! Ce n'est pas encore le moment. »

A vrai dire, elle ne savait que penser de la requête de Tim. Une idée folle... ou un projet réalisable ? Elle passa une bonne partie de la nuit à réfléchir et à dresser la liste de ses objections et des questions qu'elle se posait. Tim était certainement l'une des personnes les plus intelligentes qu'elle ait jamais connues. Il en savait beaucoup plus qu'elle au sujet de la marche du monde ; en particulier en politique. Jamais il n'aurait couru un tel risque sans avoir la certitude de réussir.

On livrait deux pizzas quand elle arriva, mais elle douta de pouvoir en avaler un morceau. Tim paya le livreur avec un billet de vingt dollars et lui dit de garder la monnaie.

Marty avait déjà pris place au bout de l'imposante table de salle à manger quand Tim et elle apportèrent les pizzas. La tignasse brune de Marty appelait un shampooing à grands cris, mais il s'était rasé en son honneur.

— Eh bien, dit-il, les mains croisées devant lui comme s'il présidait un conseil d'administration, il paraît que tu serais prête à nous aider.

Elle s'assit en face de Tim, en pensant à l'incongruité de la scène : dans une élégante salle à manger, avec des lustres en cristal et des tentures damassées qui devaient valoir une fortune, ils mangeaient de la pizza dans des assiettes en carton, tout en complotant un kidnapping.

— Je ne sais pas encore... Votre idée me paraît un peu démente...

Marty sourit de son sourire étrange.

— Dans certains cas, il faut transgresser les lois pour atteindre son but.

— Tu voulais nous poser des questions, lui rappela Tim, en la servant.

Elle sortit de sa poche de jean la liste qu'elle avait rédigée pendant la nuit, et la déploya sur la table.

— Le gouverneur ne va-t-il pas vous soupçonner tous les deux, puisque vous avez toujours cherché à sauver Andie ?

— Probablement, à moins d'être le dernier des cons, ce qui est possible !

Sur ces mots, Marty mordit dans sa pizza.

— Alors... vous ne risquez pas d'aller en prison après avoir libéré sa femme ?

— A condition qu'il nous retrouve ! répondit Marty, la bouche pleine.

CeeCee interrogea Tim du regard.

— Mon frère veut dire que nous devrons entrer dans la clandestinité.

— Donc... vous cacher ?

— Oui, dit Tim en guettant la réaction de CeeCee du coin de l'œil. Nous changerons de nom et nous modifierons un peu notre apparence.

— Mais, Tim, dit-elle, décontenancée, je ferai comment pour te revoir ?

Il tendit un bras à travers la table pour lui prendre la main.

— Sauver la vie de ma sœur, c'est ce qui compte le plus pour moi en ce moment ; mais je ne veux surtout pas te perdre. Tu sauras où me trouver. Tu seras la seule à savoir !

Elle se sentit fondre sous son regard.

— Promis ?

Tim acquiesça d'un signe de tête.

— Tu sauras où nous trouver si tu es capable de tenir ta langue, ajouta Marty avec une intonation menaçante qui rappela à CeeCee son malaise initial en sa présence.

— Bien sûr qu'elle en sera capable ! intervint Tim.

CeeCee tenta de se figurer son avenir.

— Dans ces conditions, ça veut dire que je devrai toujours te voir dans la clandestinité ?

— Pas nécessairement. Si tu viens me rejoindre là où je suis, on n'aura pas à dissimuler notre relation. Simplement, je ne m'appellerai plus Tim Gleason...

— Mais j'ai fait une demande d'admission à l'université de Caroline, objecta CeeCee. C'est ici que je dois être.

— Eh bien, nous allons présenter une demande à d'autres facs.

— Dites, les deux tourtereaux, vous parlerez de tout ça un autre jour ! s'impatienta Marty. Vous ne pourriez pas vous lâcher la main pour me laisser attraper la pizza ?

Tim obtempéra et se cala dans son siège, tandis que Marty se servait une autre part.

— Il y a tout de même un petit problème... Des tas de gens savent que nous sortons ensemble, dit soudain Tim. Ils te poseront des questions après ma... pseudo-disparition.

CeeCee n'y avait même pas pensé.

— Donc, que tu acceptes ou non de nous aider, nous devrons faire semblant de rompre, reprit Tim.

— Non ! cria-t-elle, au bord des larmes.

— C'est pour te protéger, CeeCee. Personne ne doit se douter que tu es mêlée à cette affaire. Il s'agira d'une fausse rupture, évidemment.

Que de complications, alors que tout allait si bien jusque-là ! Cela la ravissait de voir Tim au café le matin et de passer ses moments de loisir dans la belle demeure. Or, quelle que soit sa décision, tout allait changer. Le sort d'Andie pesait comme une chape de plomb sur les deux frères, et Tim ne retrouverait jamais la paix de l'esprit s'il ne parvenait pas à la sauver.

— D'accord ? lança ce dernier, pour l'arracher à son silence.

— Quand faudra-t-il faire comme si nous avions rompu ?

— Bientôt. Cette semaine, à mon avis. Ronnie aussi doit croire à notre rupture.

Elle hocha la tête en parcourant sa liste.

— Si je vous aide, la femme du gouverneur pourra m'identifier.

— On te trouvera un bon déguisement, dit Marty. Une perruque blonde, ou bien rousse... Tes cheveux tiendrontils sous une perruque ? Peut-être faudra-t-il que tu les coupes.

Tim ne l'entendait pas ainsi :

— Hors de question !

— Je peux les rassembler bien serrés, suggéra-t-elle tout en redoutant cette opération.

Marty, les yeux plissés, la jaugea.

— Tu serais parfaite en blonde... Et puis, tu porteras un masque et tu ne diras pas à la femme du gouverneur comment tu t'appelles. Elle ne pourra jamais deviner ton identité.

— Il y a un téléphone au chalet pour que je sache comment ça se passe entre vous et le gouverneur ?

— Pas de téléphone, dit Tim. Ce qui explique qu'on n'y reste pas pour négocier.

— Mais alors, je ne pourrai pas savoir...

— Pas tout de suite, en effet. Nous allons lui donner... mettons, trois jours pour se décider ; mais je suppose que tout se jouera en quelques heures.

— Qui sait ? ricana Marty. Ce type appréciera peut-être de passer un moment sans sa vieille.

Tim, impassible, jeta un coup d'œil à la liste de CeeCee.

— Que veux-tu savoir encore ?

— Il faudra qu'elle reste ligotée ?

— Non. Quoique... Elle sera peut-être menottée pendant le transport, si elle ne coopère pas. Une fois au chalet, on te donnera les clefs pour que tu n'aies pas de problème.

— Si elle crie, les voisins peuvent l'entendre...

— C'est un lieu très isolé, déclara Tim.

Marty avala une gorgée de bière.

— Pas un chat à des kilomètres à la ronde, mais il pourrait y avoir des ours. Tu te sens comment, avec les ours ?

— La ferme, Marty ! ordonna Tim. Tu ne me simplifies pas la vie.

— Et si je m'endors ? fit CeeCee, que ses propres questions, qui sous-entendaient sa participation, étonnaient. Au cas où ça se prolongerait deux ou trois jours, il faudra bien que je dorme !

— Eh bien, dit Tim, pendant ton sommeil, tu n'auras qu'à l'attacher à quelque chose. Par exemple, à son lit... Tu verras par toi-même ce qui convient.

— Et si elle cherchait à m'agresser ? demanda encore Cee-Cee qui se voyait déjà se bagarrant à coups de poing avec la femme du gouverneur de Caroline du Nord.

— Tu auras un pistolet, annonça Marty.

Tim jeta un regard irrité à son frère, tandis qu'elle ripostait :

— Je n'en veux pas !

— Nous te donnerons un pistolet non chargé, simplement pour lui faire peur.

Le fait que Tim possède une arme la contrariait grandement, mais elle ne devait pas perdre de vue l'homme qu'il était. Un homme qui lui avait, selon toute vraisemblance, donné cinq mille dollars, qui la considérait comme une perle, et qui l'aimait comme personne ne l'avait aimée depuis la mort de sa mère. Enfin, un étudiant sérieux, qui désirait se rendre utile aux victimes de la société.

Soudain, elle murmura :

— Ton diplôme ! Si tu passes dans la clandestinité, comment finiras-tu tes études ?

— Ce n'est pas le plus important.

— Mais tu as travaillé si dur...

Il lui sourit comme si elle était trop jeune ou trop naïve pour comprendre.

— Ça ne compte pas tant que ça, CeeCee ! Par rapport à la vie de ma sœur, un diplôme n'est qu'un chiffon de papier.

Marty se pencha vers elle.

— Le gouvernement n'arrête pas de tuer des innocents. Andie s'est fait foutrement avoir, mais nous ne tolérerons pas qu'elle devienne une victime de plus !

— Nous ne sommes pas seuls dans ce combat, précisa Tim. D'autres membres de SCAPE sont au courant et nous soutiennent à cent pour cent. Ils ne demandent qu'à nous aider, mais comme ils sont clandestins, je préfère ne pas trop en parler... même si je sais que je peux compter sur ta discrétion.

CeeCee hocha la tête.

— Ces gens-là habitent près du chalet en question ; on pourra donc rester chez eux, en attendant d'être prêts à agir. On s'arrangera pour qu'il y ait de la nourriture au chalet, et tout ce dont tu auras besoin. Ils ont une vieille voiture qui te servira le jour du...

Tim évita de prononcer le mot « kidnapping ».

— Le jour J, tu te rendras en voiture au chalet et nous irons à Jacksonville, dans la maison où nous disposerons d'un téléphone. Ensuite, nous te rejoindrons au chalet. Tu me suis ?

— Comment allez-vous vous y prendre pour lui mettre la main dessus ?

— On connaît son emploi du temps. Elle donne un cours d'espagnol, le soir, à la fac. Il fait nuit quand elle sort, donc on la chopera sur le parking.

Elle s'imagina la scène : une femme se dirige seule, la nuit, vers sa voiture ; deux hommes surgissent des ténèbres, étouffent ses cris en plaquant une main sur sa bouche, et la traînent à l'arrière d'une fourgonnette.

— Vous allez la faire mourir de peur !

— Brillante déduction, se moqua Marty.

— On fera notre possible pour ne pas la traumatiser, ma puce, intervint Tim. Il n'est pas question de la brutaliser, d'autant plus que, par principe, nous sommes opposés à la violence.

CeeCee contempla son assiette, luisante de graisse autour de la part de pizza intacte. Les deux hommes se taisaient : ils semblaient comprendre qu'il lui faudrait un moment pour assimiler leurs paroles.

— Quand avez-vous l'intention de passer à l'acte ? demanda-t-elle enfin.

— Quelques jours avant Thanksgiving.

— Et si le gouverneur accepte de gracier Andie, et ne tient pas parole une fois que sa femme lui aura été rendue ?

— Il a tout intérêt à tenir parole, gronda Marty d'une voix menaçante. Sinon, nous adopterions le plan B, mais je suppose que tu ne souhaites pas en savoir plus.

CeeCee, alarmée, se tourna vers Tim.

— En quoi consiste le plan B ?

— Il te fait marcher, dit Tim. On peut se passer d'un plan B, puisque le plan A est infaillible.

Il repoussa son assiette et alluma une cigarette.

— Ne prends pas ta décision tout de suite, CeeCee ! Terminons notre repas, et demain matin, après une bonne nuit, tu verras où tu en es.

Après dîner, elle monta dans la chambre de Tim et ils firent l'amour. Elle évita de penser au kidnapping, en se disant que tout serait toujours simple entre eux. Quand il s'assoupit, elle resta pourtant éveillée, pensive. Le fait que d'autres gens soutiennent le projet de Tim et Marty la rassurait. Leur conduite en paraissait moins absurde. Elle pensa au radieux sourire d'Andie et au viol brutal qui l'avait poussée à tuer son agresseur. A son angoisse au cours du procès, quand elle avait dû se forger un alibi pour se protéger. Puisqu'elle avait lamentablement échoué, c'était au tour de ses frères de se débrouiller pour lui sauver la vie. Pour Tim, l'objectif était de prévenir la violence : personne ne serait brutalisé et Andie aurait la vie sauve.

Ecoute ton cœur, prends ta décision et plonge ! avait écrit sa mère. Exactement ce qu'elle comptait faire.

8

Tu dois savoir ce qui s'est passé entre ton père et moi. Je l'ai rencontré à un bal du lycée quand j'avais quinze ans, et j'ai été subjuguée. Il n'était pas un élève de mon établissement ; beaucoup plus tard, j'ai appris qu'il avait abandonné ses études. C'était un menteur hors pair, très beau, et charmant. Ses cheveux étaient bruns et ondulés, exactement comme les tiens – un peu rebelles et superbes. En fait, il était lui-même rebelle et superbe ; c'est sans doute ce qui m'a séduite. Je le trouvais si différent...

Quand je suis tombée enceinte de toi, j'ai eu peur de lui en parler. J'en étais à près de trois mois de grossesse quand j'ai enfin pris mon courage à deux mains. Je m'étais forgé une sorte de fantasme : le jour où je lui annoncerais la nouvelle, il me demanderait en mariage et veillerait ensuite sur moi. Je suis allée chez lui – il habitait chez ses parents – et tout en jouant au ping-pong, j'ai réfléchi à ce que j'allais lui dire.

Le téléphone a sonné pendant qu'il était aux toilettes. Comme nous étions seuls à la maison, j'ai répondu. Une fille demandait à lui parler – une certaine Willa. Au son de sa voix j'ai su qu'elle était jolie. Il est sorti des toilettes et son visage s'est éclairé en apprenant qu'elle avait appelé. Nous avons repris notre partie, mais j'ai compris qu'il pensait à Willa, car il jouait n'importe comment. La partie finie, il a prétexté ne pas se sentir bien et m'a conseillé de rentrer chez moi. Je suis partie, en me disant que je n'aurais plus jamais de ses nouvelles. J'avais raison.

Après avoir accepté d'aider Tim et Marty, CeeCee eut l'impression d'être sur des montagnes russes. Tout alla bien tant que les deux frères finalisaient leur projet sans lui demander de trop s'impliquer, mais elle s'attendait à une accélération rapide qui lui interdirait tout renoncement.

Son rôle consistait maintenant à préparer le terrain pour sa rupture avec Tim ; elle inventa donc de toutes pièces des problèmes dont elle discutait avec Ronnie.

— Il a reçu un appel d'une autre fille, hier soir pendant que j'étais avec lui, lui confia-t-elle un matin tout en s'habillant avant de partir au travail.

A cette heure, il faisait encore nuit dehors.

— Qu'en sais-tu ? fit Ronnie en enfilant son jean.

Elle vérifia dans le miroir qu'il lui faisait de jolies fesses, tandis que CeeCee se démêlait les cheveux.

— C'est moi qui ai répondu au téléphone. Il y a eu un silence, puis une voix féminine a demandé Tim. Il a paru content d'avoir de ses nouvelles et il est allé lui parler dans une autre pièce.

Ronnie se tourna vers son amie, les mains sur les hanches.

— Tu lui as demandé qui c'était ?

CeeCee posa son peigne.

— Non, je ne veux pas être collante.

— Mais tu as le droit de savoir ! s'indigna Ronnie. Vous avez une relation sérieuse, pas un simple flirt. Il ne doit rien te cacher.

CeeCee s'affala sur son lit.

— Il est devenu... distant, depuis quelque temps.

— Tu lui as donné l'impression que tu lui appartiens quoi qu'il arrive, dit Ronnie qui l'avait rejointe. Le moment est venu de lui faire comprendre que d'autres types s'intéressent à toi, et toi à eux. Ne lui rends pas la tâche trop facile !

— Je n'ai pas envie de jouer la comédie. C'est Tim que je veux.

Elle fut surprise de constater que les larmes montaient. Imaginer son état s'il la quittait était chose facile car l'idée de perdre Tim était devenue son souci majeur. Comment poursuivraient-ils leur relation s'il devait se cacher ? Chaque fois qu'elle avait évoqué ce sujet depuis leur discussion avec Marty, il l'avait serrée tendrement dans ses bras en lui promettant qu'ils trouveraient une solution.

« C'est trop bon entre nous pour tout gâcher », lui disait-il.

Si elle insistait pour en savoir plus, il lui répondait d'un ton mécontent :

« Ne me demande pas de détails, CeeCee. Je ne sais même pas où je vais atterrir ! Tu dois me faire confiance sur ce point. »

Ce qu'elle faisait, mais elle n'avait jamais supporté l'incertitude.

Il lui déclara que leur rupture devait se faire en public.

— Tu as fait du théâtre au lycée ? lui demanda-t-il un soir, en la raccompagnant après un film.

— Non, et toi ?

— Moi, oui. Je pourrais faire semblant d'être furieux contre toi, lui dit-il avant de lui décocher son sourire séducteur. Mais je ne vois pas ce que tu pourrais faire pour me mettre dans cet état...

— J'ai dit à Ronnie que tu avais l'air de t'intéresser à une autre.

— Génial ! Quoique ça donne une mauvaise image de moi. Je veux que ce soit toi la responsable !

— Tss tss, répondit CeeCee avec un sourire, je préférerais que ce soit toi.

— Très bien. Je t'en ai déjà demandé beaucoup, donc je prendrai la faute sur moi. Une ancienne copine est réapparue dans ma vie... Etant un vrai salopard, je te quitte pour elle.

— A quoi elle ressemble ?

— Elle a quelque chose de l'inspecteur Kojak, mais j'ai l'impression d'être envoûté.

— Quoi ? s'esclaffa CeeCee.

— Elle est du genre lunatique, mais comme elle est difficile à conquérir, elle m'a toujours intrigué. Maintenant qu'elle me veut, je suis incapable de lui résister.

Tim semblait si pris par son propre jeu que CeeCee se sentit mal à l'aise.

— C'est de la pure fiction, j'espère !

— Voyons, ma puce, tu me vois en train de te quitter ?

CeeCee perçut une ombre de contrariété dans cette question. Avait-il deviné son manque d'assurance ?

— Aucune autre femme n'est comparable à toi, reprit-il. Tu as une chevelure fabuleuse, tu es intelligente, tu as remis

71

toute ma maison en ordre, et tu as fait la conquête de mon frère. En plus, au lit, tu es une vraie bombe !

Cette dernière remarque la fit rougir. Non, elle n'était pas une « bombe ». Elle n'avait toujours pas eu d'orgasme quand ils faisaient l'amour. Sans doute restait-elle trop passive... Sa petite amie fictive était probablement multi-orgasmique. Pas étonnant qu'il ait envie de lui revenir. Elle la prénomma Willa.

Comme prévu, un matin, deux semaines avant Thanksgiving, Tim vint la voir au café. Au lieu de s'asseoir à sa place habituelle, il demanda à CeeCee de le rejoindre dehors ; il paraissait passablement troublé et ne s'était pas rasé.

Elle prit Ronnie, qui se dirigeait vers la cuisine, par le bras.

— Tim veut me parler entre quat'z-yeux. Tu peux te charger de mes tables quelques minutes ?

Ronnie jeta un coup d'œil à Tim.

— Que se passe-t-il ?

— Rien de spécial, j'espère, fit CeeCee en haussant les épaules.

— Vas-y, je te remplace !

Elle sortit retrouver Tim sur le trottoir, près de la vitrine. Des étudiants les frôlaient au passage, mais ils occupaient le terrain. Ils devaient se donner en spectacle, sous le regard de Ronnie.

— Souviens-toi que je t'aime, lui dit d'abord Tim.

Un halo de boucles dorées nimbait sa tête ; elle aurait voulu les toucher, mais elle se contenta d'acquiescer, les bras croisés sur sa poitrine.

— Mon ancienne petite amie est revenue, dit-il. Elle m'a permis de réaliser que je ne t'ai jamais vraiment aimée. Je te demande pardon, mais toi et moi, c'est fini.

— Je m'en doutais, s'exclama CeeCee en tapant du pied. Je savais qu'il y avait quelqu'un d'autre !

Tim sourit malgré lui de sa colère simulée, puis reprit son sérieux.

— Ça vient juste d'arriver. Ce n'est pas comme si ça durait depuis toujours.

— Comment peux-tu me faire ça ? s'écria CeeCee, plus fort qu'elle n'aurait voulu, s'attirant le regard désapprobateur d'un passant.

— Je n'avais pas l'intention de te blesser, reprit Tim.

— Tu ne t'en tireras pas comme ça. Dis-moi ce qu'elle a de mieux que moi.

— Tu n'y es pour rien, CeeCee. Tu es formidable et tout est de ma faute.

— Ça, on peut le dire !

— Je suis désolé...

Il posa ses mains sur ses épaules, mais elle leva brusquement les bras pour le repousser.

— Tu peux pleurer ? souffla-t-il.

Elle cacha son visage entre ses mains, laissa tomber ses épaules.

— C'est mieux. J'aime à croire que tu aurais été navrée de me perdre ; comme moi si tu m'avais quitté... Bon, maintenant, je vais te prendre dans mes bras tendrement une dernière fois, pour te réconforter.

Elle enfouit son visage contre son épaule.

— Oh, Tim, je n'aime pas ça !

Il lui tapota distraitement le dos, comme un amoureux qui a déjà l'esprit ailleurs.

— Moi non plus, ma puce, mais nous savons toi et moi ce qu'il y a réellement entre nous. Viens me voir demain soir, d'accord ? Débrouille-toi pour venir de nuit, afin que personne ne te voie. Et passe par la porte de derrière.

— D'accord.

— Maintenant, fais comme si tu étais furieuse contre moi avant d'y retourner.

— Je ne suis pas seulement furieuse, dit-elle en s'essuyant les yeux du revers de la main, mais complètement anéantie.

Il lui adressa un clin d'œil.

— Souviens-toi que je t'aime.

— Moi aussi, répondit-elle avant de lui donner une gifle qui fit tourner la tête de tous les passants.

Eberlué, il porta la main à sa joue cramoisie.

— Mon Dieu, Tim... bégaya-t-elle. Je suis désolée...

Elle esquissa un geste vers lui, mais il recula.

— Bon, dit-il. Je déposerai tes affaires sur le trottoir.

Après l'avoir regardé remonter Franklin Street, où il se perdit bientôt dans la foule, elle contempla sa paume. Pourquoi avait-elle eu ce réflexe brutal ? Et surtout, pourquoi avait-elle éprouvé un tel soulagement en le giflant ?

Elle rentra dans le café, avec l'expression stoïque d'une femme bafouée qui cherche à se dominer. Ronnie fit preuve de sollicitude ; elle la vit parler derrière son dos avec George, leur patron. Ils allaient maintenant voir en Tim un coureur de jupons. Elle était furieuse d'être l'objet de leur pitié, mais ses mensonges nécessaires ne faisaient que commencer.

9

J'aimerais te voir maintenant, à seize ans. Tu es une mer-
veilleuse fillette de douze ans ; j'imagine que tu deviendras de plus
en plus merveilleuse en grandissant. Hier, quand une infirmière
essayait de te tenir à l'écart parce que j'étais en train de vomir, je
t'ai entendue, à travers la porte, lui dire : « C'est MA mère, pas la
vôtre, et je veux m'en occuper ! » J'avais la tête au-dessus de la
cuvette, pourtant ça m'a fait rire. Tu es si forte... J'ai réalisé que
tu te débrouilleras très bien sans moi.
Comment fais-tu pour être si courageuse ?

Ils n'étaient qu'à quelques kilomètres de Chapel Hill, mais
la tension était si palpable dans la fourgonnette de Tim que
CeeCee pouvait la sentir sur sa peau. Encore une bonne
heure et demie avant d'arriver à New Bern... Son siège trop
dur lui faisait mal au dos. Assis sur un transat, derrière le
siège de Tim, Marty tenait un plan tracé à la main sur un
genou et une bouteille de bière sur l'autre.

Depuis la sortie de l'autoroute, les deux frères se dispu-
taient à propos de l'itinéraire. Elle faillit leur dire de se taire ;
s'ils ne parvenaient même pas à s'entendre sur la manière de
se rendre à New Bern, comment prendraient-ils les décisions
beaucoup plus délicates qui s'imposeraient les jours suivants ?
Elle garda pourtant le silence, de peur d'exacerber la nervosité de Tim. Tous trois étaient à cran. Ils vivaient leurs dernières heures de citoyens ordinaires.

A l'arrière de la fourgonnette, le matelas était couvert de
valises et de sacs à dos. Il avait fallu toute une journée à Tim
pour faire ses bagages et elle l'avait regardé avec désolation
sélectionner ce dont il aurait besoin : Marty et lui ne

reviendraient jamais dans leur maison familiale. Elle n'emportait, pour sa part, que quelques vêtements de rechange et sa brosse à dents ; cela lui suffirait. Trois jours au maximum, avait dit Tim. Andie serait alors sauvée, la femme du gouverneur aurait regagné son foyer, et elle-même pourrait rentrer à Chapel Hill.

Elle était chargée des cassettes à écouter pendant le trajet. Les Eagles et d'autres groupes de rock : Creedence, Queen, les Stones. Rien de bien apaisant.

— Arrête cette merde ! aboya Marty quand Freddy Mercury se mit à chanter « We are the Champions ».

— Ne lui parle pas sur ce ton, objecta Tim.

— Ce n'est rien... dit CeeCee en éjectant la cassette. Qu'est-ce qui te plairait, Marty ?

Il prit soudain un air contrit.

— Je ne sais pas. Peut-être les Stones.

« Under my Thumb » emplit la fourgonnette.

— Baisse le son ! lui intima Tim.

Prête à tout pour que la paix règne, elle obtempéra.

Lorsque Tim tourna sur une route, Marty l'empoigna par l'épaule.

— Je t'ai dit de ne pas aller par là !

— Lâche-moi ! fit Tim, agrippé au volant. C'est tout droit à partir d'ici.

— Ça suffit, tous les deux, dit-elle. Vous m'aviez dit qu'il n'y aurait pas de problème, et vous êtes déjà en train de vous sauter à la gorge !

Les deux hommes se turent. Pendant près d'une heure, personne ne parla. Les Eagles succédèrent aux Stones. Le terrain devint plus plat et couvert, par endroits, de pins immenses. Les maisonnettes étaient à dès kilomètres les unes des autres. Certaines, bien entretenues, s'ornaient de balustrades blanches, en fer forgé, sur l'escalier de façade ; des globes de couleur miroitaient dans les jardins. D'autres ressemblaient à des masures : feuilles de plastique en guise de vitres, toit croulant, pelouse à hauteur de genou envahie de mauvaises herbes.

Marty finit par rompre le silence.

— On est en pleine cambrousse, mes enfants !

— Tant mieux pour nous, répliqua Tim.

Marty se pencha et désigna une trouée dans un bois de pins.

— Ici.

Son haleine était imprégnée de bière et de tabac.

Tim prit une route à une voie.

— Maintenant, il faut guetter une route à droite, ajouta Marty. A environ un kilomètre et demi, je crois.

Il connaissait le couple qui les accueillerait pour la nuit, et chez qui il était déjà allé une fois.

— Ce serait pas ça ? dit-il en se penchant plus encore entre les sièges pour regarder à travers le pare-brise. Si, fit-il, répondant à sa propre question. Tourne ici !

Tim s'engagea sur un chemin de terre raviné, enserré par les pins et les buissons. Le soleil était invisible et des branches égratignaient la carrosserie de la fourgonnette. On aurait pu se croire en pleine nuit à trois heures de l'après-midi.

Le calme revint tandis qu'ils rebondissaient sur les ornières, et la cassette se termina sans que CeeCee s'en rende compte. Elle entendait presque les battements de son cœur. Dans quelques minutes, tout changerait et leur aventure commencerait pour de bon. A sa grande honte, elle espérait que quelque chose ferait obstacle à leur projet. Le kidnapping était prévu le lendemain soir ; mais peut-être la femme du gouverneur serait-elle malade et dans l'incapacité de donner son cours. Peut-être les gens qui les recevraient pour la nuit convaincraient-ils Tim et Marty de renoncer à leur plan absurde.

Elle avait raconté à Ronnie et George qu'elle prenait une semaine de congés pour rendre visite à une ancienne camarade de classe installée en Pennsylvanie. George avait paru mécontent, mais Ronnie s'était montrée si conciliante qu'elle se sentait coupable.

« Ça te fera du bien de prendre l'air, lui avait-elle dit. Tu es très déprimée depuis ta rupture avec Tim... »

Elle n'était pas déprimée, mais apparemment elle avait bien rempli son rôle. Elle voyait Tim presque aussi souvent qu'avant leur rupture fictive. Elle prétendait dîner avec une amie, alors qu'elle allait chez lui pour faire l'amour et entendre ses paroles rassurantes.

— Tu es vraiment sûr qu'on y est ? demanda Tim, après avoir roulé quelques minutes sous le tunnel sombre des arbres.

— Sûr ! s'écria Marty. Voici la maison.

La peinture blanche de la petite maison s'écaillait et un panache de fumée s'élevait de la cheminée de brique effritée. Près de la lisière du bois, une fillette, sur une balançoire rouillée, penchait la tête si loin en arrière que ses longs cheveux blonds effleuraient le sol. Trois vieilles voitures couvertes de rouille étaient garées au milieu des mauvaises herbes, de l'autre côté de la maison, à côté d'un camion et d'un vieux bus VW.

— On dirait que Forrest a une fuite chez lui, dit Marty.

CeeCee remarqua alors un homme sur le toit, en train d'étaler une feuille de plastique sur les bardeaux. Il se releva en les entendant se garer, hésita un moment avant de se diriger vers l'échelle appuyée à l'avant-toit.

Deux chiens galeux, aboyant et crocs découverts, foncèrent sur la fourgonnette quand les visiteurs en sortirent. CeeCee, qui avait peur des chiens, redoutait que Tim ne la prenne pour une poule mouillée : si elle s'affolait en présence de ces bêtes, comment pourrait-elle s'acquitter de sa mission ?

— Salut, mes grands, lança-t-elle aux molosses, les bras serrés le long du corps.

La queue frétillante, ceux-ci reniflèrent ses jambes. L'homme descendit du toit et s'approcha. Un barbu de grande taille, baraqué, mais d'un poids raisonnable, et apparemment habitué aux efforts physiques. Après s'être essuyé les paumes au chiffon accroché à sa ceinture, il tendit une main à Marty.

— Ça boume ?

— Si on veut. Forrest, je te présente mon frère, Tim, et sa copine, CeeCee.

La petite fille accourut et s'agrippa à la jambe de Forrest.

— Les invités, p'pa ?

Forrest plaqua une main solide sur la tête de l'enfant.

— Oui, mon chou.

A l'intention des nouveaux venus, il ajouta :

— Je vous présente Dahlia.

— J'ai cinq ans, annonça la petite.

CeeCee, sous le charme de cette jeune beauté aux yeux bleus, sourit nerveusement.

— Cinq ans ! Tu vas à la maternelle ?

— C'est maman qui m'apprend. Tes cheveux, ils vont jusqu'où ?

Elle lâcha la main de son père pour aller se planter derrière CeeCee.

— Ils descendent jusqu'à tes fesses ! s'écria-t-elle, ravie. Je vais me les faire pousser aussi longs que toi.

— Laisse-la tranquille, Dahlia, dit Forrest d'une voix bourrue. Vous avez eu du mal à nous trouver, les gars ?

— Non, mais il faudra qu'on repère le chemin pour aller au chalet.

C'était la première allusion de Tim au chalet depuis le début de leur équipée ; pourtant CeeCee ne parvenait pas à l'oublier : c'était là qu'elle devrait séquestrer la femme du gouverneur.

— Je vous passerai une carte, déclara Forrest.

Tim acquiesça d'un signe de tête.

Forrest les précéda jusqu'à la porte d'entrée de la maison. L'intérieur contrastait avec le délabrement extérieur. Un feu brûlait dans l'âtre, et une odeur savoureuse flottait dans la salle de séjour. Le mobilier était vieux et sobre, mais propre et confortable. Ils traversèrent la pièce, puis entrèrent dans la cuisine où une femme en longue jupe jaune pâle et blouse paysanne brodée de bleu, les cheveux châtain clair, mi-longs, retenus sur la nuque par une barrette, tirait une miche de pain du four.

— Ça sent bon par ici ! s'exclama Tim.

La jeune femme posa la miche de pain près des deux autres, sur le plan de travail, et ferma la porte du four. Elle ne semblait guère enchantée de les voir.

— Naomi, dit Forrest en installant Dahlia sur ses épaules, tu te souviens de Marty ?

— Marty, tu n'aurais pas dû venir ici, remarqua la femme.

— Voici Tim, et CeeCee, sa copine, se contenta de répondre Marty.

Un petit cri leur parvint d'un coin de la pièce. CeeCee aperçut un berceau près de l'embrasure de la porte. Naomi s'en approcha, prit le bébé dans ses bras, puis sortit en le berçant et en lui murmurant des mots tendres.

— Ça l'ennuie que tu sois là, Marty, expliqua Forrest, préoccupé. Je te rappelle qu'il y a des années qu'on n'est plus dans le coup. On mène une vie tranquille ici, et elle a peur que tu gâches tout.

— Pas de danger !

— Je sais.

Forrest leva la main pour chatouiller sa fille, qui pouffa de rire et plaqua ses paumes sur ses yeux. Il se dégagea doucement.

— Essaie de me comprendre ! reprit-il. Naomi a bon cœur. Elle sait ce que tu fais et elle t'approuve, mais elle n'a pas envie d'être partie prenante. Alors, si j'ai un conseil à vous donner, les gars, et à toi, CeeCee, oubliez que vous avez mis les pieds dans cette maison. Vous pouvez passer la nuit ici, et nous vous donnerons une voiture, comme convenu, mais une fois partis, oubliez que vous nous avez vus.

— Une voiture ? s'étonna CeeCee. Pour quoi faire ?

— Il t'en faudra une quand ça sera fini, dit Tim. Quand nous partirons, Marty et moi, tu devras rentrer à... Bon sang ! Je parie que tu n'as pas encore ton permis de conduire.

— Si, je l'ai, mais je suis censée conduire en présence d'un adulte.

Elle fit la grimace : elle avait prononcé le mot « adulte », comme si elle-même n'en était pas une. Tim ne sembla pas s'en apercevoir.

— Très bien. Tu pourras emprunter l'une des voitures de Forrest.

— On vous la donne, rectifia Forrest. Nous en avons plus qu'il nous en faut, et je te répète qu'il n'est pas question que l'un de vous revienne ici et permette à ces cochons de suivre sa piste !

— Quels cochons, papa ? demanda Dahlia.

Forrest souleva sa fille de ses épaules et la reposa à terre.

— Tu connais l'histoire de ce petit cochon qui allait au marché...

Dahlia sortit de la pièce en courant et rit aux éclats, tandis que son père la prenait en chasse.

Tim se tourna vers Marty.

— Tu m'avais dit qu'ils seraient contents de nous aider. Et même enchantés, si j'ai bonne mémoire...

— Fous-moi la paix ! dit Marty. Y aura pas de problème.

Ils dînèrent d'un ragoût de bœuf et de pain complet au miel, et personne ne fit allusion aux projets du lendemain. CeeCee mit un certain temps à comprendre que c'était à cause de la présence de Dahlia. La fillette lui parla tout au long du repas : sa mère lui avait fait apprendre les noms des Etats américains par ordre alphabétique et elle les récita avec de rares erreurs.

Le repas terminé, Forrest tendit le bébé à Naomi, qui le glissa sous sa blouse paysanne et se mit à l'allaiter, calée dans son fauteuil.

— Dahlia, dit-elle à sa fille, tu vas aller jouer dans l'autre pièce, maintenant. Nous avons besoin de passer un moment entre grandes personnes.

Dahlia s'agrippa à la main de CeeCee.

— Viens, je vais te montrer mes jouets !

L'enfant semblait se douter que CeeCee serait plus à l'aise avec elle que si elle restait avec les « grandes personnes ».

Tim l'incita à suivre la petite fille.

— On te mettra au courant plus tard, lui déclara-t-il.

Une fois dans le séjour, le soulagement l'envahit : la conversation qui se déroulait dans la cuisine ne lui disait rien qui vaille. Si seulement ils pouvaient changer d'avis !

— Voilà ma Barbie, fit Dahlia, qui, assise sur une natte tressée, sortait une Barbie brune de son coffre à jouets. C'était comique de voir cette fille de hippies avec une telle poupée.

— Elle est jolie ! approuva CeeCee.

— Elle vient d'un vide-greniers. Elle avait besoin de retrouver une famille...

CeeCee sourit, émue. Elle entendit Tim prononcer des paroles qu'elle ne put distinguer. Forrest lui répondit de sa voix grave et sonore ; Naomi dit enfin quelques mots inintelligibles. Elle aurait dû être dans la cuisine, elle aussi, participer à la conversation.

Qu'est-ce qui ne va pas avec toi ? se demanda-t-elle. Elle se trouvait bien jeune... beaucoup plus proche de Dahlia que des adultes qui discutaient dans la cuisine. Elle avait seize ans, en paraissait quinze, et avait l'impression de n'en avoir que treize. S'en étaient-ils rendu compte ? Se demandaient-ils s'ils avaient eu tort de l'entraîner dans cette affaire, et si elle serait à la hauteur ?

— Personne ne te force ! cria soudain Marty.

— Chut ! fit une voix.

Dahlia jeta un coup d'œil alarmé à CeeCee.

— Pourquoi il crie ?

— Ce n'est rien. Il a l'habitude de parler fort.

Dahlia laissa planer un moment son regard vers la cuisine, puis se tourna à nouveau vers son coffre à jouets.

— Et regarde ma poupée mouillée ! fit-elle en brandissant un baigneur.

— Mouillée ?

— Oui, elle peut faire pipi, expliqua Dahlia en soulevant la poupée pour lui montrer un trou entre ses jambes.

— Ah, je vois, dit CeeCee en riant.

Elle enviait l'innocence de Dahlia. La fillette n'avait aucune idée de la discussion de ses parents avec Tim et Marty. Aucune idée des illégalités qu'ils avaient commises autrefois, et du fait qu'ils vivaient maintenant sous un nom d'emprunt. Tim finirait-il comme eux ? Devrait-elle rouler des heures dans les bois pour avoir la possibilité de le voir ?

Dahlia la dévisagea.

— Tu as des jolis yeux, tu sais.

Elle passa une main dans les cheveux de l'enfant.

— Et sais-tu que toi tu as les plus beaux cheveux du monde ?

— Fins comme de la soie...

CeeCee sourit à Dahlia. Un jour, elle aurait un enfant, elle aussi. Tim était hors de vue, mais elle eut une pensée pour ses yeux verts, ses boucles blondes et ses lèvres charnues. Ils pourraient avoir de beaux enfants ensemble. Elle leur donnerait une bonne éducation, avec un père et une mère, et elle leur écrirait des lettres tous les ans, au cas où elle viendrait à mourir.

A cette idée, elle fondit en larmes ; Dahlia effleura sa joue d'une main.

— Pourquoi tu pleures ?

Elle chassa ses larmes du bout des doigts.

— Mes yeux me piquent un peu aujourd'hui. Je dois être allergique à quelque chose...

Dahlia lui désigna une chatte, assoupie sur le dossier du canapé.

— Agnes ? La copine de maman est allergique à Agnes.

— Peut-être, murmura CeeCee ; mais ce n'est pas bien grave.

Naomi entra dans la pièce, le bébé Emmanuel dans une écharpe passée par-dessus son épaule. Elle s'accroupit près de Dahlia ; sa jupe déployée sur ses genoux frôlait le sol.

— J'espère qu'elle ne t'enquiquine pas trop, dit-elle à Cee-Cee avec un sourire forcé.

— Absolument pas !

Naomi passa une main sur la tête de sa fille.

— C'est l'heure d'aller te coucher...

— Non, m'man, je peux rester plus tard à cause des invités.

— Nos invités ont beaucoup à faire demain, il ne faut pas les fatiguer.

Naomi se releva, les mains en coupe sous le corps menu de son bébé.

— Allez, plus vite que ça !

La fillette se leva à son tour et se pencha pour déposer un baiser sur la joue de CeeCee.

— Bonne nuit, je t'aime bien, dit-elle avant de s'élancer vers le couloir.

— Quelle adorable petite fille ! remarqua CeeCee en la regardant s'éloigner, puis disparaître dans une pièce au bout du couloir.

— Merci. C'est un ange, la plupart du temps. Tu veux bien me suivre ? reprit Naomi, tournée vers CeeCee.

Au bout du couloir, elle lui indiqua une chambre, juste assez grande pour un matelas à deux places à même le sol.

— Tu pourras dormir ici avec Tim. Marty prendra le canapé.

Elle passa ensuite la tête dans une autre pièce, avec des lits superposés. Dahlia était assise sur le lit inférieur, un livre d'images ouvert sur les genoux.

— Tant pis pour ton bain ce soir, lui annonça Naomi.

— Hourra !

— On viendra te border dans ton lit tout à l'heure, papa et moi.

— D'accord, marmonna Dahlia, en se replongeant dans son livre.

— Elle est ravie quand nous avons des invités, en partie parce que la salle de bains est inaccessible, expliqua Naomi en entrant dans une chambre, après avoir tourné au bout du couloir.

Ce devait être celle de Naomi et Forrest. Le double matelas reposait sur un sommier, et deux commodes dépareillées complétaient le mobilier. La lumière était insuffisante, et une odeur de renfermé flottait dans l'air.

— Assieds-toi ici, face au miroir.

Docilement, CeeCee s'assit au bord du lit. Naomi, d'au moins quinze ans son aînée, l'intimidait. Dans la pénombre, le miroir au-dessus de la commode lui renvoyait son image : elle avait vaguement l'air d'une nonne avec son visage pâle, de longs cheveux bruns en guise de voile.

Emmanuel gémit quand Naomi le dégagea de son écharpe.

— Tu peux le prendre une minute ? J'ai quelque chose à sortir du placard.

— Volontiers.

Elle nicha le bébé dans ses bras. Après avoir chouiné un instant, il laissa sa tête tomber au creux de son épaule, en suçant ses doigts.

Son duvet de cheveux blonds lui frôla la joue et elle pressa ses lèvres sur sa tempe.

— Quel âge a-t-il ?

— Quatre mois.

Naomi ouvrit un placard si parfaitement rangé que CeeCee se sentit des affinités avec elle. L'extérieur de la maison et le jardin étaient à l'abandon, mais Naomi avait sans aucun doute la haute main sur l'intérieur.

— Tu as vraiment une jolie maison, dit-elle à la jeune femme qui grimpait sur un escabeau.

Naomi tendit les mains vers un carton, sur une étagère en hauteur.

— Nous habitons ici depuis huit ans ; j'ai du mal à le croire. Le temps passe à une vitesse folle...

Le carton serré contre sa poitrine, elle descendit de l'escabeau en répétant :

— Huit ans, CeeCee !

Elle souffla sur la légère couche de poussière qui recouvrait le couvercle du carton, avant de le poser sur le lit.

— Nous avons travaillé dur pour nous bâtir une nouvelle vie... Je sais que je n'ai pas été une hôtesse aimable ce soir... Forrest pense que ce n'est pas une grosse affaire de vous aider, et j'admets que ce que vous allez faire tous les trois est magnifique. Ne t'imagine pas que je désapprouve votre projet ! Andie est une victime du système, et vous avez totalement raison...

Les paroles de Naomi apaisèrent un peu CeeCee. Cette femme énergique lui inspirait confiance, sans doute avait-elle raison de trouver leur projet magnifique.

— Mais de là à nous compromettre...

La voix de Naomi resta en suspens, tandis qu'elle contemplait Emmanuel, endormi sur l'épaule de CeeCee.

— Maintenant, nous avons trop à perdre ! ajouta-t-elle.

— Je regrette, murmura CeeCee, peinée. Je me contente de faire ce qu'ils m'ont demandé. Ils m'ont dit que des membres de SCAPE nous aideraient.

— Et nous vous aiderons ! Mais dépêche-toi d'oublier que tu nous as rencontrés.

— J'oublierai, promit CeeCee. Et les autres aussi !

— Rends-moi le petit, pour que nous puissions te transformer. C'est la première fois que tu fais une chose comme ça, je parie, dit-elle en ouvrant le carton, une fois le bébé réinstallé dans son écharpe.

— Comment ça ?

— Une chose qui t'oblige à te déguiser, précisa Naomi, en sortant des perruques et des masques.

— Oui, répondit CeeCee, toute surprise que quelqu'un puisse avoir une boîte de déguisements dans son placard.

Naomi installa sur son poing une perruque brune aux cheveux courts et la fit bouffer.

— J'espère que pour toi c'est la première et la dernière fois !

— Moi aussi.

Après avoir reposé la perruque sombre, Naomi en sortit une blonde ; elle la retourna, puis la secoua.

— Ce que tu fais est une preuve de courage et d'amour. S'il arrivait qu'un jour l'un de mes gosses soit dans la même situation qu'Andie, j'aimerais que quelqu'un comme toi leur vienne en aide. Mais il ne faut surtout pas que l'on puisse t'identifier. Dans ton intérêt, mais aussi dans le nôtre ! Donc, si par hasard tu te réveilles en pleine nuit avec mauvaise conscience, par pitié, ne va surtout pas te livrer aux flics ! Ils te cuisineraient à mort, et, sans même t'en rendre compte, tu les mènerais droit à notre porte.

— Je ne parlerai pas, la rassura CeeCee. Tim estime qu'il n'y a aucun moyen de deviner l'endroit où nous allons séquestrer cette femme.

— N'empêche, tu vas passer un certain temps en sa compagnie. Une fois qu'elle sera libre, on cherchera la personne qui l'a gardée en otage. Ton déguisement doit être imparable !

Elle lui présenta quatre perruques : deux dans chaque main.

— Quelle couleur préfères-tu ?

On cherchera la personne qui l'a gardée en otage. Terrifiée, CeeCee contempla les perruques avec une attention redoublée, avant de désigner la blonde.

— On ne peut pas imaginer chevelure plus différente de la mienne !

Naomi laissa tomber les trois autres sur le lit.

— Remonte tes cheveux, et nous la fixerons.

Elle sortit une boîte de barrettes d'un tiroir de la commode.

CeeCee releva ses cheveux en les maintenant avec les pinces avant de mettre la perruque.

— Ça te va à la perfection ! s'exclama Naomi. Tu la supportes ?

— Je crois.

Elle avait une tête de clown, avec cette ridicule tignasse bouclée. Elle y porta les mains et ferma les yeux, inquiète.

— Naomi, je peux te poser une question ?

— Oui, mais je ne te promets pas d'y répondre.

— Je suis... commença-t-elle avant de s'interrompre, incapable de préciser sa pensée.

— Tu es quoi ?

— Je suis inquiète pour Tim et moi quand tout sera fini. Comment ferons-nous pour nous retrouver s'il doit vivre dans la clandestinité ?

— Ça ne sera pas facile.

Naomi prit un loup noir, avant de l'écarter.

— Pourtant, Forrest et moi, nous avons trouvé une solution...

— Vous vous cachez tous les deux, n'est-ce pas ?

— On s'est rencontrés à SCAPE, il y a des années, mais il vaut mieux que tu n'en saches pas plus.

— Je comprends, répondit CeeCee, consciente que la plus grande discrétion était requise.

— Tu as des traits hors du commun, déclara Naomi après l'avoir dévisagée. Il te faut absolument un masque qui dissimule tout ton visage.

Elle sortit un masque en plastique du carton : le visage d'une princesse, surmonté d'une couronne dorée.

— La Belle au bois dormant, je suppose. Peut-être un peu trop petit...

Elle fit passer l'élastique au-dessus de la tête de CeeCee et mit le masque en place.

— Non, c'est parfait. Tu respires normalement ?

— Je respire, répondit CeeCee tout en se demandant combien de temps elle pourrait supporter ce masque sans devenir folle.

— Bien ! Ne l'enlève pas tant que tu seras avec cette femme. Si tu manges, arrange-toi pour qu'elle ne te voic pas, et essaie de contrefaire ta voix. Enfin, ne laisse aucune empreinte digitale dans la maison, le chalet, ou je ne sais quoi...

Elle sortit un sac empli de gants – gants de ménagère jaunes, gants clairs en latex, gants masculins en laine épaisse.

— Que dirais-tu de ces gants blancs ? demanda-t-elle en tendant à CeeCee une paire en fine dentelle, apparemment neuve. Regarde s'ils te vont !

— Je pourrais mourir de chaleur dans cet accoutrement si on était en été !

Naomi hocha la tête en ajustant le masque.

— A l'époque où j'ai dû en porter un, l'été battait son plein. Ensuite, je l'ai jeté. J'aurais été incapable de le revoir.

— C'était quel genre ?

— Une sorte d'extraterrestre. Un truc bizarre...

— Tu pourrais me dire ce que tu as fait ? Etait-ce aussi mal que ce que je vais faire ?

— On ne pose pas ce genre de question à quelqu'un qui vit sous une identité d'emprunt. Je nous mettrais toutes les deux en danger si je te répondais ! D'ailleurs, ça m'ennuie que nous soyons si bien informés de votre projet, dit Naomi en remettant les perruques inutiles dans leur boîte. Des gens sont morts à cause de nous, Forrest et moi. C'était un accident totalement imprévisible, mais nous finirions dans le couloir de la mort, avec Andie, si on nous arrêtait. Quant à nos enfants...

Elle s'interrompit pour regarder le petit Emmanuel avant de fermer les yeux comme si elle imaginait le pire.

CeeCee frissonna. L'angoisse qui planait sur l'univers de Naomi était presque palpable.

— On ne vous retrouvera pas, lui affirma-t-elle avec une assurance trompeuse.

Quand elle se regarda dans le miroir, une Belle au bois dormant blonde lui rendit son regard.

— Je n'arrive pas à y croire... murmura-t-elle.

— Tu as peur ?

CeeCee acquiesça d'un signe de tête.

Naomi referma le carton et le posa à terre.

— Pense à un moment de ta vie où tu as été courageuse, lui conseilla-t-elle.

CeeCee réfléchit : elle n'avait jamais accompli un acte qui lui semblât courageux.

— Je ne vois rien !

— Il ne s'agit pas de l'escalade d'un sommet, précisa Naomi, mais d'une attitude courageuse dans ta vie quotidienne.

Elle se revit aux côtés de sa mère mourante. Paniquée, et incapable d'imaginer ce qui se passerait quand la vie aurait quitté son corps, elle était pourtant restée, car sa mère avait besoin de sa présence. Elle tenait sa main bleuie quand elle avait rendu l'âme, et il lui avait fallu un immense courage pour ce faire.

— As-tu une idée ? reprit Naomi.

— Je suis restée avec ma mère, au moment de sa mort.

Naomi lui effleura l'épaule.

— Oh, CeeCee ! Quel âge avais-tu ?

— Douze ans.

— Comme c'est courageux de ta part ! Si tu commences à te sentir anxieuse, souviens-toi de ta force ce jour-là, et tu l'éprouveras à nouveau. D'accord ?

— Je ferai de mon mieux, murmura CeeCee, dubitative ; puis elle ajouta, en soulevant son masque : Merci pour tout, Naomi.

Cette nuit-là, elle fit l'amour avec Tim sur le matelas de la petite chambre. Elle s'en voulut de ne rien ressentir au moment de la pénétration et se souvint alors que Ronnie lui avait conseillé de jouer la comédie. Quand auraient-ils l'occasion de faire l'amour à nouveau, Tim et elle ? Combien de temps durerait leur séparation ? Sa jouissance, même feinte, serait un cadeau qui l'obligerait à se souvenir d'elle jusqu'à leurs retrouvailles.

Elle se mit à haleter et à se mouvoir sous lui. De peur d'exagérer, elle gémit d'abord légèrement, puis, le sentant de plus en plus excité, plus fort. C'était chose facile, une fois la machine lancée. Arc-boutée, elle mordit le coin de l'oreiller, en frémissant comme si elle atteignait l'orgasme.

— Ça n'a jamais été aussi bon, lui susurra Tim à l'oreille après coup. Jamais...

— Oh oui !

Il roula sur le côté et tira le drap sur son épaule en la serrant contre lui.

— Je t'aime tellement, Tim...

— Moi aussi. Si tu savais comme j'apprécie ce que tu t'apprêtes à faire pour moi et pour Andie... Tu es si généreuse.

— Merci... répondit-elle, comblée.

— Et ce qu'on vient de vivre, c'était incroyable !

— Oh oui, répéta-t-elle, en se reprochant sa duplicité.

— Tu ne jouais pas la comédie au moins ?

— Bien sûr que non, répondit-elle, offusquée par cette question brutale.

Si l'homme qu'elle aimait la prenait pour une menteuse, que resterait-il de leur relation ?

Tim soupira longuement.

— Demain sera une rude journée, ma puce. En te voyant en Belle au bois dormant, j'ai réalisé que, de nous trois, c'est toi qui aurais la tâche la plus lourde. Est-ce que tu regrettes d'avoir accepté de nous aider ?

Elle hésita, mais Naomi ne l'avait-elle pas félicitée pour sa grandeur d'âme ?

— Je ne crois pas pouvoir te répondre tant que ça ne sera pas fini. Et je t'ai déjà dit ce que je regrette, Tim. Je te l'ai répété si souvent que tu dois en avoir par-dessus la tête...

— De quoi s'agit-il ? fit-il d'un air intrigué.

— Je me demande comment on fera pour se revoir, dit-elle d'une petite voix.

Il l'étreignit.

— Ça devrait être le dernier de tes soucis, ma puce.

Qu'entendait-il par là ? Ne pouvait-il lui dire, une fois pour toutes, comment ils s'y prendraient ? Ses réponses vagues devenaient lassantes. Il lui fallait des précisions et c'était sa dernière chance d'en obtenir.

— Tim, se lança-t-elle, j'ai besoin de savoir ce que tu veux dire quand tu me promets que tout ira bien. Explique-moi au moins ce qui pourrait se passer ! Comment me feras-tu savoir l'endroit où tu te trouves ? Y arriveras-tu sans te mettre... sans nous mettre tous les deux en danger ?

Il ne broncha pas, et quand elle se tourna vers lui, il avait fermé les yeux, sa respiration était régulière. Elle n'aurait aucune réponse ce soir-là...

10

Je viens de réaliser que tu as sans doute ton permis de conduire maintenant. Je n'ai qu'un conseil à te donner : « Prends garde à toi ! »

Personne n'y avait songé : bien que CeeCee sache à peu près conduire, elle n'avait jamais manié un levier de vitesse. Elle avait obtenu son permis provisoire un an plus tôt et avait emprunté la voiture de sa mère nourricière pour des courses dans le voisinage, mais un embrayage manuel n'était pas dans ses habitudes. Le problème lui avait échappé quand on lui avait annoncé qu'elle conduirait l'une des voitures de Naomi et Forrest.

— Nous n'avons que des voitures à transmission manuelle !

Forrest souffla une bouffée de fumée et laissa errer son regard sur ses voitures. A la lumière matinale, les véhicules n'avaient pas meilleure allure que la veille. Leur carrosserie était si usée que leur couleur initiale avait pratiquement disparu.

Elle frissonna sous sa veste.

— Désolée, Tim.

— Tu aurais dû nous prévenir que tu ne savais pas conduire ! lança Marty.

Tim plaqua une main sur la nuque de CeeCee avec une force telle qu'elle ne sut dire si c'était signe d'affection ou de menace.

— Bon, dit-il, ça va s'arranger. Elle est futée. Une dizaine de minutes suffiront à lui expliquer.

Par chance, Naomi et Forrest vivaient au milieu de nulle part ; Tim et elle eurent donc le chemin de terre pour eux seuls. La voiture bondit quand elle chercha à trouver l'équilibre entre la pédale d'embrayage et l'accélérateur. CeeCee étouffa le rire nerveux qu'elle sentait monter : Tim n'était pas d'humeur à plaisanter. Il semblait inaccessible depuis son réveil ; les mots prononcés pendant la nuit étaient oubliés, et il avait pour seule et unique pensée de sauver sa sœur.

— En tout cas, grommela-t-il quand ils se garèrent dans le jardin une fois la leçon finie, une chose est sûre : tu ne feras pas trop de dégâts par ici avec cet engin. Mais prends ton temps avant de retourner à Chapel Hill, tu n'es pas encore mûre pour l'autoroute.

CeeCee s'attarda ce soir-là dans la cuisine, en berçant Emmanuel dans ses bras, pendant que les trois hommes étudiaient la carte étalée sur la table. Naomi faisait griller dans le four un muesli à l'odeur irrésistible.

Tim tourna la tête vers elle.

— Tu devrais jeter un coup d'œil, ma puce.

— Oui, va voir ! lui conseilla Naomi en reprenant son fils, qu'elle glissa dans l'écharpe toujours arrimée à son épaule.

CeeCee se pencha sur la carte.

— Nous sommes exactement ici, annonça Tim en lui montrant un point. Et là, c'est le chalet.

Il passa le doigt sur des rayures à peine visibles, jusqu'à une longue ligne bleue.

— Voici la Neuse River. Le chalet est juste à côté, sur une route qui ne figure pas sur la carte ; mais je m'en souviendrai en la voyant.

— Où allons-nous acheter nos provisions ? s'enquit CeeCee.

Forrest leur indiqua un point.

— Le magasin d'alimentation le plus proche est à quinze kilomètres de chez nous, dans ce secteur.

Une fois l'itinéraire choisi, CeeCee et Tim roulèrent jusqu'au magasin. A la demande de Tim, CeeCee portait des gants, pour ne pas laisser d'empreintes. Ils achetèrent du thon en boîte, de la soupe, des légumes, une miche de pain, du papier-toilette, des serviettes en papier, des mouchoirs, des œufs, des pâtes, du beurre de cacahouète, des biscuits, de la sauce tomate, et deux livres de steak haché.

— Tout ça ? s'étonna CeeCee, en voyant Tim déposer la viande dans leur chariot. Cette histoire va durer combien de temps à ton avis ?

— J'espère que quelques heures nous suffiront... Une nuit au maximum. Mais il faut que tu aies des réserves si nécessaire.

Une fois chez Naomi et Forrest, CeeCee transféra ses provisions dans la vieille voiture qu'elle pouvait maintenant considérer comme étant la sienne. Marty monta à côté d'elle, au cas où elle aurait des problèmes d'embrayage ; ils suivraient la voiture de Tim jusqu'au chalet. Ils firent leurs adieux à leurs hôtes, qui ne cachèrent pas leur soulagement.

Dans le vieux tacot, CeeCee roulait juste derrière la voiture de Tim. Elle cala deux fois : l'une dans un tournant, l'autre dans une montée, freinant au lieu de débrayer. Marty eut le mérite de ne pas prononcer un seul mot. Il était sans doute trop préoccupé pour la semoncer. Tous trois étaient si tendus vers l'avenir immédiat qu'ils avaient à peine conscience de ce qui se passait autour d'eux.

Tim emprunta une route encore plus cahoteuse que celle de Forrest et Naomi. CeeCee sentait les ornières jusque dans sa colonne vertébrale ; quant à Marty, il se retenait au tableau de bord. En cet endroit au bout du monde, il n'y avait que des pins immenses, à perte de vue, et l'étroit ruban de terre sur lequel ils roulaient.

Arrivés à une bifurcation, Tim s'arrêta, hésitant entre deux directions.

— A droite ! déclara Marty.

Il ouvrait la portière quand Tim, apparemment parvenu à la même conclusion, prit la route de droite. Elle le suivit, agrippée au volant que les secousses menaçaient de lui arracher des mains.

— Bon sang, grommela Marty en regardant de tous côtés, je me demande comment on va s'y retrouver. La végétation est carrément envahissante par ici...

A cet instant, Tim s'engagea à droite, sur une route de gravier. Elle aperçut, au bout d'une centaine de mètres, l'angle d'une habitation.

Marty plaqua sa paume sur le tableau de bord d'un air triomphant.

— Voilà. C'est gagné !

Le minuscule chalet était flanqué d'un cèdre dépourvu de couleur. Avec ses volets blancs, décorés d'un sapin à l'emporte-pièce, et son toit en pente raide, il semblait bien entretenu. Elle se gara derrière la fourgonnette et entendit le bruit d'une eau tumultueuse dès qu'elle ouvrit sa portière.

Tim haussa la voix pour dominer le vacarme.

— Venez voir la rivière !

Ils enjambèrent des pierres et des racines jusqu'à l'arrière du chalet, dont le jardin descendait vers la rivière. Celle-ci tourbillonnait au-dessus d'un ensemble de roches plates, qu'elle frappait avec une force telle que des milliers de petits jets d'écume s'élevaient dans les airs. CeeCee sentit des gouttelettes d'eau sur ses joues.

— Sympa, non ? fit Tim, posté derrière elle.

— Oui, en effet.

Elle aurait préféré passer une semaine romantique avec Tim dans ce chalet, plutôt que quelques heures en compagnie d'une inconnue. Depuis leur arrivée, tout avait l'air de prendre corps. Elle resserra les pans de sa veste et recula d'un pas. Dans quel pétrin était-elle en train de se fourrer ?

— Tu as tes gants ? lui demanda Tim. Mets-les et garde-les tant que tu ne seras pas à des kilomètres d'ici. Compris ?

Tous trois transportèrent les provisions et la petite valise dans le chalet. Il faisait froid à l'intérieur. Une fois le thermostat mis en marche, les convecteurs électriques dégagèrent une odeur de poussière brûlée.

La maisonnette, une sorte de cube, comprenait trois pièces principales – séjour et chambres – ainsi qu'une petite cuisine et une salle de bains exiguë. Les étagères du garde-manger, vide, étaient souillées de crottes de souris. Elle tourna le robinet de l'évier, sans résultat. Lorsque Tim eut remis l'eau, elle coula en un jet brunâtre.

— Elle va se clarifier, dit-il. Laisse-la s'écouler un moment.

Une fois les étagères nettoyées, Tim et elle rangèrent les provisions en silence.

— Faisons le tour des lieux, lui proposa Tim en saisissant sa main gantée.

L'une des chambres avait un lit double avec un dosseret métallique ; l'autre quatre lits superposés.

Une lueur de nostalgie passa dans les yeux de Tim.

— On dormait dans cette pièce, Marty et moi, quand on rendait visite à nos cousins. On apportait nos sacs de couchage parce qu'on était très nombreux.

Il souleva le dessus-de-lit du niveau supérieur.

— Tu pourrais faire dormir la femme du gouverneur en haut. Comme ça, elle ne pourra pas te prendre de vitesse et te jouer un mauvais tour ! Au cas où tu passerais la nuit ici, menotte-la au montant.

— Bien, dit-elle, en souhaitant de tout son cœur ne jamais en arriver là. Où sont les... menottes ?

Tim parut se souvenir brusquement de ce détail.

— Dans ma fourgonnette : nous pourrions en avoir besoin pendant le trajet... Je te les donnerai ce soir, quand nous t'amènerons cette femme.

CeeCee, emmitouflée dans sa veste, croisa les bras sur sa poitrine, la mine sombre.

— Vous allez repartir tout de suite... Et moi, je suis censée la garder toute la nuit... Vous ne pourriez pas rester un moment après l'avoir déposée ?

Marty entra dans la pièce en imitant des bruits de basse-cour.

— Y aurait-il par hasard une poule mouillée dans les parages ?

CeeCee ignora ses sarcasmes.

— Je t'en prie, Tim ! murmura-t-elle.

— Pas question, ma puce. On devra commencer immédiatement les négociations, et d'ici c'est impossible. Il faut battre le fer pendant qu'il est chaud !

Il tirailla une mèche de ses cheveux en lui décochant un sourire anxieux.

— Tout ira bien, CeeCee, dit-il en lui tendant deux clefs reliées par un élastique. Voici les clefs des serrures de sûreté. Il faut qu'on y aille maintenant.

— Déjà ?

Tim hocha la tête.

— On doit être au parking quand sa classe sortira. Tu vas te débrouiller comme un chef, conclut-il en l'embrassant sur la joue.

Elle n'en était pas si sûre. De la fenêtre de la chambre à coucher, elle regarda les deux frères s'éloigner. Dans le crépuscule rougeoyant, Tim paraissait plus mince, plus jeune et plus vulnérable que jamais. Et si la police le coinçait ? S'il était mortellement blessé ? Son cœur se serra. Comment serait-elle au courant ? Elle n'avait aucun moyen de communiquer avec le monde extérieur.

Elle boucla les portes, devant et derrière, et empocha les clefs avant de vérifier les fenêtres. Toutes sauf une étaient trop gondolées pour s'ouvrir ; mais sa prisonnière aurait la possibilité de casser un carreau. Malgré les fenêtres fermées, on entendait toujours la rivière.

Les lits superposés, soigneusement recouverts d'un dessus-de-lit, n'étaient pas faits. Elle prit des draps et des taies d'oreiller sentant le moisi dans la plus grande des chambres et fit le lit inférieur d'un côté, le lit supérieur de l'autre. Elle erra ensuite dans le chalet, examinant le contenu des placards emplis de sacs de couchage, de couvertures et de jeux de société. L'armoire à pharmacie contenait un flacon de cachets d'aspirine, un paquet de lames de rasoir et du fil dentaire. Après avoir trouvé des produits d'entretien sous l'évier de la cuisine, elle nettoya les plans de travail, le lavabo et la baignoire de la petite salle de bains.

Quelques livres traînaient sur une étagère du séjour ; elle s'assit avec l'un d'eux sur le canapé défoncé et essaya de lire mais elle était incapable de se concentrer. Elle abandonna sa lecture, et se pelotonna sur le canapé, en s'efforçant de chasser les ténébreuses pensées qui l'agitaient.

11

Tu n'as pas souvent peur, mais quand cela t'arrive, tu trembles comme une feuille. Tu étais complètement secouée quand tu es entrée dans ma chambre cet après-midi. J'ai tout de suite compris que le Dr Watts t'avait annoncé que je n'en avais plus pour longtemps. Pourtant, tu cherchais à dissimuler ton angoisse. Tu m'as tendu un verre de jus de fruits, que tu as renversé sur ma couverture. Tes mains tremblaient tant que tu n'as pas pu réparer les dégâts. J'étais navrée ; j'aurais voulu te consoler comme quand, petite, tu t'étais écorché les genoux ou tu avais été piquée par une guêpe, mais je ne pouvais rien faire pour t'aider, sinon te prendre dans mes bras. Je t'ai serrée contre moi jusqu'à ce que tes tremblements s'arrêtent. T'en souviens-tu ?

La nuit tomba de bonne heure. CeeCee dîna d'une boîte de thon auquel elle ne trouva aucun goût. Il n'y avait pas de stores aux fenêtres, et elle se sentait exposée au regard d'éventuels rôdeurs. Quand une violente bise se leva, le monde extérieur s'emplit de crissements de branches. Elle sortit sur la terrasse pour sonder l'obscurité, mais le vent glacial la fit frissonner. Elle s'empressa de refermer la porte.

Avait-elle intérêt à dormir ? L'occasion ne se représenterait pas de sitôt. Elle éteignit toutes les lampes et s'allongea sur le lit inférieur, mais elle tremblait de tout son corps. Elle se glissa sous les couvertures. Rien n'y fit : c'étaient des tremblements de peur, non de froid. Serait-elle capable de maîtriser une femme adulte ? Ces derniers jours, elle s'était sentie si jeune... Pleinement consciente de la différence d'âge entre elle et les autres, elle se demanda une fois de plus si Tim

97

regrettait d'imposer à une gamine d'aussi lourdes responsabilités. Il aurait dû s'adresser à la fille de SCAPE.

Peut-être échoueraient-ils à enlever la femme du gouverneur. Elle pria le ciel en ce sens. Tim serait certes affreusement déçu mais son instinct de conservation venait de se déclencher.

Le claquement d'une porte la réveilla en sursaut. Elle s'assit dans l'obscurité, toujours tremblante malgré la chaleur ambiante. Des voix résonnaient dehors. CeeCee sauta du lit, et courut dans le séjour pour regarder par la fenêtre. Tout d'abord, elle ne vit rien. La tête lui tournait et son cœur battait si fort qu'elle dut se retenir au dossier d'une chaise.

D'une autre fenêtre, elle vit la lumière à l'intérieur de la fourgonnette. Marty, penché vers le siège passager, obligeait une femme à se lever. Celle-ci portait un bandeau blanc sur les yeux.

Son déguisement ! Elle se précipita vers la chambre et se hâta d'attacher ses cheveux, d'une main encore mal assurée. L'un des frères frappa à la porte d'entrée au moment où elle mettait en place la perruque blonde et enfilait le masque.

— J'arrive !

Elle s'élança à travers le séjour et ouvrit la porte, en marmonnant entre ses dents. Marty et Tim durent conjuguer leurs efforts pour faire franchir le seuil à la femme. Presque aussi grande qu'eux, elle avait des cheveux roux, courts et ébouriffés ; ses joues étaient écarlates. Vêtue d'un manteau de fourrure – de la vraie fourrure, sombre et brillante, remarqua CeeCee –, elle paraissait très grosse.

— Lâchez-moi ! tempêta-t-elle.

— Têtue comme une mule, maugréa Marty en la poussant.

Elle semblait bien plus angoissée qu'autre chose, et CeeCee, impressionnée, lui murmura qu'elle n'avait rien à craindre.

La femme cessa de se débattre.

— Qui êtes-vous ?

— Belle, improvisa CeeCee. Et vous, comment vous appelez-vous ?

— Elle s'appelle Genevieve, lança Tim de mauvais gré avant de dénouer le bandeau de la femme, qui cligna des yeux dans la lumière. Ils étaient emplis de larmes.

— Qui êtes-vous ? demanda-t-elle en dévisageant CeeCee. Pourquoi portez-vous un masque ? Que se passe-t-il ?

— Faut-il qu'elle garde ses menottes ? demanda CeeCee à Tim qui s'adressa à la femme :

— Vous allez vous tenir tranquille maintenant ?

Sans lui répondre, Genevieve plongea son regard dans les yeux de CeeCee. Celle-ci éprouva une sympathie imprévisible à son égard : toutes deux étaient prises au piège.

Ayant sorti une petite clef de sa poche, Tim ouvrit les menottes. A peine libérée, Genevieve le gifla, comme l'avait fait CeeCee au cours de leur scène de rupture.

— Espèce de garce ! gronda Marty en lui saisissant le poignet.

Tim se contenta de sourire. Il semblait manquer d'assurance comme si l'épreuve était au-delà de ses forces. CeeCee s'inquiéta de le voir ainsi : elle avait besoin de le sentir confiant en l'avenir, pour lui comme pour elle.

Genevieve tenta de dégager son poignet.

— Lâchez-moi !

— Lâche-la, approuva CeeCee, qui cherchait moins à protéger cette inconnue qu'à se protéger elle.

Les affrontements lui étaient pénibles, ils risquaient toujours de dégénérer. Cette femme imposante pourrait faire des dégâts si elle le souhaitait.

— Ça va, reprit-elle. Elle ne risque pas de s'enfuir.

Marty lâcha prise et Genevieve se frotta le poignet.

— Laissez-moi vous débarrasser de cette fourrure, dit Tim en joignant le geste à la parole comme s'il s'agissait de sa petite amie.

Quand le manteau glissa des épaules de Genevieve, Cee-Cee réalisa la vérité.

— Elle est enceinte ! s'écria-t-elle.

Genevieve portait un long pull bleu marine et un pantalon bleu pâle.

— Enfin quelqu'un capable de faire face à la réalité ! s'exclama-t-elle. Je n'ai pas arrêté de dire à ces individus que je suis enceinte de trente-six semaines. Il s'agit d'une grossesse à haut risque...

Sa voix se brisa tandis qu'elle s'adressait à Tim, une main posée sur son ventre.

— Je vous en prie, libérez-moi.

— Tu savais qu'elle était enceinte ?

Ce fut Marty qui répondit :

— Ce n'est pas si grave !

CeeCee était horrifiée : ils tenaient entre leurs mains la vie de deux êtres humains.

— Si votre mari fait ce qu'on lui demande, intervint Tim, les yeux rivés sur l'énorme ventre de la femme, vous serez rentrée chez vous en un rien de temps.

— Trente-six semaines, répéta Genevieve. Presque neuf mois. Vous vous rendez compte ?

— Raison de plus pour que le gouverneur veuille vous récupérer saine et sauve le plus vite possible.

— S'il arrive quoi que ce soit au bébé, vous aurez tous les deux les pires ennuis, croyez-moi.

Genevieve baissa les yeux vers CeeCee.

— Tous les trois ! Mon mari ne cédera jamais au chantage.

— Il ne s'agit pas de chantage, espèce de garce, lança Marty, mais de kidnapping. C'est beaucoup plus élégant...

Genevieve se massa le bas du dos.

— Si vous me ramenez chez moi immédiatement, je m'arrangerai pour qu'on soit indulgent avec vous, dit-elle à Tim, sans doute le moins menaçant à ses yeux.

— Pas question ! Jamais je ne laisserai tomber Andie !

— Vous êtes fou !

Tim frôla le bras de Genevieve, qui recula aussitôt.

— Vous allez vous asseoir ici avec Marty, pendant que je vais chercher du thé et quelque chose à manger, dit-il avant de faire signe à CeeCee de le suivre dans la cuisine.

— Assise ! beugla Marty.

CeeCee hésita un instant à les laisser en tête à tête. La femme s'affala sur le vieux canapé ; elle paraissait découragée et très lasse.

Dans la cuisine, CeeCee souleva son masque.

— Baisse ton masque !

Elle obtempéra. Tim mit à bouillir une casserole d'eau.

— Tout ira bien. Elle est douce comme un agneau, dit-il, même si la marque rouge sur sa joue suggérait le contraire. Mais ne t'en approche pas trop : elle risquerait de t'arracher ton masque.

— Je la trouve... Elle est beaucoup plus grande que moi... bégaya CeeCee.

Tim la prit par les épaules.

— Ma puce, je suis sûr qu'il n'y en aura pas pour longtemps. Finalement, c'est une bonne chose qu'elle soit enceinte. Dans son état, elle ne pourra pas te poser trop de problèmes.

Il s'attendait visiblement à une réponse, mais elle se contenta de hocher la tête sans conviction.

— C'est formidable, ce que tu fais pour moi et ma famille, reprit-il. Quoi qu'il arrive, je te serai toujours redevable !

Comment pourrait-elle compter sur lui s'il vivait dans la clandestinité ? s'interrogea à nouveau CeeCee.

— Et maintenant...

Il sortit un pistolet, dissimulé sous sa veste.

— Il n'est pas chargé au moins ? demanda-t-elle en faisant un pas en arrière.

— Mais si !

Elle recula jusqu'à être acculée au placard.

— Ça ne devrait pas être le cas. Enlève immédiatement les balles !

— Il vaut mieux qu'il soit chargé, on ne sait jamais. Je ne te demande pas de la tuer... surtout pas ! Mais il faudra peut-être que tu tires en l'air pour la mater. Elle paraît plus tonique que prévu.

— Tim, je ne veux pas être armée !

— La gâchette est bloquée. Laisse-moi te montrer comment ça marche.

Elle le regarda attentivement faire aller le cran de sécurité d'avant en arrière. Il avait raison. Une arme lui donnerait plus d'assurance ; dans ces conditions, peu lui importait que Genevieve soit plus grande ou plus forte qu'elle.

— Bon sang, tu n'arrêtes pas de trembler depuis ton arrivée ! lança Tim quand elle prit le pistolet entre ses mains gantées.

— Depuis que tu m'as laissée seule ici, tu veux dire, rectifia-t-elle. Je n'y peux rien.

— Je te promets que tout ira bien ! la rassura Tim en sortant un sachet de thé. Cet imbécile de gouverneur voudra récupérer sa femme sans ébruiter l'affaire. C'est un homme très discret. Tu n'as pas à t'inquiéter. Tu m'entends ?

Après avoir soulevé son masque de quelques centimètres, Tim lui planta un baiser sur la joue. Lorsqu'elle versa de l'eau bouillante dans une tasse et renversa quelques gouttes sur le comptoir vermoulu, il lui arracha la tasse des mains.

— Occupe-toi des biscuits, et tâche de te calmer. Ne lui montre pas à quel point tu es perturbée !

Il paraissait soucieux et déçu, se dit CeeCee en disposant quelques biscuits sur une assiette.

Quand ils revinrent dans le séjour, Genevieve était toujours assise sur le canapé, tandis que Marty, debout devant la fenêtre, paraissait avoir perdu de sa superbe.

— J'ai entendu quelque chose dehors, souffla-t-il. Un bruit sourd...

Tim posa la tasse sur la table basse.

— Ce n'est rien !

— J'ai remarqué ce bruit plusieurs fois pendant votre absence, observa CeeCee. A mon avis, c'est juste une branche qui frôle le porche.

Comment quelqu'un d'aussi paranoïaque que Marty allait-il tenir le coup ? Elle posa l'assiette de biscuits près de la tasse et en prit un. Elle n'avait pas faim, mais ressentait le besoin d'avoir les mains occupées.

Genevieve saisit soudain quatre biscuits, qu'elle jeta à la tête des deux hommes avant de lancer l'assiette vers CeeCee qui l'évita de justesse.

— Salope !

Marty avait bondi sur la jeune femme et lui plaquait les bras contre le canapé. CeeCee aperçut à cet instant un éclair de panique dans ses yeux.

— Laisse-la tranquille ! s'entendit-elle murmurer à son corps défendant. Tu ne peux pas lui en vouloir...

Elle venait de réaliser qu'elle avait tout intérêt à amadouer Genevieve. D'ailleurs, cette jeune femme lui inspirait une réelle sympathie. Tandis que Marty reculait, elle remarqua que leur prisonnière était au bord des larmes.

— Ça va aller... lui dit-elle en s'asseyant.

Genevieve la dévisagea.

— Comment avez-vous pu laisser ces types vous entraîner dans cette sale histoire ?

CeeCee s'empressa de se relever : Genevieve avait la main leste.

— Dites donc, je ne vous ai rien demandé ! s'insurgea Cee-Cee avant de baisser les yeux devant le regard accusateur de la jeune femme, tandis que Tim pointait un doigt vers son otage.

— Faites ce que vous dira Belle. Nous allons partir, Marty et moi.

— Je ne me sens pas bien, chuchota Genevieve en se frictionnant le dos. Le travail a peut-être commencé.

— C'est ça, fit Tim, dédaigneux. Prêt, Marty ?

— Plutôt deux fois qu'une !

Malgré son air bravache, Marty ouvrit lentement la porte et jeta un coup d'œil à l'extérieur avant de s'engager sur la terrasse.

Debout près de la table basse, CeeCee regarda les deux frères s'éloigner ; les portes de la fourgonnette claquèrent et le moteur ronronna. *Et maintenant ?*

— Vous voulez d'autres biscuits ? demanda-t-elle à Genevieve qui n'avait pas touché à son thé.

La jeune femme ignora sa question.

— Que va-t-il se passer ? Vont-ils dire à mon mari où je suis pour qu'il vienne me chercher ?

Le cœur de CeeCee s'emballa : s'ils envoyaient le gouverneur chercher sa femme, elle serait à sa merci.

— Ils viendront vous chercher eux-mêmes et ils vous ramèneront chez vous, répondit-elle, faussement assurée.

— Où sont-ils allés ?

— Ils sont partis téléphoner à votre mari.

— Ils auraient mieux fait de l'appeler d'ici. J'aurais pu lui parler, lui dire que je suis vivante. C'était plus logique !

— On n'a pas de téléphone ici.

Genevieve ouvrit des yeux interloqués.

— Pourquoi ne m'ont-ils pas séquestrée dans une maison mieux équipée ?

— De toute façon, il faut faire avec ! lança CeeCee à défaut de trouver une meilleure réponse.

Genevieve se leva d'un bond. Paniquée, CeeCee lui ordonna de se rasseoir, regrettant d'avoir oublié son pistolet à la cuisine. A son grand soulagement, la jeune femme obtempéra.

— Je ne me sens vraiment pas bien ! J'ai très mal au dos.

— Vous avez dû vous froisser un muscle quand ils vous ont... capturée.

— J'avais mal avant. J'ai eu mal toute la journée !

— Quand devez-vous accoucher ?

— Dans trois semaines.

— Alors, ce n'est pas le bébé, affirma CeeCee d'un ton connaisseur.

Un mal de dos n'avait rien à voir avec des contractions ; du moins l'espérait-elle.

— Vous voulez un bouquin ? demanda-t-elle en s'approchant des étagères.

— Quelle question ! rétorqua Genevieve. Si vous vous imaginez que je serais capable de lire une ligne, vous êtes aussi dingue que vos amis.

CeeCee s'assit près de la fenêtre, mains croisées sur les genoux.

— Quelle est la vraie couleur de tes cheveux ? lui demanda Genevieve, en passant au tutoiement.

— Ça ne vous regarde pas, répondit CeeCee avant de réaliser, trop tard, qu'elle avait oublié de modifier sa voix.

— On dirait que tu n'es pas aussi dure que tu le prétends. Tu aurais dû te trouver un masque plus effrayant.

CeeCee passa un doigt sur son fin masque de plastique.

— Tu étudies à l'université de Caroline ? ajouta Genevieve. Tu n'es quand même pas une de mes élèves ? J'ai l'impression de reconnaître ta voix...

— Si c'était le cas, je me garderais bien de vous le dire.

— Il faut que j'aille aux toilettes, marmonna Genevieve avec embarras.

Il ne manquait plus que ça ! CeeCee avait espéré s'en tirer sans que l'une ou l'autre ait besoin d'aller aux toilettes.

— Alors, je vous accompagne.

Genevieve se déplaça sur le canapé, avec l'intention de se lever.

— Ce sont les ordres que tu as reçus ? Surtout ne pas me laisser un seul instant hors de vue ?

Cette femme lui parlait comme à un enfant ! Du moins cette condescendance avait-elle l'avantage de la rendre moins sympathique.

— Je pense par moi-même, répliqua CeeCee.

— Je dois aller aux toilettes immédiatement.

— Une minute !

CeeCee se rua dans la cuisine, empoigna le pistolet. Elle vérifia la sûreté d'une main malhabile et emporta l'arme dans le séjour.

— Eh ! fit Genevieve. C'est inutile !

— Levez-vous. Je vous suis !

Après s'être péniblement relevée, Genevieve se dirigea vers le couloir, tout en se tenant le plus loin possible de CeeCee. Un bras tendu comme pour éviter une balle, elle plaça l'autre sur son ventre d'un geste protecteur.

— La porte à gauche.

Genevieve entra dans la salle de bains et fit mine de fermer la porte derrière elle ; CeeCee la coinça du pied.

— Allons, dit Genevieve, en lui montrant la lucarne carrée, au-dessus des toilettes, tu n'as rien à craindre ! Je serais incapable de passer par là.

Elle disait vrai, et CeeCee n'avait nulle envie de s'immiscer dans son intimité. Elle retira son pied.

— Bon, mais laissez-la entrouverte.

Genevieve se plia à sa demande. Adossée au mur, CeeCee attendit, à l'affût du moindre froissement d'étoffe. Après avoir longuement uriné, la jeune femme tira la chasse. Cee-Cee se redressa, le pistolet braqué ; sa prisonnière ne tarderait pas à réapparaître. Soudain, elle entendit claquer la porte, et la clef tourna dans la serrure si brusquement qu'elle n'eut pas le temps de réagir.

12

Oh, CeeCee, j'ai si peur parfois ! Je ne crains plus la mort, mais je me demande ce que tu deviendras, et mon inquiétude me tient réveillée toute la nuit. Pendant la journée, quand je pense de façon rationnelle, je sais que tu t'en tireras. Mais la nuit, les pensées les plus sombres me viennent à l'esprit. J'ai du mal à me souvenir que tu as un courage exceptionnel. Heureusement pour toi, ma fille chérie !

CeeCee frappa à la porte de la salle de bains.

— Ouvrez cette porte !

— J'ai besoin d'être seule ; je te l'ai déjà dit. Puisque je ne peux pas m'évader par la fenêtre, laisse-moi tranquille. D'accord ?

— Non ! s'écria CeeCee, furieuse, qui s'acharnait contre la porte à coups de pied. Ouvrez immédiatement !

En entendant grincer la porte de l'armoire à pharmacie, elle se souvint des lames de rasoir. Le biscuit qu'elle avait mangé lui remonta à la gorge. Les mains tremblantes, elle visa le montant, près de la serrure, ôta la sécurité et appuya sur la détente.

Genevieve poussa un hurlement. Par la porte fendue, Cee-Cee – que l'explosion avait failli projeter à terre – chercha à atteindre la serrure, toujours verrouillée.

— Ouvrez ! cria-t-elle une troisième fois, les yeux brûlants.

Genevieve apparut, les mains en l'air.

— Mais arrête ça ! Tu as perdu la tête ?

Le pistolet braqué sur la jeune femme, CeeCee fut rassurée de voir que le paquet de lames de rasoir était toujours à sa place.

— Dans le séjour ! ordonna-t-elle.

— A condition que tu arrêtes de me viser avec cette arme.

CeeCee remit la sûreté en place, puis abaissa son pistolet tout en rejoignant le salon. Genevieve se rassit sur le canapé et se massa le dos, penchée en avant.

— Ma parole, tu es un vrai danger public !

— La ferme, fit CeeCee.

Elle se félicitait de porter ce masque aux traits figés, mais le tremblement de ses mains gantées de blanc la trahissait.

— Lâche ce pistolet, je t'en prie, implora Genevieve.

CeeCee prit place sur la chaise près de la fenêtre, le pistolet sur ses genoux, se demandant ce qu'elles allaient devenir. Rester face à face toute la nuit et, qui sait ?, le lendemain aussi ? Quelle était la distance exacte entre le chalet et Jacksonville ? Elle consulta sa montre. Minuit et quart ! Elle n'aurait pas cru qu'il était si tard. Tim et Marty étaient-ils déjà à Jacksonville ?

— Et si tu enlevais ce masque ? reprit Genevieve.

CeeCee secoua la tête. Elle transpirait sous la perruque, et elle avait l'impression que des vers grouillaient sur son crâne. Qui donc avait porté cette perruque avant elle ? Elle mourait d'envie de l'arracher et de se gratter.

— Pourquoi fais-tu cela, Belle ?

Le ton de Genevieve s'était adouci, ainsi que ses traits. Elle était réellement jolie. Elle aurait même pu être belle, n'eussent été les circonstances. Sa peau était un peu trop pâle, presque translucide. Ses yeux bleus paraissaient embués sous la lumière du plafonnier, et deux lignes verticales étaient visibles entre ses sourcils.

CeeCee répéta comme un perroquet les paroles de Naomi. Elles lui parurent aussi fausses que quand elle les avait entendues.

— Je fais cela parce que la sœur de Tim est une victime du système.

— Qu'entends-tu par « victime du système » ?

— Je ne tiens pas à en parler !

Comme ses mains se remettaient à trembler, elle les coinça entre ses genoux serrés.

— Connais-tu sa sœur ?

— Non, je connais Tim. Je sais qu'il l'aime, et comme je l'aime, lui, je veux l'aider.

C'était comme si ces mots avaient jailli de sa bouche sans qu'elle puisse rien y faire.

La tête penchée sur le côté, Genevieve l'observa d'un tout autre air.

— Tu es amoureuse de Tim ?

— Oui, mais ce n'est pas la raison pour laquelle je...

— Tu dois savoir certaines choses, à propos de ton... copain. Je l'ai eu comme élève, Belle. Tim est un homme à femmes...

Tim lui avait dit que Genevieve enseignait l'espagnol, mais elle ignorait qu'il avait été dans sa classe.

— Vous l'avez eu comme élève ?

Genevieve s'assit aussi confortablement que son ventre le lui permettait.

— Aucune femme ne lui résiste. Il courtisait toutes les élèves de la classe. Il a même eu une liaison avec une femme mariée...

CeeCee braqua son pistolet sur Genevieve.

— Taisez-vous ! Je ne veux pas entendre tous ces bobards. Vous avez peut-être été son professeur, mais j'ai des doutes. Et, en tout cas, vous ne le connaissez pas.

— Baisse ce pistolet, je t'en prie !

— Vous me promettez de vous taire ?

— Plus un mot au sujet de ton Casanova bien-aimé...

— J'ai dit : silence !

CeeCee éleva le canon du pistolet dans les airs, en le secouant d'une main hésitante. Elle devait être prudente, le coton de ses gants glissait.

— Oh, pardon !

Apeurée, Genevieve se renfonça dans le canapé.

— Pose cette arme, veux-tu ?

CeeCee la plaça sur ses genoux, et Genevieve soupira en se frottant le front.

— Combien de temps va durer cette histoire ?

— Tout dépend de votre mari. Quel genre d'homme est-il ? Comment va-t-il réagir, à votre avis ?

Genevieve lui adressa un regard furibond.

— Mon mari est un homme intègre. Il m'aime, mais il refusera toute compromission.

CeeCee s'agita, mal à l'aise. Elle aimait profondément Tim. Etait-elle en train de se compromettre pour lui ? Braquer un pistolet sur une femme enceinte était loin d'une prouesse.

Tout à coup, Genevieve fondit en larmes, une main plaquée sur la bouche.

— Je veux rentrer chez moi ! dit-elle en regardant CeeCee. J'ai une petite fille de cinq ans, que je devais aller chercher chez sa baby-sitter après mon cours. Elle doit être affolée.

CeeCee se demanda s'il s'agissait d'une nouvelle tactique. Genevieve n'ayant pas réussi à casser l'image de Tim, elle cherchait maintenant à l'apitoyer. Cela lui permettait au moins d'aborder un sujet sans risque.

— Comment s'appelle votre fille ?

— Je ne me sens pas bien du tout, marmotta Genevieve, en cherchant une position plus confortable.

— C'est l'anxiété ! répliqua CeeCee, qui ne se sentait guère mieux. Comment s'appelle votre fille ?

— Vivian. J'ai laissé tomber mon sac quand ils m'ont enlevée, sinon je t'aurais montré sa photo.

— A quoi ressemble-t-elle ?

Genevieve ferma les yeux et laissa reposer sa tête sur le dossier du canapé.

— Elle a des cheveux blond cendré. Je suis contente qu'elle ne soit pas rousse comme moi et que ce problème lui ait été épargné.

— Pourquoi ? s'étonna CeeCec. J'aime la couleur de vos cheveux.

Elle décida de se tenir sur ses gardes. Il ne fallait surtout pas qu'elle se montre sous son vrai jour.

— Merci, mais pas moi !

Sans ouvrir les yeux, Genevieve passa une main sur son ventre.

— J'espère que celle-ci sera blonde ou brune, reprit-elle d'une voix lasse, consciente de parler pour combler le silence. Tout sauf une rousse...

CeeCee se revit à cinq ou six ans, à la sortie de l'école. Devant la grande porte à double battant, elle avait attendu sa mère, toujours ponctuelle, sans aucune appréhension, en jouant à la marelle sur le trottoir. Elle n'avait levé les yeux que lorsqu'une voisine l'avait appelée d'une voiture. Elle la ramenait à la maison, car sa maman travaillait plus tard que prévu. Vivian serait-elle aussi sereine quand sa mère ne viendrait pas la chercher à l'heure dite ? Elle le souhaitait ardemment.

— On devrait essayer de dormir, suggéra-t-elle. J'ai fait votre lit.

Elle jeta un coup d'œil aux menottes sur la table. Puisque Genevieve était enceinte, il n'était plus question de l'attacher au lit supérieur.

— Oh ! grimaça cette dernière, les deux mains sur son ventre.

— Ça va ?

Un moment passa avant que Genevieve parvienne à articuler :

— Je ne sais pas... J'ai eu des Braxton Hicks ces dernières semaines... de fausses contractions. C'est probablement ce qui m'arrive, mais je ferais mieux de m'allonger.

Incrédule, CeeCee se leva et lui ordonna de passer devant.

Genevieve s'extirpa du canapé avec difficulté et sans l'aide de CeeCee. Sa prisonnière pouvait lui arracher son masque ou la frapper au visage si elle avait l'imprudence de s'approcher.

Elles parvinrent à la chambre aux lits superposés.

— Oh non ! s'écria Genevieve. Je ne tiendrai pas là-dessus. Il n'y a pas un vrai lit sur lequel je pourrais m'allonger ?

— Il y a un lit double dans l'autre pièce, mais il n'est pas fait, répondit CeeCee.

— Si tu savais ce que je m'en fiche !

Le visage toujours déformé par une douleur réelle ou affectée, Genevieve traversa le couloir en direction de la plus grande chambre. CeeCee la suivit, son pistolet au côté.

Après avoir envoyé promener ses chaussures bleu marine, elle s'allongea lentement sur le lit, d'abord sur le dos, puis, après un tressaillement, elle roula sur le côté, un bras sur les yeux.

— Tu peux éteindre ?

CeeCee prit place sur un petit siège rembourré, dans un coin.

— Non, je ne peux pas... à moins de vous menotter au dosseret du lit.

110

— Quoi ? Tu te moques de moi ? Je suis enceinte de plus de huit mois et je suis éreintée. Comment peux-tu t'imaginer que je vais chercher à m'évader ? Eteins, s'il te plaît !

CeeCee alla allumer dans le couloir, puis éteignit au-dessus du lit et reprit sa place. La pièce baignait dans les ténèbres, mais elle pouvait encore voir la jeune femme assez distinctement.

Il ne lui restait plus qu'à rester éveillée.

13

Tu veux être institutrice depuis l'école maternelle et Mme Weiss. Est-ce toujours ton intention ? Je constate que tu regardes attentivement les infirmières qui s'occupent de moi et je sais que tu les admires. Je me souviens aussi de ton étonnement quand tu as réalisé que le Dr Watts était une femme. Je me demande si, finalement, tu ne deviendras pas infirmière ou médecin. Tu es assez intelligente pour cela et je pense que tu en serais tout à fait capable.

CeeCee s'éveilla en sursaut. Quelqu'un gémissait... Il lui fallut un moment pour se souvenir de l'endroit où elle était. Dans la pénombre, elle aperçut Genevieve sur le lit, en appui sur ses coudes, et qui geignait.

— Oh non ! Mon Dieu, aidez-moi !

CeeCee se leva aussitôt et alla allumer.

— Que se passe-t-il ?

Genevieve avait l'air de suffoquer.

— On dirait de vraies contractions... C'est exactement ce que j'ai ressenti pour Vivian.

— Mais enfin, ça n'arrive pas comme ça !

Elle n'avait pas dormi longtemps, il faisait encore nuit dehors... Genevieve jouait la comédie.

La jeune femme se laissa retomber sur le lit, clignant des yeux sous la lumière du plafonnier.

— Tu te prends pour un médecin, maintenant ? Mon Dieu ! reprit-elle, les deux mains sur le visage, il faut que tu m'amènes à l'hôpital.

— Je ne vous crois pas.

Genevieve la regarda droit dans les yeux.

— Mais tu dois me croire ! J'ai des contractions.

— C'est trop tôt. Vous aviez dit que...

— Je sais bien que c'est trop tôt. Les bébés peuvent naître prématurément, espèce d'idiote ! Ce n'est jamais bon... Ils ont besoin de soins particuliers. Et j'ai presque saigné à mort après Vivian.

— Pourquoi ? demanda CeeCee, décidée à garder son calme, convaincue que Genevieve était une simulatrice.

— Les rousses ont tendance à saigner plus que les autres, à ce qu'on dit. Elles ont parfois des hémorragies.

— C'est délirant !

Genevieve s'assit tant bien que mal.

— Ecoute ! Que tu me croies ou non, emmène-moi à l'hôpital ! S'il arrive quoi que ce soit à ce bébé... Tu veux avoir ça sur la conscience ?

— Comment savoir si vous me dites la vérité ? grommela CeeCee.

Même si Genevieve ne faisait pas semblant, que pouvait-elle faire ? Où se trouvait l'hôpital ? Elle n'en avait aucune idée, et elle ne s'imaginait pas en train de conduire de nuit, sur ces routes ravinées. Une fois de plus, elle se félicita de porter un masque pour cacher son trouble.

— Oh non !

Genevieve allongea les jambes et observa l'entrejambe de son pantalon bleu, en train de s'assombrir rapidement.

— Qu'est-ce qui vous arrive ? Vous faites pipi ? s'enquit CeeCee.

Genevieve plongea ses yeux dans les siens.

— Ma poche des eaux s'est rompue. Mon Dieu, j'ai peur ! Où est l'hôpital le plus proche ?

Si la tache humide n'était pas assez impressionnante pour convaincre CeeCee, son intonation l'était.

— Je n'en sais rien, dit-elle, clouée sur place.

Une onde de panique la traversa. Comment emmener cette femme à l'hôpital ? Qu'allait devenir leur plan ? Et Andie ? Ils allaient tous finir en prison.

— Y a-t-il un annuaire téléphonique par ici ? demanda Genevieve.

— Il n'y a pas de téléphone.

— Un annuaire pour trouver l'adresse !

— Je vais voir.

CeeCee sortit de la pièce en courant. Elle avait fouillé dans tous les placards avant l'arrivée de Genevieve, sans voir le moindre annuaire. Qui sait si en cherchant mieux...

Dans la cuisine, elle posa son pistolet sur le comptoir et ouvrit tiroir après tiroir, allant jusqu'à regarder dans des placards qu'elle savait vides, sans cesser de se demander quoi faire. Sur le réfrigérateur, une publicité aimantée chantait les louanges d'un restaurant de New Bern. Un numéro de téléphone et une adresse y étaient indiqués, mais elle ne savait absolument pas comment s'y rendre. Retrouverait-elle le chemin menant au chalet de Naomi et Forrest ? Elle en doutait, et ils la tueraient si elle débarquait chez eux, avec ou sans la femme du gouverneur. Genevieve se mit à crier ; CeeCee plaqua ses mains sur ses oreilles. Que faire ?

— Belle ! appelait Genevieve.

Elle se précipita dans la chambre à coucher. Adossée à deux oreillers, Genevieve porta une main tremblante à sa gorge.

— Ecoute ! Ça va si vite que tu devras peut-être m'accoucher.

— Oh non ! Nous pourrions prendre la voiture, en direction de New Bern.

— On est près de New Bern ?

— Oui, dans les parages... répondit-elle avec une grimace.

Tim s'était donné la peine de bander les yeux de Genevieve, et elle lui indiquait l'endroit où elle était séquestrée !

— Il y a un hôpital à New Bern...

— Oui, mais je ne sais pas où. Je ne sais même pas dans quelle direction aller. Nous sommes au fond des bois.

Genevieve étouffa un sanglot.

— Ma parole ! Tu n'es bonne à rien.

— Il faut qu'on fasse quelque chose. On ne peut pas rester ici... Je pourrais essayer de nous conduire chez des amis, qui ont un téléphone ; mais je ne suis pas sûre de...

— Tu aurais pu me le dire plus tôt !

Genevieve se redressa et tenta de se lever ; pliée en deux, elle s'appuya de toutes ses forces à la table de nuit, hurlant de douleur.

CeeCee la prit par le bras pour l'aider à se recoucher, avant de se raviser. Et si c'était un piège ? Si Genevieve avait uriné pour lui faire croire que sa poche des eaux s'était rompue ? Elle recula d'un pas et la laissa haleter et transpirer, seule sur son lit.

— Trop tard pour aller ailleurs, souffla la jeune femme. Le bébé arrive. Oui, il arrive !

Sous les yeux de CeeCee, horrifiée, Genevieve se mit à retirer son pantalon.

— Il va falloir que tu...

Genevieve arrêta de tirer sur son pantalon et resta immobile, le souffle court, les yeux clos, concentrée sur quelque chose que CeeCee osait à peine imaginer.

— Je n'y connais rien, marmonna-t-elle entre ses dents.

Elle avait bien vu un film sur l'accouchement, en terminale, mais de là à jouer les sages-femmes...

— Débarrasse-moi de ça, fit Genevieve en lui indiquant son pantalon d'un signe de tête.

Ses cheveux, trempés de sueur, étaient plaqués à son front.

CeeCee ne bougea pas d'un pouce, paralysée.

— Ecoute ! lui dit sèchement Genevieve. Je compte sur ton aide. Puisque tu as décidé de participer à cette sale histoire, tu dois prendre tes responsabilités jusqu'au bout. Vas-tu m'aider, oui ou non, à retirer mon pantalon ?

CeeCee obtempéra et laissa tomber le pantalon de Genevieve à terre, derrière elle. Puis, légèrement écœurée, elle lui retira son slip, trempé d'un liquide rosé.

Les yeux fermés, Genevieve avait la tête enfoncée dans l'oreiller.

— Mon pauvre bébé, mon pauvre bébé, gémissait-elle.

— Qu'est-ce que je fais maintenant ?

Genevieve n'ouvrit même pas les yeux.

— Fais bouillir de l'eau et cherche des serviettes propres ! Il fait froid ici. Il faudra tenir le bébé au chaud. Stérilise des ciseaux, et un lien quelconque... Oh !

Après avoir poussé un cri, elle se mit à haleter.

— Vas-y, reprit-elle entre deux halètements. Fonce !

A la cuisine, CeeCee sortit une immense marmite du bas d'un placard et l'emplit d'eau.

— Tim, articula-t-elle à haute voix, viens vite, je t'en prie !

Elle explora le tiroir à couverts, à la recherche d'une paire de ciseaux. Rien. Pas plus dans les autres tiroirs. Il y avait un bloc à couteaux sur le comptoir ; elle s'empara du « couteau du chef », qui lui parut suffisamment aiguisé. Un lien quelconque... CeeCee avait compris qu'il s'agissait de nouer le cordon ombilical, mais à quel niveau ? Que pouvait-elle utiliser ? « Mon pauvre bébé », avait dit Genevieve. CeeCee étouffa un sanglot. Comment allait-elle se débrouiller pour mettre au monde et garder en vie un bébé prématuré ?

La marmite était si lourde qu'elle eut du mal à la déposer sur l'antique cuisinière électrique ; l'eau mettrait une éternité à bouillir. Elle regagna la chambre à coucher en courant.

Genevieve, adossée aux oreillers, haletait toujours, les jambes pliées et écartées.

— Ça va ? demanda CeeCee qui ne savait où regarder.

Pas de réponse. Genevieve se détendit un instant et ferma les yeux. Des larmes ruisselaient le long de ses joues écarlates. CeeCee alla dans la salle de bains humecter un gant de toilette avec de l'eau chaude. Assise au bord du lit, elle le passa sur le visage de Genevieve comme autrefois avec sa mère.

— L'eau est en train de chauffer...

— Stérilise les ciseaux !

— Je n'en ai pas trouvé, mais j'ai un couteau.

— Tu as de la ficelle ?

— Non, mais je...

— Tes lacets !

CeeCee baissa les yeux sur ses tennis.

— Bien, dit-elle.

— Les deux ! Tu auras besoin des deux.

— Bien, répéta CeeCee avec un calme apparent.

Le pull de Genevieve, remonté sous ses seins, exposait la courbe parfaite de son ventre. CeeCee eut un haut-le-cœur à l'idée que le bébé cherchait à se frayer un passage hors de ce cocon douillet.

— Place un drap propre sous moi, ordonna Genevieve. Il y aura un peu de sang. Ecoute, Belle, si je fais une hémorragie, et prions le ciel que ça ne soit pas le cas, tu devras me masser l'utérus. C'est ce que les infirmières ont fait à la naissance de Vivian.

— De quelle manière ?

Genevieve posa une main sur son ventre volumineux.

116

— Ici, sur mon ventre. Tu me masseras pour que mon utérus se contracte après la naissance du bébé.

— Parfait, répondit CeeCee, en espérant ne pas en arriver là.

Après avoir sorti une pile de serviettes propres du placard du couloir, elle en plaça une sous les fesses de Genevieve. Elle eut alors une idée. Dans la salle de bains, elle décrocha le rideau de douche en plastique, qu'elle emporta dans la chambre. Genevieve hurlait de plus belle en se tordant de douleur. Devant ce spectacle éprouvant, CeeCee se promit de ne jamais devenir mère. Dès qu'elle eut glissé tant bien que mal le rideau de douche sous la serviette, elle alla s'assurer que l'eau bouillait.

Elle bouillait effectivement. Une fois le couteau plongé dans la marmite, elle s'assit par terre pour délacer ses tennis – sans se presser, car elle appréhendait de retourner dans la chambre. Elle se leva et mit ses lacets dans la marmite.

— Au secours ! cria Genevieve.

CeeCee n'avait plus le choix : elle regagna la chambre.

— Il faut que tu te charges du bébé, déclara la jeune femme. J'ai envie de pousser, mais je ne sais pas si c'est le moment... Je ne sais pas quand commencer !

— Je vais chercher le couteau et les lacets, dit CeeCee, désireuse de s'éclipser à nouveau, pour aller prendre la marmite.

De retour dans la chambre, elle la posa sur le tapis, près du lit.

— Tu le vois ? demanda Genevieve.

CeeCee regarda entre ses jambes.

— Oh, mon Dieu !

Elle était à la fois émerveillée et horrifiée à la vue du crâne du bébé, qui distendait le sexe de Genevieve.

— Ça te fait mal ?

Genevieve eut un hoquet.

— A ton avis... je dois pousser ? Oui, je pousse ! Mets tes mains sous sa tête.

CeeCee plaça sa main entre les cuisses de Genevieve. A chaque poussée, le cercle de cheveux tachés de sang s'agrandissait.

— Il arrive ! s'écria CeeCee, en retirant son masque pour mieux voir.

Genevieve se contracta en poussant une fois encore, et CeeCee sentit le poids léger de la tête du bébé entre ses mains. Elle aperçut le sommet de son crâne, ses petites oreilles, mais son visage était tourné vers le matelas. Ses épaules pourraient-elles sortir ? Comme s'il avait deviné ses pensées, le bébé tourna sa tête entre ses mains, le nez minuscule reposant, de profil, sur sa paume. Son cou lui fit une impression bizarre, comme si un renflement pesait sur ses mains. Elle se pencha pour mieux voir ; il lui fallut un moment pour réaliser que le cordon ombilical était enroulé autour du cou de l'enfant. Elle hésita à prévenir Genevieve, préféra ne pas l'alarmer. Elle enleva donc son gant droit, inséra un doigt sous le cordon, fit glisser les boucles autour de la petite tête. Soudain, une épaule, puis une autre surgirent entre ses mains, et le bébé vit le jour...

— C'est une fille !

Si petite... Trop petite et trop calme...

— Je suis censée la tenir la tête en bas maintenant, non ?

— Frictionne-la, articula péniblement Genevieve. Nettoie-lui la bouche !

Avant que CeeCee ait esquissé un geste, le bébé émit un miaulement, suivi d'un cri tonitruant.

Genevieve rit de soulagement et tendit les bras à la petite créature.

— Je commence par la laver ou je m'occupe du cordon ombilical ?

— Donne-la-moi !

Le bébé était terriblement glissant. Après l'avoir essuyé de son mieux avec une serviette, CeeCee le déposa avec précaution dans les bras de sa mère.

Les cris rythmés et énergiques de l'enfant arrachèrent des sanglots à Genevieve.

— J'ai besoin de Russ. Il me faut Russ ! gémit-elle avant de se reprendre et d'ordonner : Coupe le cordon pour que je puisse la tenir mieux.

CeeCee sortit l'un des lacets de l'eau.

— Je le lie à quel endroit ?

— Fais un nœud serré à quelques centimètres du bébé, un autre un peu plus haut et coupe entre les deux.

CeeCee noua avec force les lacets autour du pâle cordon. Ensuite, elle trancha le cordon à l'aide du couteau. Genevieve porta son enfant à ses lèvres pour l'embrasser.

— Le placenta, maintenant ? s'enquit CeeCee en contemplant le long cordon qui sortait du corps de Genevieve.

— Il viendra tout seul.

Epuisée, Genevieve parlait lentement, d'une voix presque inaudible.

— Trouve-moi une couverture... pour la couvrir. Il faudra que j'essaie de l'allaiter. Pour Vivvie, ça n'a pas été possible.

Elle ferma les yeux, la tête sur l'oreiller.

— La pièce tourne autour de moi, souffla-t-elle.

— Voulez-vous de l'eau ? proposa CeeCee en prenant une couverture dans le placard. Quelque chose à manger ?

Genevieve ne répondit pas. Les yeux tournés vers le plafond, elle avait le regard vague.

— Genevieve, ça ne va pas ?

— Je suis gelée.

Elle tremblait de tous ses membres. Après avoir enveloppé le bébé hurlant d'une couverture, CeeCee alla en chercher une seconde pour Genevieve. Sa peau froide et humide semblait encore plus pâle.

— Pouvez-vous la tenir un moment ? Je vais vous faire du thé.

— Hum...

— Quand il fera jour, d'ici quelques heures, je vous promets de vous amener à l'hôpital, annonça CeeCee avec calme malgré sa panique.

Elle devrait déposer la mère et l'enfant à l'hôpital sans se mettre elle-même en danger. Genevieve verrait la voiture. De toute façon, elle avait déjà vu son visage et n'avait paru ni surprise ni intéressée par l'absence de masque.

CeeCee eut toutefois la présence d'esprit de remettre son gant droit, poisseux de sang. Dans la cuisine, elle fit bouillir de l'eau, puis sortit un sachet de thé et une tasse du placard. Elle venait de faire un accouchement ! Personne ne le saurait jamais, à part Tim et Marty, mais elle était consciente de son exploit. Elle devait maintenant faire en sorte que le minuscule bébé survive.

Elle avait hâte que Tim et Marty reviennent, et elle imaginait avec plaisir leur stupéfaction quand ils réaliseraient ce qui s'était produit en leur absence. Tim serait fier d'elle. Il connaissait le chemin menant à New Bern. Ils pourraient installer Genevieve et son bébé sur le matelas à l'arrière de la fourgonnette. Et cependant, comment procéder sans risque ? Peut-être pourraient-ils la laisser au chalet et appeler une ambulance, en expliquant où elle était...

Dans la chambre, le bébé se remit à crier au même rythme rapide. Tant que le bébé pleurait, il était en vie, et c'était l'essentiel.

La tasse à la main, CeeCee s'arrêta net sur le seuil de la chambre. Une mare de sang s'étalait entre les cuisses de Genevieve, imprégnant la serviette et ruisselant sur le rideau de douche.

Dieu du ciel ! Le spectacle était dramatique. Le bébé avait glissé des bras de Genevieve, et cette dernière avait les yeux fermés.

— Genevieve ! s'écria CeeCee en lâchant la tasse pleine.

Elle prit dans ses bras le bébé hurlant, enveloppé d'une couverture. S'agissait-il de l'hémorragie dont avait parlé Genevieve ? Elle se pencha pour lui secouer l'épaule.

— Genevieve, réveillez-vous !

Genevieve dodelina de la tête et ouvrit des yeux hagards.

— Il y a beaucoup de sang. C'est le placenta ou une hémorragie ? reprit CeeCee en priant pour qu'il s'agisse du placenta.

Genevieve la regarda et chuchota :

— Ma petite fille... ne la laisse pas mourir...

— Elle va bien. Ecoutez-la ! Mais...

Son regard se posa sur la mare sanglante, qui allait en s'élargissant.

— Je crois que vous avez une hémorragie. Comment faire pour l'arrêter ?

Les paupières de Genevieve s'abaissèrent.

CeeCee lui secoua à nouveau l'épaule.

— Genevieve ! Ne vous endormez pas, je vous en supplie !

Elle grimpa de l'autre côté du lit, le bébé allongé à côté d'elle, et posa les mains sur le ventre de Genevieve, qu'elle massa à gestes doux, de peur de lui faire mal. Tout semblait mou et flasque. Où était donc l'utérus ? Elle déplaça ses mains en cercle.

— Genevieve ! cria-t-elle. Je vous masse au bon endroit ?

Le menton de la jeune femme s'affaissa sur sa poitrine. Sa peau était blême, couleur de cire, elle ne faisait plus un mouvement. CeeCee n'avait vu qu'une seule fois une telle immobilité... le jour de la mort de sa mère.

Elle leva brusquement les mains.

— Genevieve ? souffla-t-elle, la voix couverte par les vagissements du bébé. Oh, mon Dieu, Genevieve !

Elle retira son gant et plaça ses doigts sur le poignet de celle-ci. Son pouls ne battait plus.

— Non ! Non, pas ça !

Elle se pencha pour effleurer la gorge de la jeune femme et trouver son artère ; sa chair était froide et sans vie.

Figée, elle contempla le corps inerte ; puis son regard se posa sur le bébé qui hurlait désespérément à côté de sa mère. Elle devait agir vite.

Une fois qu'elle eut empoigné le nouveau-né vagissant, elle courut le déposer sur le canapé du séjour avant d'enfiler sa veste. En sanglotant, elle glissa le corps menu sous sa veste, contre sa chemise de flanelle, sortit en trombe du chalet et se précipita vers sa voiture.

Après avoir tâtonné avec le changement de vitesse, elle parvint à faire demi-tour ct à reculer jusqu'à la route. La voiture cala une fois la manœuvre terminée, mais elle redémarra.

La lumière des phares éclairait le chemin au milieu des pins. Elle roulait lentement, les larmcs aux yeux, en se battant contre la nausée, cherchant à repérer les routes qui la mèneraient à la maison de Naomi et Forrest.

14

Nous avons dû compter sur l'aide sociale, les tickets d'alimentation et la charité publique. J'aurais souhaité t'offrir beaucoup mieux.

CeeCee pleurait toujours quand elle parvint à une intersection, mais elle eut la présence d'esprit de rester à gauche. Elle conduisait lentement pour amortir au maximum le choc des ornières. Le nouveau-né était si calme à l'abri de sa veste qu'elle s'arrêta pour s'assurer qu'il respirait et posa une main sur lui. Sa petite cage thoracique se soulevait et s'abaissait régulièrement.

— Tu dois vivre, petite fille, supplia-t-elle. Vivre !

Lorsqu'elle croisa une autre intersection, CeeCee, les yeux embués, était complètement désorientée. Par cette nuit sans lune, elle en vint à douter de la mort de Genevieve. Et si elle n'avait pas été capable de trouver son pouls ? Si elle vivait encore ?

Cette pensée l'affola. Elle finit par tourner à droite, les arbres comme deux murailles sombres autour de sa voiture. D'une seconde à l'autre, elle allait se retrouver coincée dans un cul-de-sac, sans possibilité de faire demi-tour. Soudain, comme par miracle, une clairière apparut. La lune perça les nuages, illuminant la maison délabrée et les voitures rouillées.

CeeCee sauta à terre, son précieux fardeau blotti sous sa veste. Lorsque les chiens se mirent à aboyer derrière la maison, elle rassembla tout son courage pour courir jusqu'à la porte avant qu'ils arrivent.

— Naomi ! Naomi !

Le vacarme des chiens couvrait sa voix mais sans doute étaient-ils attachés car ils la laissèrent tranquille. La maison était plongée dans les ténèbres, et elle s'apprêtait à en faire le tour pour s'approcher d'une fenêtre, quand une lumière se fit.

— Vite ! cria-t-elle en frappant à nouveau.

Forrest entrouvrit la porte, Naomi derrière lui.

— CeeCee ! Qu'est-ce que tu fais là ?

CeeCee entra sans attendre.

— Elle est morte ! Elle a accouché…

— Qu'est-ce que tu racontes ? dit Forrest.

— Genevieve ! La femme du gouverneur…

— Elle est morte pendant qu'elle était avec toi ? fit Naomi, éberluée.

CeeCee ouvrit sa veste et leur tendit le nouveau-né, dont la tête disparaissait presque sous la couverture.

— Bon Dieu ! souffla Naomi, une main sur la bouche.

Elle s'empressa de prendre le bébé dans ses bras.

— Vivant ? demanda-t-elle en dégageant le petit visage.

— Foutue idée de l'avoir amené ici ! grogna Forrest.

Naomi lui intima l'ordre de se taire.

— C'est une petite fille, et elle est vivante, annonça Cee-Cee ; mais Genevieve est morte.

Naomi ferma les yeux, anéantie.

— Quelle catastrophe !

— Tu aurais dû la déposer à l'hôpital, remarqua Forrest.

CeeCee essuya d'un revers de main son visage humide de larmes.

— Si seulement j'avais su où en trouver un !

Le bébé ouvrit ses lèvres pareilles à des pétales et émit un cri.

— Dieu merci ! s'exclama Naomi. Cette petite me paraissait trop silencieuse.

Une fois dans la chambre à coucher, Naomi déposa la petite fille sur le lit et déroula avec précaution la couverture.

— Va chercher des serviettes dans le placard, lança-t-elle à CeeCee, et rapporte-moi de la cuisine un grand saladier d'eau chaude.

Forrest, qui avait dû entendre, apparut sur le seuil avec un saladier vert rempli à ras bord. CeeCee s'assit près du bébé, le saladier sur les genoux, et regarda Naomi laver avec douceur le corps menu. La petite fille hurlait maintenant à pleins poumons, reprenant à peine son souffle entre deux vagissements. Les bras étirés, poings serrés, elle paraissait furieuse.

— Il faut les virer d'ici toutes les deux, chuchota Forrest.

D'un geste, Naomi réduisit son mari au silence.

— Comment ça s'est passé ?

— C'était juste après la naissance du bébé. Il y avait des litres de sang... C'était affreux !

Naomi fronça les sourcils, dubitative.

— Cette femme a saigné à mort ?

— Au début, quand elle s'est plainte, je ne pensais pas qu'elle allait accoucher, expliqua CeeCee avant de se remettre à pleurer. Si je l'avais crue, j'aurais peut-être pu me débrouiller pour trouver un hôpital...

Forrest prit une cigarette dans le paquet sur la commode.

— C'est un vrai fiasco ! On va en faire quoi, de ce gosse ? Avec sa mère qui est morte ? La femme du gouverneur, nom d'un chien !

Bouleversée, CeeCee se dit qu'il avait raison : sa présence mettait Forrest et Naomi en danger. Mais elle n'avait pas eu le choix...

— Regarde-la, murmura Naomi, en promenant le gant de toilette sur la tête du bébé.

Sa voix était sereine, mais ses mains tremblantes la trahissaient.

— Elle est absolument parfaite ! ajouta-t-elle.

CeeCee observa les traits de la petite fille, avec l'impression de les voir pour la première fois. Sa tête était bien ronde, pas du tout déformée, et maintenant que Naomi lui avait lavé les cheveux, il semblait évident qu'elle avait hérité de la chevelure rousse de sa mère.

— Faut-il l'amener à l'hôpital ? demanda CeeCee. Elle est née trois semaines avant terme. A-t-elle des chances de survivre ?

Forrest souffla une bouffée de fumée.

— Hors de question !

Naomi hocha la tête en direction du bébé hurlant.

— Ecoute-la et dis-moi si elle te paraît mourante ? D'ailleurs, elle n'est pas si petite... Je crois même qu'elle est plus grosse que Dahlia à sa naissance.

Elle saisit l'extrémité du cordon ombilical entre le pouce et l'index.

— C'est toi qui as coupé le cordon ?

— Oui, avec un couteau... stérilisé. Ça peut aller ?

— Tu t'es débrouillée comme un chef ! Il y a de l'alcool et des cotons-tiges dans la salle de bains, sous le lavabo. Peux-tu aller les chercher ?

Lorsqu'elle fut de retour, Naomi lui montra comment nettoyer le cordon.

— Il tombera par lui-même dans quelques semaines, précisa-t-elle.

Les jambes flageolantes, CeeCee se rassit sur le lit.

— Tu crois que j'aurais pu lui sauver la vie ? Elle m'avait dit de lui masser l'utérus ; j'ai essayé, mais je n'étais pas sûre de mes gestes.

Naomi la rassura : même à l'hôpital, ils n'auraient peut-être rien pu faire.

Forrest revint à la charge.

— On fait comment, pour les sortir d'ici ?

Contrariée, Naomi s'assit sur ses talons.

— Forrest, je te rappelle que c'est toi qui as eu la bonne idée de les aider. Maintenant, on doit assumer les conséquences ! Va me chercher des vêtements premier âge d'Emmanuel, dans le placard du couloir. Et fais-nous du feu. Ce bébé va geler !

Forrest hocha la tête et sortit de la pièce en maugréant.

— Désolée, dit CeeCee une fois seule avec Naomi.

— Il faut habiller cette petite et la réchauffer ; ensuite nous la nourrirons. J'ai du lait en poudre pour compléter l'allaitement d'Emmanuel.

Elle sécha le bébé avec l'une des serviettes apportées par CeeCee et l'enveloppa dans une autre, avant de le soulever.

— Chut, ma petite ! murmura-t-elle en la berçant, avant de se tourner vers CeeCee : As-tu des nouvelles de Tim et Marty ?

— Il n'y avait pas de téléphone au chalet et je ne sais pas où ils se trouvent... Quelque part à Jacksonville, je suppose. Je me demande comment se passent les négociations avec le gouverneur, s'ils sont encore là-bas, ou bien sur le chemin du retour, ou...

Elle s'interrompit en songeant à la tête des deux frères lorsqu'ils découvriraient l'effroyable spectacle.

— Comment faire pour les avertir ? reprit-elle.

Naomi pressa ses lèvres sur la tempe du bébé.

— Chut, ma petite fleur... Je crois savoir comment les joindre s'ils sont encore là-bas.

— Tu sais où ?

— J'en ai une vague idée... Il y a des gens de SCAPE à Jacksonville ; ils sont peut-être allés chez eux. Je ne tiens pas à utiliser notre téléphone, mais j'ai bien peur de ne pas avoir le choix. Dès que nous aurons terminé avec le bébé, j'appellerai.

CeeCee poussa un soupir de gratitude. Il fallait absolument qu'elle parle à Tim. Qu'elle l'entende dire qu'elle n'avait rien à se reprocher et qu'il l'aimait toujours.

— Et Genevieve ? Je l'ai laissée sur le lit, au milieu d'une mare de sang.

— Tu as touché des choses ? demanda Naomi, soucieuse.

— Je n'ai pas quitté mes gants, sauf quand le bébé est né et quand j'ai pris le pouls de Genevieve. J'en ai laissé un sur le lit, l'autre est dans la voiture. Le masque a dû rester là-bas. Il y a aussi la poignée de la porte du chalet...

— As-tu touché autre chose sans tes gants ?

— Le couteau. Peut-être la porte du placard, hésita-t-elle. Et le pistolet ! Je ne l'ai pas touché, mais je l'ai aussi oublié.

— Seigneur... dit Naomi, impressionnée par cette longue liste. Bien. Je vais demander à Forrest de faire le nécessaire.

— Le nécessaire ?

— Oui... ce ne sera pas la première fois qu'il creuse une tombe.

CeeCee se leva, horrifiée.

— Non, pas ça !

— Aurais-tu une autre suggestion ?

— Sa famille devrait...

CeeCee se tut brusquement, consciente de l'absurdité de ce qu'elle allait dire.

— C'est horrible, soupira-t-elle, les yeux fermés.

— Oui, on est vraiment dans la merde.

— Tu es sûre que Forrest s'en chargera ? Il est furieux contre moi.

— Il doit nous protéger nous aussi, donc il le fera. Si tu te fais prendre, nous sommes tous cuits. Tu peux lui expliquer comment aller là-bas ?

— J'essaierai.

— Tu es dans un état lamentable... Tu as besoin d'une bonne toilette.

CeeCee baissa les yeux sur sa chemise de flanelle, raide de sang. Son jean était froid et humide sur ses cuisses, et ses tennis sans lacets étaient tout éclaboussées. Elle se rassit, car la tête lui tournait.

— Va prendre une douche ! Tu jetteras ta perruque et tes vêtements dans un sac. Nous les brûlerons quand Forrest sera de retour.

CeeCee mit une main sur sa tête : elle portait toujours la perruque blonde.

— Sers-toi dans mes vêtements, ajouta Naomi, qui semblait avoir l'habitude de ce genre de scénario. Allez, file ! Je m'occupe du bébé.

Sur ces mots, elle donna un léger coup de coude à CeeCee qui n'avait pas bronché.

Doutant que ses jambes puissent la porter plus longtemps, CeeCee opta pour un bain. Tout en se lavant les cheveux, elle n'arrêtait pas de pleurer. Des images de Genevieve lui traversaient l'esprit. Genevieve, son bébé dans ses bras... et la suppliant de le garder en vie. La jeune femme avait réalisé le danger qu'elle courait.

Elle sortit de la baignoire et pressa la serviette sur ses yeux, en s'imaginant la petite Vivian, orpheline à cinq ans. N'y pense pas ! Elle lâcha la serviette et chassa cette image. Le temps des larmes était terminé. Elle devait trouver le moyen de remettre le bébé entre les mains du gouverneur et de parler à Tim. Autant elle avait souhaité qu'il revienne au chalet, autant elle espérait maintenant qu'il était toujours à Jacksonville. Elle ne voulait pas qu'il découvre le cadavre de Genevieve tel qu'elle l'avait laissé.

Elle enfila un jean de Naomi trop grand pour elle, une chemise en flanelle à carreaux rouges et blancs, des mocassins exactement à sa taille. Quand elle eut fini de se préparer, les deux bébés pleuraient.

Naomi réchauffait un biberon de lait en poudre dans une casserole. L'écharpe porte-bébé était sur son épaule, et Cee-Cee comprit, d'après la taille du bébé, que l'enfant était celui de Genevieve. Emmanuel hurlait dans son berceau.

CeeCee jeta un coup d'œil à l'intérieur de l'écharpe.

— La petite peut respirer là-dessous ?

— Tu ne l'entends pas ?

Naomi lui tendit le nouveau-né. Comparé au volumineux paquet de tout à l'heure, ce bébé fleurant bon le talc lui semblait bien léger... et minuscule, dans son pyjama en tissu éponge bleu et sa petite couverture verte. Elle le berça d'avant en arrière comme l'avait fait Naomi, sans réussir à le calmer. La petite fille pleurait depuis si longtemps... Se pouvait-il qu'elle se fasse du mal ? Ses petits halètements, chaque fois qu'elle reprenait son souffle, donnaient l'impression qu'elle souffrait terriblement.

— Elle ne risque rien à force de crier ? demanda CeeCee.

— Mais non. Elle a faim, tout simplement, et nous allons y remédier.

— Si on essayait d'appeler Tim pendant qu'on lui donne à manger ?

— Assieds-toi dans le rocking-chair, près de la cheminée, répondit Naomi. Je vais t'apporter le biberon et tu pourras la nourrir pendant que j'allaite Emmanuel. Forrest est allé au chalet. Il pense retrouver le chemin, de mémoire. Il a regardé la carte avec Tim et Marty, poursuivit-elle en jetant un coup d'œil par la fenêtre alors que le ciel commençait à s'éclaircir. Il voulait se débarrasser de cette tâche avant l'aube.

— Pardon, Naomi, dit CeeCee d'une petite voix.

— Ça finira par s'arranger. Va donc t'asseoir dans le séjour !

CeeCee s'installa au coin du feu et Naomi revint avec Emmanuel et le biberon qu'elle lui tendit.

— Tu sais t'y prendre ?

— J'ai fait beaucoup de baby-sitting, mais c'est la première fois que je m'occupe d'un nouveau-né.

Elle effleura les lèvres du bébé avec la tétine, et, quelques secondes après, l'enfant tétait.

Naomi approuva d'un signe de tête.

— Ce sera un bébé facile, remarqua-t-elle en s'asseyant de l'autre côté du foyer.

Elle souleva son pull, manipula discrètement son soutien-gorge et mit Emmanuel au sein.

— Ah, soupira-t-elle, quand tous les cris se furent calmés, enfin la paix !

Elle ébaucha un sourire en regardant CeeCee.

— J'ai découpé l'une des couches d'Emmanuel pour la petite. Nous en préparerons d'autres plus tard.

— Très bien, acquiesça distraitement CeeCee. Je pense qu'il faut joindre Tim avant que Marty et lui...

Naomi l'interrompit d'un geste.

— Je lui ai déjà parlé.

— Déjà ! J'aurais voulu lui dire un mot moi aussi...

— Je sais, mais on n'avait pas de temps à perdre.

— Il est toujours à Jacksonville ?

Naomi hocha la tête.

— Qu'a-t-il dit ? Il est furieux contre moi ?

— Une chose à la fois. Il est toujours à Jacksonville et il a eu plusieurs conversations avec le gouverneur Russell, mais rien de concret pour l'instant. Il n'est absolument pas furieux contre toi et il comprend que tu as dû faire face à une situation imprévisible. Il va faire monter les enchères et demander qu'Andie soit relâchée.

— Malgré la mort de Genevieve ?

— Evidemment ! Il faut qu'il obtienne la libération d'Andie. Si Russell acceptait de commuer la peine alors que Tim ne peut plus remplir sa part du marché, elle serait plus en danger que jamais. Donc, il doit la tirer de là !

— Mais... bredouilla CeeCee, dépassée. Toute cette histoire est lamentable.

— Un peu tard pour avoir des scrupules ! riposta Naomi, avec une intonation plus douce que ses paroles. Il a dit que tu devais passer dans la clandestinité immédiatement.

— Dans la clandestinité ? répéta CeeCee, ébahie d'entendre ce mot s'appliquer à son cas. Mais je ne sais pas comment...

— Nous t'aiderons.

129

Sur le point de dire qu'elle n'avait aucune envie de se cacher, CeeCee réalisa que cela pourrait tourner à son avantage.

— Si nous devenons clandestins, Tim et moi, nous pourrons peut-être vivre ensemble, comme toi et Forrest...

— Notre situation n'a rien à voir avec la vôtre ! Le danger est beaucoup plus grand pour vous... Tu ferais mieux de ne jamais le revoir.

— Mais je veux vivre avec lui ! protesta CeeCee, au bord des larmes. Nous avions prévu de...

— Sois sérieuse, CeeCee ! coupa Naomi avec une certaine dureté. Maintenant, tu joues dans la cour des grands. Oublie Tim ! Plus de CeeCee, plus de Tim... Tu dois repartir de zéro.

— Mais je veux vivre comme avant ! Ma coloc croit que je suis allée rendre visite à une amie et que j'ai rompu avec Tim. Il me suffit de...

— Les flics trouveront qui est... ou qui était ton petit ami. Ensuite, ils t'emmèneront pour t'interroger. Tu es si naïve que tu craqueras. D'ailleurs, même si tu tiens bon, comment prouveras-tu que tu étais bien avec ta copine ? Laquelle de tes amies se portera garante de ta visite ? Tu es dans cette histoire jusqu'au cou. Tu comprends ou pas ?

— Mais je vais aller où ? Je vais faire quoi ?

Le bébé, qui avait dû sentir sa panique, perdit la tétine et se mit à crier. Elle la glissa entre ses lèvres roses.

— Tu peux passer quelques jours ici, en attendant que nous te fournissions certains documents, dit Naomi. Interdiction de sortir. Personne ne doit se douter de ta présence.

— De quels documents parles-tu ?

— Tu as besoin d'une nouvelle identité pour le bébé et toi.

— Le bébé ? Mais il faut le rendre au gouverneur.

— Enfin, CeeCee, comment veux-tu t'y prendre ?

— Aucune idée, mais il le faut !

— C'est impossible ; tu dois le garder.

— Je ne saurai pas m'en occuper !

— Eh bien, tu vas apprendre !

— Et si je le laissais à un commissariat de police ?

— Parce que tu crois pouvoir entrer dans un commissariat déposer le bébé sans que personne te questionne ? Tu ne dois laisser aucun indice compromettant derrière toi, CeeCee ! Sinon, tu te mets en danger, ainsi que Tim, son frère, sa sœur, Forrest, moi, et nos enfants. Ça fait beaucoup. Personne ne connaît l'existence de ce bébé, n'est-ce pas ? C'est ton seul atout. Ils vont se mettre à la recherche d'une femme enceinte, pas d'un nourrisson.

— Je suis furieuse contre moi...

— Ça, on peut dire que tu n'as aucune raison d'être contente de ce que tu as fait ces jours-ci, bien que tu aies agi avec les meilleures intentions ! Quand on prend un risque, il faut en assumer les conséquences.

— Et si je te confiais le bébé ? Tu es formidable avec eux.

— Peut-être, mais comment expliquer à notre entourage la présence d'un nouvel enfant ?

— Je n'ai que seize ans, murmura CeeCee, prise de panique.

— Des tas de filles sont mères à seize ans.

CeeCee eut un regard pour le nouveau-né dans ses bras. Il tétait paisiblement, ses yeux bleu-gris entrouverts. Qu'avait éprouvé sa propre mère la première fois qu'elle l'avait prise dans ses bras pour la nourrir ? Avait-elle songé à se débarrasser d'elle ?

— Ma mère m'a eue à seize ans, admit-elle.

— Alors, conclut Naomi, en avant !

15

Promets-moi de garder ces lettres. Je devine que tu ne les appré-
cieras pas tout de suite, et elles te paraîtront peut-être stupides.
Mais, quand tu seras plus grande, tu seras peut-être contente de
retrouver un petit morceau de moi ; du moins je l'espère.

Dormir avec un tout-petit avait quelque chose d'envoûtant.

CeeCee avait commencé par refuser, craignant de rouler
sur l'enfant et de l'étouffer. Mais Naomi avait protesté, allé-
guant que ce serait bon pour le bébé et pour elle.

Dès la deuxième nuit, CeeCee se demanda s'il s'agissait
d'une ruse pour créer un lien entre le nouveau-né et elle. Si
c'était le cas, c'était gagné ! Elle ne dormait guère, car la
petite avait souvent faim et trempait un nombre incalculable
de couches. Mais, tandis qu'elle la câlinait en la nourrissant,
ses lèvres sur le duvet roux de son crâne, et qu'elle lui soute-
nait la nuque pour son rot, elle s'enivrait de sa délicieuse
odeur de bébé.

Le retour de CeeCee enchanta Dahlia, et la présence du
bébé l'excita plus encore.

— Comment s'appelle-t-elle ? demanda la fillette, appuyée
au fauteuil à bascule.

CeeCee interrogea du regard Naomi, qui, assise par terre,
essayait d'intéresser Emmanuel à un trousseau de clefs en
plastique.

— Pois de Senteur, dit Naomi.

— Drôle de nom ! pouffa Dahlia.

— Pas tant que ça. Un pois de senteur est une fleur,
comme un dahlia.

— Laquelle est la plus jolie ?

— Aucun rapport ! Un dahlia est une grosse fleur ronde, étincelante comme un feu d'artifice ; un pois de senteur est délicat et tout froissé.

— Oh !

Dahlia caressa doucement le dos du bébé, puis se tourna vers CeeCee.

— Elle était dans ton ventre ?

CeeCee jeta un regard désespéré à Naomi.

— Bien sûr, dit celle-ci.

— Maintenant, conclut Dahlia, tu as toi aussi ta poupée qui se mouille...

CeeCee ignorait ce qui se passait entre les deux frères et le gouverneur. Naomi et Forrest n'avaient pas la télévision, seulement un modeste transistor qui captait uniquement une station chrétienne. Quant aux radios de leurs véhicules, pas une ne fonctionnait.

Elle supplia Naomi de la laisser parler à Tim. Etait-il toujours à Jacksonville ? Déjà passé dans la clandestinité ?

— C'est trop dangereux de l'appeler avec notre téléphone, objecta Naomi en chargeant des couches dans la machine à laver, couleur avocat, de la cuisine. Je l'ai fait une fois parce que je n'avais pas le choix.

CeeCee sortit une serviette du séchoir et la posa dans le panier à linge.

— Donne-moi son numéro et je prends la voiture jusqu'à un téléphone public.

— Je te rappelle que tu ne dois pas sortir d'ici ! fit Naomi en mettant la machine en route. Oublie-le, CeeCee. Il a assez à faire comme ça, et toi aussi, même si tu ne le réalises pas encore.

— Mais je réalise !

Naomi prit une poignée de couches dans le sèche-linge et se mit à les plier.

— Eh bien, agis en conséquence ! Concentre-toi sur ton avenir et non sur ton passé.

— Quel avenir ? J'ai l'impression de ne pas en avoir... Où aller ? Que faire de ma vie ?

— Voilà que tu dramatises ! Calme-toi, va, on s'occupe de ton avenir...

— C'est-à-dire ?

— Nous cherchons la solution qui te conviendra le mieux, expliqua Naomi en ajoutant une couche pliée au tas posé sur le séchoir. Je ne t'en dirai pas plus tant que je n'ai pas de certitude.

— Tu me parles de... solution.

— Oui. Un endroit où tu pourras prendre un nouveau départ, construire ton avenir... Ne t'inquiète pas, tu as la vie devant toi.

Toute discussion avec Naomi était vaine. CeeCee renonça à la convaincre et continua son ouvrage en silence.

Jadis, elle avait eu cette sensation d'entrer dans une nouvelle phase de sa vie sous la contrainte. Elle était en deuil alors, et son avenir s'étendait devant elle, semblable à un territoire inconnu. Après le décès de sa mère, il lui avait fallu des années pour retrouver le goût de vivre et l'optimisme que Tim admirait tant. Aujourd'hui, cet état d'esprit positif lui échappait à nouveau, insaisissable. Sa vie paisible – son travail au restaurant avec Ronnie, sa relation avec Tim, et son rêve de faire des études, sur le point de se réaliser – laissait le champ à une incertitude angoissante. Il y avait pourtant une différence : la mort de sa mère lui avait été imposée, alors qu'elle était responsable de sa situation présente.

A l'occasion de Thanksgiving, trois jours après son arrivée chez Naomi et Forrest, CeeCee tomba amoureuse du bébé.

Elle savait exactement à quel moment sa tendresse s'était muée en amour. Naomi, Forrest et les enfants passaient l'après-midi et la soirée chez des amis, et elle était restée seule avec la petite fille pour la première fois depuis son arrivée. Allongée sur le lit après l'avoir nourrie, elle la dévisageait, cherchant une ressemblance avec Genevieve. Elle caressait doucement le bras et le poignet délicats, quand Pois de Senteur avait soudain serré son doigt dans sa main adorable. Ses yeux bleu-gris la scrutaient avec une attention soutenue, et elles avaient échangé un long regard. Suffisamment long pour que CeeCee sente son cœur se briser.

— Oh, ma petite Pois de Senteur ! murmura-t-elle en se penchant pour déposer un baiser sur les doigts minuscules.

Le sentiment maternel était-il si naturel qu'une jeune fille de seize ans, qui n'avait jamais été enceinte, pouvait l'éprouver ?

La nuit, entre deux biberons, quand elle était trop fatiguée et perturbée pour dormir, CeeCee réfléchissait au moyen de rendre le bébé à son père – ce dont il n'était pas question de discuter avec Naomi ou Forrest. Pour y avoir été lors d'une sortie scolaire, elle avait une vague notion de l'endroit où se trouvait la résidence du gouverneur, dans le centre de Raleigh. Elle déposerait le bébé sur le pas de la porte au milieu de la nuit, et partirait aussitôt après avoir sonné. Mais si elle sonnait, aurait-elle le temps de regagner sa voiture ? Par ce froid, le bébé ne pouvait rester dehors, en attendant qu'on le découvre le lendemain matin... Lui faudrait-il se débrouiller pour téléphoner et prévenir qu'il y aurait bientôt « quelque chose » sur le seuil ?

Son esprit bouillonnait d'idées mais elle n'arrivait pas à mettre le doigt sur la solution. En tout cas, quoi qu'il arrive, elle rendrait le bébé à son père.

Elle pensait aussi à Tim, Marty et Andie. En faisant en sorte que le bébé retrouve son père, risquait-elle de compromettre leur projet ? Andie était peut-être déjà libre. Mais si Tim était sur le point de conclure un accord, n'allait-elle pas lui créer toutes sortes de problèmes ?

Le lendemain matin, tandis que les deux bébés sommeillaient et que Naomi donnait une leçon de lecture à Dahlia, dans le séjour, CeeCee parla à Forrest autour de la table du petit déjeuner.

— Je suis censée rentrer demain de mon voyage à Philadelphie. Comment prévenir ma colocataire que je ne reviens pas ?

Forrest l'observa au-dessus de sa tasse de café.

— Il est hors de question que tu téléphones de chez nous !

— Si je ne fais rien, elle appellera la police. Je serai portée disparue et on cherchera à me retrouver.

Forrest réfléchit un moment, les yeux fixés au plafond.

— Bon, dit-il finalement. Ce soir, je te conduis à un téléphone public de New Bern. Tu l'appelleras de là, mais tu as intérêt à ne pas lui raconter n'importe quoi. Réfléchis bien à ce que tu vas lui dire !

Le trajet jusqu'à New Bern dura à peine plus d'une demi-heure. Alors qu'ils roulaient sur l'immense pont suspendu plongé dans l'obscurité – une expérience plutôt désagréable – les lumières de la petite ville apparurent de l'autre côté de la rivière. Les secours n'étaient donc pas si éloignés quand Genevieve avait accouché, songea CeeCee. Son émotion dut se lire sur son visage, car Forrest la questionna tout à trac.

— A quoi penses-tu ?

— Je réalise que cette ville, où j'aurais pu trouver du secours pour la femme du gouverneur, était assez proche du chalet... Mais je ne l'ai pas crue quand elle m'a dit qu'elle avait des contractions ! Je ne savais pas comment aller jusqu'ici et...

— Ce qui est fait est fait. Il n'y a pas à revenir dessus.

Forrest se gara dans une station-service, à côté de la cabine téléphonique, et lui tendit une poignée de pièces de monnaie.

— Ne traîne pas !

Dans la cabine empestant l'urine, CeeCee mit un certain temps à se souvenir de son numéro de téléphone. Elle avait l'impression d'avoir quitté Chapel Hill depuis des mois.

Ronnie décrocha dès la seconde sonnerie. Grâce au ciel, elle était à la maison !

— Ronnie, CeeCee à l'appareil...

— CeeCee, mon Dieu... Si tu savais comme j'avais hâte de te parler ! C'est absolument incroyable, non ?

— Comment ça ? demanda CeeCee, redoutant de connaître déjà la réponse.

— Tu n'es pas au courant ?

— Au courant de quoi ?

— Tu n'as pas écouté les nouvelles ? C'est à propos de... Tu vas flipper !

— Qu'est-ce que tu racontes ?

— Il s'agit de Tim. Il a kidnappé la femme du gouverneur !

— Tu te paies ma tête ?

— Heureusement que tu as rompu avec lui !

136

— Mais enfin... C'est inimaginable. Es-tu sûre qu'il s'agit de Tim Gleason ?

— Oui ! De Tim et son frère Marty ! Tu disais que Marty était cinglé. Eh bien, m'est avis que Tim l'est tout autant. Ils ont une sœur, en prison pour meurtre. Tu en avais entendu parler ? Ils ont kidnappé la femme du gouverneur Russell pour l'obliger à libérer leur sœur. De la pure folie !

En effet, se dit CeeCee. C'était de la pure folie... Pourquoi ne l'avait-elle pas compris avant qu'il soit trop tard ?

— Et alors, Ronnie... Que s'est-il passé ? Le gouverneur a libéré leur sœur ?

— Aux dernières nouvelles, ça date de ce matin, il n'a pas l'intention de céder, et la police est à leurs trousses. Ah, et puis un flic est venu au café pour te parler ! Ils ont découvert, je ne sais comment, que tu as été sa petite amie. J'ai dit que vous aviez rompu et que tu étais chez une copine à Philadelphie, mais ils tiennent à te voir. Ils t'appelleront dès ton retour.

Le cœur battant, CeeCee dut s'appuyer à la vitre de la cabine pour ne pas s'effondrer. Comme l'avait prédit Naomi, on la recherchait. Déjà...

— Ecoute, souffla-t-elle, je t'appelais pour te dire que je restais à Philadelphie.

Ronnie hésita un instant avant de demander :

— A cause de cette histoire ?

— Non, non, j'ai pris la décision il y a un ou deux jours ; je me plais vraiment ici, et je...

— Tu as l'intention de t'installer... définitivement à Philadelphie ?

— Je ne sais pas encore si c'est pour toujours, mais ma copine m'a trouvé un bon job dans un restaurant... et j'ai besoin de m'éloigner... à cause de Tim. Des souvenirs, tu comprends...

Devant le silence de son amie, CeeCee se demanda si elle la croyait.

— Je n'aurai pas les moyens de payer toute seule le loyer, dit enfin Ronnie.

— Je m'en doutais, mentit CeeCee, que cet aspect du problème n'avait pas effleurée. Je t'enverrai de l'argent quand j'aurai touché mes premiers salaires, pour t'aider jusqu'à ce que tu trouves une autre coloc.

Elle s'en voulait de laisser Ronnie dans le pétrin. Elle se promit de lui faire parvenir de l'argent le jour où elle en gagnerait. Son compte en banque s'élevait à cinq mille dollars, mais elle devrait dire adieu à ses économies si la police la recherchait. Elle aurait mille fois préféré en faire profiter son amie ! Ronnie, qui semblait avoir deviné ses pensées, suggéra :

— Puisque tu as de l'argent sur ton compte, peux-tu m'envoyer au moins de quoi compléter le loyer du mois prochain ?

— Bonne idée ! Mais il s'agit d'un compte d'épargne ; je n'ai pas de chéquier. Dès que j'aurai ouvert un compte ici, à Philadelphie, je penserai à toi. Et tu peux garder toutes mes affaires.

— Tu ne reviens même pas chercher tes vêtements et certaines choses ? s'étonna Ronnie après un silence.

CeeCee craignit d'avoir éveillé ses soupçons. Que se passerait-il si la police revenait interroger Ronnie ?

— J'ai vraiment envie de... de recommencer ma vie de zéro, tu sais. Rien qu'à l'idée de prendre le car pour rapatrier toutes mes affaires, les bras m'en tombent.

— Et les lettres de ta mère ?

Les lettres... Elle se moquait des vêtements, des disques et des quelques bijoux de pacotille. Mais les lettres ! Son cœur se serra à l'idée de les abandonner.

— Je n'ai pas l'adresse de ma copine sous les yeux, mais je te l'enverrai pour que tu me les expédies, répondit-elle enfin.

— D'accord. Comment s'appelle ta copine ?

— Susan, dit CeeCee qui avait prévu cette question.

— Tu ne m'en avais jamais parlé !

— Susan n'est pas une amie intime, mais son invitation est tombée au bon moment, et nous nous entendons très bien. Elle est plutôt sympa... même si elle ne l'est pas autant que toi, naturellement.

— Tu devrais écouter les nouvelles, CeeCee. Il est tout le temps question de Tim. Je te conseille aussi d'appeler la police ! Tu pourrais peut-être leur fournir des indications qui les aideraient à les retrouver, la femme du gouverneur et lui.

— Je ne vois pas bien quoi leur raconter.

— Y aurait-il un endroit secret où ils pourraient se cacher ?

— Pas que je sache !

— Que dois-je dire aux policiers s'ils reviennent ?

— La pure vérité : je t'ai appelée de Philadelphie et je n'ai pas encore pu te donner mes coordonnées.

— Mais tu vas m'envoyer ton adresse pour que je t'envoie les lettres de ta mère ?

— Bien sûr, mentit une fois de plus CeeCee.

Jamais elle ne pourrait dire à Ronnie où elle se cachait. Les policiers reviendraient probablement l'interroger. Quand elle leur signalerait son déménagement imprévu à Philadelphie, ils en déduiraient sans mal qu'elle avait participé au complot diabolique des frères Gleason.

CeeCee Wilkes devait disparaître à tout jamais...

16

Tu ne m'as jamais demandé pourquoi je t'ai appelée CeeCee. J'ai passé un temps fou à lire une de ces petites brochures de super-marché qui expliquent l'origine de tous les prénoms. La plupart des prénoms de filles évoquent la pureté, la douceur et la féminité, alors que je te voulais pleine d'assurance. J'avais une préférence pour Carol qui suggère la force, et Constance, synonyme de fermeté. Au moment de ta naissance, je n'avais toujours pas fait mon choix, et ces deux prénoms me semblaient trop sérieux pour mon petit bébé. Pam a suggéré que CeeCee conviendrait parfaitement à une petite fille énergique. Je pense que ce prénom est parfait pour toi.

— Tu as tout d'une jeune mère. Totalement épuisée ! s'exclama Naomi en riant, quand CeeCee entra dans la cuisine le dimanche matin.

CeeCee s'affala sur une chaise, près de la table. Naomi lui avait confectionné une écharpe porte-bébé, comme celle d'Emmanuel ; elle y avait placé Pois de Senteur. Cette écharpe avait un pouvoir magique, pensa-t-elle... Après avoir passé la nuit à changer des couches, nettoyer des vomissures, réchauffer des biberons, et écouter ces vagissements qui lui fendaient le cœur, elle avait installé la petite dans l'écharpe, et la paix était revenue instantanément.

— Il y a du porridge sur le feu, lui dit Naomi.

CeeCee se leva et alla emplir un bol, en faisant attention de ne pas en renverser.

— Avant de te rasseoir, regarde sur le comptoir, ajouta Naomi. Il y a quelque chose pour toi.

Elle prit le dossier en papier kraft, qu'elle déposa sur la table.

— C'est quoi ?

— Ouvre et tu verras !

Elle sortit du dossier deux certificats de naissance, une carte de sécurité sociale, et un permis de conduire de l'Oregon.

— Le certificat du dessus est le tien, annonça Naomi. C'est ta nouvelle identité.

CeeCee regarda fixement le nom dactylographié : Eve Bailey. Elle était née à Portland, Oregon, le 7 mars 1960, de Marjorie et Lester Bailey. Marjorie et Lester... C'étaient des noms solides, les noms de parents attentifs et aimants, sur qui l'on pouvait compter. Déjà, elle les aimait. Peut-être avait-elle grandi dans un lotissement, dans une maison avec piscine. Les gens avaient-ils des piscines dans l'Oregon ? Elle en doutait mais déjà cette image s'était incrustée dans son esprit.

— Je m'appelle Eve ? demanda-t-elle à Naomi, avec un regard interrogateur.

— Oui, à partir d'aujourd'hui. Qu'en penses-tu ?

— Eve... répéta CeeCee.

Articulé à haute voix, il lui donnait l'impression d'être plus mûre, plus sage, plus sophistiquée.

— Je trouve que ce n'est pas un nom pour moi.

Naomi sourit.

— J'ai eu la même réaction quand j'ai commencé à m'appeler Naomi...

— J'oubliais presque que tu as vécu cette expérience, toi aussi.

— Eh oui ! Je me souviens que j'ai beaucoup regretté mon ancien prénom... Naomi me paraissait si démodé. Mais tu seras étonnée de voir comme on s'habitue vite. D'ailleurs je vais t'appeler Eve dès maintenant...

CeeCee ébaucha un sourire. Sa nouvelle identité était un gage de sécurité. Surtout garder ça en tête !

— Il n'y a pas d'Eve Bailey, je suppose. C'est un nom inventé ?

— Bien sûr.

— Elle a un an de plus que moi, d'après son certificat de naissance.

— Ça me paraît une bonne idée ! Le fait que tu aies déjà un enfant semblera moins étonnant. N'oublie surtout pas que tu as dix-sept ans !

CeeCee s'assura que le bébé respirait normalement avant de jeter un coup d'œil à la carte de Sécurité sociale et au permis de conduire. Son numéro de Sécurité sociale était, comme de juste, totalement différent du sien et la carte au nom d'Eve Bailey. Le permis de conduire ne comportait pas de photo ; l'adresse indiquée était à Portland.

— Je ne suis jamais allée plus à l'ouest que Chapel Hill ! lança-t-elle. Pourquoi l'Oregon ?

— Parce que, dans cet Etat, on ne met pas de photo sur les permis de conduire. A ton arrivée en Virginie, tu iras au service des permis demander un permis de l'Etat de Virginie.

— En Virginie ? Mais pourquoi ?

— Je t'expliquerai ça dans une minute, mais regarde d'abord le certificat de naissance de Pois de Senteur.

CeeCee sortit ce dernier document de son enveloppe. Corinne Bailey était née, la semaine précédente, à Charleston, en Caroline du Sud. Corinne, fille d'Eve Bailey ; le nom du père n'était pas mentionné.

— Qui est censé être son père ? demanda-t-elle.

— Tu n'en sais rien ! Et ça vaut mieux dans ce genre de situation. Tu n'auras qu'à prétendre que tu avais des tas d'aventures et que tu n'as aucune certitude. Sinon, attends-toi à toutes sortes de problèmes.

— Par exemple ?

Naomi haussa les épaules.

— Eh bien, tu pourrais avoir à demander un jour une autorisation paternelle. Mais comme ça tu peux t'en passer ! Et si elle trouve son certificat de naissance une fois grande, elle n'éprouvera pas le besoin de se mettre en quête de je ne sais quel héros.

— Oui, mais elle prendra sa mère pour une coureuse, objecta CeeCee, mi-figue mi-raisin.

— Mieux vaut une coureuse qu'une criminelle.

Criminelle... Un mot glaçant. CeeCee Wilkes était une criminelle. Eve Bailey lui permettait de remettre le compteur à zéro !

— Tu ne m'as toujours pas dit pourquoi la Virginie, reprit-elle.

— Il y a là-bas une certaine Marian Kazan qui t'accueillera le temps que tu te retournes. Je ne l'ai jamais rencontrée, mais j'ai entendu dire qu'elle est très sympathique... Elle est nourrice et elle s'occupera du bébé – de Corinne – en attendant que tu dégotes un boulot. Trouver un emploi sera ta première tâche à ton arrivée.

— Oui, mais comment ? Je ne pourrai pas donner mes anciennes références.

— Evidemment ! Tu travaillais dans quoi ?

— J'étais serveuse.

— Bon, alors commence au bas de l'échelle comme plongeuse. Tu diras à ton employeur que tu as de l'expérience, mais il ne prendra pas la peine de vérifier. Si on te demande où tu as travaillé, invente un nom et prétends que c'était à Charleston, puisque ton bébé y est né. Quand tu auras acquis de l'expérience sous ta nouvelle identité, tu pourras te passer de tes anciennes références.

A entendre Naomi, c'était la simplicité même, mais Cee-Cee sentit sa tête tourner. La jeune femme ajouta :

— Tu n'auras qu'à dire que tes parents étaient originaires de Caroline du Sud, par exemple... Je ne pense pas que ton accent ressemble à celui de l'Oregon.

CeeCee hocha la tête.

— Nous souhaitons que tu partes ce soir, conclut Naomi.

— Ce soir ? Comment ferai-je pour trouver mon chemin jusqu'à Charlottesville de nuit ? Et puis c'est loin, non ?

— A peu près quatre heures de route...

— Ne m'oblige pas à partir ce soir, avec le bébé et tout, je t'en prie, fit CeeCee.

Comment se débrouillerait-elle, seule avec le bébé, sans les conseils rassurants de Naomi ? Elle se souvint brusquement que son projet de déposer le bébé chez le gouverneur n'était réalisable que dans l'obscurité. En passant par Raleigh, elle laisserait l'enfant sur le pas de la porte.

— Comment ferai-je pour réchauffer les biberons ? demanda-t-elle.

— On te donnera une grande bouteille d'eau, pour mélanger le lait en poudre. Garde-la dans la voiture plutôt que dans le coffre, pour que l'eau reste à la température ambiante. Le chauffage marche toujours ?

Naomi parut soulagée quand CeeCee acquiesça d'un signe de tête.

— Donc, pas de problème pour les biberons ! Forrest est allé t'acheter des couches.

— Mais si par hasard la petite s'étouffe... Tu sais comment on ranime un bébé ?

— Je te donnerai un petit cours de secourisme avant ton départ, promit Naomi avec patience. Tu t'en tires très bien avec le bébé, Eve. Une vraie maman ! Il faut seulement que tu cesses de t'inquiéter à tout bout de champ.

— Oui. Enfin bon, j'ai de bonnes raisons pour ça ! répliqua CeeCee d'un ton sec.

— Tu n'as qu'à prétendre le contraire ! Si tu parais trop parano, tu finiras par attirer l'attention.

— Et cette dame...

— Marian Kazan !

— Elle sait pour moi ?

— Elle vous attend, Pois de Senteur et toi, cette nuit ou demain au petit matin. Arrête-toi si tu as sommeil, mais sur un parking avec beaucoup de voitures, pour ne pas te faire remarquer. Si des flics t'interrogent, dis que tu es en route pour Charlottesville, où tu vas voir une amie. Tu peux leur donner le nom et le numéro de téléphone de Marian.

Marian Kazan s'attendait à recevoir une jeune femme et son enfant, songea CeeCee. Si elle se présentait seule, il lui faudrait s'expliquer.

— La voiture n'est pas immatriculée en Caroline du Sud, objecta CeeCee.

— On s'en occupe cet après-midi, répliqua Naomi.

— Mais comment pouvez-vous vous charger de tout cela ? s'étonna CeeCee en prenant les certificats de naissance.

— Le réseau fonctionne bien. On ne l'a pas utilisé depuis longtemps et je ne tenais vraiment pas à reprendre contact avec ces gens-là, mais on n'a pas eu le choix. Tout le monde se met en quatre pour t'aider, CeeCee... Enfin, Eve. Ce faisant, ils nous aident, comme ils aident Tim et eux-mêmes. On se protège mutuellement...

— Marian fait partie de SCAPE ?

CeeCee regretta aussitôt sa question. Les yeux au ciel, Naomi attendit qu'elle réalise son erreur.

— Excuse-moi. Je n'aurais pas dû.

A croire que la moitié des habitants du pays appartenaient à SCAPE.

Forrest fut de retour avec une plaque d'immatriculation de Caroline du Sud et des couches, du lait en poudre, et une tétine pour la petite, déjà dotée d'une garde-robe complète grâce aux anciens vêtements d'Emmanuel.

— C'est la fête au bébé ! lança-t-il allègrement.

CeeCee n'avait jamais vu un homme aussi imprévisible : gentil, puis dur sans motif apparent. Impatient qu'elle parte, il avait probablement pris plaisir à acheter ce qui lui permettrait de voler de ses propres ailes.

Il lui avait aussi pris une lampe torche, une panière qui ferait office de lit de bébé dans la voiture, et des vêtements pour elle – un jean et des pulls trop larges.

— C'est bien qu'ils soient trop grands pour toi, dit Naomi en examinant les étiquettes. Tu auras l'air d'une femme qui vient d'accoucher.

Ayant étalé une fois de plus une carte sur la table de cuisine, de Caroline du Nord et de Virginie cette fois, Forrest nota des indications qu'il remit à CeeCee.

— Attention au changement de vitesse, lui rappela-t-il. Et surtout pas d'infractions !

Elle parcourut ses notes.

— Parfait, mais j'aimerais emporter la carte, au cas où je me trompe de direction.

Cette carte lui était indispensable puisqu'elle comptait faire un détour par Raleigh…

— C'est bon. Garde-la, dit Forrest, après avoir pesé le pour et le contre.

— Vous avez tous été formidables avec moi !

— Comme si on avait eu le choix ! répondit Forrest avec un sourire.

Il plongea une main dans sa poche de chemise et lui tendit un billet de vingt dollars.

— Pour la route… N'oublie pas que tu n'as jamais mis les pieds ici et que tu ne dois jamais revenir ! Je ne veux plus jamais te voir dans les parages. On est d'accord ?

145

— On est d'accord, répondit CeeCee, qui avait compris la règle du jeu.

Forrest lui donna un coup de main pour mettre ses affaires dans la voiture. Elle nourrit ensuite le bébé dans le rocking-chair, devant la cheminée, tandis que de son côté Naomi donnait le sein à Emmanuel. CeeCee était silencieuse. A partir du moment où elle franchirait la porte de ce havre de paix, tout retour en arrière lui serait interdit.

De plus en plus anxieuse, elle leva les yeux sans un mot. Naomi lui souriait.

— C'est ton bébé, Eve. Regarde-la comme elle est bien ! Elle sait qu'elle t'appartient.

— Non, elle sait que je l'ai volée...

— Tu ne l'as pas volée, protesta Naomi, tu l'as sauvée.

17

Je suis furieuse contre Pam. Elle m'a traitée d'égoïste à cause des lettres. Elle prétend que ces adieux qui n'en finissent pas ne feront que t'entraver, au lieu de te laisser aller de l'avant. Elle ne comprend pas ce qu'on éprouve quand on meurt à vingt-neuf ans. Elle sera présente dans la vie de son fils pendant de nombreuses années encore ; je désire tout simplement être là pour toi quand tu seras grande.

Ces lettres que je t'écris sont-elles destinées à me consoler moi ou à te consoler ? Je pourrais passer des mois à m'interroger sur la question, mais je n'ai plus beaucoup de temps. Je continuerai donc à t'écrire et à faire ce qui me paraît souhaitable pour toi comme pour moi. Si j'agis égoïstement, je te prie de me pardonner.

Arrêtée au croisement d'un chemin de campagne et de la Route 70, CeeCee hésitait à s'engager sur cette dernière. Cela faisait une heure qu'elle se traînait sur des voies secondaires, espérant accéder à des routes moins isolées et moins accidentées, mais elle était maintenant comme paralysée à l'entrée de la 70. Les rares voitures roulaient à une vitesse effarante et elle n'avait jamais dépassé la troisième vitesse.

Du moins le bébé se montrait-il coopératif. Naomi lui avait suggéré de le garder dans l'écharpe en conduisant, car il était profondément endormi au moment du départ. CeeCee avait estimé que c'était trop dangereux. Et si la voiture percutait un arbre ? Le bébé – qu'elle refusait d'appeler Corinne, car elle n'était pas censée lui donner un nom – dormait donc dans la panière, sur le siège passager. Un emplacement guère recommandé, mais près du chauffage, ce qui lui semblait un atout.

Un conducteur derrière elle klaxonna. Elle appuya sur l'accélérateur, débraya : la voiture bondit. Tendue, elle s'engagea sur la route et parvint à passer en quatrième. Tout à coup, elle s'envola.

A sept heures du soir, le bébé s'éveilla avec un gémissement. Après s'être garée sur une paisible route de campagne, CeeCee laissa le moteur tourner, chauffage en marche, pendant qu'elle lui donnait son biberon.

— C'est la dernière fois, Pois de Senteur, murmura-t-elle, en promenant ses lèvres sur le petit crâne duveteux. Tu vas tellement me manquer... Depuis quelques jours, on était devenues inséparables...

Elle refoula ses larmes. Combien de séparations un être humain pouvait-il endurer ? Sa mère, Tim, ce beau bébé... Elle ne se résignait pas à l'idée d'avoir perdu Tim. Le calme revenu, il la retrouverait. De temps en temps, elle lirait dans la presse des nouvelles du gouverneur et de sa famille. Elle suivrait ainsi l'évolution de l'enfant qu'elle avait aidé à mettre au monde en se félicitant d'avoir pris la décision de le rendre à son père, comme l'exigeait son devoir. Elle se sentait déjà fière...

La circulation se fit plus dense à mesure qu'elle approchait de Raleigh. Vers vingt heures, elle éprouva un réel soulagement à la vue d'un panneau indiquant Garner. Enfin un lieu dont elle avait entendu parler ! Elle se gara sur le bas-côté et déplia la carte pour examiner à la lampe torche le petit plan de Raleigh, en haut et à droite. Le cercle de lumière trembla légèrement. Elle devenait nerveuse...

La Route 70 la mènerait à Wilmington Street, en direction du centre-ville. Mais ensuite, comment trouver la résidence du gouverneur ? Elle décida de tourner à droite sur Western Street, apparemment une grande artère ; peut-être alors s'y reconnaîtrait-elle.

Son itinéraire bien en tête, elle reprit la 70. Ayant dépassé Western Street par mégarde, elle tourna à droite au carrefour suivant. Soudain, elle vit un panneau indiquant Blount Street, un nom qui lui était familier. La voie était sans issue, aussi prit-elle à gauche la rue suivante, la gorge serrée. Penchée en avant, agrippée au volant, elle tourna plusieurs fois encore, en scrutant les ténèbres à la recherche de la maison du gouverneur. Les réverbères éclairaient les maisons de chaque côté de la rue, mais elle n'avait pour tout souvenir que celui d'une imposante demeure en brique sombre. Ses camarades et elle s'étaient beaucoup plus intéressées au charmant élève de terminale qui les chaperonnait qu'à la bâtisse elle-même.

Les voitures étaient rares, une chance, car elle conduisait très lentement. Une voiture frôla son aile au passage ; elle se rabattit prudemment avant de se garer, décidée à rédiger le mot qu'elle laisserait avec le bébé.

Ayant coincé la lampe torche entre son menton et son épaule, elle plaça un bloc-notes sur sa cuisse et glissa une couche sous sa main, réfléchissant à ce qu'elle allait écrire. Bien qu'elle ait mille fois imaginé cet instant, elle s'interrogeait encore.

« Cher monsieur, écrivit-elle en lettres d'imprimerie. Voici votre enfant. Je suis navrée de ne pas... »

De ne pas... quoi ? Genevieve était morte ! Elle n'était même pas certaine de l'orthographe exacte de son nom... Et qu'adviendrait-il si le gouverneur apprenait le décès de sa femme en pleine négociation ? Elle arracha la page.

« Cher monsieur, voici votre enfant. » Point, et pas un mot de plus. Elle épingla la feuille à la couverture du bébé. Et s'il n'en croyait rien ? S'il refusait la paternité du bébé et décidait de le confier à l'assistance publique ? Impossible. Il demanderait au moins à un médecin de faire pratiquer une analyse de sang. Le faisceau lumineux braqué sur le papier, elle protégea d'une main les yeux du bébé endormi. *Voici votre enfant.*

— C'est vraiment votre fille, murmura-t-elle entre ses dents. Ne la rejetez pas !

Après avoir redémarré, elle longea de grandes maisons victoriennes généreusement éclairées. Ces demeures au style tarabiscoté étaient impressionnantes avec leurs piliers massifs et leurs hautes tourelles. Elle aperçut soudain, sur sa gauche, la résidence du gouverneur, illuminée par des projecteurs au sol.

Un mur en brique surmonté d'une grille en fer forgé l'entourait. La maison lui parut un monstre sinistre dressé sur une vaste pelouse environnée de verdure. Une seule fenêtre était éclairée au rez-de-chaussée ; CeeCee imagina le gouverneur au téléphone, suppliant Tim de lui rendre sa femme.

Elle fut si surprise de voir quelqu'un marcher sur la grande allée circulaire devant la maison qu'elle cala. Après s'être acharnée sur son changement de vitesse, elle tourna dans la rue voisine et se gara, tous feux éteints.

Son cœur battait à se rompre. Elle apercevait maintenant plusieurs personnes. Des policiers, sans aucun doute. Jamais elle ne pourrait s'introduire dans le jardin sans se retrouver cernée. N'était-ce pas prévisible, puisqu'on venait de kidnapper la femme du gouverneur ?

Elle se fit toute petite sur son siège tout en réfléchissant à la marche à suivre. Devant elle, sur la gauche, une voiture de police était garée. Si elle n'était pas verrouillée, peut-être pourrait-elle y déposer le bébé, que le policier trouverait à son retour. Mais s'il ne revenait pas avant des heures, le bébé serait seul à son réveil, affamé et frigorifié. Pis encore, il pouvait être de nuit et ne pas réapparaître avant le lendemain matin...

Et cependant, il n'y avait pas d'autre choix. La voiture de patrouille était protégée de la lumière des réverbères par les arbres et les buissons entourant la maison du gouverneur. Si elle n'était pas fermée à clef, elle y laisserait le bébé. Une fois à une heure environ de Raleigh, elle appellerait la police d'un téléphone public, leur conseillant de jeter un coup d'œil dans les voitures de police stationnées alentour.

Naomi aurait été furieuse. Mais en quoi cela pouvait-il la compromettre ? CeeCee défit le bas du body du bébé, essuya les possibles empreintes sur les épingles de nourrice des couches. Il était hors de question qu'elle laisse la panière dans la voiture de police : elle était couverte d'empreintes, aussi bien celles de ses hôtes que les siennes.

Elle roula le long du trottoir et s'arrêta à la hauteur du véhicule de patrouille, de l'autre côté de la rue. Par chance, elle n'était pas visible depuis la façade de la maison. CeeCee prit le bébé dans ses bras, respirant une dernière fois son odeur.

La petite fille couina.

— Tu me manqueras, chuchota CeeCee, mais je veillerai sur toi de loin et je m'assurerai que tout se passe bien...

Sa décision était prise. Tout en laissant tourner le moteur de sa voiture, elle traverserait rapidement la rue pour déposer la petite sur le siège arrière, ainsi personne ne risquerait de s'asseoir dessus. Ensuite, elle quitterait Raleigh.

Après avoir inspiré profondément, elle serra le bébé contre elle, sortit avec précaution de sa voiture et se hâta de rejoindre le véhicule de police. Sans se donner le temps de changer d'avis, elle tira la poignée de la porte arrière.

Une sirène d'alarme déchira le silence de la nuit. Aussitôt, CeeCee lâcha la poignée, mais les mugissements de la sirène ne s'arrêtèrent pas pour autant. Un cri lui parvint alors du jardin devant la maison. Elle courut se réfugier dans sa voiture, le bébé hurlant dans ses bras, avant de démarrer en trombe. Plusieurs pâtés de maisons plus loin, elle entendait encore la sirène, malgré les cris du nourrisson...

CeeCee s'enfonça dans les rues presque désertes, opérant des tours et des détours. A un important carrefour, les hurlements de sirène se calmèrent enfin ; elle obliqua à gauche et aperçut un panneau indiquant le périphérique. Elle avait toujours eu un peu peur du périphérique sur lequel elle n'avait encore jamais conduit, mais il lui garantirait l'anonymat.

Mêlée au flot de la circulation, elle put donner libre cours à ses sanglots, qui se joignirent à ceux du bébé. Les muscles de ses bras et de ses jambes vibraient douloureusement ; son cœur palpitait dans sa poitrine. Qu'adviendrait-il du bébé s'il lui arrivait un pépin ? Pouvait-on mourir d'une crise cardiaque à seize ans ?

Elle tendit un bras et posa une main sur le nouveau-né, dans sa panière.

— Tiens bon, Pois de Senteur ! Je regrette ce qui vient de se passer. J'essaierai de me rattraper, promis...

Dès qu'elle se sentit en sécurité, elle se gara sur un parking, changea le bébé qui criait toujours et lui prépara un biberon. Pois de Senteur mit un certain temps à se calmer. Le traumatisme qu'elle lui avait infligé – vacarme des sirènes, course folle à travers les rues sombres– la marquerait peut-être jusqu'à la fin de sa vie. Plus question de l'abandonner ce soirlà dans un commissariat de police ! Peut-être ferait-elle une nouvelle tentative à Charlottesville. Mais pas ce soir.

Repu, le bébé s'était rendormi. Elle lui frictionna le dos, frottant son nez contre le cou si tendre. « Tu l'as sauvée », lui avait dit Naomi. Elle pressa sa joue contre la tempe de la petite fille endormie et versa quelques larmes. Elle se sentait coupable de ne pas avoir pu la rendre au gouverneur, mais elle aurait pleuré davantage encore si son projet avait réussi. Elle aimait de tout son cœur l'enfant dans ses bras. Son amour était différent de celui que lui inspirait Tim ; il lui rappelait l'amour qu'elle avait eu pour sa mère – pur et insondable, comme l'océan.

EVE

18

Il était près de vingt-trois heures quand CeeCee arriva à Charlottesville. Le centre-ville lui donna une impression de déjà-vu. Malgré l'heure tardive, des jeunes gens, des étudiants peut-être, déambulaient sur les trottoirs, livres à la main, en discutant gaiement.

— Tu vois, Pois de Senteur, murmura-t-elle au bébé assoupi, on se croirait à Chapel Hill.

Elle profita d'un feu rouge pour regarder les indications de Forrest et poursuivit sa route encore un petit kilomètre, jusqu'à une vieille maison blanche à étage. A la lumière d'un réverbère, elle lut le numéro 160. C'était bien ça ! Elle se gara aussitôt.

La maison avait un air légèrement penché, mais l'éclairage mettait en évidence un revêtement blanc impeccable et des volets noirs. Quatre rocking-chairs étaient installés sur la véranda. Toutes les fenêtres du rez-de-chaussée étaient illuminées.

Le bébé dans les bras, CeeCee descendit de voiture en humant une odeur de feu de bois. Comme elle longeait le trottoir en direction de la maison, elle s'arrêta net. Et si la police l'attendait à l'intérieur ? Elle explora du regard la rue paisible, s'assurant qu'il n'y avait pas de véhicules suspects, puis reprit sa marche, trop fatiguée pour céder plus longtemps à la paranoïa...

Trois citrouilles reposaient sur la marche supérieure du perron, et la porte était décorée d'une guirlande de plantes et de calebasses dorées.

Le bébé s'agita tandis qu'elle gravissait les marches.

— On y est, Pois de Senteur, dit-elle. Je ne sais pas exactement où, mais nous n'allons pas tarder à le savoir.

Au centre de la guirlande, était accrochée une clochette. Elle tira sur la courte chaînette. La clochette tinta dans un profond silence et la porte s'ouvrit.

— Eve ? fit une femme au sourire bienveillant.

Agée d'une soixantaine d'années, elle portait une robe chasuble en jean sur un pull couleur crème. Ses cheveux presque blancs, coupés à la Jeanne d'Arc, lui donnaient un air un peu sévère, et ses lunettes à monture métallique reflétaient la lumière du réverbère.

— Oui, articula CeeCee, je suis Eve Bailey.

— Et moi Marian. Entre, entre ! fit la femme en la prenant par le bras. Tu dois être épuisée, après cette longue route depuis Charleston, avec un bébé en plus. Il fait bien froid déjà...

Déconcertée, CeeCee faillit lui répondre qu'elle venait de New Bern, avant de se souvenir de la mystification mise au point par Naomi. Elle pénétra dans un vestibule bien chauffé. A sa droite, le séjour était inondé de lumière ; un bon feu crépitait dans la cheminée. Un canapé et des sièges rembourrés ajoutaient à la chaleur de la pièce. Elle mourait d'envie de s'affaler sur l'un d'entre eux.

— Confie-moi le bébé pendant que tu te débarrasses de ton manteau, proposa Marian en joignant le geste à la parole.

CeeCee accrocha son vêtement dans la penderie du vestibule.

— Tu as des cheveux fantastiques, mon petit !

L'enthousiasme de Marian rappela à CeeCee la réaction de Tim, qui trouvait ses cheveux presque trop beaux pour être vrais.

— Merci, marmonna-t-elle.

Marian lui indiqua le séjour d'un signe de tête.

— Va t'asseoir au coin du feu.

Les coussins du canapé se révélèrent aussi doux et moelleux que l'avait supposé CeeCee. Elle aperçut, dans un coin, un couffin en rotin blanc, garni d'un ruban rose. Après ce voyage périlleux, elle se sentit soudain étonnamment rassurée.

— Tu as faim ? demanda Marian en serrant le bébé contre sa poitrine. Je peux te réchauffer de la soupe au poulet... Et si tu es végétarienne, j'ai une boîte de potage aux lentilles.

156

Elle était tout à coup affamée, alors que la nourriture avait été le dernier de ses soucis depuis son départ de New Bern, mais la politesse prit le dessus.

— Je ne voudrais pas vous déranger.

— Je t'attendais, lui déclara Marian. On m'avait annoncé ton arrivée dans la nuit ; j'ai donc préparé une bonne quantité de soupe. Tu ne me déranges pas du tout !

— Je ne serais pas contre un peu de soupe au poulet alors, bredouilla CeeCee.

— Bien ! Mais j'aimerais commencer par regarder de plus près cette petite mignonne, dit Marian en s'asseyant, le bébé sur les genoux. Ma parole, c'est un nourrisson ! s'exclamat-elle en dégageant légèrement le petit visage masqué par la couverture. Et quelle beauté ! Quand est-elle née ? Tu l'allaites ?

Marian la prenait donc pour la mère du bébé, s'étonna CeeCee, avec une bouffée d'orgueil.

— Elle est née... il y a une semaine environ, répondit-elle en cherchant à se souvenir de la date indiquée sur le certificat de naissance. Le temps passe si vite ! Et je ne l'allaite pas, non ; il y a du lait en poudre et des couches dans la voiture. J'ai apporté tout le nécessaire.

Marian fronça les sourcils avec une sympathie évidente.

— Mon pauvre petit, je me doute que tu en as vu de toutes les couleurs...

CeeCee dut cligner énergiquement des yeux pour refouler des larmes brûlantes.

— Tu ne te souviens même pas du jour où tu as mis au monde cette belle mignonne... ajouta Marian. Comment s'appelle-t-elle ?

— Corinne... chuchota CeeCee avant de s'éclaircir la voix et de répéter avec plus d'assurance : Corinne !

— Tu veux bien que je l'appelle Cory ?

CeeCee acquiesça d'un signe de tête : elle préférait ce diminutif. Corinne était un prénom trop sophistiqué pour un bébé.

Marian passa un index légèrement déformé sur la joue rose de Cory.

— Je pense qu'elle sera rousse. Son père est un rouquin ?

Devant sa mine interloquée, Marian s'excusa.

157

— Pardon. Ça ne me regarde pas. Je vais chercher le lait en poudre et tout le reste, dit-elle en lui rendant Corinne.

— Non, c'est gentil mais je m'en charge, répondit CeeCee.

— Reste ici ! C'est un ordre. Je vais réchauffer la soupe et chercher tes affaires. Tu as accouché il y a une semaine et tu viens de conduire pendant je ne sais combien d'heures. Maintenant, repos !

— D'accord, capitula CeeCee, ravie que l'on prenne soin d'elle pendant quelques minutes au moins.

Elle somnolait quand Marian l'appela à table. Elle installa le bébé dans le couffin, puis la rejoignit dans la cuisine.

— Voilà, fit Marian en lui servant un bol de soupe, dont la vue et l'odeur lui mirent l'eau à la bouche. Il y a aussi des muffins au maïs et du beurre. C'est du beurre de miel, précisa-t-elle. Tu préfères un jus de fruits ou un soda ?

— Juste de l'eau, s'il vous plaît. Tu ne... vous ne mangez pas ?

Marian posa un verre d'eau sur la table en riant de bon cœur.

— Tu peux me tutoyer. Et il y a bientôt cinq heures que j'ai dîné.

— Désolée de te faire coucher si tard, s'excusa CeeCee en réalisant qu'il était près de minuit.

Marian s'assit en face d'elle avec une tasse de thé.

— Je suis un oiseau de nuit, mais ça ne m'ennuie pas de me lever tôt le matin. Quelques heures de sommeil me suffisent.

— C'est bon ! souffla CeeCee après avoir avalé une gorgée de soupe. Et merci d'avoir trouvé un couffin pour moi... enfin, pour Cory.

Marian se remit à rire.

— Mon chou, attends de voir ce qu'il y a au premier étage ! Je garde des enfants. En plus du couffin dans le salon, il y en a un autre en haut. Sans compter un berceau, une table à langer, de nombreux jouets... et un berceau supplémentaire dans le garage, que j'ai transformé en salle de jeux.

L'accent de Marian était difficile à cerner, mais CeeCee estima qu'elle n'était pas originaire du Sud. Une femme atypique : ni grand-mère ni tatie, mais maternelle et apaisante, avec un petit côté adjudant sous le bleu paisible du regard et la robe chasuble en jean.

— Je suis tout de même moins active qu'avant, reprit Marian. Pour l'instant, je me charge de jumeaux de deux ans ; de vrais diables, tu peux me croire. Une fillette de quatre ans est ma petite assistante... Je m'occupe de ces trois gosses depuis leur naissance, ce qui explique que je ne manque pas de matériel pour les petits.

CeeCee ébaucha un sourire.

— Il me semble que je suis bien tombée, mais je ne sais pas très bien ce que je fais ici. Je veux dire... Je dois te paraître idiote... On m'a dit que je pourrais passer quelque temps chez toi mais je ne voudrais surtout pas te déranger...

Marian croisa ses mains sur la table et se pencha en avant.

— Ne crains rien, mon petit ! Tu n'es pas la première personne que j'accueille. Voici ce que j'ai à te proposer, si ça te convient. Tu restes chez moi tant que tu voudras, et, au début, tu pourras m'aider avec les gamins.

— Avec plaisir ! s'exclama CeeCee, séduite.

Marian se cala dans sa chaise.

— Commençons par le commencement ! Un médecin a-t-il déjà examiné Cory ? Elle est née à l'hôpital ?

— Non, je l'ai... j'ai accouché à... balbutia CeeCee.

Marian l'interrompit d'un geste.

— Inutile de préciser ! Rien ne t'oblige à me faire des confidences... Et maintenant, écoute-moi attentivement. Je suppose bien que tu ne t'appelles pas Eve, et que la police – ou quelqu'un qui te veut du mal – est probablement à tes trousses. Cela étant, n'en parlons plus, et pensons à l'avenir. Tu es Eve Bailey, et moi Marian Kazan. Le bébé qui dort dans le séjour s'appelle Cory. Cory... Bailey ?

CeeCee hocha la tête.

— Elle a un certificat de naissance ?

— Oui.

— Parfait ! Il y a un dispensaire près d'ici. Tu vas la faire examiner par un médecin pour t'assurer que tout est en ordre. Prépare ta réponse à la question qu'on te posera sur son lieu de naissance. Ensuite, on prendra un rendez-vous pour toi avec un obstétricien.

— Un quoi ?

— Avec un gynécologue. Dis-moi, mon petit, est-ce qu'un médecin t'a accouchée ?

— Non, murmura CeeCee, gênée que Marian puisse la prendre pour une simple d'esprit.

— Dans ce cas, il faut que tu voies un spécialiste pour vérifier que tu te rétablis normalement. Tu n'as pas eu de problèmes ?

— Non. Il n'y a pas de raison que je consulte.

— Pas de déchirure ?

CeeCee secoua la tête, en se souvenant brusquement de Genevieve en sang.

Marian se pencha vers elle à nouveau.

— Quel âge as-tu, mon petit ?

— Dix-sept ans.

— Eh bien, tant mieux ! Je ne dirais pas qu'une jeune fille de dix-sept ans est assez mûre pour devenir mère, mais j'avais cru, au premier coup d'œil, que tu n'avais qu'une quinzaine d'années.

— C'est ce que tout le monde croit.

— Cory est très menue, je pense donc que tu n'as pas trop souffert. La décision t'appartient, mais si tu changes d'avis, nous avons une formidable gynécologue en ville. Elle travaille aussi dans un dispensaire, ça te coûtera une bouchée de pain. Peut-être même rien du tout si tu n'as pas d'argent, ce qui est sans doute ton cas.

— J'ai une centaine de dollars, et je pourrais participer à la nourriture si...

— Non, garde tes sous. Ce n'est pas ça qui manque ! J'adore les enfants, et c'est pour cela que je m'en occupe. Pas pour gagner ma vie. D'ailleurs je n'ai pas besoin de ton aide dès maintenant. Tu dois d'abord prendre soin de toi ; il me semble que tu es un peu secouée.

— Je suis juste... Oui, tu as raison, admit CeeCee avec un faible sourire.

Elle était tentée de dire la vérité : cette femme comprendrait et saurait comment restituer le bébé au gouverneur. Mais où trouver la force d'aborder le sujet, alors que Marian lui avait déclaré ne pas souhaiter en savoir plus ? Un courant contre lequel elle se sentait incapable de lutter l'entraînait...

160

Marian l'installa dans une chambre au papier peint orné d'énormes roses pompon, qui lui rappela une de ses familles d'accueil. Une bonne famille... mais son séjour avait été interrompu par une maladie soudaine de sa mère adoptive. Cette chambre-ci contenait un lit double, un fauteuil moderne, mauve, relativement incongru dans cette maison, et une commode à six tiroirs. Marian y déposa un couffin, qu'elle était allée chercher dans une autre pièce.

— Elle dormait dans mon lit, remarqua CeeCee.

— Nous placerons le couffin juste à côté, pour que tu puisses veiller sur ton bébé, répliqua Marian sans autre commentaire.

Puis elle lui fit couler un bain moussant dans une profonde baignoire à pieds de griffon. Les cheveux relevés, CeeCee se glissa voluptueusement dans l'eau parfumée à la lavande. Après avoir nourri et changé Cory, elle l'avait confiée à cette charmante femme, qui la berçait pour l'endormir au rez-de-chaussée.

La tête adossée au rebord et les yeux fermés, elle se savonnait, quand elle entendit tinter la sonnette de l'entrée. Tétanisée, elle tendit l'oreille. Des voix résonnaient. Une masculine, une féminine... La police ?

Elle sortit précipitamment de la baignoire, enfila son jean et son pull après s'être séchée à la hâte. Le temps de descendre l'escalier, elle en avait conclu que la police était venue pour Cory. Ce qu'elle appelait de tous ses vœux quelques heures plus tôt lui paraissait maintenant intolérable.

Marian, qui lisait sur le canapé du séjour, s'étonna de la voir entrer en coup de vent, les pieds nus.

— Ça ne va pas, mon petit ?

— Où est Cory ?

D'un signe de tête, Marian indiqua le couffin dans un coin.

— Elle dort profondément.

Le bébé dormait en effet sous une couverture rose. CeeCee se retint au dossier d'un fauteuil pour ne pas tomber : la frayeur conjuguée au bain chaud lui donnait des vertiges.

— Qu'y a-t-il, Eve ? demanda Marian, intriguée.

161

— J'ai entendu quelqu'un à la porte. Une voix masculine... Qui était-ce ?

— Un voisin. Il a vu de la lumière et il voulait vérifier que tout allait bien.

— Ce n'était pas... Personne ne me cherchait ?

Marian rit sous cape.

— Non, mon petit. Tu ne risques rien chez moi. Je vis ici depuis une éternité et pour les gens du quartier, je suis comme leur ange gardien. La brave femme qui les aide à résoudre leurs problèmes... L'essentiel, c'est qu'ils le croient, même s'ils se trompent légèrement. Détends-toi un peu, et tu finiras par me faire confiance toi aussi.

— Je te fais déjà confiance.

CeeCee se tourna vers la fenêtre, dont les stores levés l'exposaient aux regards.

— Je craignais seulement qu'ils m'aient suivie... et qu'ils veuillent me prendre Cory.

— Tu as l'instinct maternel des jeunes mamans, constata Marian. Une réaction hormonale... Formidable, non ?

— C'est juste que je l'aime tellement, dit CeeCee, décontenancée par cette remarque.

Elle s'installa sur la chaise à haut dossier, près du couffin.

— Je peux m'asseoir un moment ici ?

— Bien sûr.

Marian se retira dans la cuisine, comme si elle devinait que CeeCee souhaitait rester seule avec son bébé.

Le cœur battant, elle se pencha sur le couffin. Et si la police avait emmené Cory ? N'était-ce pas la meilleure solution pour cette petite créature dont le bonheur devait être sa priorité ?

— Qu'est-ce que je dois faire, Pois de Senteur ? soufflat-elle.

Plongée dans un rêve paisible, Cory se contenta de remuer les lèvres en fronçant le nez.

19

En quelques jours, CeeCee devint Eve Bailey. C'est ainsi que Marian la présenta aux parents des enfants dont elle avait la garde et à quelques voisins désireux de faire sa connaissance. Elle se trouvait bien jeune par rapport aux adultes que fréquentait Marian, comme à l'époque de sa première visite à Naomi et Forrest – où elle s'était sentie plus proche de Dahlia que de ses parents.

Elle était reconnaissante à Marian de lui accorder du temps, car elle était plus fatiguée qu'elle n'aurait cru : les événements des jours précédents la rattrapaient, et Cory exigeait une attention soutenue à heures fixes, jour et nuit. Son sommeil entrecoupé de cauchemars la laissait abrutie et sur les rotules. Elle comprenait maintenant qu'une mère au bout du rouleau puisse maltraiter son enfant, mais se promettait de ne jamais en arriver là. Même en pleine nuit, les cris de Cory lui déchiraient le cœur, et elle s'empressait de la calmer.

Il fallait d'autre part qu'elle apprenne au plus vite où en étaient les négociations entre Tim et le gouverneur. Marian possédait bien une petite télévision qu'elle ne regardait que rarement mais elle n'osait pas encore lui demander l'autorisation de la regarder.

Un matin, quatre jours après son arrivée, elle prenait son petit déjeuner dans la cuisine, Cory endormie dans son écharpe, quand Marian déposa à l'autre bout de la table un journal – le *Richmond Times-Dispatch*. Un quotidien de Virginie couvrait-il ce genre d'événement ? Eve le contempla, en mourant d'envie d'y jeter un œil. Près d'une semaine s'était écoulée depuis que Naomi avait parlé à Tim ; elle devait absolument savoir ce qui se passait.

Marian, qui s'affairait en attendant l'arrivée des enfants, lui parlait de ses tracas au moment de la transformation du garage en salle de jeux. Il était aussi question de ses voisins – elle habitait le quartier depuis quarante ans – et du parc tout proche, où les parents emmenaient leurs petits l'après-midi. Dès que Cory aurait un peu grandi, elles pourraient l'y promener. Eve, qui ne pensait qu'au journal, essayait tant bien que mal de s'intéresser à la conversation.

La sonnette de la porte d'entrée tinta.

Marian prit une bouteille de jus de fruits sur le comptoir et une pile de petites tasses en plastique.

— Profite de ta journée, dit-elle. Je vais rassembler les gosses directement dans la salle de jeux ; si tu as besoin de quelque chose, tu sais où me trouver.

Après l'avoir remerciée, Eve entendit la voix de l'un des parents sur le perron. Des pieds légers martelèrent le sol du vestibule, un enfant chuchota, un autre gronda comme un animal. Puis la porte d'entrée se referma et ce fut le silence. Elle saisit le journal.

L'article, à la une, était intitulé : « Russell toujours optimiste ». Elle le lut une première fois, puis une deuxième. Personne ne semblait mettre en doute la responsabilité de Timothy et Martin Gleason dans la disparition de Mme Russell. Le dernier contact des frères avec le gouverneur datait du jeudi matin, il y avait de cela quatre jours. Pour l'instant, la police n'avait pas encore réussi à les retrouver.

Peter Gleason, le père de Tim, déclarait : « Je suis sous le choc. Mes fils ont été anéantis par l'incarcération d'Andie, mais je ne les crois pas capables d'une chose pareille. J'espère qu'il s'agit d'une erreur et je prie le ciel pour que Mme Russell rentre chez elle saine et sauve. » Le papier décrivait l'état de Marty depuis son service militaire au Vietnam, et rappelait que Tim était étudiant en troisième cycle au département des sciences sociales de l'université de Caroline du Nord. Un de ses professeurs le décrivait comme un garçon intelligent et studieux, mais « obsédé par le système pénal américain au point de suivre des cours sans rapport avec son programme. Il n'aurait sans doute pas obtenu son doctorat au printemps suivant ».

164

Tim... Eve le revoyait, travaillant avec acharnement, ses livres étalés sur la table du café. Comment aurait-elle pu deviner que sa sœur accaparait toutes ses pensées ? L'aurait-elle su, peut-être aurait-elle pu en discuter avec lui... Et s'il lui avait parlé franchement, elle aurait cherché à éviter une telle tragédie. Que de regrets...

Le gouverneur – « un homme intègre », selon l'expression de Genevieve – avait évidemment refusé de libérer Andrea Gleason. Il espérait toujours une « heureuse issue » et avait « tout lieu de croire » que sa femme et son enfant à naître lui seraient rendus sains et saufs. Eve évita soigneusement de regarder sa photo.

Retenant son souffle, elle s'attendait à voir apparaître le nom de CeeCee Wilkes, mais il ne figurait pas dans l'article. Les policiers semblaient penser que les deux frères avaient agi seuls. A moins qu'il ne s'agisse d'une ruse pour la pousser à sortir de sa cachette. Peut-être savaient-ils exactement où elle se trouvait... Elle imagina des policiers suivant les traces de ses pneus du chalet à la maison de Naomi et Forrest, enfonçant leur porte en pleine nuit, les questionnant sous une lumière crue jusqu'à ce qu'ils avouent l'avoir envoyée chez Marian Kazan.

La photo du gouverneur attira son attention malgré elle. Elle avait déjà vu son visage dans la presse ou à la télévision, mais ne s'était jamais intéressée à lui. Il paraissait encore jeune pour un politicien, avec sa silhouette élancée et son abondante chevelure blond cendré, mais ses joues étaient creuses et ses yeux profondément cernés.

— Pardon, murmura-t-elle, en effleurant sa photo du bout des doigts.

Elle baissa les yeux vers son écharpe : le bébé suçait deux de ses doigts minuscules, les yeux fermés, en haussant par moments les sourcils comme si une idée lui traversait l'esprit.

— Il faut que je te ramène à ton papa, reprit Eve, qui n'y croyait plus.

Elle savait qu'elle n'en ferait rien. Elle aurait pu justifier son inaction en prétextant qu'elle cherchait à protéger Tim, Marty, Naomi et Forrest, mais c'était tout autre chose. Le lien entre le bébé et elle devenait chaque jour plus complexe et plus indissoluble. Tout le monde – Marian, les parents des

165

enfants, les voisins – la prenait pour la mère de Cory, et elle finissait par s'en persuader.

Elle éclatait en pleurs à tout bout de champ. Ce qui ne lui était plus arrivé depuis la mort de sa mère. Elle avait trouvé la force de passer des années en famille d'accueil, il était temps qu'elle se forge une énergie nouvelle. Mais comment s'y prendre ? Marian lui avait dit qu'elle était une écorchée vive.

En outre, elle se sentait stupide. Qu'était devenue l'élève brillante dont Tim admirait l'intelligence ? Elle avait prêté la main à une horrible machination, avait été complice –peut-être même responsable – de la mort d'une femme. Elle avait échoué à rendre un nouveau-né à son père, et avait déclenché l'alarme d'une voiture de police. A quoi avait-elle pensé ? Que ce véhicule soit protégé par une alarme était une évidence. Et qu'elle n'en ait pas eu conscience prouvait qu'elle n'avait pas la lucidité nécessaire pour sauver sa peau.

Enfin, elle se considérait comme une mère incompétente. Déroutée par ses difficultés avec le bébé, elle les imputait à sa jeunesse ; plus âgée, elle aurait trouvé d'instinct les gestes nécessaires. Elle avait du mal avec les couches jetables fournies par Marian. Cory détestait qu'on la change et ses hurlements lui faisaient perdre tous ses moyens : elle finissait par lui mettre sa couche n'importe comment.

Une nuit d'horreur, elle s'était sentie si lasse en réchauffant le biberon qu'elle n'avait pas revissé correctement la tétine. Quand elle avait voulu donner à boire à Cory, le lait s'était répandu sur son petit visage. Elle avait couru réveiller Marian, terrifiée à l'idée d'avoir fait du mal à Cory.

« Je ne suis bonne à rien ! avait-elle crié. Cory va mourir à cause de ma maladresse. »

La sage Marian l'avait aidée à réparer les dégâts en refoulant un éclat de rire.

Le lendemain, elle fixa chaque tétine avec du ruban adhésif avant de nourrir le bébé.

— Tu pourrais utiliser des biberons spéciaux avec sachets jetables, suggéra Marian qui l'observait. J'en ai quelques-uns pour le bébé dont je m'occupe parfois.

Elle alla chercher dans la cuisine un biberon en plastique et un rouleau contenant un sachet jetable.

— C'est très pratique, et meilleur pour le bébé qui avale moins d'air... As-tu remarqué que Cory a parfois de l'aérophagie ?

Marian ouvrit le dernier sachet et le fixa au biberon. Eve n'eut plus qu'à visser soigneusement l'anneau du couvercle, une fois le lait versé. Cory se mit à téter goulûment, malgré la forme tout à fait différente de la tétine.

— Ce bébé a un appétit exceptionnel ! s'exclama Marian.

— Elle est formidable ! approuva Eve. Et ces sachets sont super. J'irai en acheter tout à l'heure.

— J'en ai encore dans le placard près du frigidaire. N'hésite pas à te servir.

Marian était sortie faire des courses lorsque sonna l'heure du biberon suivant. Eve trouva le carton de sachets, mais le premier lui résista. La méthode de Marian lui avait pourtant semblé d'une simplicité enfantine ! Elle essaya un deuxième, puis un troisième sachet, tandis que Cory hurlait à pleins poumons dans son couffin. Quand Marian rentra, le plan de travail était jonché de dizaines de sachets non ouverts. Eve, en larmes, avait repris son biberon en verre...

Marian posa ses sacs de provisions sur le plan de travail.

— Mon Dieu, que se passe-t-il ?

— Je n'arrive pas à me servir de ces maudits sachets, et Cory meurt de faim.

Marian en prit un et fronça les sourcils.

— Ce sachet a un défaut, dit-elle avant d'en examiner un autre. Ils ont tous fondu... Il s'agit d'une boîte défectueuse.

— Alors, je n'y suis pour rien ?

— Essaie ceux-ci, mon petit, suggéra Marian, en lui tendant un nouveau rouleau.

Après une nouvelle tentative, cette fois couronnée de succès, Eve admira son chef-d'œuvre, avant de sécher ses larmes.

— Je croyais avoir échoué une fois de plus !

— Tu te débrouilles comme un chef avec Cory, murmura Marian en la serrant dans ses bras.

Eve eut brusquement envie de poser sa tête sur l'épaule de cette femme âgée, de fermer les yeux, et de rester ainsi jusqu'à la fin de la journée.

Les semaines suivantes furent un tourbillon d'activité et d'émotions. Eve prit l'habitude d'aider Marian avec les

167

enfants ; une joie authentique la submergeait parfois quand elle jouait avec eux. Ses occupations l'empêchaient de penser à Genevieve et Tim, mais, la nuit venue, l'angoisse reprenait le dessus. Au cours de ses quelques heures de sommeil entre les biberons, elle rêvait de Genevieve. Gisant dans son sang, Genevieve la dévisageait d'un air accusateur. « Tu m'as volé mon bébé, lui disait-elle. Tu m'as tuée, et ensuite tu m'as volé mon bébé. »

Quand elle cherchait à se rendormir, c'était au tour de Tim de venir la hanter. Elle se languissait de leurs conversations et de leur intimité. Le souvenir de leur dernière nuit ensemble était terni par sa tricherie. Et elle craignait qu'il ne lui reproche la mort de Genevieve et ses conséquences.

Elle espérait que Naomi lui donnerait son adresse et qu'il viendrait la voir. Chaque fois qu'une Ford blanche passait dans la rue, elle cherchait, le cœur battant, à apercevoir le conducteur. Tim n'avait probablement pas conservé sa four-gonnette, mais elle ne pouvait s'empêcher de la guetter dès qu'elle mettait le pied dehors.

Sa vie paisible à Chapel Hill lui manquait. Elle regrettait son job de serveuse, le café où les mêmes étudiants se retrouvaient à longueur de journée, la petite chambre qu'elle parta-geait avec Ronnie, et la grande boîte contenant les lettres de sa mère.

Et cependant, si tout cela n'était pas arrivé, elle n'aurait pas eu Cory.

Les après-midi étaient plus chauds et lorsqu'il faisait beau, après avoir aidé Marian à installer les jumeaux dans une poussette double, Eve glissait Cory, bien emmitouflée, dans son landau. Avec la petite fille de quatre ans, calme et sérieuse, elles retrouvaient au parc cinq mères accompagnées de leurs jeunes enfants. Tout en poussant leur progéniture sur les balançoires, elles discutaient couches, éruptions de boutons, problèmes de sommeil et s'extasiaient sur les pre-miers mots de leurs petits.

Trois de ces femmes étaient mariées à des étudiants de troisième cycle, les deux autres étaient encore étudiantes. Toutes semblaient bien connaître et apprécier Marian. Malgré leur politesse, Eve avait le sentiment qu'elles la critiquaient derrière son dos. Elle était de loin la plus jeune, et cette différence d'âge pesait sur leurs relations. Ces femmes se demandaient probablement qui était le père de Cory, pourquoi elle ne s'était pas fait avorter, et surtout pour quelle raison Marian l'avait accueillie.

« Quels beaux cheveux tu as ! lui avait déclaré l'une d'elles le premier jour. Mais il faudra bien que tu les coupes ! »

Assise sur un banc, près des balançoires, Eve berçait Cory dans son landau.

« Et pour quelle raison ? »

Elles avaient échangé des regards entendus.

« Ils vont te gêner... On les tire ou ils s'emmêlent, et tu n'auras plus le temps de t'en occuper. »

Chacune d'elles avait les cheveux courts.

« Vous aviez toutes les cheveux longs avant votre bébé ?

— Oui, dit l'une.

— Moi aussi, lança la plus blonde du lot.

— Une chevelure magnifique ! » avait insisté une autre.

La blonde avait haussé les épaules.

« On n'a plus les mêmes priorités quand on devient mère.

— Je pense qu'Eve peut garder ses cheveux longs si elle en a envie », avait objecté Marian.

Elle poussait les jumeaux sur les balançoires, tout en surveillant du coin de l'œil la fillette de quatre ans en train de faire du toboggan.

Eve partageait son point de vue : au cas où Tim retrouverait sa trace, elle voulait garder la chevelure qu'il aimait.

Le lendemain, à trois heures du matin, l'œil vague, elle faisait le tour de sa chambre encore plongée dans les ténèbres, Cory sur l'épaule. Le bébé avait passé une nuit exceptionnellement agitée, et elle s'inquiétait à son sujet. Cory s'arc-bouta sur son épaule, se prit la main dans l'une de ses mèches, et poussa un cri déchirant.

— Qu'est-ce qui ne va pas, Pois de Senteur ? souffla-t-elle. Tu m'as tiré les cheveux, c'est moi qui devrais crier.

Cory avait-elle mouillé sa couche une fois de plus ? Une fois dans la nursery, elle la posa sur la table à langer et alluma la lampe. La couche était sèche, mais elle aperçut une fine ligne rouge sur la peau délicate, entre son pouce et son index.

— Tu t'es égratignée avec mes cheveux, mon pauvre bébé !
s'écria-t-elle.

Elle la serra dans ses bras et porta sa petite main à ses
lèvres pour l'embrasser tendrement.

Dès que Cory se fut rendormie, elle alla se regarder dans le
miroir de la salle de bains. Elle ne trouva que des ciseaux à
ongles, mais elle n'hésita pas un instant. Quinze minutes plus
tard, la petite amie de Tim était devenue la mère de Cory.

20

, Au matin, Marian, assise dans le séjour, regardait le *Today Show* quand Eve fit son entrée, le bébé dans les bras.

— Mais qu'est-ce qui t'a pris ? demanda-t-elle, éberluée.

Sur l'écran, Jane Pauley interviewait Barry Manilow. Eve prit place sur le canapé, un sourire aux lèvres.

— Les femmes du parc avaient raison.

Une main sur la bouche, Marian la dévisageait.

— C'est si moche que ça ? ajouta Eve, en glissant la tétine dans la bouche de Cory.

— Non, mais... ça fait un choc, bégaya Marian.

Eve avait eu la même réaction ce matin-là. Elle ne se souvenait plus de sa coupe de cheveux nocturne lorsqu'elle avait aperçu, en entrant dans la salle de bains, un tas de cheveux noirs dans le lavabo. Courageusement, elle s'était regardée dans le miroir. Sa longue chevelure sombre et bouclée n'était plus qu'un fouillis de cheveux courts et hérissés. Les ciseaux à ongles n'avaient pas été l'outil idéal... mais le mal était fait. Elle avait donc ravalé ses larmes.

— Cory s'est blessée cette nuit avec mes cheveux, alors je les ai coupés, dit-elle.

Elle montra la petite main du bébé à Marian ; la coupure n'était presque plus visible.

— Comme avec une feuille de papier, expliqua-t-elle devant l'expression goguenarde de Marian.

— Tu es méconnaissable... Surtout ne te vexe pas, mais, veux-tu que je te prenne un rendez-vous avec ma coiffeuse ? fit Marian en tapotant le casque lisse de ses cheveux blancs. Juste pour les égaliser un peu...

Eve sourit, avec l'impression bizarre que ses zygomatiques s'étaient atrophiés au cours des dernières semaines.

— Je me suis servie des ciseaux à ongles...

Elle aurait aimé être correctement coiffée, mais elle voulait acheter un siège de voiture pour Cory. Après lui avoir expliqué que la panière était dangereuse, deux des femmes du parc lui avaient conseillé d'acheter un modèle de siège en plastique rembourré. Avec les couches et le lait, les cent dollars fondaient rapidement. Entre un siège de voiture et une coupe de cheveux, sa décision était prise.

— Préviens-moi si tu veux un rendez-vous, dit Marian, je te l'offre.

— C'est gentil, merci.

Eve regarda Cory qui la dévorait des yeux.

— Elle a pris cette habitude depuis quelque temps. J'adore quand...

Elle s'interrompit net et leva les yeux sur l'écran. Quelqu'un venait de parler de l'« affaire Gleason ».

— Elle commence à te reconnaître maintenant, remarqua Marian.

Tendue, Eve l'entendit à peine. Un policier s'exprimait devant une rangée de micros. « Oui, déclarait-il, en réponse à une question qu'elle avait manquée. Nous avons parlé à la petite amie de Timothy Gleason, qui hésitait jusque-là à se faire connaître... »

— Quoi ? s'exclama Eve.

« Elle témoigne à contrecœur, mais elle nous a amenés jusqu'à une maison de Jacksonville d'où les frères Gleason ont contacté le gouverneur Russell. Nous avons bien la preuve qu'ils ont séjourné dans cette maison, mais ils se sont volatilisés, et rien ne laisse à penser que Mme Russell y ait été.

— Cette personne sait-elle où se trouve Mme Russell ? fit une voix hors champ.

— Elle affirme ignorer l'endroit où Mme Russell a été séquestrée et celui où elle se trouve maintenant. »

Des photos de Tim et Marty apparurent sur l'écran.

« Il est fort probable que Timothy et Martin Gleason ont changé de nom et modifié leur apparence », conclut le présentateur avant de donner un numéro de téléphone aux personnes susceptibles de fournir des informations.

172

Eve, comme changée en statue, avait reconnu une photo de Tim. Souriant, torse nu, plus jeune, il était assis sur une plage. Ses boucles blondes semblaient blanchies par le soleil, et ses yeux étaient d'un vert qu'elle avait presque oublié.

Lorsqu'elle se mit à pleurer silencieusement, Marian alla éteindre la télévision avant de se rasseoir, les mains serrées sur ses genoux.

— Je ne tiens pas à savoir en quoi ce que nous venons de voir te concerne, mais laisse-moi te raconter quelque chose...

Eve lui jeta un regard inquisiteur.

— Mon mari a été incarcéré en 1960 pour un meurtre qu'il n'avait pas commis, poursuivit Marian d'une voix grave. Des témoins ont déclaré sous serment l'avoir vu sur le lieu du crime, mais je reste persuadée qu'ils l'ont pris pour un autre. Personne n'a pu vérifier son alibi. Il dormait dans sa chambre d'hôtel quand l'événement s'est produit. Il a donc été exécuté en 1966.

— Je suis désolée, murmura Eve.

— Par la suite, j'ai milité à SCAPE. Ici, personne ne le sait. Amis et voisins ont toujours cru à l'innocence de Jim, mais ils ne se doutent pas que je suis une activiste. SCAPE a contribué à l'abolition de la peine de mort, il y a quelques années. Bien sûr, elle a été rétablie, fit Marian en haussant les épaules. En tout cas, c'est mon histoire ! J'essaie de me rendre utile à autrui dans la mesure du possible...

Eve ne savait que dire, bouleversée par ce qu'elle venait de voir et entendre à la télévision.

— Dis-moi simplement ceci, dit Marian avec douceur. L'un des frères Gleason... est-il le père de Cory ?

Eve baissa les yeux sur le nouveau-né qu'elle serrait dans ses bras et hocha la tête d'un air affirmatif.

— Mon pauvre petit !

— Je n'arrête pas de me répéter qu'il me retrouvera. Je crois voir sa fourgonnette garée dans la rue... Et quand je réalise que ce n'est pas lui... Dire qu'ils ont parlé de sa petite amie... C'est moi sa petite amie !

Marian l'interrompit d'un geste.

— Premièrement, les flics disent n'importe quoi pour atteindre leur but. Ils cherchent probablement à te faire sortir de ton trou. Deuxièmement, et ce point est fondamental, nous avons une conversation que nous ne devrions pas avoir. Il faut que tu sois plus prudente... Je me doutais que tu avais un lien avec cette affaire, mais tu ne dois pas être aussi transparente pour les autres. Tu m'entends ?

Eve acquiesça d'un signe de tête.

— Tu sautes en l'air chaque fois que l'on sonne ; je comprends maintenant pourquoi. Tu ferais bien d'être un peu parano ! Ne te fie à personne : un ami est un ennemi potentiel, et tu n'es pas la seule à courir des risques.

— Je sais. Il y a Tim, Marty, leur sœur, et Nao... enfin... les gens qui m'ont mise en rapport avec toi.

— Dorénavant, tu dois me protéger moi aussi. Je suis votre complice dans cette histoire. Alors, plus un mot tant que tu vivras ! D'accord ?

Eve acquiesça une fois encore, en regardant l'écran de télévision éteint.

— Crois-tu que je le reverrai un jour ?

— Je me doute que tu as le cœur brisé, Eve, mais il aurait tort de chercher à te revoir, et vice versa. Il vous mettrait en danger, Cory et toi. Donc, même s'il t'aime profondément, il ne doit pas chercher à retrouver ta trace, dans votre intérêt à toutes les deux.

Eve n'avait jamais songé que Tim gardait ses distances pour la protéger. Son cœur déborda à nouveau d'amour pour lui.

— J'aimerais tant pouvoir l'aider...

— Ce que tu as de mieux à faire c'est de bien élever son enfant. Ce qui m'amène au point suivant.

— Quel point ?

— Il faut que tu trouves un emploi.

— Mais... tu as besoin de moi ici !

Marian sourit.

— Je me suis débrouillée plus de dix ans toute seule, mon petit. J'apprécie grandement ton aide, mais je peux m'en passer. L'essentiel, pour ton avenir, est que tu deviennes Eve Bailey. Tu dois te constituer un CV à ce nom.

Exactement le conseil donné par Naomi...

— Je sais bien que tu as accouché il y a tout juste quatre semaines, admit Marian, mais tu me parais suffisamment en forme pour te lancer dans un petit travail à temps partiel. J'ai

174

parlé à une amie, Steffi Green, qui dirige le restaurant universitaire, pas loin d'ici ; tous les étudiants de l'université de Virginie vont y traîner. Elle aurait besoin d'une serveuse pour le service du soir, de six à dix. Quatre heures seulement, pour commencer. Ça te conviendrait ?

— Mais... et Cory ?

— N'oublie pas que je suis là ! Je m'occuperai d'elle. Les autres enfants seront déjà rentrés chez eux. Il n'y aura que Cory et moi.

Eve posa sa joue sur le crâne du bébé.

— Je ne crois pas pouvoir la confier à personne, même à toi...

— J'insiste, déclara fermement Marian de son ton d'adjudant. Ce n'est pas une simple question d'argent. Tu dois renouer avec le monde extérieur, te faire des amis, et ne pas penser tout le temps à Cory et à ce... à son père... Tu dois te faire une vie, mon petit. Tu comprends ?

— Je te paierai un loyer si je travaille, murmura Eve, perplexe.

Cet acharnement à vouloir qu'elle travaille signifiait-il que Marian voulait son départ ? L'avait-elle inquiétée en lui révélant qu'elle connaissait Tim Gleason ?

— Si je peux rester ici... ajouta-t-elle.

— Tu peux rester ici tant que tu voudras, et me rembourser un quart des charges, si tu y tiens. Ça te va ?

— Parfait pour moi, fit Eve, les larmes aux yeux.

Marian se releva et s'approcha du téléphone.

— Maintenant, nous allons te prendre un rendez-vous chez le coiffeur !

21

Trois jours après Noël, sous une tempête de neige, Eve alla prendre son poste au restaurant universitaire. Dans la ville sombre et silencieuse, tous les réverbères de Main Street étaient enguirlandés. Elle était contente de se remettre au travail pendant les vacances : le restaurant serait moins bondé et la transition plus facile entre les biberons à réchauffer et la préparation des milk-shakes.

Elle fit la grimace à la vue des voitures garées le long du trottoir. Une manœuvre s'imposait. Une seule place était disponible, entre deux véhicules, à environ un pâté de maisons du restaurant. Se débattant avec le levier de vitesse, elle manœuvra à en avoir les paumes moites, et finit par renoncer. Déjà en retard de cinq minutes, elle chercha un emplacement accessible en marche avant et courut jusqu'au restaurant. Mauvais début...

A son arrivée, une rafale lui arracha la porte des mains et la fit claquer avec violence. Aux tables et au comptoir, des clients levèrent les yeux.

— Quelle entrée spectaculaire, ma parole ! marmonna une jeune serveuse en la dévisageant.

Se sentant le point de mire, Eve, le souffle court, rougit. Les clients, des étudiants pour la plupart, reprirent leur conversation en souriant, tandis que la serveuse se dirigeait vers elle.

Blonde, les cheveux courts et d'immenses yeux bruns, elle portait un tablier à bavette sur un pull rouge et un jean.

— Eve ? lança-t-elle.

— Exactement.

— Alléluia ! Moi c'est Lorraine, dit-elle en prenant Eve par le bras. On est beaucoup trop juste aujourd'hui, reprit-elle avec un accent à couper au couteau. En principe on est cinq, mais l'une de nous a un ennui, l'autre est en vacances ; et même s'il y a moins de monde que d'ordinaire, j'ai fichtrement envie de démissionner, tu peux me croire ! Je suis ton chef, au fait, mais pas de panique : si tu te remues, tu n'auras aucun problème avec moi.

— Ça me va, fit Eve, qui éprouvait déjà de la sympathie pour la jeune femme.

— Tu as de l'expérience ? demanda Lorraine en lui tendant un tablier identique au sien.

— Oui, oui. A Chapel... je veux dire à Charleston.

— Près d'une fac ?

— Tout près, mentit Eve effrontément.

— Parfait. Dans ce cas, tu sais que servir des étudiants est le travail le moins gratifiant, le plus épuisant, et le meilleur qu'on puisse trouver.

Eve rit de bon cœur et jeta un coup d'œil à l'extrémité de la salle, comme si elle s'attendait à y voir Tim. Mais le box du fond était vide.

— En ce moment, c'est plus calme que d'habitude, à cause des vacances de Noël, lui dit Lorraine qui avait suivi son regard.

— On est près du campus ?

— Tout près, mais ici, on n'emploie pas ce mot. Les gens parlent du « terrain ».

— Ah bon, d'accord.

— Ce soir, on tient le comptoir, toi et moi. Alors, allons-y !

Travailler lui fit du bien. Une fois qu'elle eut appris ce qu'était un *grillswith* – un beignet passé au gril, couronné de glace – tout se passa sans problème. Rapide et efficace, Eve retrouvait une assurance oubliée. Les étudiants étaient gentils, et, comme à Chapel Hill, elle regrettait de ne pas être des leurs.

Sauf quand elle pensait à Tim, elle se réjouissait de s'être coupé les cheveux. La coiffeuse de Marian avait réalisé une coupe au carré, souple, avec une lourde frange. Eve se sentait plus libre et plus légère dans ses mouvements et appréciait de paraître un peu plus âgée.

Son seul souci, au cours de cette première soirée, fut d'être loin de Cory, et elle interrompit son service, pour téléphoner à Marian et lui demander des nouvelles de la petite.

177

— Tout va bien, lui dit celle-ci. Retourne vite travailler !

Elle fit plus ample connaissance avec Lorraine en préparant les assiettes et en mettant la dernière main aux beignets. Lorraine, qui avait étudié le journalisme en matière principale à Galax, un endroit inconnu d'Eve, était étudiante en troisième année, et travaillait depuis deux ans au restaurant. Irrévérencieuse, directe et sans prétention, cette jeune femme de vingt ans lui plut immédiatement.

— Steffi dit que tu as un bébé, fit Lorraine, tandis que, côte à côte, elles coupaient des parts de tarte.

— Oui. Cory...

— Ton copain t'a fait croire qu'il suffisait de se retirer ?

— Exactement !

Lorraine lécha une miette de tarte collée à son pouce.

— Ma copine s'est fait avoir elle aussi. Elle a une fille de quatre ans et on habite ensemble.

— Elle a eu son bébé à quel âge ?

— A dix-neuf ans. Et toi ?

— J'ai dix-sept ans.

— Ah ! Et c'est Marian qui s'occupe de ta fille quand tu travailles ?

— Oui. Tu la connais ?

— Tout le monde connaît Marian. Elle m'a tirée d'affaire une ou deux fois.

Malgré sa curiosité, Eve ne chercha pas à en savoir plus, de peur d'être indiscrète.

— Et puis, reprit Lorraine, c'est elle qui garde Shan, la petite fille de ma copine Bobbie.

Le couteau en l'air, Eve pensa à la sage fillette de quatre ans, qui venait chez Marian chaque jour, accompagnée par sa maman.

— Elle est adorable !

— Et ton copain est toujours dans les parages ? s'enquit Lorraine.

— Nous avons rompu quand j'étais enceinte d'environ six mois, prétendit Eve, en songeant qu'il lui faudrait s'habituer aux questions.

— Le salaud ! Comment s'appelle-t-il ?

— Patrick.

Ce prénom convenait bien à un rouquin...

178

Lorraine interrompit sa besogne pour la regarder.

— Tu as dix-sept ans, tu travailles comme serveuse et tu élèves toi-même ton bébé... Je te tire mon chapeau ! J'ai su que tu me plaisais à l'instant même où tu as débarqué.

— Toi aussi tu me plais, répondit timidement Eve.

— Attention, je suis déjà prise. Ne va pas te faire des idées !

— Quoi ?

— Je te taquine, fit Lorraine avant de reprendre à voix basse : J'ai une petite amie, Bobbie, la maman de Shan.

Eve mit un moment à réaliser. Ainsi Bobbie, une comptable à l'air particulièrement sérieux, avec un fort accent de Nouvelle-Angleterre, était lesbienne...

— Je ne suis pas gay, précisa-t-elle.

— Je ne l'aurais pas deviné ! rétorqua Lorraine en riant. J'espère que nous serons tout de même amies et que ça ne change rien pour toi.

Pour la première fois, Eve remarqua autre chose que de la désinvolture chez Lorraine. Elle avait, entre les sourcils, un pli trop profond pour une jeune de vingt ans. Que se passe-t-il quand on réalise que l'on est différente et que l'on a une préférence pour les filles ? Chacun de nous a-t-il son fardeau à porter ?

— Naturellement que nous serons amies ! dit-elle avec sincérité.

A son retour, Cory dormait et Marian exigea un compte rendu détaillé de sa première soirée.

— Tu as les joues roses, remarqua-t-elle. J'ai l'impression que tu as pris du bon temps.

Eve s'assit sur le canapé en souriant.

— Oui. Le travail n'est pas bien pénible et l'une des serveuses, Lorraine, est du genre rigolote. Je crois que tu la connais...

Marian posa son livre.

— Bien sûr que je la connais ! Shan est la fille de Bobbie, sa compagne. Tu le savais ?

— Elle me l'a dit. Il paraît que tu l'as tirée d'affaire...

— Je sais seulement qu'elle a fait son coming out alors qu'elle était encore au lycée. Ses parents lui ont mené une vie infernale, au point que je l'ai accueillie chez moi.

— C'était gentil de ta part.

Eve, qui appréciait à sa juste valeur la tolérance de Marian, éprouva pourtant une bouffée inattendue de jalousie.

— Et donc, ce n'était pas trop dur ? demanda Marian. Les étudiants ne t'ont pas trop cassé les pieds ?

— C'était calme, à cause des vacances de Noël, mais de toute façon j'aime beaucoup la compagnie des étudiants. J'avais l'intention de m'inscrire à l'université de Caro... à l'université... quand tout est arrivé.

— Quelle matière principale aurais-tu choisie ?

— Le travail social.

— Tu serais une bonne assistante sociale.

— Peut-être un jour... murmura Eve, sceptique.

— Tu pourrais t'inscrire à la fac ici, suggéra Marian.

— Mais je tiens à passer tout mon temps libre avec Cory !

— Tu commencerais par suivre quelques cours... C'est un peu ce qu'a fait Lorraine.

Marian avait l'air de penser que c'était chose possible. Un seul cours, au début... Mais il y avait un hic : comment s'inscrire à l'université quand on n'a pas de dossier scolaire ?

A deux heures du matin, dans la cuisine, Eve mettait de l'eau à chauffer pour le biberon de Cory. Dans son écharpe, la petite fille poussait de faibles grognements annonciateurs de larmes.

En ouvrant le placard de l'évier pour jeter une serviette en papier, Eve remarqua un journal dans la poubelle. Elle avait pris l'habitude de lire les nouvelles au petit déjeuner, mais ce matin-là, Marian avait prétendu que le journal ne leur était pas parvenu. Elle s'en empara aussitôt.

« La petite amie de Gleason se suicide. » Bouleversée, elle comprit avant même de lire l'article qu'elle venait de prendre sa propriétaire en flagrant délit de mensonge.

Elizabeth Jones, la petite amie de Gleason, vingt-deux ans, qui a conduit les enquêteurs à la planque des frères Gleason, à Jacksonville, Caroline du Nord, a été retrouvée morte hier, à la suite d'une overdose, dans son appartement de Chapel Hill.

Elizabeth Jones !? Qui était-ce ?

180

Jeannie Parker, la camarade de chambre d'Elizabeth, a déclaré que son amie était perturbée depuis quelque temps. « Elle était surveillée par la police. Elle n'en pouvait plus, a ajouté Jeannie, et elle ne supportait pas d'être mêlée à cette affaire. Tim lui manquait et elle craignait de ne plus jamais le revoir. » D'après Jeannie Parker, Elizabeth avait stocké des sédatifs, prescrits par différents médecins au cours de la semaine précédente.

Une photo de la jeune femme accompagnait l'article. Tandis que l'eau bouillait sur le feu, Eve contempla un moment la chevelure blonde et raide, les lèvres boudeuses...

22

Eve déposa Cory dans son couffin et monta frapper à la porte de Marian, le *Richmond Times-Dispatch* à la main. Un soupir suivi d'un bruissement de couvertures, puis Marian, en peignoir, les lunettes de guingois, ouvrit la porte.

Elle brandit le journal sous ses yeux.

— Pourquoi m'as-tu caché ça ?

— Oh, je suis désolée, fit Marian avec lassitude. Je cherchais à te protéger, tout simplement, mais c'est peut-être mieux que tu l'aies trouvé, après tout.

— Tu as appris des choses à propos de... cette affaire ? Est-ce que tu me ferais des cachotteries ? Tu appartiens à SCAPE et je suppose que...

— Chut !

— Dis-moi ce que tu sais, insista Eve.

Au rez-de-chaussée, Cory se mit à pleurer.

— Je t'assure que je n'en sais pas plus que toi, Eve. Crois-moi. Je t'ai déjà expliqué que nous tenons à observer la plus grande discrétion.

Eve, accablée, abaissa le journal.

— Je n'en peux plus. Je ne supporte plus de ne rien savoir... Il faut que quelqu'un m'aide à comprendre ce qui se passe ! Sinon, conclut-elle, une main sur la tempe et les yeux fermés, je crois que je vais devenir folle.

— Bon, capitula Marian, j'enfile mes pantoufles et je te retrouve à la cuisine.

Tandis que Marian préparait le thé, Eve donna son biberon à Cory sans piper mot. Elle préférait attendre que Marian prenne la parole. Surtout ne pas se laisser emporter par l'émotion !

Après avoir empli les tasses, Marian s'assit en face d'elle.

— Tu as le droit de m'en parler, Eve. Mais je ne t'y autorise que parce que je veux que tu te sortes cette histoire du crâne. Il est hors de question que tu soulages ta conscience en te confiant à quelqu'un d'autre. On est d'accord ?

Eve acquiesça.

— Tu me préoccupes, mon petit, poursuivit Marian. Il faut que tu apprennes à mieux te contrôler... Quelle idée de venir frapper en pleine nuit à ma porte ! Je comprends bien que tu sois troublée et avec moi tu ne risques rien, mais fais attention, je t'en prie.

— Oui, fit Eve, les yeux baissés, consciente d'avoir été trop loin, mais...

— Voici tout ce que je sais, la coupa Marian. J'ai reçu un appel d'une femme qui ne m'a pas dit son nom. C'est la règle ! Elle a mentionné certains faits, qui m'ont fait comprendre qu'elle était des nôtres. Ensuite, elle m'a annoncé qu'une jeune fille de Charleston, mère d'un nouveau-né – j'ai flairé un mensonge, mais peu importe –, avait été mêlée à une action de SCAPE alors même qu'elle n'était pas membre. La jeune fille en question devait donc se cacher. J'ai accepté de me rendre utile, sans poser de questions. Dans notre monde, on n'en pose jamais.

Eve lui montra le journal étalé sur la table.

— Tu ne sais rien ni sur Tim ni sur la fille ?

— J'ignorais tout jusqu'à ta réaction de l'autre jour, devant la télévision. Si j'avais entendu parler d'un kidnapping visant à la libération d'une femme condamnée à mort... j'aurais supposé que SCAPE trempait dans l'histoire ; ou, en tout cas, lui était favorable. Rien de plus.

Eve fit faire son rot à la petite qui avait fini son biberon et sombrait dans le sommeil.

— Moi, je connais cette fille. Je sais qui c'est et je n'y comprends rien. Ça n'a pas de sens !

— De qui s'agit-il ?

— Elle s'appelle Bets et elle nous a servis un jour, Tim et moi, au restaurant. C'était à... dans la ville où nous vivions. Elle avait l'air de le connaître mais pas comme ça ! Elle ne m'a pas du tout semblé jalouse ; pourtant nous nous tenions la main, Tim et moi.

Marian écoutait sans un mot, en buvant son thé à petites gorgées.

— Je n'y comprends rien ! répéta Eve. Tu crois qu'il sortait avec nous deux en même temps ? Que nous étions toutes les deux ses petites amies ? C'est la seule explication possible.

— Pourquoi pas...

— Ou alors elle se faisait seulement des idées...

Marian reposa sa tasse.

— Quel âge avait-elle, mon petit ?

— Vingt-deux ans, répondit-elle en faisant la grimace. Tim avait exactement le même âge.

— Je crois que... j'ai l'impression qu'il te manipulait.

— Je ne veux pas entendre ça ! riposta Eve.

— Tu n'as que dix-sept ans, et tu es un peu... naïve, comparée à une jeune femme de vingt-deux ans.

— J'ai seize ans...

— Tu avais seize ans à l'époque où tu l'as rencontré ?

— J'ai toujours seize ans !

Eve était furieuse. Contre Marian, Tim, ou l'univers entier, elle n'aurait su dire.

— Eve Bailey a dix-sept ans, mais moi, j'ai seize ans.

— Mon Dieu... soupira Marian, en s'adossant à sa chaise. Il connaissait ton âge ?

— Oui.

— Eh bien, Eve, je sais bien que cet homme est le père de Cory et qu'il a joué un grand rôle dans ta vie, mais je t'avoue qu'il ne me plaît pas du tout.

— Pourtant, il a été bon pour moi. Il m'appréciait... Il m'aimait... Un jour j'ai reçu cinq mille dollars par la poste ; je suis sûre que ça venait de lui.

Marian ouvrit de grands yeux.

— En espèces ?

— Il voulait m'aider pour mes études.

— Où est cet argent maintenant ?

— J'ai dû le laisser... quand tout est arrivé.

— Comment sais-tu que c'est lui qui t'a envoyé cette somme ?

— Parce qu'il était riche.

184

— Il t'a achetée par tous les moyens possibles, conclut Marian d'un air écœuré.

Eve mit Cory sur son épaule, se leva pour la glisser dans son écharpe, puis alla déposer dans l'évier sa tasse de thé intacte.

— Je ne peux pas croire ça !

— Seize ans... marmonna Marian. Tu n'as même pas terminé tes études secondaires !

Eve lava sa tasse et la mit sur l'égouttoir.

— Si. Je les ai même terminées avec un B+ de moyenne générale et une très bonne note à mon test d'entrée à l'université.

Elle se retourna d'un bloc, folle de rage contre l'univers entier.

— C'est absurde ! Pourquoi aurait-il tenu à avoir des relations sexuelles avec moi, s'il y avait cette femme dans sa vie ?

— Le sexe peut mener à beaucoup de choses. Il espérait peut-être obtenir de toi ce qu'elle lui refusait... en ce qui concerne le kidnapping.

Eve avait les yeux brûlants de colère et elle se retint à grand-peine de ne pas lui cracher à la figure. Ce n'était pas Marian qu'elle haïssait mais les paroles qu'elle venait de prononcer.

— Je ne comprends pas. Je ne peux pas croire qu'il ne m'aimait pas, se contenta-t-elle de dire.

— Tu mérites beaucoup mieux, Eve ! Tu devrais en avoir conscience...

Marian se tut, car Cory avait poussé un cri.

Eve la prit dans ses bras.

— Je crois que ma voix la perturbe.

Elle se mit à bercer Cory en lui faisant des papouilles et en lui chuchotant des mots tendres. Lorsqu'elle plongea ses yeux dans les siens, Cory lui rendit son regard.

Emue, elle couvrit de baisers la joue du bébé qu'elle aimait. Le bébé qu'elle avait volé...

Elle ne savait plus au juste ce qu'elle méritait.

23

Eté 1978

Après avoir enfilé un short en jean et un débardeur blanc, Eve se regarda dans le miroir de la salle de bains. Ses cheveux lui arrivaient presque aux épaules, en une masse sombre et frisée par l'humidité. Elle les tira en arrière et en fit une queue-de-cheval.

Elle suivait un cours – psychologie, niveau 1 – en tout et pour tout pendant l'été, mais sa demande de bourse avait été acceptée, et dès l'automne elle étudierait d'autres matières, avec l'ambition de devenir à la rentrée suivante une étudiante en psychologie à plein temps. L'université de Virginie ne possédait pas de département de sciences sociales, mais cela ne la chagrinait pas outre mesure : l'ambivalence de ses sentiments pour Tim avait émoussé son désir de marcher sur ses pas.

Marian lui avait fourni non seulement un dossier scolaire d'un lycée de l'Oregon, mais des résultats au test d'entrée à l'université, comparables à ceux obtenus dans sa vie antérieure. Ces documents étaient apparus aussi miraculeusement que son certificat de naissance et son permis de conduire. Sans la moindre question, elle en avait fait des photocopies avant de remplir sa demande d'inscription.

Ses études l'enchantaient et elle lisait beaucoup plus que ne l'exigeait le programme. Elle dévorait les ouvrages sur Freud, Jung et Erikson, et avait terminé la lecture de son premier manuel avant même la fin de la deuxième semaine. Elle lisait au petit déjeuner, pendant sa pause au restaurant, et en berçant Cory pour l'endormir. Alors qu'elle ne souhaitait que l'anonymat, elle devint rapidement la favorite de son professeur. Loin de s'en formaliser, ses camarades s'adressaient à elle pour s'informer du devoir donné la veille, ou lui demander la différence entre la phase sensorimotrice et la phase prémotrice.

Elle connaissait ce sujet sur le bout des doigts. Elle en était témoin chaque jour quand Cory essayait d'attraper le mobile attaché au-dessus de son berceau, ou s'amusait à allumer et éteindre le plafonnier. La petite fille pouvait jouer à « faire coucou » pendant des heures. Elle commençait pourtant à manifester des signes d'anxiété chaque fois qu'Eve la quittait. Un stade normal de son évolution, d'après ses manuels de psychologie, mais Eve n'en était pas moins impressionnée à l'idée qu'elle devenait, pour Cory, une personne essentielle et irremplaçable : sa mère.

Elle trouva Marian dans la cuisine, en train de préparer une salade de thon, tandis que les jumeaux faisaient des coloriages et que Cory surveillait tout le monde depuis son siège bébé. Shan, la fille de Bobbie, était en colonie de vacances, et Marian se réjouissait d'avoir un enfant de moins sous sa garde. Une semaine auparavant, elle avait annoncé son intention de renoncer à ses activités, tout en promettant à Eve qu'elle continuerait à s'occuper de Cory.

Marian comptait suivre des cours de peinture, et peut-être de violoncelle, si ses vieux doigts noueux le lui permettaient, avait-elle précisé.

Eve souleva Cory dans ses bras et fit virevolter la petite fille gloussant de bonheur.

— Tu veux déjeuner ?

Elle l'installa sur sa chaise haute.

— Que préfères-tu ? Petits pois ? Carottes ? Poulet ?

Cory lui adressa un sourire édenté. Elle avait une ossature fine et des muscles allongés. « Typiquement ectomorphe », avait dit le pédiatre à Eve, qui s'inquiétait de son faible poids, en insistant sur le fait que c'était un point positif.

— Tu as du courrier, annonça Marian en confectionnant des sandwichs pour les garçons.

Eve prit la petite enveloppe. Le seul courrier qu'elle ait reçu depuis qu'elle habitait ici provenait de l'université ; cette enveloppe épaisse de couleur crème ressemblait plutôt à un faire-part de mariage. Il n'y avait pas de nom d'expéditeur et le cachet était celui de la poste d'Oklahoma City. Quand elle l'eut décachetée, un peu troublée, elle lâcha un cri de stupéfaction à la vue de trois billets de cent dollars pliés en deux. Un petit mot dactylographié était joint. *Pour le bébé.*

Elle laissa tomber l'argent comme s'il lui brûlait les doigts et se tourna vers Marian.

— C'est de ta part ?

— Bien sûr que non, répondit Marian en ramassant les billets. Si je voulais te donner de l'argent, je ne l'enverrais pas par la poste !

Il y avait bien certains clients du restaurant devenus ses amis au fait de sa situation, et Lorraine ; mais aucun ne pouvait avoir économisé une telle somme. Elle songea aussi à son professeur de psychologie, qui l'admirait, l'encourageait, et savait qu'elle avait un enfant à charge. Mais ce cachet d'Oklahoma City...

Elle se souvint alors de la dernière fois qu'elle avait reçu de l'argent par la poste.

— Le père de Cory ? demanda Marian, qui avait lu dans ses pensées.

— Je n'en sais rien.

Affalée sur sa chaise, elle retournait entre ses mains les billets que Tim avait tenus. Chaque fourgonnette blanche le lui rappelait, et, à dire vrai, elle l'attendait toujours. Elle voulait le voir, entendre ses explications au sujet de Bets. En attendant le sommeil, elle lui parlait dans sa tête. Elle lui racontait ses cours, sachant qu'il se serait réjoui pour elle. Il lui arrivait de rêver de lui – des rêves agréables, contrairement à ceux qui tournaient autour de Genevieve. Certains jours, c'est à peine si elle se souvenait de son apparence, à d'autres elle retrouvait son visage dans celui de tous les hommes qu'elle croisait.

Ces jours-là, elle éprouvait une sorte d'allégresse, mitigée de tristesse. Puis elle se rappelait : la mort d'une femme, un bébé kidnappé... Quelles seraient exactement les charges portées contre elle si on l'arrêtait ? Elle encourrait une peine de quinze ans, voire plus...

— Dépense cet argent pour Cory, dit Marian. Quelle que soit son origine, il est à elle maintenant.

Ce soir-là, au travail, deux policiers firent leur entrée. Cela n'avait rien d'exceptionnel, et elle n'avait plus de coup au cœur quand elle en repérait parmi les clients. La première fois qu'elle en avait vu un au restaurant, la cafetière lui avait échappé et s'était fracassée au sol. Rien de tel pour attirer l'attention ! Mais il n'était là que pour un café et une tarte ; s'il avait été surpris qu'elle le serve d'une main tremblante, il n'en avait rien dit.

En l'occurrence, ce soir-là, les policiers étaient en service. Elle les regarda s'approcher d'une femme âgée, installée au comptoir. Après lui avoir passé les menottes, ils la poussèrent vers la porte : elle était soupçonnée d'avoir acheté de la bière pour des mineurs. Elle avait un peu le même style que Marian, et Eve se jura de ne jamais mettre en danger la personne qui avait pris tant de risques pour elle.

Par un chaud matin d'août, Eve monta chercher un chapeau pour Cory, avant d'aller au parc avec Marian et les jumeaux. A son retour dans la cuisine, Marian nettoyait avec un torchon la main de la fillette, assise dans sa chaise haute. En la voyant, Cory se dégagea et tendit le bras vers elle.

— Maman !

Eve retint son souffle. Depuis quelques semaines déjà, Cory modulait une sorte de « mamamamamama », mais c'était la première fois qu'elle faisait le lien entre Eve et ces deux syllabes.

— On dirait que tu as vu un fantôme, plaisanta Marian.

Le fantôme de Genevieve.

Eve s'approcha pour soulever le bébé de sa chaise.

— Bravo, Cory. Tu es si intelligente...

— Maman, maman, maman, répéta Cory, tandis qu'Eve posait le chapeau sur ses mèches rousses.

— Eh bien, allons-y ! fit Eve en tenant le bébé par les mains.

Cory ne tarderait pas à savoir marcher.

Une fois dehors, Eve sortit la poussette du cagibi. Lorsque Cory chercha à y grimper toute seule, Marian remarqua :

— Bientôt, elle va toucher à tout.

189

— Je sais. Et j'ai remarqué qu'une prise électrique, dans la salle de bains, n'a pas de protection.

Marian fronça les sourcils.

— Laquelle ?

— Mais tu sais bien, il n'y en a qu'une. Au-dessus du lavabo.

Marian éclata de rire.

— Elle a beau être maligne comme tout, de l'eau coulera sous les ponts avant qu'elle puisse escalader le meuble du lavabo.

Riant d'elle-même, Eve réalisa qu'elle devenait une maman surprotectrice. Elle voyait le danger partout.

Alison et Vicki, deux des jeunes mères qui fréquentaient le parc, poussaient déjà leurs enfants sur les balançoires à l'arrivée de la petite troupe. Le mari d'Alison était étudiant en médecine, et Vicki préparait un diplôme de pédagogie. Alison portait son nouveau-né dans une écharpe, cadeau de naissance d'Eve.

— Cette écharpe est fantastique, lui dit-elle.

Après avoir installé Cory dans la nacelle d'une balançoire, Eve admira le nourrisson tout en demandant de ses nouvelles. Elle était maintenant capable de soutenir une conversation sur les couches et le lait en poudre avec les mères les plus expérimentées.

Bientôt la conversation roula sur les habitudes alimentaires et le sommeil des tout-petits.

— Vous savez qu'on a finalement exécuté cette fille ? demanda Vicki, à la faveur d'un silence.

— Oui, c'est ce que j'ai appris en lisant le journal ce matin, répondit Alison. Bon débarras !

Eve, figée, n'osa pas la questionner, et ce fut Marian qui s'en chargea.

— Quelle fille ?

— La sœur des deux types qui ont kidnappé la femme du gouverneur.

Eve riva les yeux sur les cheveux de Cory, qui s'échappaient de son chapeau en boucles éblouissantes sous le soleil estival. Elle imaginait Tim pliant les billets en deux, léchant le rabat de l'enveloppe avant de la fermer. Tim apprenant l'exécution de sa sœur...

— Pourquoi « bon débarras » ? demanda Marian d'un ton sec.

— Tu es une libérale à tout crin, remarqua Vicki en riant.

Eve se retint de la gifler. Ces deux commères se doutaient-elles de la manière dont Marian avait perdu son mari ?

— C'était une criminelle, dit Alison.

— Une droguée, ajouta Vicki.

— Une droguée ? s'étonna Eve.

— Elle s'est introduite dans la maison de cette personne et elle l'a tuée, ainsi que sa fille. Ensuite, elle a fait main basse sur les bijoux pour s'acheter de la drogue.

— C'est absurde ! s'insurgea Eve, indignée.

Quand les trois femmes se tournèrent vers elle, elle remarqua l'air réprobateur de Marian.

— Je croyais qu'elle avait tué un photographe... qui l'avait violée, bredouilla-t-elle.

Alison fronça les sourcils.

— Je me demande d'où tu tiens cette information. Tu ne penses peut-être pas à la même personne que moi.

— La femme qu'elle a tuée était photographe, intervint Vicki.

— En effet, approuva Alison.

— Auriez-vous mal compris ? suggéra Eve. Le photographe pourrait...

Alison l'interrompit.

— Non, j'ai lu cet article il y a moins d'une heure !

— Et moi, c'est Charlie qui m'a fait la lecture pendant que je m'habillais, dit Vicki. La femme était photographe à Chapel Hill.

— Elle avait besoin d'argent pour s'acheter de la drogue, compléta Alison.

Marian tenta discrètement de faire diversion.

— Cory a dit « maman » pour la première fois ce matin...

Alison se pencha vers Cory.

— C'est vrai ? Tu as dit « maman », ma chérie ?

Eve ne lisait plus les journaux que de façon intermittente – le kidnapping n'était plus commenté par la presse, et elle donnait la priorité à ses cours – et elle n'avait qu'une envie : rentrer lire l'article en question.

— Oh ! fit Marian en se levant brusquement. Je viens de me souvenir que le plombier doit passer.

Eve la dévisagea un instant, avant de comprendre qu'elle lui tendait une perche.

— Je te suis.

— Mais vous venez juste d'arriver ! protesta Alison.

— Le plombier est censé venir entre huit heures et midi ! Il suffira que je ne rentre pas tout de suite pour qu'il passe justement à huit heures pile, plaisanta Marian. Vous savez ce que c'est... Mais inutile que tu m'accompagnes, Eve.

Malgré les protestations de Cory, Eve la sortit de la balançoire et l'installa dans sa poussette.

— J'ai peur que Cory attrape des coups de soleil.

Vicki pouffa.

— Il n'est que huit heures du matin, et ce chapeau est assez grand pour protéger un éléphant !

Eve l'entendit à peine, tandis que Marian rappelait les jumeaux et saluait les deux jeunes femmes.

Dès qu'elles se furent éloignées, elle la questionna :

— Tu as lu le journal ce matin ?

Marian secoua la tête.

— Eh bien, allons à la supérette. Je n'aurai pas la patience d'attendre une seconde de plus !

Elle se dirigea d'un pas vif vers le magasin au coin de la rue. Après avoir rejoint Marian, qui l'attendait avec les enfants, elle se mit à lire à voix haute l'article au bas de la première page :

— « Andrea Gleason – sœur de Timothy et Martin Gleason, soupçonnés d'avoir kidnappé, l'année dernière, la femme du gouverneur de Caroline du Nord, Irving Russell – a été exécutée hier à la prison pour femmes de Caroline du Nord. Andrea Gleason avait été condamnée pour le meurtre, en 1975, de Gloria Wilder, photographe à Chapel Hill, et de sa fille âgée de treize ans. S'étant introduite chez les Wilder, elle a tué la mère et la fille, puis volé des bijoux pour une valeur de cinquante mille dollars. Gloria Wilder a été retrouvée dans sa chambre à coucher, abattue de quatre balles. Sa fille a été tuée d'une balle dans la tête, alors qu'elle se trouvait dans le vestibule... » Mon Dieu ! s'écria Eve.

— Continue, dit Marian. Je veux connaître la suite !

— « ... Le 24 novembre 1977, Genevieve Russell, la femme du gouverneur Russell, a été kidnappée après avoir donné un cours à l'université de Caroline du Nord. Les Gleason ont négocié en vain pour obtenir la libération de leur sœur. Les frères Gleason, pas plus que Mme Russell, enceinte au moment du kidnapping, n'ont pu être retrouvés. Le gouverneur Russell n'a fait aucun commentaire sur l'exécution d'Andrea Gleason, mais nous savons de source sûre qu'il aurait contribué à faire avancer la date de l'exécution. » Il m'a menti sur toute la ligne, murmura Eve en levant les yeux du journal.

— Ça m'en a tout l'air, acquiesça Marian.

Elles reprirent leur marche sans ajouter un mot. Pour la première fois, Eve sentait monter en elle une vraie colère contre Tim. Elle n'était à l'époque qu'une gamine de seize ans, naïve et sans expérience. Bets était certainement au courant, ce qui expliquait son absence de réticence à les servir. Peut-être Tim l'avait-il emmenée pour lui montrer à quel point elle était inoffensive... Une petite jeune fille aux longs cheveux, comme Alice au Pays des Merveilles. Eve imaginait Tim chuchotant à Bets : « Cette gamine s'occupera de la femme du gouverneur, et ça te permettra de rester en dehors du coup. » Puis il l'avait sans doute embrassée, en ajoutant : « Elle ne compte pas, ma chérie, contrairement à toi. » Le salaud !

— Je crois que je n'ai jamais été aussi furieuse, dit-elle enfin, serrant avec force la poignée de la poussette.

Marian glissa un bras autour de ses épaules.

— Bien ! Il était temps.

Elle ne décoléra pas de la journée. Après avoir martelé ses oreillers à coups de poing et passé l'aspirateur dans toute la maison en jurant entre ses dents, elle se coucha avec le sentiment d'avoir changé. Elle ne serait plus fascinée par toutes les fourgonnettes blanches. Elle pouvait cesser d'attendre et d'espérer. Une paix étrange l'envahit quand elle sombra dans le sommeil : Tim lui avait rendu sa liberté.

24

1981

Le 7 mars, Eve eut vingt et un ans. C'était la quatrième fois qu'elle célébrait cette date comme étant celle de son anniversaire, et au fil des ans elle l'avait écrite sur des dizaines de formulaires. Elle était devenue Eve Bailey pour de bon.

Marian l'emmena au restaurant et voir une pièce de Philip King au Helms Theater, sur le campus. Elle avait choisi pour l'occasion d'excellentes places.

— Je connais Jack Elliott, l'un des acteurs, lui dit-elle en se garant. C'est le neveu de l'une de mes plus vieilles amies.

— Si j'appelais Bobbie et Lorraine avant le lever de rideau ? murmura Eve, distraite.

Ce soir-là, Bobbie et Lorraine gardaient Cory, qui était parfois difficile. A trois ans et demi, elle n'était ni agitée ni désobéissante, mais toujours légèrement anxieuse en l'absence de sa mère. Elle s'entendait à merveille avec Marian, connaissait bien Bobbie et Lorraine, et adorait Shan, âgée de huit ans ; mais la dernière fois qu'Eve l'avait confiée à une babysitter, sa petite fille avait pleuré toutes les larmes de son corps et refusé d'aller se coucher.

— Ne t'inquiète pas, lui conseilla Marian. Elle a besoin d'apprendre à survivre sans toi.

Et moi sans elle, se dit Eve.

Jack Elliott, l'acteur connu de Marian, jouait le rôle de Clive, un soldat déguisé en prêtre. Grand et mince, il possédait un charme discret qui rappelait Cary Grant jeune. La pièce était fort drôle, et Eve rit comme elle ne l'avait pas fait depuis fort longtemps.

— Allons dans les coulisses, proposa Marian après le spectacle. J'aimerais saluer Jack.

Jack Elliott avait gardé son maquillage, qui soulignait ses yeux et la forme de ses pommettes. Debout sur une chaise, il déclamait des vers de *Hamlet* devant deux jeunes gens et une jeune fille hilares.

— Je dois absolument monter sur une chaise pour cette scène ? demandait un des jeunes hommes.

Jack s'interrompit au milieu d'une phrase à la vue de Marian.

— Tatie Marian !

Il sauta à terre et se précipita pour l'embrasser. Il était moins grand qu'Eve l'avait cru mais encore plus beau.

— J'étais en train de donner des conseils à un ami qui va jouer Hamlet, expliqua-t-il. La pièce t'a plu ?

— On a adoré, répondit Marian. Tu étais fabuleux ! Ta mère est venue te voir ?

— Elle vient le week-end prochain ; je suis sûr qu'elle t'appellera en arrivant. Et qui est cette jeune personne ? demanda-t-il en regardant Eve avec curiosité.

Trop sérieuse, trop plongée dans ses études et trop attachée à sa fille, Eve n'attirait guère ses camarades de cours. Mais un intérêt évident brillait dans les yeux noisette de Jack.

— Je te présente ma pensionnaire, Eve Bailey. Eve, voici Jack.

Eve serra la main qu'il lui tendait.

— Je vous ai trouvé très bon. Un rythme excellent... précisa-t-elle, en connaisseuse qu'elle n'était pas.

Il retint un moment sa main.

— Eve, si tu es libre, accepterais-tu de sortir avec moi ?

Etonnée par son audace, elle rit de bon cœur.

— Mon Dieu, Jack, tu n'as pas changé, fit Marian. Jack a toujours été très... spontané, expliqua-t-elle. On n'a aucun mal à savoir ce qu'il pense. Je me souviens qu'un jour au restaurant il a dit à la serveuse qu'il n'avait jamais vu un nez aussi long ! Il était encore petit à l'époque.

— Ne fais pas attention à ce qu'elle dit, Eve, grommela Jack. Alors ?

— Je ne suis prise que par une petite fille de trois ans et demi...

195

— En prime ?

Le visage de Jack s'était illuminé.

— Si le père de cet enfant ne me poursuit pas avec une arme, j'aimerais vraiment sortir avec toi, ajouta-t-il. Qu'en dis-tu ?

— Avec plaisir, s'entendit répondre Eve.

Elle n'était sortie avec personne depuis Tim. Sa vie sociale se limitait aux cafés sur le campus avec Lorraine, maintenant en troisième cycle de télécommunications. Elle participait également à un groupe d'animation avec d'autres mères et des enfants du voisinage. Comment aurait-elle trouvé le temps de faire autre chose ? Mais Jack exerçait une attraction irrésistible.

— Je suis très occupée, reprit-elle, mais...

— Elle trouvera le temps, conclut Marian.

— Je t'appellerai, Eve !

Il ne l'avait pas quittée des yeux, ce dont elle ne se formalisa pas, car il n'avait rien de menaçant. Elle lui rendit son regard avec une assurance qui la surprit. La jeune fille envoûtée et séduite par Tim Gleason avait fait place à une femme décidée, capable de résister au charme d'un homme. En l'occurrence, elle cédait.

Marian et elle regagnèrent le hall sans un mot.

Une fois dans la voiture, Eve rompit le silence.

— Je peux lui faire confiance ?

— Les yeux fermés, répondit Marian sans hésiter.

Il téléphona le lendemain. Marian, qui avait pris l'appel, plaqua sa main sur le combiné.

— Je te garde Cory quand tu voudras, souffla-t-elle en lui tendant l'appareil, manifestement ravie de jouer les entremetteuses.

— Salut, dit Eve.

— J'ai deux billets pour le concert de Bruce Springsteen, demain soir. Tu m'accompagnes ?

— Demain soir ? Laisse-moi consulter ma baby-sitter...

Eve se tourna vers Marian, qui acquiesça.

— Volontiers.

Après avoir précisé l'heure à laquelle il viendrait la chercher, il raccrocha. La conversation avait duré moins de deux minutes. Eve regarda Marian en se mordant les lèvres.

— Qu'est-ce que je viens de faire ?

— Une chose tout à fait souhaitable pour une jeune femme de vingt et un ans, normale et saine. Tu as accepté un rendez-vous...

— En tout cas, je ne veux pas qu'il voie Cory !

— Pour rien au monde ! répondit Marian d'un ton moqueur. Je te promets que nous nous cacherons au premier étage, Cory et moi.

Le lendemain soir, Eve guettait l'arrivée de Jack, quand une berline vert pomme, les portières jaunes et le toit bleu, se gara le long du trottoir. Elle ne put s'empêcher de pouffer de rire.

Vêtu d'un pantalon kaki, de sandales et d'une chemisette bleue sur un tee-shirt blanc, Jack descendit de voiture. Elle aima sa démarche et sa manière désinvolte de lancer ses clefs en l'air.

Il se mit à bavarder dès qu'elle l'eut rejoint et sa timidité se dissipa.

— J'espérais voir ta petite fille, lança-t-il.

— Marian lui lisait une histoire au premier.

— Elle me lisait des histoires à moi aussi quand j'étais gosse... en changeant de ton pour chaque personnage.

— Une excellente lectrice !

— C'est peut-être elle qui m'a donné le goût du théâtre. Elle me faisait jouer des rôles...

— Il paraît que ta mère est l'une de ses plus vieilles amies.

— Nous étions voisins autrefois. Bill et mon père étaient bons copains.

— Marian ne parle pas souvent de son mari.

— Elle... Hé là !

Une voiture venait de leur faire une queue de poisson, obligeant Jack à piler.

— Ce type est cinglé ! s'exclama-t-il avant d'accélérer. Donc, je m'apprêtais à te dire que l'histoire de Bill est navrante. Tu es un peu au courant ?

197

— Il a été exécuté et selon Marian il n'avait rien à se reprocher...

— Elle a probablement raison ; mais qui sait ? On ne peut jamais savoir de quoi une personne est capable. Un type tout ce qu'il y a de sympathique peut avoir une face cachée.

Eve n'en doutait pas.

— Tu le crois coupable ?

— Je ne peux pas me prononcer, mais cette histoire a eu un impact énorme sur Marian.

Jack la regarda en souriant.

— Comment en sommes-nous déjà arrivés à un sujet aussi grave ?

Eve haussa les épaules, se sentant vaguement coupable. Etait-elle encore capable d'avoir une conversation légère et détendue ?

— Tu apprécies Springsteen ? demanda Jack.

— J'avoue que je ne le connais pas bien.

Il lui adressa un sourire éclatant.

— Tu le connaîtras mieux après cette soirée ! Quel genre de musique aimes-tu ?

Eve réfléchit. Autrefois, elle aimait Fleetwood Mac, Rod Stewart, Crosby, Stills and Nash ; mais elle n'avait plus écouté de musique depuis des années.

— En ce moment, je suis plongée dans les berceuses et les comptines...

— Quel âge avais-tu quand ta fille est née ? Dix-sept ans ?

Et voilà, ça commence, se dit Eve, en répondant par l'affirmative.

— Comment s'appelle-t-elle ?

— Cory, le diminutif de Corinne.

— Tu as dû en voir de toutes les couleurs...

— Oui. Je ne sais pas ce que j'aurais fait sans Marian.

— Comment l'as-tu rencontrée ?

— Par une amie. Elle disait qu'elle aurait peut-être une chambre pour moi. Je ne me doutais pas que Marian serait beaucoup plus que ma logeuse.

— Un coup de chance ! Au fait, d'où es-tu ?

— De l'Oregon.

— Sans blague ! s'exclama Jack en se tournant vers elle. J'y ai passé plusieurs années, adolescent. Tu habitais où ?

Cette question, Eve la redoutait depuis trois ans et demi. Elle avait déclaré à tout le monde qu'elle était originaire de l'Oregon. Jack était le premier à avoir vécu dans cet Etat où elle n'avait jamais mis les pieds.

— A Portland ! répondit-elle, retenant son souffle en attendant le « moi aussi » fatidique.

— Et moi à Klamath Falls. Mon père y a travaillé quelques années. C'est étrange, non, que nous ayons tous les deux vécu dans l'Oregon ? Un Etat magnifique !

— Oui, dit-elle, soulagée, en observant son profil.

Un nez droit, ni trop long ni trop court, les narines à peine évasées ; un menton énergique, qui n'alourdissait pas le reste de son visage, et d'épais sourcils noirs de jais. Il devait avoir du mal à dompter ses cheveux frisés – à moins qu'il n'y ait renoncé : il n'était pas du genre à s'énerver pour si peu.

— Tu as de beaux cheveux, remarqua-t-elle soudain.

Il parut surpris.

— Merci, madame ! J'ai admiré les vôtres le soir où nous nous sommes rencontrés.

— J'avais les cheveux très longs... Je les ai coupés quand Cory était bébé ; elle s'était écorché la main.

Elle avait maintenant une coupe en dégradé, effilée sur la nuque. Jack effleura ses cheveux du bout des doigts, puis son épaule.

— Je les trouve très doux pourtant. C'étaient des lames de rasoir, avant ?

— Si on veut. Mais plutôt comme une feuille de papier. Elle s'est fait mal ici, fit Eve, en lui montrant la peau entre son pouce et son index.

— Donc, tu t'es coupé les cheveux.

— Oui, au beau milieu de la nuit, avec des ciseaux à ongles.

Jack éclata de rire et plaqua sa paume sur le volant.

— Tu me parais aussi impulsive que moi !

— Ça m'étonnerait. Tu m'as tout l'air d'être d'une spontanéité hors du commun.

— Peut-être... Cette voiture était d'un vilain brun ; j'ai décidé de la repeindre sur un coup de tête.

— Des regrets ?

— Aucun. J'adore ma Peggy Sue !

Jack passa une main sur le tableau de bord et se gara sur le parking.

— On y est !

Etait-il toujours aussi enthousiaste ? Eve était sous le charme. Ces dernières années, son plaisir consistait surtout à voir Cory changer de jour en jour et à suivre ses cours, passionnants et qui lui ouvraient des horizons nouveaux. Une étrange excitation la parcourut.

Jack gara Peggy Sue et alla ouvrir sa portière. Comme si de rien n'était, il lui prit la main, pour rejoindre le stade tout en chantant.

— *« Peggy Sue, Peggy Sue, pretty, pretty, pretty, pretty Peggy Sue… »*

Lorsqu'elle joignit sa voix à la sienne, il passa un bras autour de ses épaules en riant.

Eve était comme exaltée. Le bonheur de vivre de cet homme était contagieux, chassait tous ses soucis. Pourtant elle avait à peine passé vingt-cinq minutes en sa compagnie !

Le concert était endiablé et le public plus encore. Des gobelets de vin circulaient ; ils y trempèrent leurs lèvres. On lui offrit un joint, qu'elle refusa, tout comme Jack. Elle se demanda quelle aurait été sa réaction si elle avait accepté. Avait-il repoussé la proposition par égard pour elle ? Sous aucun prétexte la police ne devait l'arrêter ou relever ses empreintes. Certes, elle avait été prudente au chalet, sur la Neuse River, mais on ne peut jurer de rien.

Après l'entracte, la foule se déchaîna de plus belle. Jack la prit par la main pour rejoindre les jeunes qui dansaient sur les marches. Eve dansait pour la première fois de sa vie. Les bras levés, elle chantait « Rosalita », sans se soucier de ne pas connaître les paroles, se déhanchant avec abandon.

— Quelle bonne soirée ! s'écria-t-elle en regagnant la voiture. Je ne m'étais pas amusée comme ça depuis bien longtemps.

— Ça te va bien…

— Ça m'allait bien, répondit-elle, se rappelant celle qu'elle était avant Cory, avant Tim, avant que sa vie ait pris ce tour dramatique.

— Tu penses à l'époque où tu n'étais pas encore maman ?

200

Quand elle acquiesça d'un signe de tête, Jack la regarda d'un air grave, pour la première fois de la soirée.

— Tu as su relever le défi, Eve, et je ne t'en admire que davantage. D'autant plus que tu as gardé ta joie de vivre. Tu ne crois pas ?

— Si. Tu as raison.

— Et maintenant, il nous faut absolument... tu sais quoi ? Une glace !

Eve éclata de rire. L'enthousiasme de Jack était communicatif. Il lui fallait une glace... Aurait-il voulu du dentifrice, elle aurait réagi de la même manière.

Ils roulèrent jusqu'au restaurant universitaire, le seul endroit encore ouvert à cette heure tardive.

— J'ai travaillé ici il y a quelques années, dit-elle, en s'installant dans un box.

— Ça t'a plu ?

Les heures passées avec Lorraine à servir des *grillswiths* lui revinrent en mémoire.

— Oui, pas mal.

Une fois leur commande passée – deux crèmes glacées au chocolat chaud –, Jack tendit les mains par-dessus la table pour serrer les siennes.

— Dis-moi, as-tu des frères ? Des sœurs ?

— Ni frères ni sœurs.

— Tes parents vivent toujours dans l'Oregon ?

Retour à la réalité, se dit Eve.

— Ma mère est morte quand j'avais douze ans, quant à mon père c'est un point d'interrogation. J'ai vécu dans des familles d'accueil de douze à seize... non, dix-sept ans. Ce n'était pas si horrible, dit-elle en voyant son expression navrée. Bien sûr, c'est affreux de perdre sa mère, mais ça s'est plutôt bien passé ensuite.

A court de mots, Jack la regardait fixement. Avec un sourire contrit, elle ajouta :

— Excuse-moi de vider mon sac !

— Tu n'as pas à t'excuser. J'essayais simplement d'imaginer toutes les épreuves que tu as traversées. C'est peut-être pour cela que tu parais si forte.

— Si forte ?

— Tu dégages quelque chose de particulier... Comme si tu étais en acier.

Il lui lâcha la main et effleura ses cheveux en souriant.

— Je ne parle pas seulement de tes cheveux, tranchants comme des lames de rasoir. Et je ne te trouve pas non plus d'une froideur d'acier, au contraire ! Mais tu es douée d'une force exceptionnelle... J'ai compris ça dès que je t'ai vue avec Marian, l'autre soir. Tu peux résister à tout !

Eve baissa les yeux sur leurs mains jointes. Elle avait déjà encaissé un certain nombre de chocs, et elle espérait ne plus jamais se laisser déstabiliser.

— Je suis contente de donner cette impression, murmura-t-elle, mais je n'aurais pas cru...

Ils restèrent un moment silencieux.

— Tu ne m'as pas encore parlé de tes études, dit enfin Jack. Quelle est ta matière principale ?

— La psychologie. C'est passionnant ! Je suis en train d'écrire un mémoire sur les familles d'accueil.

— Donc, tu peux utiliser ton passé pour dynamiser ton avenir...

Décidément, ce garçon lui plaisait.

— Ma famille – c'est-à-dire mes parents et mon frère – vit à Richmond, reprit Jack. Entre le lycée et les études, j'ai pris le temps de voyager, raison pour laquelle je ne suis qu'en quatrième année, à l'âge vénérable de vingt-sept ans.

L'âge de Tim, se dit Eve, mais c'était bien leur seul point commun.

— Tu as de la chance, observa-t-elle.

— Et j'en suis bien conscient ! Tu permets que je rencontre mademoiselle Cory ?

— Oui.

— Tu me plais, tu sais.

Eve s'était levée et se penchait vers lui avec l'intention de poser un baiser furtif sur ses lèvres quand il la saisit par les épaules, l'empêchant de se rasseoir. Le baiser qu'ils échangèrent se mua en quelque chose d'inoubliable.

Rentrée chez elle, son premier réflexe fut d'appeler Lorraine, au risque de la réveiller.

— J'ai rencontré un type qui me plaît terriblement !

— Sans blague ? répondit Lorraine d'une voix endormie. Je commençais à me demander si tu allais passer de notre côté... Je le connais ?

— Il est au département d'art dramatique et il s'appelle Jack Elliott.

— Tu es sortie avec Jack ?

— Donc, tu le connais... fit Eve, sur la défensive.

Lorraine allait-elle doucher son enthousiasme par une remarque négative ?

— Si tu t'attaches à un homme, tu ne pouvais pas mieux tomber, se contenta-t-elle de déclarer. Il est joli garçon...

— Il est fabuleux, oui !

— C'est toi qui le dis, gloussa Lorraine... En tout cas, ce n'est ni un dragueur ni un macho.

— N'empêche, je le trouve très...

Eve hésita, à la recherche du mot exact.

— Mâle ? suggéra Lorraine en pouffant de rire.

C'était cela. Un mot idiot, certes, mais les mains vigoureuses de Jack et ses dents parfaites dansèrent devant ses yeux tout au long de leur conversation. Et quand elle raccrocha, elle était brûlante de désir.

25

Jack vint sonner à sa porte le lendemain à treize heures, tenant à la main un sac en toile qu'il avait baptisé le « sac Cory-Dory ». Mais Cory n'était pas une enfant facile à conquérir, surtout par un homme : elle en connaissait si peu. Quand elle rencontrait quelqu'un d'inconnu, même si c'était une femme, elle se blottissait contre Eve, et quand Jack fit son entrée, elle ne dérogea pas à ses habitudes.

— Timide ? articula Jack silencieusement.

— Oui, répondit Eve de la même manière avant de reprendre à voix haute : Allons dans le séjour.

Elle avait de la peine à marcher, Cory accrochée à sa jambe.

— Qu'y a-t-il dans ce sac ? demanda-t-elle.

— Pour savoir il faut s'asseoir, dit Jack en joignant le geste à la parole.

— Allez, Cory !

Eve se dégagea des mains de sa fille et s'installa sur le tapis, face à Jack. Cory, serrée contre elle, dévisageait l'étranger d'un air soupçonneux.

— Eh bien, Cory, dit Jack en plongeant les yeux dans le sac, que veux-tu voir ? Une chose commençant par un B, un P, ou un G ?

— Tu as le choix, Cory, intervint Eve. Que préfères-tu ?

Cory se pressa davantage contre sa mère, les yeux baissés.

— Moi, j'aimerais voir la chose qui commence par B, reprit Eve.

— Très bon choix !

Jack sortit un long ballon vert du sac en toile et entreprit de le gonfler.

— Tu préfères une girafe ou un petit chien, Cory ?

— Une girafe, chuchota Cory d'une voix à peine audible.

Eve n'eut pas besoin de répéter, Jack avait entendu.

— Va pour une girafe !

Il tordit plusieurs fois le ballon vert, puis, ayant gonflé deux autres ballons, donna à l'ensemble l'allure approximative d'une girafe.

Cory éclata de rire ; ses yeux bleus pétillaient de joie.

— Maintenant, le petit chien !

— S'il te plaît, lui rappela Eve.

— S'il te plaît...

— Il nous faut des chapeaux. Je ne fais jamais le petit chien avant que tout le monde porte des chapeaux, dit Jack en modelant trois couvre-chefs dont ils se coiffèrent. Cory était captivée.

De retour de ses courses, Marian éclata de rire en les voyant assis sur le tapis, le chapeau sur la tête, entourés d'une vraie ménagerie.

— Fais-en un pour Marian !

Cory chercha sa mère des yeux, et ajouta :

— S'il te plaît...

Elle s'était levée et allait d'Eve à Jack, posant par moments sa petite main sur l'épaule de celui-ci. Eve le contemplait avec gratitude : il se donnait toutes les peines du monde pour réaliser un chapeau vert et violet à l'intention de Marian.

— Tu peux faire un chat ? demanda Cory.

— Oui, un grand chat... un lion.

Jack se mit à rugir, en secouant sa tête bouclée contre le ventre de l'enfant, qui riait aux éclats en trépignant.

Marian lança à Eve un regard significatif : « Eve, voici l'homme qu'il vous faut à Cory et toi. »

La chose commençant par un P était des pistolets à eau. Avant de les sortir du sac, Jack insista pour aller dans le jardinet à l'arrière de la maison. A la vue du premier, Eve eut un mouvement de recul : brusquement, elle ne reconnaissait plus Jack, devenu un étranger redoutable.

— Cory ! s'affola-t-elle.

Au son de sa voix, l'enfant se figea dans sa course et leva les yeux. Jack brandissait maintenant un pistolet rouge et un pistolet jaune. Eve réalisa alors qu'il s'agissait de plastique bon marché mais son cœur n'en tambourinait pas moins.

— Ils sont déjà remplis, dit Jack, qui ne semblait pas avoir remarqué sa réaction.

Il lui tendit le pistolet rouge, et le jaune à Cory.

— Je fais quoi ? demanda celle-ci.

Jack pointa son pistolet sur la petite fille.

— Je peux lui montrer, Eve ?

— Ne lui tire pas dessus ! Tu vas lui faire peur.

— Je n'en avais pas l'intention ! fit Jack en appuyant sur la détente.

Un jet d'eau fraîche atteignit Eve au cou. Elle poussa un cri, avant d'éclater de rire et de viser Jack en pleine face.

— Comment on fait ? insista Cory, perplexe.

Jack s'approcha d'elle pour lui montrer. Cory, pourtant loin d'être une championne, était enchantée. Quelques minutes plus tard, trempés et frissonnants, tous trois riaient de bon cœur.

Eve passa une main dans les cheveux humides de sa fille quand ils rentrèrent à la maison.

— Je connais quelqu'un qui aurait bien besoin de se changer et de faire sa sieste...

— Non, dit Cory.

— Si. Pas de discussion ! Je reviens dans une minute, Jack.

— C'est quoi, l'autre chose ? demanda Cory, qui refusait de bouger.

— Quelle chose ? s'étonna Eve.

Cory gardait les yeux rivés sur le sac de toile, posé sur le canapé.

— L'autre chose, dans le sac Cory-Dory !

— Tu as une bonne mémoire, observa Jack. La chose qui commence par un G, nous la garderons pour un autre jour. D'accord ?

— D'accord, marmonna Cory à regret.

Une fois dans la nursery, où le berceau avait cédé la place à des lits jumeaux, Eve l'aida à retirer son pull et la borda dans son lit.

— Tu l'aimes bien, Jack ?

— Oui, il est rigolo. Laisse la porte ouverte, s'il te plaît.

— Elle est magnifique, dit Jack.

Assise à l'autre bout du canapé, Eve ramena ses pieds sous elle.

— Tu as été génial ! D'habitude, elle est si farouche avec les hommes...

— Son père est roux ?

Habituée à s'imaginer le père de Cory sous les traits de Tim mais avec les cheveux roux, Eve hocha la tête.

— Il lui est très attaché ? ajouta Jack.

— Il est mort dans un accident de moto quand elle était bébé.

C'était la version qu'elle avait donnée à Lorraine et à tous ceux qui la questionnaient. Un jour ou l'autre, elle dirait la même chose à Cory. La meilleure façon à ses yeux d'écarter définitivement son père biologique.

— Mon Dieu !

— Je n'ai même pas voulu que son nom figure sur le certificat de naissance. Je ne voulais pas qu'il s'occupe d'elle. Il n'était pas l'homme que je croyais...

Eve lissa d'une main le tissu à fleurs du canapé.

— Il a eu des problèmes avec la justice.

— La drogue ?

— Entre autres...

— J'ai du mal à t'imaginer avec un homme pareil !

— Et moi donc, murmura Eve, en se souvenant de la manière dont Tim l'avait manipulée.

La semaine suivante, ils se retrouvèrent à deux reprises sur le campus pour grignoter un morceau et se téléphonèrent chaque soir. Le samedi, Jack arriva avec un vélo d'enfant rouge, muni de roues stabilisatrices.

— Je voulais avoir ton approbation avant de l'offrir à Cory, confia-t-il à Eve qui l'avait rejoint dehors à sa demande.

— Oh, Jack ! C'est beaucoup trop ! s'écria-t-elle, surprise et gênée par sa générosité.

Elle redoutait les obligations qu'entraînent les cadeaux de valeur. Compréhensif, Jack lui promit de ne pas jouer les pères Noël.

— Mais fais-moi cette faveur aujourd'hui, reprit-il. Pour me faire plaisir.

Eve céda, incapable de résister à sa moue enfantine.

Quand ils appelèrent Cory dehors, ses yeux s'éclairèrent à la vue de la bicyclette, qu'elle examina sous toutes les coutures.

— Tu as choisi la même couleur que mes cheveux !

— C'est vrai, Cory-Dory, et j'ai dû chercher longtemps pour trouver cette couleur. Si tu montais dessus ?

Eve aida Cory à s'installer, mais la petite fille redescendit au bout de trois secondes en murmurant :

— J'ai peur.

— Peur de quoi ? fit Jack. J'ai demandé au vendeur de me trouver une bicyclette qui ne fait pas peur.

— Tu auras peut-être plus de courage dans quelques jours, intervint Eve devant l'air incrédule de sa fille.

— Je crois qu'elle est bien assez courageuse pour essayer aujourd'hui, n'est-ce pas, Cory ?

Cory passa une jambe frêle au-dessus de la selle ; Eve l'imagina sur l'allée légèrement en pente, croisant le chemin d'une voiture.

— Nous t'apprendrons d'abord à freiner, dit-elle.

Cory, aussitôt assise, s'agrippa au guidon.

— Bravo ! l'encouragea Jack.

— Comme une grande fille... fit Eve, admirative.

Cory se mordilla la lèvre, inquiète.

— Je ne vais pas tomber ?

— Impossible ! Tu as ces petites roues à l'arrière qui t'en empêchent.

Cory tourna la tête pour observer les roues stabilisatrices.

— Comment je fais pour rouler ?

Eve et Jack lui donnèrent une leçon dans l'allée, et elle ne tarda pas à se débrouiller toute seule ; mais elle freinait à intervalles réguliers, comme pour rassurer sa mère.

— Parfait ! déclara Jack, quand elle roula sur toute la longueur de l'allée sans freiner une seule fois. Tu es mûre pour le trottoir.

Il l'aida à s'y engager, Eve à ses côtés, prête à rattraper sa fille.

— Il y a une grosse bosse ! s'écria la fillette.

— Pas si énorme, dit Eve, tu peux y aller.

208

Les yeux fermés, Cory retint son souffle en passant sur la chaussée déformée.

— Bravo ! cria Jack, resté en arrière. Mesdames et messieurs, Cory-Dory n'a peur de rien ; elle est passée sur la bosse comme une championne.

Cory ne sembla pas l'entendre. Les sourcils froncés, elle arrêta la bicyclette et posa les pieds à terre.

— Je veux descendre maintenant !

— On va juste retrouver Jack, dit posément Eve en tournant la bicyclette dans l'autre sens. Et tu ne l'as même pas remercié pour ce merveilleux cadeau.

— Je ne veux plus passer sur cette bosse.

— Tu ne tomberas pas, Cory.

Cory contempla la bosse comme s'il s'agissait d'une montagne.

— Tu me tiens, maman ?

— Je te tiens, acquiesça Eve en posant une main à l'arrière de la selle.

— Nous sommes sauvés ! plaisanta Jack quand Cory l'eut rejoint avec une relative aisance.

Eve se tourna vers la fillette.

— Que dis-tu à Jack, Cory ?

— Merci pour la bicyclette. Est-ce que tu as apporté le sac Cory-Dory ?

— Petite gloutonne !

— Qu'est-ce que ça veut dire ?

— On doit tout te servir sur un plateau d'argent, Cory, gronda Eve.

— Un plateau d'argent ?

— Ça veut dire que tu es exigeante comme toutes les petites filles de trois ans... Et Marian va rester avec toi cet après-midi, pendant que je te vole ta mère quelque temps.

— Tu vas la voler ? s'alarma la fillette.

— Cory prend tout au pied de la lettre, expliqua Eve.

— Ta maman et moi, nous allons à la librairie, Cory.

— Je peux venir avec vous ?

— Non, ma chérie, dit Eve. Tu vas rester avec Marian, mais je te rapporterai un livre. D'accord ?

— D'accord !

Cory se précipita dans la maison.

— Marian ! Je reste un moment avec toi !

— Tu as eu une idée de génie, admit Eve en souriant à Jack, une main sur la selle du vélo. Elle va adorer ça.

Le magasin de livres d'occasion était près de l'université. Eve n'y avait jamais mis les pieds et la vue de tous ces livres lui coupa le souffle. En farfouillant dans les piles d'ouvrages, elle trouva un ancien manuel de psychologie dont les théories et les points de vue étaient en contradiction avec ceux qu'elle étudiait, et un exemplaire du *Petit Monde de Charlotte* pour Cory. Mais, se souvenant que l'histoire finissait mal, elle renonça à l'acheter.

— Je dois faire attention avec Cory, confia-t-elle à Jack. Elle est si craintive. Je ne voudrais pas la traumatiser...

— Tu prends peut-être trop de précautions, suggéra gentiment Jack.

— Ça m'étonnerait. Mais pourquoi me dis-tu cela ?

Jack choisit un livre et examina la couverture.

— J'aurais mieux fait de me taire... Je n'y connais rien en matière d'éducation.

— Pourquoi penses-tu que je prends trop de précautions ? insista Eve.

— Je ne vous ai vues ensemble que quelques heures, donc rien ne m'autorise à...

— Jack, s'il te plaît !

— Tu la couves peut-être un peu trop. Quand elle avait peur, sur la bicyclette, ou que ma présence l'intimidait, j'ai eu l'impression que... que tu abondais dans son sens, et qu'elle y trouvait une certaine satisfaction.

Eve garda le silence. Marian lui avait tenu des propos semblables et ce genre de critiques la bouleversait. Elle craignait tant de nuire à sa fille !

— Désolé. Ce n'est pas à moi de...

— Mais non, soupira Eve. Tu as peut-être raison. Mais je n'arrive pas à faire autrement. J'ai tellement peur pour elle.

— De quoi ? Dis-moi.

— J'ai peur de la perdre... commença Eve avec hésitation. Peur qu'elle se fasse du mal, qu'elle ait à souffrir d'une manière ou d'une autre...

— C'est la vie, Eve, et je sais que tu as déjà eu plus que ta part de malheur... Mais tu es une bonne mère, Evie.

A l'abri des livres, il l'enlaça, puis ajouta, après l'avoir embrassée :

— Et une très jolie maman !

Elle ne se sentait pas belle, mais il paraissait sincère. Sans doute lui trouvait-il un charme qu'il était seul à voir. Comme il la serrait doucement, le contact de son corps l'émut et elle se pressa contre lui, aguicheuse.

— Dis donc, fillette, tu n'as pas froid aux yeux, souffla-t-il.

— Oh, pardon !

— Je ne me plains pas.

— D'habitude, je ne suis pas si hardie... D'ailleurs je ne sais même pas comment je suis d'habitude, dit-elle dans un rire. Il y a si longtemps qu'une telle chose ne m'était pas arrivée !

— C'est de ma faute : je te fais des avances dans une librairie. En général... Ça ne va pas te plaire, mais je tiens à ce que les choses soient claires entre nous... En général, donc, si une femme me plaît et qu'elle est consentante... je n'hésite pas. Mais pas avec toi. J'ai envie de toi, Eve, là n'est pas la question, mais je ne veux pas aller trop vite et gâcher ce qui peut s'offrir à nous.

— Je comprends tout à fait, dit Eve en se dégageant.

— Et si tu me montrais ce que tu as trouvé dans ce vieux manuel de psychologie ?

Assis à même le sol et adossés au mur, ils feuilletèrent le livre poussiéreux en échangeant leur point de vue.

Il lui parla ensuite des activités du théâtre où elle l'avait vu pour la première fois. Il avait l'intention d'enseigner l'art dramatique à des lycéens ; après sa licence elle comptait travailler quelque temps avant de préparer une maîtrise de psychopédagogie. Ils ne tardèrent pas à savoir pratiquement tout ce qui concernait leur vie, ici et maintenant. Elle n'avait pas de passé. Tout allait commencer...

26

Une fois l'année universitaire finie, ils s'installèrent dans une routine paisible. Eve suivait un cours quatre matinées par semaine et travaillait tous les week-ends dans un centre de réadaptation pour adolescents. Jack avait un job d'été à la Virginia Theater Company, qui lui prenait aussi ses week-ends. Il ne leur restait donc que quelques après-midi par semaine, presque toujours avec Cory.

Eve découvrit en Jack un homme d'exception. Que leurs précieux instants soient consacrés aux parcs d'attractions, aux pistes de patins à roulettes, ou à l'entraînement de Cory, de jour en jour plus audacieuse – une source d'espoir et d'inquiétude pour Eve – lui plaisait sincèrement.

Le 4 juillet, jour de la Fête nationale, Cory aida Marian à préparer un pique-nique pour le dîner. Jack et Eve passèrent un long moment à la librairie avant de se rendre chez Jack, qui partageait une maison avec deux jeunes gens, partis en vacances : ils se retrouvaient seuls pour la première fois.

Eve, qui était tombée amoureuse de Jack, prenait la pilule depuis deux mois, dans l'attente d'un tel jour. Elle ne lui avait pas encore avoué ses sentiments, mais elle aimait son énergie, sa joie de vivre, sa patience et sa générosité avec Cory. Il lui arrivait pourtant de se demander s'il était capable de sérieux ; seule cette interrogation modérait ses élans.

Aussitôt la porte refermée, il la prit dans ses bras.

— Enfin seuls ! souffla-t-il en l'embrassant. Ça te dirait de voir mes estampes japonaises ?

— J'en meurs d'envie !

— Monte, je te rejoins dans une minute. Tu veux boire quelque chose ?

Elle refusa sans hésiter ; ce n'était pas cela qui la tentait. A vingt et un ans, elle avait la sensation d'être vierge. CeeCee avait fait l'amour, pas Eve. CeeCee, sotte et naïve, se reposait sur Tim ; Eve savait ce qu'elle voulait et prenait seule ses décisions.

Elle baissa le store, plongeant la chambre dans une lumière vaporeuse. Après s'être déshabillée, elle plia ses vêtements sur la commode. L'immense lit à deux places était soigneusement fait. Une fois allongée, elle respira l'odeur de savon et de soleil des draps immaculés ; Jack aussi s'était préparé à cet événement, conclut-elle avec joie.

Elle s'étira et, au contact des draps, un frisson d'excitation courut sur sa peau nue.

— Ne perds pas espoir, j'arrive !

Elle entendit les pas de Jack dans l'escalier ; quand il apparut sur le seuil, il sourit en la voyant.

— Ma petite femme ardente...

Il posa quelque chose près du lit et la rejoignit.

— Tu es si belle, avec ce rayon de soleil qui éclaire ton visage, murmura-t-il, en promenant l'extrémité de ses doigts sur ses joues. Sais-tu que tu es précieuse pour moi, Eve ? ajouta-t-il avec ferveur.

— Tu es précieux pour moi, toi aussi, répondit-elle d'une voix altérée.

Comme il se penchait pour l'embrasser, elle l'aida à retirer son tee-shirt. Il se leva, déboucla son pantalon, le laissa tomber en même temps que son caleçon. Elle roula au bord du lit pour frôler de sa joue son sexe en érection ; il gémit et la fit allonger à nouveau.

Elle ressentit alors une surprenante sensation de fraîcheur dans le cou, suivie d'un coup de langue.

— Mais...

— Miam.

Elle se dégagea en riant et aperçut le pot rouge et blanc dans la main de Jack.

— De la crème fouettée ?

Au moins avait-elle eu la preuve de son sérieux quelques secondes !

— Surtout ne bouge pas !

Il souleva le drap qui recouvrait sa poitrine.

— Fabuleux, s'extasia-t-il en enduisant lentement ses mamelons de crème fouettée.

Quand il y posa les lèvres, elle sut qu'ils feraient l'amour longuement, passionnément et avec une grande, très grande fantaisie.

27

Eve tourna la dernière page du livre. Cory reconnaissait déjà de nombreux mots comme *chiot, éléphant, courir, garçon, fille* ; et, pour une raison incompréhensible, *asperge*.

Après avoir soigneusement bordé la petite fille, Eve se pencha pour l'embrasser. Autrefois, sa mère lui faisait la lecture le soir, avant de bavarder de tout et de rien. Elle se souvenait avec émotion de ces moments de tendresse, qu'elle aimait recréer avec Cory.

— Marian m'a dit que tu as vu un teckel au parc.

— Oui, et je n'ai pas eu peur parce qu'il était tout petit.

Ce n'était pas ce qu'avait dit Marian, mais Eve se garda de rectifier : Cory avait droit à ses fantasmes.

— Maman, reprit soudain l'enfant, est-ce que Marian est mon papa ?

Eve s'attendait depuis longtemps à une question de ce genre ; pourtant cette entrée en matière la dérouta.

— Non, ma chérie. Les papas sont des hommes.

Cory pensait-elle à Lorraine, Bobbie et Shan ? Comment lui expliquer cette dynamique familiale dans laquelle pas un homme ne figurait ?

— Marian est simplement une amie très chère, reprit-elle. Elle ne fait pas partie de notre famille...

— Alors, Jack est mon papa ?

— Non, c'est un ami très cher lui aussi.

Devant le silence de Cory, elle ajouta :

— Pourquoi me demandes-tu ça, ma chérie ?

Cory pinça les lèvres en une ligne presque invisible.

— Le papa de Kelsey l'emmène au parc tous les matins ! Hank aussi a un papa. Et Calvin… Tout le monde a un papa, sauf moi. J'ai dit que j'en avais un et que Marian était mon papa. Alors, Hank s'est moqué de moi.

Le cœur d'Eve se serra. Avait-elle eu ce genre de conversation avec sa propre mère ? Elle n'en avait aucun souvenir, mais elle se rappelait son chagrin de fillette sans père, alors que ses petits camarades avaient tous deux parents, même s'ils ne vivaient pas ensemble.

— Tu as un papa, Cory, dit-elle ; mais il est mort.

— Comme Dino ? demanda Cory en faisant allusion à un chien venu jouer avec les enfants au parc.

— Oui, comme Dino.

— Mon papa est au ciel ?

— Oui.

— Il était très malade ?

— Non, il a eu un accident.

— Oh !

— Moi non plus, je n'ai pas connu mon papa, tu sais, ma chérie, fit Eve.

— Ton papa est mort aussi, maman ?

— C'est juste que ce n'était pas un très bon papa. Je ne l'ai pas connu, expliqua Eve, consciente que Cory avait le droit de savoir.

— Un jour, je pourrai voir mon papa ? demanda Cory, trop jeune encore pour avoir une notion très claire de la mort.

— Non, ma chérie. Je suis désolée… Il ne pourra jamais revenir, comme Dino.

En voyant les yeux de sa fille se gonfler de larmes, Eve repoussa les couvertures pour la prendre dans ses bras. Tout en la berçant, elle l'entendit sangloter à la pensée du père qu'elle ne connaîtrait jamais.

— J'ai eu une conversation pénible avec Cory, apprit-elle à Jack quand il l'appela ce soir-là. Elle a brusquement réalisé qu'elle n'avait pas de père. Je suppose que les gosses du parc parlent du leur… Elle m'a demandé si Marian était son papa.

— Oh, le pauvre chou !

— Elle m'a ensuite demandé si toi tu étais son papa.

— Que lui as-tu répondu ? fit Jack après un silence.

— Je lui ai dit que non, bien sûr ; et je lui ai expliqué que son papa était mort dans un accident.

— Tu penses qu'elle a compris ?

— Je n'en sais rien. Elle a voulu savoir s'il reviendrait un jour. Et puis, je pense qu'elle a compris. Elle s'est mise à pleurer et moi aussi.

— J'arrive !

— Maintenant ?

— Je veux te prendre dans mes bras. Tu as dû passer un sale moment...

Au bord des larmes, Eve réalisa combien elle avait besoin de l'avoir à ses côtés.

— J'arrive tout de suite.

Elle raccrocha, le cœur débordant d'amour pour cet homme compatissant qui partageait maintenant sa vie.

Plus tard dans la soirée, elle se pelotonna dans les bras de Jack sur le canapé, son refuge préféré.

— Evie...

— Oui.

— J'aurais voulu te le dire d'une façon plus solennelle et plus théâtrale, mais je ne peux plus attendre...

— Me dire quoi ?

— Je voudrais être le papa de Cory et le mari d'Eve...

Il se recula légèrement et plongea ses yeux dans les siens.

— Veux-tu m'épouser ?

Des milliers de réponses lui vinrent à l'esprit. « Tiens-tu vraiment à épouser une femme qui a déjà une petite fille ? » « Tu ignores la vérité à mon sujet, et jamais tu ne la sauras »... Elle pensa alors à tout ce que Jack représentait pour elle. Son meilleur ami, son confident, son amant.

— Oui, absolument, répondit-elle en se penchant pour l'embrasser.

28

1983

En mai, Eve obtint sa licence de psychologie avec mention, et son mariage fut célébré en juin dans la chapelle du campus. La famille de Jack était présente, ainsi que Marian, comme de juste. Lorraine, devenue assistante de production à la télévision, sur Chaîne 29, était demoiselle d'honneur et avait exceptionnellement accepté de porter une robe. Rob, le frère de Jack, était garçon d'honneur. Quant à Cory, censée jeter des pétales de fleurs sur les nouveaux mariés, paralysée par la timidité, elle préféra rester à côté de Marian.

Jack enseignait maintenant l'art dramatique dans un lycée ; certains de ses élèves assistèrent au mariage, ainsi que plusieurs camarades de fac d'Eve. La cérémonie fut simple et sereine, et Jack d'un sérieux inhabituel. Les larmes aux yeux, il prêta serment, promettant d'être fidèle, dévoué et honnête. Quand ce fut son tour, Eve s'abstint de toute allusion à l'honnêteté, en espérant que personne ne remarquerait ce détail.

Ils emménagèrent dans une petite maison en location, proche de l'université, et d'où l'on pouvait se rendre chez Marian à pied. Eve regrettait le havre de paix qu'elle avait trouvé dans sa maison, et s'inquiétait plus encore de la laisser seule. A soixante-sept ans, Marian commençait à faire son âge ; Eve en eut la révélation quand tout le monde se rassembla devant la chapelle après le mariage. Le soleil soulignait chacune des rides de son amie, et laissait des ombres sous ses yeux. Comment lui faire comprendre qu'elle pourrait toujours se reposer sur elle ? Sans l'aide de Marian, sa fille et elle n'auraient eu aucune chance de s'en sortir pendant les six dernières années. Le temps était sans doute venu de lui rendre cette faveur.

Cet été-là fut l'une des périodes les plus paisibles qu'Eve ait jamais connues. Jack, Cory et elle formaient une vraie famille. Jack enseignait à l'université d'été, et elle-même cherchait un emploi pour septembre. Elle comptait travailler à temps partiel, tandis que Jack se lancerait dans un troisième cycle d'art dramatique, pour entreprendre une carrière universitaire. Eve comprenait sans peine ce besoin de monter les échelons car elle aussi le ressentait.

Le matin, elle s'occupait de Cory ; elle l'emmenait au parc ou rendre visite à Marian, qui jouait une comptine sur son violon, tandis que l'enfant l'accompagnait au chant. Mais la journée ne commençait réellement qu'une fois Jack rentré. Ils allaient alors visiter un musée ou voir un film, et organisaient de temps à autre un barbecue avec des amis. Le soir, tous trois se retrouvaient dans la chambre de Cory pour lui lire des histoires.

Début août, Eve et Cory passèrent une semaine dans une villa en bord de mer, en Caroline du Nord. La location n'avait rien coûté, car la propriétaire, une amie de Marian, leur prêtait sa maison. Jack manquait à Eve, mais elle apprécia ces moments de solitude douce-amère avec sa fille. Quelques semaines plus tard, Cory entrerait à la maternelle et rien ne serait plus pareil.

Peu avant la rentrée, Jack adopta légalement la fillette, qui ne tarda pas à l'appeler « papa ». Ses questions au sujet de son père naturel cessèrent.

La rentrée signifia pourtant la fin de leur été idyllique et festif.

L'école de Cory était à deux pâtés de maisons de chez eux ; le premier jour Eve l'y conduisit à pied. Elles marchaient en silence, main dans la main, et Cory ignorait les autres enfants qui la dépassaient en courant sur le trottoir.

— Tes nouvelles chaussures sont adorables, lui dit Eve.

Marian lui avait offert une véritable tenue d'écolière : pantalon bleu, tee-shirt à fleurs sur fond bleu, et tennis bleu marine et blanc, qui avaient un petit air de mocassins. Cory s'était habillée très lentement, avec une mine sinistre.

Une fois à l'école, Eve réalisa que Cory n'était pas le seul enfant en détresse. Dans le hall, une mère tentait de calmer son fils en larmes, et l'institutrice, une femme noire de très grande taille, s'évertuait à persuader une petite fille d'entrer en classe. Agée d'une quarantaine d'années, Mme Rice avait une peau bleu nuit et des dents étincelantes. Son épaisse chevelure noire, coupée au carré, lui encadrait le visage ; dès qu'elle la vit, Cory se mit à geindre, en s'agrippant à sa mère désespérément. Cette femme si grande lui faisait peur.

— Alors, alors ! dit Mme Rice, après les avoir rejointes devant la porte de la classe. Ça ne va pas ici ? Vous avez une gentille petite fille, n'est-ce pas ?

Elle observa Cory, comme pour obtenir confirmation.

— Oui, mais un peu anxieuse, le jour de la rentrée, murmura Eve.

— Pourtant, nous allons passer une bonne journée ! Nous jouerons à toutes sortes de jeux pour faire connaissance.

— Cory, tu as entendu Mme Rice ? Tu vas jouer avec les autres enfants ce matin, et je reviendrai dans quelques heures te chercher.

— S'il te plaît, m'man ! Je ne veux pas rester ici !

Accrochée à la jambe de sa mère, Cory l'implorait de ses grands yeux bleus. Eve eut soudain les aisselles moites.

— Elle n'est peut-être pas encore mûre pour l'école maternelle...

— Je parie que si ! s'exclama l'institutrice. En revanche, sa maman ne l'est pas nécessairement.

Sur ces mots, elle décocha son sourire de porcelaine à Eve, qui lui trouva un je-ne-sais-quoi de sarcastique.

Quand Mme Rice s'éclipsa pour parler à une autre mère, Eve s'agenouilla devant Cory, les paumes sur ses bras.

— Tu vois tous ces enfants ? Regarde, ils ont déjà commencé à s'amuser ensemble...

Cory renifla et sa lèvre inférieure se mit à trembler, tandis qu'elle promenait son regard autour de la pièce. Quelques enfants étaient assis au bord d'un bac à sable d'intérieur ; d'autres jouaient avec de la terre glaise ou des cubes. Le gamin pleurnichard se dirigeait vers le bac à sable en se frottant les yeux. Sa mère rassura Eve en sortant de la pièce.

— C'est le troisième de mes enfants à avoir Mme Rice pour institutrice et le troisième à hurler la première fois qu'il pose les yeux sur elle. D'ici une semaine, tous les gosses l'adoreront. Vous verrez !

— Eh bien, Cory, disait Mme Rice d'une voix gaie et mélodieuse, c'est le moment d'entrer dans la classe et de laisser ta maman partir. Lâchez-la, madame Elliott, s'il vous plaît. Vous allez finir par lui faire mal !

Eve remarqua la pâleur de ses articulations, là où ses doigts serraient les épaules de Cory. Elle lâcha prise et recula d'un pas, laissant l'enfant aux bons soins de Mme Rice.

— Parfait ! dit celle-ci. Et maintenant, partez !

Eve recula jusqu'au corridor, et Mme Rice referma la porte entre Cory et elle.

— M'man, ne t'en va pas ! gémit Cory.

Eve garda une main posée sur le loquet un bon moment, hésitant à entrer à nouveau. Mais Mme Rice n'apprécierait certainement pas et la réprimanderait sans doute. Faisant appel à toute sa volonté, elle retira sa main et sortit rapidement du bâtiment retrouver la lumière du soleil. Alors qu'elle traversait la rue, elle aurait juré qu'elle entendait encore Cory hurler.

29

Une fois sa licence obtenue, Eve ne trouva qu'un emploi à Cartwright House, le centre de réadaptation où elle travaillait quand elle était étudiante.

Son nouveau poste l'occupait beaucoup, mais elle était très déçue de gagner à peine de quoi payer le loyer. Sans la famille de Jack, ils auraient été incapables de s'en tirer. Travailler avec des adolescents lui plaisait beaucoup cependant. Elle se revoyait parfois telle qu'elle était au même âge. Sous l'empire de leurs émotions et de leur instinct, ils abordaient l'âge adulte avec un corps prêt à relever le défi, mais un esprit pas encore complètement formé. A force de les observer et de les écouter, elle prenait conscience du chemin qu'elle-même avait parcouru en six ans... grâce au ciel !

Cory lui rappelait chaque jour sa propre impulsivité. Elle s'efforçait d'être une bonne mère, et les gens la félicitaient de faire passer ses propres besoins après ceux de sa fille. Pourtant, Cory manquait d'assurance et avait du mal à se décrocher de sa mère. Quelque chose ne collait pas ; et quand Mme Rice les convoqua, Jack et elle, Eve comprit qu'il lui faudrait affronter ce problème de face.

— Quelle charmante petite ! dit Mme Rice quand ils se furent assis de l'autre côté de son bureau, dans sa classe de maternelle.

— Merci, fit Eve, en saisissant la main de Jack.

— En outre, elle est intelligente. Elle obtient de bons résultats, et sa conduite est exemplaire. On aurait tendance à ignorer les élèves qui ne font pas de vagues, comme elle, mais je ne veux pas l'ignorer. Elle mérite beaucoup mieux !

— Où voulez-vous en venir ? demanda Jack.

— Elle a un problème de sociabilité. Tous les petits garçons la traitent comme une princesse ; ils sont fous d'elle. Au moins cinq d'entre eux la considèrent comme leur fiancée, dit Mme Rice en pouffant. Même à cet âge, ils apprécient la beauté ! En revanche, elle est trop timide pour avoir des copines parmi les petites filles. Beaucoup de choses lui font peur... Par exemple, elle n'ose pas grimper sur la cage aux écureuils. Quand d'autres fillettes cherchent à la persuader, Cory reste à terre en secouant la tête, et elles finissent par renoncer.

Eve se lécha les lèvres.

— Elle est assez timorée pour l'instant, mais je pense qu'elle évoluera.

— Vous avez probablement raison, admit Mme Rice. Je tenais simplement à vous signaler ces quelques points, car certains enfants n'ont pas le même comportement en classe et à la maison.

— Que peut-on faire ? fit Jack.

— L'aider à prendre confiance. Lui donner des occupations dans lesquelles elle peut exceller. Elle sera une lectrice de premier ordre. Je devine que vous avez beaucoup lu avec elle.

— Je lui fais la lecture depuis qu'elle est toute petite, dit Eve, soulagée par ce compliment.

— Ça se voit. Donc, je cherche à la valoriser dans ce domaine. C'est elle qui est chargée de la distribution des livres.

Eve sourit à l'idée des responsabilités incombant à Cory.

— Je crois, reconnut-elle, que je ne l'ai pas assez responsabilisée.

— On pourrait la laisser choisir notre emploi du temps le samedi, suggéra Jack. Lui proposer plusieurs possibilités et attendre qu'elle décide...

— Excellente idée ! approuva Mme Rice avec un grand sourire.

— Je n'ai jamais vu une femme aussi colossale, marmonna Jack sur le chemin du retour. Ses élèves doivent se sentir minuscules...

— Tu te rappelles comme Cory paraissait terrifiée au début ? Mais je crois qu'elle l'aime bien maintenant.

— En tout cas, Mme Rice a vu juste, reprit Jack. Quand Cory monte à vélo, tu te méfies de la circulation... même si elle roule sur le trottoir. En fait, tu crains qu'elle tombe ! L'autre jour au musée, quand elle hurlait parce qu'elle avait peur du squelette de dinosaure, tu es sortie de la salle avec elle, comme si tu lui donnais raison.

— Je ne voulais pas que les gens soient gênés par ses cris, murmura Eve, sur la défensive.

— J'ai l'impression qu'elle profite de tes angoisses...

Eve faillit lui répliquer vertement qu'il ne la connaissait que depuis deux ans alors qu'elle-même veillait sur la fillette depuis six ans, mais elle se retint car elle savait, au fond d'elle-même, qu'il disait vrai.

— Devine ce qui pourrait aider sérieusement Cory ? reprit-il.

— Quoi ?

— Avoir un frère ou une sœur à régenter.

Eve se mit à rire, tout en se demandant si Jack percevait sa réticence. Certes elle désirait avoir un enfant de lui, dans lequel leurs traits se mêleraient. Jack s'illuminait en présence de Cory et elle rêvait de voir cette joie redoubler, mais être enceinte la contraindrait à de nouveaux mensonges. N'importe quel gynécologue saurait immédiatement qu'elle n'avait jamais eu d'enfant. Comment pourrait-elle cacher cela à Jack ?

— Nous sommes pauvres, rétorqua-t-elle ; et même bien au-dessous du seuil de pauvreté. Avoir un bébé maintenant serait irresponsable de notre part !

La réponse de Jack fusa.

— Cory aura bientôt six ans. Si nous attendons d'être riches pour avoir un enfant, elle sera en âge de l'élever elle-même.

Il cessa de marcher de long en large et la fit pivoter vers lui.

— Tu sais bien que mes parents ne nous laisseront pas mourir de faim, dit-il en l'embrassant. Ils nous aideront jusqu'à ce que j'aie fini mes études. Rentrons chez nous, et jette-moi ces pilules à la poubelle !

30

Le lendemain de son vingt-quatrième anniversaire, Eve eut un vertige en allant au travail. Deux pâtés de maisons avant le centre de réadaptation, elle se gara au bord de la route, ouvrit sa portière et vomit dans le caniveau.

— Jack, murmura-t-elle, les yeux fermés, je te demande pardon.

Qu'elle le veuille ou non, leur mariage serait toujours basé sur une mystification. Jack était si direct, si sincère, qu'elle aurait aimé lui parler à cœur ouvert, mais il n'en était pas question. Au lieu de lui annoncer sur-le-champ la bonne nouvelle, il lui faudrait garder le secret jusqu'à ce qu'elle ait réfléchi à la manière de gérer les problèmes qui l'attendaient.

Pourtant, dès le week-end suivant, il l'avait percée à jour. Elle s'était levée en silence, ce samedi-là, puis une fois dans la salle de bains avait mis le ventilateur en marche pour qu'il ne puisse rien entendre.

— Ça va ? lui demanda-t-il quand elle revint se coucher.

— Je suis juste un peu lasse…

Il lui caressa la joue.

— Ces derniers temps, tu ne te sens pas bien le matin. Est-ce que par hasard…

Elle tenta de lui sourire.

— Peut-être… mais je préférais ne rien dire tant que je n'ai aucune certitude.

— Hourra !

Jack avait bondi sur le matelas, où il fit quelques pas de danse en s'exclamant :

— Je vais avoir un enfant !

— Chut ! Tu vas réveiller Cory, chuchota Eve, amusée par ce jeune père en puissance.

Il se laissa retomber à côté d'elle.

— Oh, Evie...

Après lui avoir embrassé l'épaule, il plaça sa paume sur son ventre.

— C'est merveilleux ! Je suis navré que tu ne te sentes pas bien, mais je suis follement heureux.

— Moi aussi ! répondit-elle sans hésiter, en lui posant un baiser sur le bout du nez.

— Il faut vite qu'on le dise aux parents !

— Non, pas tout de suite, j'aimerais que nous attendions d'en savoir un peu plus. Te sens-tu capable de modérer ton enthousiasme quelques mois ?

— Je l'espère. Comment allons-nous l'appeler ?

— Je pensais au prénom de ton père, si c'est un garçon.

— Alexander. J'adore ce prénom, et mon père serait fou de joie. Si c'est une fille, que dirais-tu du prénom de ta mère ?

Eve, qui y avait déjà songé, fut émue par la suggestion de Jack.

— Ça ne risque pas de peiner la tienne ?

Eve s'entendait bien avec ses beaux-parents, et prenait garde de ne pas les froisser, car elle savait à quel point ils leur étaient redevables, Jack et elle.

— Elle comprendrait sûrement ; et Dru est un beau prénom. C'est le diminutif de... Drucilla ?

— Non, c'est Dru tout court.

L'idée de mettre au monde une autre Dru lui fit monter les larmes aux yeux. Si seulement sa mère avait été là pour lui tenir la main pendant les huit mois suivants !

— Avais-tu beaucoup de nausées matinales quand tu étais enceinte de Cory ? s'enquit Jack.

Nous y sommes ! se dit Eve.

— Je me sentais exactement comme maintenant. C'est ce qui m'a permis de deviner...

— Mais, cette fois-ci, tu ne seras pas seule, observa Jack. Je t'accompagnerai à tous tes rendez-vous gynécologiques et j'assisterai à ton accouchement. Quand en parle-t-on à Cory ? Préfères-tu attendre pour elle aussi ?

— Oui, Jack, j'y tiens beaucoup. Pendant quelque temps, ce sera notre secret à tous les deux, si tu veux bien.

Eve était en train de débarrasser la table, après le déjeuner, quand Jack entra dans la cuisine avec le courrier.

— Rien d'important ? demanda-t-elle en s'essuyant les mains sur le torchon.

— Quelques factures et une grosse enveloppe pour toi, répondit Jack en triant le courrier. Il n'y a pas d'expéditeur...

Elle savait sans même avoir besoin de regarder l'enveloppe qu'il lui tendait que son nom et son adresse y seraient dactylographiés, et elle se doutait de son contenu. Depuis son départ de chez Marian, elle avait reçu deux de ces enveloppes, emplies d'argent, que son amie lui faisait suivre. Sa nouvelle adresse était écrite sur celle-ci.

— Oh, merci ! marmonna-t-elle. Tu peux la poser sur le comptoir.

Jack palpa l'enveloppe.

— Tu ne veux pas voir ce qu'elle contient ? On dirait une invitation... Connais-tu quelqu'un qui se marie ?

Retenant son souffle, Eve s'adossa au comptoir. Rien ne l'obligeait à mentir au sujet de cette lettre.

— Je crois savoir de quoi il s'agit. Ouvre-la !

— Mais c'est à toi qu'elle est adressée, voyons !

— Ouvre-la tout de même.

Jack glissa un doigt sous le rabat et jeta un coup d'œil à l'intérieur de l'enveloppe.

— Sapristi ! Des billets de cinquante dollars...

— Combien ?

— Vingt, donc mille dollars en espèces, fit-il après avoir compté, sourcils froncés. Qui t'envoie cette somme ?

— En fait, je ne sais pas vraiment... J'ai reçu un certain nombre de ces enveloppes depuis la naissance de Cory. La première, qui m'est parvenue chez Marian, contenait quelques centaines de dollars, et un papier avec *pour ton bébé* griffonné dessus. Depuis, j'en reçois plusieurs fois par an ; il n'y a plus rien d'écrit, mais je suppose que ces billets sont destinés à Cory.

Jack ne se départait pas de ses sourcils froncés.

— Qu'as-tu fait de cet argent ?

Il ne semblait pas franchement soupçonneux, mais pour le moins intrigué. Comment l'en aurait-elle blâmé ? Alors qu'ils avaient des fins de mois difficiles, il apprenait subitement qu'elle recevait des sommes dont elle ne lui avait jamais parlé.

— Je lui ai ouvert un compte en banque, expliqua Eve. Au début, je lui achetais des fournitures pour bébé... Mais, depuis quelques années, je mets cet argent de côté. Au total, ça doit faire près de quatre mille dollars, conclut-elle, en regardant les billets posés sur le comptoir.

— Pourquoi ne m'en as-tu jamais parlé ?

— Je me sentais un peu gênée... répondit-elle en évitant son regard, mais je ne cherchais pas à te faire des cachotteries, Jack. J'espère que tu comprends !

— J'aurais préféré que tu m'en parles. Pourquoi te sens-tu gênée ?

— Parce que j'ignore l'origine de cet argent. Chaque enveloppe porte un cachet postal différent. L'Oklahoma, l'Ohio... D'où vient celle-ci ?

Jack retourna l'enveloppe.

— El Paso, Texas !

— Bizarre, non ?

— Quelqu'un de la famille paternelle de Cory ?

— Je suppose, mais on ne peut rien affirmer... Cette histoire te contrarie ? A ton avis, devrait-on profiter de ces sous pour régler nos factures ou trouver un meilleur logement ?

— Non, trancha Jack. Si quelqu'un souhaite donner cet argent à Cory, alors elle doit en être la seule bénéficiaire.

Il fit la moue en avançant sa lèvre inférieure, tel un enfant boudeur.

— Notre futur bébé n'aura pas les faveurs d'un bienfaiteur illuminé, le pauvre petit !

— On trouvera moyen de compenser, plaisanta Eve.

Eve alla seule à son premier rendez-vous avec l'obstétricien. Elle l'avait programmé un jour où Jack était à Washington, pour assister à une conférence sur les arts dramatiques ; elle s'y rendit, le cœur serré, car elle aurait préféré l'avoir à ses côtés. Mais comment aurait-elle pu partager de bout en bout cette expérience avec lui ?

La praticienne s'appelait Cheryl Russo. Elle avait un fort accent new-yorkais, qui détonnait à Charlottesville, mais ses manières douces et posées rappelaient le Sud. Eve la trouva si charmante qu'elle fut tentée de lui dire une demi-vérité au sujet de Cory : « Mon mari croit qu'elle est ma fille, or en réalité je l'ai adoptée ; il ne doit surtout pas savoir qu'il s'agit de ma première grossesse. » Si elle lui disait cela, le docteur Russo la prendrait pour une épouse indigne et lui poserait des questions auxquelles elle ne pourrait répondre. Le médecin s'étonnerait qu'une jeune femme de vingt-quatre ans ait une fille adoptive de plus de six ans. Une fois engagée sur le chemin des aveux, elle avancerait en terrain miné.

Elle opta donc pour la solution la plus simple : éviter à tout prix que Jack l'accompagne à ses rendez-vous. Cependant, l'idée de mentir la bouleversait. Manipuler son mari n'était absolument pas dans ses habitudes ! Quand elle lui annonça qu'elle avait vu le docteur Russo, Jack, qui déballait ses bagages au retour de sa conférence, lui jeta un regard abasourdi.

— Ne m'en veux pas s'il te plaît, lui dit-elle. Au moment où j'ai pris ce rendez-vous, je ne me souvenais plus que tu serais absent. Par la suite, j'ai eu peur de te décevoir.

Il s'immobilisa, un jean dans une main et une chaussure dans l'autre.

— Je suis terriblement déçu, Eve. Pourquoi n'as-tu pas changé la date ?

— J'ai eu tant de mal à obtenir ce premier rendez-vous. Vraiment, je regrette...

— Et qu'a dit le médecin ?

— Rien de bien passionnant.

— Ça, c'est toi qui le dis. Parce que tu as déjà eu un enfant, riposta Jack d'un air sombre, en laissant retomber son jean dans sa valise. N'oublie pas que tout cela est nouveau pour moi.

— Je regrette... Je n'avais pas réalisé.

Eve eut l'étrange sensation qu'elle répéterait cette phrase fréquemment tant que durerait sa grossesse.

En juin, ils jugèrent le moment venu d'annoncer la nouvelle à Cory.

Comme l'avait prédit la mère d'un élève le jour de la rentrée des classes, Cory adorait maintenant Mme Rice, qui avait misé sur son goût des livres pour lui donner plus d'assurance. Malgré tout, elle restait timide avec les autres enfants, et évitait de se joindre à eux pendant la récréation quand ils se livraient à leurs activités tumultueuses. A la voir, on s'étonnait moins qu'elle se tienne ainsi à l'écart ; malgré son jeune âge, elle était douée d'une beauté délicate. Longue et mince, avec des yeux bleu pâle et un teint clair, elle avait des traits joliment ciselés et un squelette si fin qu'on pouvait craindre qu'elle ne se brise en mille morceaux si elle tombait de la cage aux écureuils.

— Nous avons une grande nouvelle à t'annoncer, dit Jack, en la bordant dans son lit avec Eve.

Derrière la fenêtre, des lucioles brillaient dans les arbres ; Cory eut du mal à en détacher les yeux pour regarder son père.

— C'est quoi, papa ?

— Tu vas avoir un petit frère ou une petite sœur, répondit Eve.

La veilleuse au mur illumina le visage ébahi de Cory, qui finit par sourire.

— Quand ?

— Au mois de novembre.

Cory fêterait son septième anniversaire au mois de novembre.

— Ce sera comme un super cadeau d'anniversaire, observa Jack.

Cory scruta le ventre de sa mère.

— Le bébé est déjà dans ton ventre ? On ne dirait pas...

Eve se mit à rire, une main plaquée sur son ventre.

— Il est encore tout petit pour l'instant, mais d'ici quelques mois, tu verras la différence.

— Je suis impatiente ! s'exclama Cory en battant des mains. C'est la meilleure nouvelle depuis mes quatre ans.

— Il t'est arrivé quelque chose à quatre ans ? l'interrogea Eve en riant toujours.

Cory tourna vers Jack son regard admiratif.

— C'est à quatre ans que j'ai eu mon papa !

Au bout du compte, Eve parvint à se rendre seule à ses rendez-vous prénatals. Bien qu'ils n'aient jamais discuté ce point ensemble, Jack semblait comprendre que sa présence serait malvenue, et ne la tourmentait plus à ce propos. Elle l'emmena cependant assister à sa première échographie, en priant pour que la technicienne n'ait aucune raison de mentionner qu'il s'agissait de sa première grossesse. Ayant raconté à Jack qu'elle n'avait pas eu d'échographie pour Cory, elle put se permettre de verser quelques larmes émerveillées quand elle vit battre le cœur du bébé sur l'écran.

Il l'invita ensuite à dîner dans un restaurant romantique, où ils se tinrent les mains par-dessus la table. Rentrés à la maison, ils firent l'amour et Eve lui répéta une fois de plus combien elle l'aimait. Elle ne manquait pas une occasion de lui déclarer ses sentiments, de peur qu'il ne se formalise de son besoin d'intimité quand elle était chez le gynécologue.

Au bout de quelques mois de grossesse, elle se sentit très bien ; ensuite les cauchemars survinrent. Après avoir donné naissance à une petite fille, elle était victime d'une hémorragie et perdait son sang à flots, tandis que, impuissante sur son lit d'hôpital, elle essayait vainement d'appeler au secours... Plusieurs fois par semaine, elle se réveillait en pleine nuit, couverte de sueur et le souffle court, puis sortait du lit pour allumer et vérifier qu'il n'y avait aucune trace de sang sur les draps. Jack l'enlaçait alors et lui chuchotait des mots tendres pour la réconforter ; mais rien ne pouvait effacer l'image de Genevieve Russell, pâle et froide, se mourant sur son lit.

Eve savait que Jack ne supporterait pas d'être tenu à l'écart de l'accouchement, d'ailleurs elle ne le souhaitait pas non plus. Elle avait grand besoin de sa présence à ses côtés, et il l'accompagnait aux cours d'accouchement sans douleur. Quand on lui demandait s'il s'agissait de sa première grossesse, elle répondait en avoir l'impression, car elle était extrêmement jeune et naïve à la venue au monde de sa fille.

— La naissance de Cory a dû être une dure épreuve, lui dit Jack au retour de l'un de ces cours. Tu n'avais personne pour te soutenir.

— C'est à peine si je me le rappelle. Enfin, si, je me souviens de la douleur... prétendit-elle. Mais on avait dû me droguer, parce que la seule chose qui me revienne, c'est le moment où j'ai tenu Cory dans mes bras.

— Espérons que ça sera aussi facile cette fois-ci, fit Jack avec douceur en serrant sa main dans la sienne.

Elle espérait surtout que pendant l'accouchement, il n'évoquerait pas sa « première grossesse » en présence de l'équipe médicale. Malgré son impatience de mettre son enfant au monde, elle craignait plus que jamais d'être débordée par ses mensonges.

31

Début octobre, Eve travaillait à Cartwright House quand une collègue vint frapper à la porte de son petit bureau. En pleine séance avec un garçon au visage ingrat et dont l'iroquoise dissimulait un cœur tendre, elle s'étonna d'être interrompue.

— Eve, lui dit sa collègue à travers le battant, désolée de te déranger, mais on t'appelle d'urgence de l'école de ta fille.

Après avoir pris le temps de s'excuser auprès du gamin, Eve se précipita hors de la pièce aussi vite que le lui permettait son ventre proéminent. Elle courut ensuite au bureau central, où se trouvait le téléphone. En trente secondes, elle avait eu le temps de se faire tout un film : os brisés, sang, pis encore.

Le passage en primaire de Cory s'était effectué sans heurts et depuis quelques mois la vie avec la petite fille était bien plus facile. Cory aimait beaucoup sa nouvelle institutrice, Mme Judd, une petite femme brune, dont la ressemblance avec Eve la tranquillisait. Elle obtenait de bonnes notes et avait maintenant sa propre carte de bibliothèque. Il lui fallait toujours de nouveaux livres, car elle les dévorait.

Eve décrocha le téléphone du bureau.

— Ici Eve Elliott. Il y a un problème ?

— Madame Elliott, lui répondit l'institutrice, je ne sais pas s'il y a lieu de s'inquiéter, mais Cory n'est pas revenue en classe après la récréation. J'ai supposé que vous étiez venue la chercher, ou bien votre mari...

Eve, perplexe, se passa une main dans les cheveux. Avait-elle oublié un rendez-vous ? Jack était-il passé prendre Cory à l'école pour une raison ou une autre ? Elle consulta sa montre.

— Cory n'est pas avec moi, et son père est en cours à cette heure ! Etes-vous sûre qu'elle n'est pas aux toilettes ? demanda Eve qui savait que Cory souffrait parfois de crampes d'estomac quand elle était anxieuse.

— Nous l'avons cherchée partout, déclara Mme Judd. Aucun des enfants ne l'a vue sortir de la cour... mais comme elle n'a pas l'habitude de jouer avec eux, ils n'ont pas nécessairement fait attention. En général, elle s'assied dans l'herbe pour lire...

— J'arrive !

Eve raccrocha et pria sa collègue de prévenir qu'elle annulait ses rendez-vous avant de prendre en voiture la direction de l'école. Au volant, elle priait le ciel que Cory ait réapparu. Faire une fugue n'était pas dans le style de sa fille, incapable d'une telle audace.

Eve tremblait quand elle fit irruption dans le bureau d'accueil de l'école primaire.

— Vous l'avez retrouvée ?

Un inspecteur de police, debout près de la secrétaire, leva les yeux de son bloc-notes.

— Madame Elliott ? Non, nous ne l'avons pas retrouvée. Nous aimerions joindre votre mari. Elle ne serait pas avec lui, par hasard ?

— Mon mari est en cours !

— Quelqu'un aurait pu venir la chercher ?

— Non, fit Eve en secouant la tête. Retrouvez-la vite, je vous en supplie ! Elle n'a que six ans.

— D'après son institutrice, elle portait un pantalon vert et un cardigan blanc. C'est bien ça ?

— Oui. Elle...

L'inspecteur l'interrompit, les yeux rivés sur son ventre.

— Asseyez-vous, madame. Je ne voudrais pas que votre bébé vienne au monde prématurément...

Affalée sur son siège, Eve essaya de se rappeler comment Cory était habillée, quand elle l'avait conduite à l'école ce matin-là.

— Elle avait des baskets et un sac à dos vert, à moins que...

— Ça y est ! On l'a retrouvée !

La secrétaire venait d'entrer en coup de vent dans la pièce.

— Un des policiers vient de la retrouver... Il nous l'amène.

234

— Mon Dieu, murmura Eve en se levant. Elle va bien ? Où était-elle ?

— Je n'en ai pas la moindre idée, madame Elliott, répondit la secrétaire. Voulez-vous un verre d'eau ?

L'agent de police ferma son bloc-notes et lui sourit.

— Tout est bien qui finit bien... Rasseyez-vous, je vous prie... Vous vous sentez mieux ?

— Oui, dit Eve, les mains agrippées aux accoudoirs de son fauteuil.

Cory entra dans la pièce. Elle tenait la main d'un policier, qu'elle lâcha pour se ruer vers sa mère.

— Maman ! Maman !

Eve la serra dans ses bras et se pencha pour l'embrasser.

— Oh, mon bébé, je suis si contente ! J'ai eu si peur !

— Nous l'avons trouvée à trois pâtés de maisons d'ici, près de Piggly Wiggly, expliqua le policier.

Eve regarda sa fille dans les yeux.

— Qui t'a emmenée là, Cory ?

— J'ai marché.

— C'est impossible ! fit Eve en regardant les policiers. Jamais elle n'aurait osé s'éloigner toute seule.

— J'allais à Carter House, maman.

— Tu veux dire à Cartwright House, où je travaille ?

— Oui, j'allais te chercher.

— Ma chérie, tu ne peux pas aller me chercher si loin ! s'écria Eve, que cette idée affolait. Tu ne m'aurais pas trouvée, et de plus tu ne dois jamais quitter l'école toute seule. Tu m'entends, Cory ?

— Mais j'avais quelque chose à te dire, lui souffla Cory à l'oreille.

— Quoi ?

— Caitlin m'a dit que sa tante est morte quand elle a eu un bébé. Son bébé est né trop tôt et elle est morte ! Hier soir, tu as dit à papa que le bébé n'allait pas tarder à naître. Alors, je voulais te voir pour te prévenir ! Je ne veux pas que tu meures, maman !

— Oh, la pauvre petite ! dit la secrétaire avec attendrissement.

Un amour et un désarroi immenses se lisaient sur le visage ému de Cory... L'enfant avait dû prendre sur elle pour surmonter sa terreur et sortir seule de l'école – sans savoir exactement où aller – afin de retrouver sa mère pour l'avertir du danger.

Eve prit très doucement sa tête rousse entre ses mains et se pencha pour l'embrasser sur la tempe.

— Je ne vais pas mourir, ma petite chérie, et le bébé n'est pas encore sur le point de naître. Mais je t'assure que même s'il naissait maintenant, je ne risquerais pas de mourir. Ces choses-là arrivent très rarement. La tante de Caitlin avait sûrement un problème... Il ne faut pas t'inquiéter. Pas du tout, du tout ! Et au cas où tu aurais ce genre de souci, tu dois en parler à un adulte au lieu de chercher à te débrouiller seule. Promets-moi de ne jamais recommencer !

— Je te le promets si tu me promets de ne pas mourir.

Quand elle eut ses premières contractions, le 24 novembre, dans l'après-midi, Eve eut une pensée pour Genevieve. Mais ses douleurs, qui n'avaient rien à voir, étaient si aiguës qu'elle eut l'impression d'une éternité avant sa péridurale. Jack ne la quitta pas un instant. Il respirait avec elle, lui tenait la main, lui donnait des glaçons à sucer, et la gênait même parfois en émettant des petits bruits étranges, destinés à la distraire. Ils appelèrent Cory pour la rassurer, et, peu après minuit, pour lui souhaiter un heureux septième anniversaire. Le nouveau-né serait effectivement un cadeau hors du commun.

Lorsque l'une des infirmières évoqua une première grossesse, Eve haussa les épaules et adressa à Jack un sourire nonchalant, qui lui demanda un certain effort.

— Une erreur de dossier, suggéra-t-elle, en espérant qu'il ne prendrait pas la peine de la faire rectifier.

L'accouchement dura onze heures vingt minutes, et quand elle tint dans ses bras la belle petite Dru Bailey Elliott, aux cheveux noirs, la mort sanglante de Genevieve avait cessé de la hanter.

32

1987

Eve n'éprouva pas la moindre surprise quand Cory s'éveilla avec des maux de ventre le deuxième samedi de juillet. Installée devant son petit déjeuner, les bras ballants, elle fixait d'un air sombre son bol de céréales. Sa troupe de jeannettes allait passer la nuit à Camp Sugar Hollow ; elle se sentait anxieuse depuis la veille et avait très mal dormi.

— Je ne veux pas y aller, ronchonna-t-elle.

— Je sais, ma chérie.

Eve sortit la petite Dru de sa chaise de bébé. Ses jambes potelées s'agitèrent avant même qu'elle la dépose à terre, puis elle fila dans le séjour regarder des dessins animés. A deux ans et demi, Dru était tout l'opposé de sa sœur. Alors que Cory était mince et élancée, Dru était petite et robuste comme Eve au même âge. Elle ressemblait à un petit diablotin aux yeux bruns et aux cheveux bouclés, alors que la beauté de Cory devenait de plus en plus éthérée au fil des ans.

— Si tu répétais « ouistiti, ouistiti » très vite à cinq reprises ? proposa Jack, mais elle ne mordit pas à l'hameçon.

Elle les regarda tour à tour d'un air implorant.

— S'il vous plaît, ne me forcez pas à y aller !

— C'est une aventure, Cory, insista Eve, qui savait pertinemment qu'une telle remarque était inutile : Cory avait une sainte horreur de l'aventure.

— Et surtout tu vas bien t'amuser ! dit Jack avant d'avaler une gorgée de son café. Tu vas apprendre des chansons rigolotes et manger des marshmallows grillés au feu de bois. Les garçons du camp voisin se faufileront le soir parmi vous, et, sur la pointe des pieds, vous irez nouer les lacets des chaussures des grands...

— Papa, s'il te plaît... geignit Cory. Maman, pourquoi tu ne viens pas avec moi ?

— Tu sais bien pourquoi.

Eve jeta un coup d'œil sur Dru, dans un coin de la pièce, et se rassit à table.

— Mais papa pourrait s'occuper de Dru !

— Non, ton papa ne peut pas. Il a une répétition ce soir ; c'est indispensable pour ses élèves, objecta Jack qui enseignait maintenant l'art dramatique à l'université.

Après s'être levé, il alla déposer son bol dans l'évier, et se mit à chantonner sur un air des Beatles : « Oh, Rocky, le raton laveur a trouvé la petite Cory endormie au camp, sous sa tente. Rocky s'est glissé sous la tente et, en riant, lui a mordillé les orteils... »

Cory resta de marbre : à neuf ans et demi, elle était déjà agacée par l'humour bébête de son père.

— Tu n'oublieras jamais ton premier camp, lança Eve, qui n'avait jamais campé de sa vie.

Elle était presque aussi inquiète que sa fille. A part la nuit de la naissance de Dru, où elle avait dormi chez Marian, Cory n'avait passé qu'une nuit hors du foyer familial pour une soirée-pyjama bien encadrée. Au milieu de la nuit, elle avait été prise de panique, et la mère responsable des enfants avait appelé Eve et Jack à deux heures du matin. La femme avait trouvé une Cory en larmes, tremblant de la tête aux pieds, et n'avait jamais su ce qui avait justifié un tel état.

Jack était allé la chercher et elle s'était calmée dans la voiture. « Peut-être un peu jeune pour une soirée-pyjama », avait-il chuchoté à Eve une fois rentrés.

N'était-elle pas « un peu jeune pour un camp de jeannettes » ? se demandait Eve. Tout en cherchant à minimiser la réaction de sa fille, elle doutait que les autres membres de la troupe aient été incapables d'avaler leur petit déjeuner ce matin-là.

Cory finit par céder, et Eve la conduisit au parking de l'école primaire. Assises sur leur sac de couchage roulé, les gamines bavardaient et gloussaient en attendant le car. Après avoir embrassé sa fille, Eve la regarda traverser le parking avec son sac de couchage et son barda, la tête basse, comme si elle partait pour le bagne.

Revenu de sa répétition, Jack s'écroula sur le lit à ses côtés. Allongée sur la couverture, Eve lisait un ouvrage de psychologie cognitive. A cette époque, elle avait repris des cours pour préparer une maîtrise de psychologie sociale.

— Aucun appel ? s'enquit-il, en pensant manifestement à Cory.

— Pas de nouvelles, bonnes nouvelles, répondit Eve.

Il déposa un baiser sur son épaule nue et glissa une main sous le vieux débardeur rose qu'elle portait au lit.

— J'espère que nous n'aurons jamais l'air conditionné.

Il effleura du doigt le galbe de son sein.

— Pourquoi ? s'étonna-t-elle en lui faisant une place.

Ils avaient installé un climatiseur à leur fenêtre et à celle de la chambre des filles, mais ce dernier fonctionnait mal.

— Parce que tu ne porterais plus ces tenues... minimalistes.

Elle tendit la main en riant vers les boutons de sa chemise à manches courtes.

— Sérieusement, reprit Jack, quand j'entre ici et que je t'aperçois avec ce... chiffon, sans soutien-gorge, j'ai l'impression que le bout de tes seins me fait signe... Aussitôt, j'oublie tous mes soucis !

Eve posa son livre sur la table de nuit. Plus question de lire ce soir-là, ce qui n'était pas pour lui déplaire.

L'appel survint juste après qu'ils eurent fait l'amour. Elle était allongée sur Jack, la tête lourde sur son épaule.

— Oh non ! soupira-t-il.

Elle se souleva sur un coude pour décrocher. Il était minuit.

— Désolée de vous réveiller, Eve, fit Linda, le sous-chef de la troupe de jeannettes.

— Dites-moi qu'elle est en vie et qu'elle ne s'est pas vidée de son sang !

— Elle est vivante et n'a pas perdu une goutte de sang, mais elle passe une nuit difficile. D'ailleurs elle a eu une rude journée.

Eve tenta de se dégager de l'étreinte de son mari mais ce dernier la retint énergiquement.

— Que se passe-t-il ?

— Tout allait bien dans l'autocar, jusqu'au moment où nous sommes allés voir les chevaux, expliqua Linda. Nous avons emmené quelques gamines faire un petit tour de poney sur un chemin ; les autres sont restées devant la clôture du paddock pour donner des carottes aux chevaux. Cory s'est mise à l'écart, comme cela lui arrive parfois...

— Hum !

— Mais vraiment à l'écart, vous savez. Comme nous étions à pied, elle ne pouvait pas nous attendre dans un véhicule. Elle s'est plus ou moins cachée derrière un arbre pour que les chevaux ne la voient pas.

— Mon Dieu !

— Qu'y a-t-il ? chuchota Jack. Elle va bien ?

Un doigt sur la bouche, Eve hocha la tête.

— Elle paraissait en meilleure forme pendant le dîner, reprit Linda ; mais elle a eu peur au moment du coucher. Dans la tente qu'elle partageait avec trois autres fillettes, elle a refusé d'éteindre sa lampe torche. Quand elle a eu besoin de faire pipi, elle n'a pas osé aller aux toilettes et elle s'est mouillée ; je ne m'en suis pas aperçue tout de suite. Bref, elle craignait que des ratons laveurs viennent sous la tente et...

Eve donna une tape sur l'épaule de Jack.

— Qu'est-ce qui t'arrive ? s'étonna-t-il.

— Elle avait peur que des ratons laveurs viennent sous la tente.

— Sapristi, ce n'était qu'une chanson !

— Donc, conclut Linda, elle est ici avec moi dans le local où sont les affaires, et elle refuse de retourner sous la tente. Je crains de ne pouvoir veiller avec elle toute la nuit...

— Evidemment ! Je viens la chercher tout de suite, promit Eve.

— Connaissez-vous le chemin ?

— Je crois.

Après avoir écouté les explications de Linda, Eve raccrocha.

— Ce n'était qu'une jolie petite chanson des Beatles, maugréa Jack.

Sans un mot, Eve roula sur le matelas et se mit à fixer le plafond.

— Elle rentre à la maison simplement parce qu'elle a peur des ratons laveurs ? reprit Jack.

— Pas tout à fait, non. Elle s'est cachée derrière un arbre parce qu'elle avait peur des chevaux enfermés dans le paddock. Après, elle n'a pas osé aller aux toilettes dans la nuit et elle s'est mouillée.

— Oh, Evie !

Jack l'attira contre lui et lui couvrit la nuque de baisers.

— Je t'assure qu'elle survivra ! Nous avons tous survécu aux traumatismes de notre enfance.

— Cory a besoin d'une aide psychologique, dit Eve d'une voix brisée. Nous ne pouvons plus éluder ce problème !

Elle se leva et fit quelques pas en direction de sa commode. Ses pieds lui faisaient mal, chose de plus en plus fréquente dès qu'elle les posait par terre.

— Je vais la chercher, annonça Jack.

— Non, je m'en charge !

Elle enfila un soutien-gorge.

— Je ne veux pas que tu conduises sur ces routes tortueuses dans l'obscurité.

— Ça ne me gêne pas. J'ai besoin de serrer ma petite fille dans mes bras !

— As-tu réalisé que tu t'inquiètes beaucoup moins pour Dru que pour Cory ? demanda Jack, en appui sur ses coudes.

Eve, qui cherchait un tee-shirt dans un tiroir, s'arrêta net, intriguée par son intonation.

— Que veux-tu dire ?

— Rien. Une simple remarque...

Elle retourna s'asseoir au bord du lit. Elle n'avait aucune envie de se bagarrer à ce sujet, Jack avait parfaitement raison !

— Je les aime autant l'une que l'autre. Tu le sais, n'est-ce pas ?

— Oui.

— C'est juste que Dru semble ne pas avoir besoin de moi autant que Cory à son âge.

La joyeuse assurance de Dru lui faciliterait la vie pour toujours, se réjouit-elle en disant cela.

— C'est vrai, admit Jack.

Eve eut l'impression qu'il regrettait le tour qu'avait pris la conversation et cherchait à l'écourter ; elle se garda d'insister. En effet, comment lui expliquer la raison pour laquelle elle surprotégeait sa fille aînée ? Jamais il ne saurait que, bien longtemps auparavant, Cory et elle s'étaient mutuellement sauvé la vie.

33

Pendant le trajet de retour du camp, Cory resta muette et indifférente aux questions discrètes d'Eve. Une fois de plus, celle-ci se sentait frustrée par les réactions de son aînée. Pour quelle raison les adolescentes les plus récalcitrantes lui faisaient-elles confiance, alors que sa propre fille lui restait hermétique ? Son expérience professionnelle se développait de jour en jour, mais, s'agissant de sa propre famille, elle se sentait aussi maladroite qu'une poule devant une fourchette.

Aussitôt à la maison, Cory alla droit au lit. Le lendemain matin, quoique silencieuse, elle se crut obligée d'aider ses parents à faire le ménage, après l'office.

— Je ne veux pas aller à l'école demain, marmonna-t-elle, en nettoyant le lavabo de la salle de bains.

Eve, qui s'occupait de la baignoire, leva les yeux.

— Pourquoi ?

— Parce que, fit Cory, le dos tourné, mes copines vont raconter à tout le monde ce qui s'est passé. On me prend déjà pour une chochotte...

— Eh bien... dit Eve après avoir réfléchi, j'ai une suggestion à te faire.

— Laquelle ?

— Si tu appelais les filles qui partageaient ta tente pour leur dire que tu te sens terriblement gênée ?

— Oh, maman, tu crois ?

Eve songea alors à appeler elle-même les mères, pour les prier de chapitrer leur fille au sujet de l'amour de leur prochain. Mais à quoi bon ? Quatorze jeannettes faisant des gorges chaudes sur ce qui s'était passé signifierait immanquablement une mauvaise journée à l'école pour Cory.

— Et si tu te moquais de toi-même demain ? lui proposa-t-elle.

Cory la dévisagea, interloquée.

— Me moquer de moi ?

— Tu n'admires pas les gens capables de devenir meilleurs après avoir admis leurs défaillances ?

— Une « défaillance », qu'est-ce que c'est ?

— Un petit défaut... Il suffit de dire : « Je me suis conduite comme une poule mouillée au camp, vous ne trouvez pas ? » Si c'est toi qui le dis la première, les autres n'auront plus grand-chose à ajouter.

Tout en rinçant l'éponge sous le robinet, Cory protesta :

— Voyons, maman, tu ne me connais pas très bien si tu me crois capable de dire ça !

Il était sept heures, ce soir-là, quand Eve trouva le temps de lire le journal du dimanche. Assise à la table du coin-repas, Cory travaillait à ses devoirs et Jack lisait un livre à Dru dans la chambre des filles. Après s'être fait une tasse de thé, Eve s'assit dans la bergère près de la cheminée, les pieds sur un coussin et le journal sur les genoux.

La couverture du magazine attira son attention. Elle montrait deux personnes à cheval : un homme au dos raide et une adolescente aux cheveux d'un blond vénitien. Et le titre en était : « Visite à l'ex-gouverneur de Caroline du Nord, Irving Russell ». Eve resta une bonne minute les yeux rivés sur le titre avant de poser son regard sur la photo. L'adolescente lui rappelait à la fois Cory et Genevieve, preuve que Cory ressemblait étonnamment à sa mère biologique. Membres longs et fins, petit nez impertinent, teint clair... Des vagues de cheveux, beaucoup plus blonds que ceux de Cory, encadraient le visage de l'adolescente. Vivian, ou Vivvie, comme l'appelait Genevieve, devait avoir quatorze ans.

Eve ouvrit le magazine et parcourut l'article. Russell, maintenant président-directeur général d'une fondation en Virginie du Nord, venait d'acquérir un terrain aux environs de Charlottesville. Elle lut cette phrase deux fois de suite. Etait-ce une cruelle plaisanterie ? Seigneur, faites que nos chemins ne se croisent jamais ! se dit-elle. Puis, ayant examiné la photo, elle parvint à la conclusion que le risque était minime. Russell et sa fille roulaient sur l'or. Une allée circulaire menait à une vaste demeure dotée de colonnades blanches et au porche majestueux. Des écuries venaient encore rehausser la splendeur de leur demeure. Les Russell faisaient manifestement partie du cercle équestre. Le journaliste faisait une brève allusion à Genevieve : « La vie d'Irving Russell a été bouleversée par le kidnapping, en 1977, de sa femme, Genevieve, alors enceinte. Russell, qui ne s'est jamais remarié, s'est consacré à l'éducation de la fille unique du couple, actuellement âgée de quatorze ans. »

L'article présentait une autre photo de Vivian : suspendue, la tête en bas, à une branche, elle effleurait à peine l'herbe de ses longs doigts.

Eve, tétanisée, se recroquevilla dans la bergère. Elle examina la photo de la blonde pétillante – à qui ce prénom de fée convenait à merveille –, puis regarda Cory, de l'autre côté de la pièce. Ses pieds nus reposaient sur les barreaux d'une chaise désassortie ; elle portait un tee-shirt d'un bleu passé et un short trop large, hérités de Shan. Elle était en train de se ronger les ongles, en pensant aux moqueries de ses camarades de classe le lendemain. Jamais Eve ne s'était sentie aussi coupable d'avoir privé Cory de la vie qui lui était destinée. Une vie qui lui aurait donné la richesse, et par-dessus tout la même assurance que sa sœur. Elle croyait entendre Vivian pouffer de rire, pendue à sa branche, alors que les éclats de rire de Cory étaient chose rare.

Elle en avait fait une fillette craintive. Sa beauté était un don de Genevieve et peut-être pouvait-elle se créditer elle aussi de sa vive intelligence, mais elle se sentait entièrement responsable de son anxiété, et ne voyait aucun moyen de revenir en arrière.

34

— C'est quoi un laitier ? demanda Cory.

Eve, qui était venue la chercher à l'école, regarda par-dessus son épaule en démarrant.

— Eh bien, autrefois, bien avant ma naissance, on livrait le lait directement chez les gens. Ils avaient des boîtes métalliques sur leur seuil, et le laitier y déposait les bouteilles de lait. Parfois aussi des œufs et du cottage cheese.

— Oh ! fit Cory.

— Pourquoi cette question ?

— Caitlin a dit que mon père devait être le laitier, parce que je ne ressemble à personne de ma famille.

Eve maudit silencieusement la mère de Caitlin, une commère à nulle autre pareille.

— C'est une remarque… grossière, constata-t-elle.

— Je suis adoptée, maman ?

Cory dévisageait Eve de ses grands yeux graves, attendant une réponse.

— Te souviens-tu que nous avons parlé de cela quand tu étais beaucoup plus jeune ? demanda Eve. Tu es ma fille, et quand j'ai épousé ton papa, il t'a adoptée.

— Alors… je ressemble à mon vrai père ?

— Effectivement, tu ressembles à ton père biologique.

Eve faillit ajouter qu'il avait des cheveux roux et un teint clair, mais elle se reprit : inutile de broder sur ses mensonges.

— Ça veut dire quoi « biologique » ?

— L'homme dont le sperme a fertilisé l'œuf est appelé père biologique.

— Tu m'as dit qu'il est mort, non ? Dans un accident ?

— Exactement.

— Tu étais mariée avec lui ?

— Non, ma chérie. J'étais très jeune, et je suis tombée enceinte.

Eve avait déjà parlé des oiseaux et des abeilles à Cory ; mais comment savoir ce qu'elle avait retenu de ses explications ?

— Il m'a connue ?

— Non. Il est mort avant d'avoir eu la chance de te connaître.

— Il était gentil ?

— Oui, mais sauvage. Il s'est tué au cours d'un accident de moto...

— Je regrette de ne pas l'avoir connu, murmura Cory d'une voix profondément triste.

Eve passa une main sur la joue de la fillette.

— Il t'aurait beaucoup aimée...

Cory allait avoir onze ans, un peu moins que son âge à la mort de sa mère. Le cœur serré, elle songea à la petite fille qu'elle était à l'époque, et l'idée que Cory pourrait un jour devenir orpheline lui parut intolérable. Savait-elle s'y prendre aussi bien avec sa fille que sa mère avec elle ? Elle se rappelait avec émotion les lettres merveilleuses que lui avait laissées cette femme si courageuse. Qu'avait bien pu faire la pauvre Ronnie de cette grande boîte de lettres ?

— Il s'appelait comment ? demanda Cory.

— Patrick Smith.

Eve avait ainsi baptisé le père de Cory, quelques années plus tôt. Smith lui semblait un excellent choix, si commun qu'il lui permettait de brouiller toutes les pistes.

— Quelle idée de faire le fou avec sa moto !

— Il était jeune, et les jeunes prennent parfois des risques insensés.

— Alors, dit Cory, après un silence, tu as eu des relations sexuelles avec lui avant de te marier ?

— Oui. C'était idiot de ma part, et j'espère que tu ne suivras jamais mon exemple. Mais si je ne l'avais pas fait à l'époque, tu ne serais pas là, et cela je ne veux même pas l'imaginer.

Eve sourit à Cory, qui lui rendit son sourire.

— Papa est le vrai père de Dru, n'est-ce pas ?

— Il est aussi ton vrai père, ma chérie. Quand on adopte un enfant, on devient son vrai père ou sa vraie mère.

— Oui, mais il n'est pas vraiment mon vrai père !

— Sans doute, admit Eve, mais tu dois savoir qu'il t'aime autant que s'il était vraiment ton vrai père.

Un silence plana. Cory renonça à questionner sa mère et laissa échapper un soupir.

— Je suis bien contente que Dru ait vraiment papa comme père, sinon elle pourrait se sentir très triste.

— Tu te sens très triste, ma chérie ?

— Non, mais Dru est encore petite, et ça serait plus dur pour elle que pour moi.

N'y tenant plus, Eve se gara le long du trottoir pour serrer sa fille dans ses bras.

Cory eut un léger mouvement de recul.

— Maman, qu'est-ce qui t'arrive ?

— Tu es une gentille fille et une formidable grande sœur, murmura Eve avec un regard attendri. Dru a beaucoup de chance de t'avoir... et moi aussi.

35

Fin août, Eve et Jack firent enfin l'acquisition de leur première maison, un charmant pavillon Art nouveau, à proximité du campus. Situé dans une rue animée, il s'élevait cependant au milieu d'un écrin de verdure, avec un petit jardin privé. Une ligne sinueuse de pavés, posés par Jack, courait de la porte de derrière à un banc, installé sous un magnolia. Ce jardinet devint un véritable havre de paix, à l'abri du brouhaha du campus.

Tous les matins, ils se rendaient à leur travail à pied, car Eve avait obtenu un poste à la consultation psychopédagogique de l'université, et Jack enseignait toujours au département d'art dramatique. Eve regrettait parfois de ne pas avoir une voiture sous la main, au cas où ses filles auraient un problème urgent ; mais elle appréciait ces moments passés avec Jack et l'exercice lui faisait du bien... sauf quand ses pieds protestaient contre de trop longues marches.

La nuit de leur emménagement, un terrible orage la tint éveillée. Elle ne s'étonna guère de voir Dru surgir à une heure du matin.

— Je peux dormir avec papa et toi ?

A six ans passés, Dru n'avait peur de rien, mais le tonnerre et les éclairs, alors qu'elle passait sa première nuit dans une chambre toute seule, l'avaient perturbée.

— Bien sûr, dit Eve. Grimpe !

Dru s'endormit au bout de quelques minutes entre ses deux parents.

A trois heures, Eve se leva pour aller aux toilettes. En traversant la pièce, elle eut l'impression de marcher nu-pieds sur du gravier. Depuis quelques mois, la douleur empirait, et elle se dit qu'elle devrait consulter un médecin sans tarder.

En ouvrant la porte de sa chambre, elle faillit buter sur Cory, allongée à même le plancher, un oreiller sous sa tête.

— Cory, souffla-t-elle, que fais-tu là ?

Comme prise en faute, Cory se tortilla avant de s'asseoir et laissa planer son regard sur le couloir pour prendre des repères.

— Je ne sais pas…

Eve s'accroupit, face à sa fille. En cette fin d'été, le plancher lui parut froid sous ses pieds douloureux.

— Ce n'est qu'un orage, dit-elle.

Cory, vêtue d'une petite culotte et d'un haut de pyjama sans manches plaqué sur ses seins naissants, hocha la tête. Elle portait un soutien-gorge depuis quelques mois et était réglée depuis juin, mais Eve ne s'était pas encore habituée à ce changement : Cory restait une petite fille à ses yeux.

Un éclair illumina la fenêtre de la salle de bains et le couloir ; Cory tressaillit et serra ses genoux dans ses bras.

— Maman ?

— Oui, ma chérie ?

— Je ne veux pas aller à Darby.

Darby était l'école privée à laquelle Eve et Jack l'avaient inscrite pour la rentrée. Ils avaient utilisé l'argent de son compte bancaire secret pour payer ses frais de scolarité.

— Pourquoi, ma chérie ?

Eve avait la certitude que Darby était un bon choix. Cory serait ainsi tenue éloignée des enfants qui la taquinaient depuis toujours et bénéficierait d'un environnement plus stimulant sur le plan intellectuel. Ses résultats scolaires surpassaient de loin ceux de ses petits camarades, mais il n'avait jamais été question qu'elle saute une classe, en raison de son manque de sociabilité.

— Je ne sais pas, maman.

Une réponse de plus en plus fréquente ces derniers temps…

— Ça sera bon pour toi, objecta Eve. Et l'école t'avait plu quand tu l'as visitée.

— Oui, mais le moment approche, et j'ai changé d'avis.

— De quoi as-tu peur ?

— Je n'ai pas peur.

Elle rechignait à répondre à cette question et trouvait maintenant d'autres prétextes que la peur, quand elle s'opposait aux projets maternels.

— Alors, pourquoi ?

— Je ne connaîtrai personne.

— Ce sera peut-être un avantage, suggéra Eve. Tu pourras repartir de zéro et devenir la personne que tu as toujours souhaité être. C'est quelquefois amusant de se réinventer.

— Oui, peut-être.

— Allez, viens !

Ses pieds douloureux firent grimacer Eve quand elle se releva pour ouvrir la porte de la chambre.

— Dru est dans notre lit, fit-elle. Tâche de t'installer le plus confortablement possible sur le tapis.

Cory apprécia Darby dès le premier jour. Elle trouvait les autres enfants gentils et intelligents et les professeurs plaisantaient souvent au lieu de « rester sérieux comme des papes ». Eve estimait quant à elle que les élèves de Darby étaient un peu intellectuels, mais, après tout, Cory l'était aussi. Sa beauté était une façade derrière laquelle se cachait un esprit avide de connaissances. Les cours étaient d'un haut niveau, mais Cory était parfaitement à même de relever ce défi.

— J'ai quatre heures de devoirs à la maison, annonça-t-elle à sa mère, de retour de sa première journée d'école.

Cette perspective semblait l'enchanter. Eve était non moins ravie : elle n'avait reçu, ce jour-là, aucun appel d'un professeur ou d'une infirmière scolaire la priant de venir chercher sa fille paniquée.

36

— Les filles, lança Jack au dîner, quelques jours après la rentrée scolaire, j'ai une proposition à vous faire.

— Je figure parmi les filles ? demanda Eve en servant une cuillerée de fricassée de thon à Dru.

Jack lui lança un regard lascif.

— Non, ma chère, tu es une femme !

— Merci d'avoir précisé...

— Quelle proposition ? demanda Dru.

— Eh bien, voilà ! répondit Jack tout en se servant un verre de thé glacé. Le théâtre des Enfants fait passer des auditions, et il y a des rôles pour des filles de six et treize ans.

— Je peux jouer dans une pièce ? fit Dru, haletante.

— Quand tu auras passé une audition... D'autres enfants seront convoqués, et le metteur en scène choisira ceux qui lui paraissent les meilleurs.

Dru se mit à sauter sur place.

— Je vais monter sur scène !

— Ce n'est pas si facile d'obtenir un rôle. Il faut mémoriser un long texte.

— J'ai une très bonne mémoire, intervint Cory.

— En effet, dit Jack. Vous pouvez tenter le coup ; ce sera une bonne expérience, que vous obteniez ou non un rôle. Qu'en dites-vous ?

— J'accepte ! s'écria Dru, en posant brusquement sa fourchette sur la table.

Un peu de thon s'envola dans les airs et alla atterrir près du placard, au grand amusement de la coupable.

— Et toi, Cory-Dory ? demanda Jack.

— D'accord, répondit Cory, après un silence. Quel est le rôle que je dois étudier ?

Deux semaines plus tard, Eve et Jack, assis au fond de l'auditorium du théâtre communal, assistaient à l'audition. Jack avait fait travailler les deux filles, qui connaissaient leur texte sur le bout des doigts.

Eve s'inquiétait, non pas au sujet de Dru qui surmonterait cette épreuve sans que son ego en souffre, mais pour Cory qui n'aurait sans doute pas cette chance.

Elle s'inquiétait également pour elle-même. Sa mère étant morte à vingt-neuf ans d'un cancer du sein, elle avait la quasi-certitude de subir le même sort. Mais pour l'instant, c'étaient ses pieds qui lui donnaient du souci. La semaine précédente, elle s'était enfin décidée à consulter un médecin, qui s'était montré rassurant.

D'après lui, toutes ses analyses sanguines et ses radios étaient normales ; ses pieds ne présentaient aucune anomalie. Elle l'avait questionné :

« Mais alors, pourquoi ai-je si mal quand je sors du lit ?

— Vous mettez peut-être vos pieds à rude épreuve. Faites-vous beaucoup d'exercice ? »

Elle avait pensé à ses activités quotidiennes.

« Je vais travailler à pied et je marche pas mal dans la journée, mais je ne souffre pas trop à ces moments-là.

— A mon avis, toute cette marche vous rattrape pendant votre sommeil. Il n'y a pas lieu de vous inquiéter », avait conclu le médecin en refermant son dossier.

Tout se passait donc dans sa tête. Elle éprouva une bouffée de compassion pour Cory : ses maux d'estomac, provoqués par son anxiété, étaient traités à la légère par les médecins — et souvent par elle aussi, d'ailleurs.

— Maintenant ! dit Jack.

Elle concentra à nouveau son attention sur la scène où Dru venait de surgir en bondissant.

La dernière à auditionner dans son groupe d'âge, elle obtint un succès indéniable en récitant son texte avec assurance et ferveur. Ses mimiques et son langage corporel firent rire tous les adultes présents. Tel père, telle fille... se dit Eve. Après s'être inclinée, Dru sortit de scène sous les applaudissements.

Cinq filles de treize ans devaient passer avant Cory. L'anxiété de cette grande adolescente rousse était palpable lorsqu'elle gravit enfin les marches pour se diriger vers le centre de la scène. Elle croisa d'abord les mains derrière son dos, avant de les placer le long de son corps, selon les conseils de son père.

Cory articula quelques mots d'une voix douce et hésitante, presque inaudible.

— Plus fort, ma chérie, souffla Jack.

La voix de Cory se fit plus faible encore, et Eve vit Sherry Wilson, la « metteuse en scène », se pencher pour mieux l'entendre.

— Jack, je n'en peux plus, murmura-t-elle, en pensant au courage dont Cory avait fait preuve rien que pour monter sur scène.

— Ça va aller, la rassura-t-il en lui prenant la main.

Comme Eve s'y attendait, Cory ne passa pas le cap, tandis que Dru décrochait le rôle principal de sa sélection. Après la distribution, elle courut vers ses parents, rejoints par une Cory traînant les pieds.

Eve s'avança pour embrasser sa fille aînée.

— Je suis si fière que tu aies passé cette audition, Cory. Ce n'était pas évident !

Cory haussa les épaules en regardant ses pieds. Pendant tout le trajet de retour, elle bouda, la tête tournée vers la vitre.

— Les filles, vous avez eu un aplomb formidable toutes les deux ! déclara Jack.

— Je voudrais que Cory joue dans la pièce avec moi, geignit Dru à l'arrière.

— Ne t'inquiète pas, Dru. Au fond, ça m'est égal, murmura Cory.

Un embouteillage s'était formé devant eux, et des lumières bleues clignotantes se répandaient dans la voiture en vagues rythmées.

— Sans doute un accident, remarqua Jack.

— Je ne veux rien voir ! s'exclama Cory. On peut aller en sens inverse ?

— Voyons, ma chérie, on ne peut pas faire demi-tour, objecta Eve.

Cory avait les accidents de la route en horreur. Elle ne supportait pas la vue du sang ou de corps meurtris. Pensait-elle à l'accident de moto imaginaire de son père ? se demandait Eve.

— Papa, essayons de passer par un parking, ou autre chose !

— Calme-toi, ma chérie, conseilla Jack à sa fille. Si on chantait ?

— Je n'ai pas envie de chanter, rétorqua Cory en baissant la tête, les paumes plaquées sur ses yeux. Prévenez-moi quand on aura dépassé l'accident.

Dru tendit le cou pour regarder dehors.

— Ça va, Cory. Pas de sang, ni rien...

— Je ne fais pas partie de cette stupide famille, déclara Cory tout à trac, sans lever la tête.

Ses paroles transpercèrent le cœur d'Eve.

— Pourquoi dis-tu cela, Cory ?

— Tout le monde a du talent, sauf moi.

— Quelle idée ! riposta Jack. Tu es plus intelligente que nous trois réunis.

— Je ne parle pas de ce genre de talent.

— Je serais incapable de monter sur scène, de dessiner ou de danser, même si ma vie en dépendait, remarqua Eve.

— La famille de mon père doit être plus dans mon genre...

— C'est peut-être d'elle que tu tiens ta brillante intelligence, en effet, admit Jack.

La tête de Cory se haussa légèrement.

— Arrêtez de parler de mon intelligence ! Ce n'est pas de ça que je parle !

— Cory, dit Eve, tu représentes un quart de notre famille, et nous sommes heureux de t'avoir parmi nous, que ça te plaise ou non.

Le lendemain, Eve fit une chose qu'elle n'aurait avouée à Jack pour rien au monde ; elle appela Sherry Wilson pour la supplier de donner un petit rôle de figurante à Cory.

— Ma fille manque d'assurance et a besoin d'être valorisée, lui expliqua-t-elle.

Après un moment de silence, Sherry la rassura.

— J'ai moi-même deux filles ; l'une est championne de foot, l'autre ne trouverait pas le ballon, même s'il était collé à son pied, expliqua-t-elle avant de proposer d'inclure Cory dans une scène de groupe.

— Merci, fit Eve avec reconnaissance. Auriez-vous la gentillesse de l'appeler, sans lui parler de mon intervention ?

Sherry accepta. Le soir même, Cory entra en coup de vent dans le séjour, après avoir reçu un coup de téléphone.

— Devinez quoi ?

Eve et Jack levèrent les yeux de leur livre pour consacrer toute leur attention à Cory.

— C'était Sherry Wilson ; elle a un rôle pour moi.

— Tu plaisantes ? s'exclama Jack, qui se reprit aussitôt : C'est génial !

— Bravo, ma chérie, et que devras-tu faire ? demanda Eve.

— M'avancer en disant « hourra » avec d'autres enfants.

— Fantastique ! Si tu allais réveiller Dru pour lui annoncer la nouvelle ? suggéra Jack.

— Elle va à l'école demain ! protesta Eve, qui céda en voyant que Cory se rembrunissait.

La fillette courut réveiller sa sœur, et Jack se tourna vers sa femme :

— Tu es intervenue ?

— Oui, je n'ai pas pu m'en empêcher.

Jack éclata de rire.

— Quelle mère zélée tu fais ! Mais je dois t'avouer que la même idée m'a traversé l'esprit.

La pièce fut un succès, applaudi par un public de parents et d'amis fiers et enthousiastes. Marian assista au spectacle en compagnie d'Eve et Jack ; Lorraine quant à elle fit en sorte que Channel 29 envoie un caméraman, pour que quelques morceaux choisis figurent aux actualités de fin de soirée. Dru excella dans son rôle de fillette précoce de six ans, et Cory brilla parmi les autres adolescentes par sa beauté, sinon par son talent. Les deux filles ne se tenaient plus de joie et deux jours s'écoulèrent avant que Cory trouve le mot griffonné par Eve, sur le bloc du téléphone. *Appeler Sherry Wilson.*

A son retour du travail, Eve trouva sa fille qui l'attendait dans la salle de séjour.

— Tu as appelé Mme Wilson pour qu'elle me donne ce rôle, c'est ça ?

Eve feignit la surprise.

— Comment ça, ma chérie ?

Cory brandit le bloc.

— Alors, pourquoi y avait-il son numéro là-dessus ?

Eve posa son porte-documents sur une chaise, près de la porte.

— Je tenais à l'avoir parce que Dru jouait dans la pièce.

— Mais tu as noté que tu devais appeler Mme Wilson ! Il n'y a pas que son numéro... Tu l'as appelée pour lui parler de moi.

— Non, Cory, c'est inexact.

— Tu l'as forcée à me donner un rôle. C'est si bête... Tu te rends compte combien ça me gêne ?

— Je savais que tu tenais à jouer dans cette pièce et qu'il y avait des rôles qui...

— Donc, tu l'as bien fait !

Cory s'effondra sur le canapé, la tête entre les mains.

— Je ne suis qu'une ratée ! gémit-elle.

— Arrête, Cory. C'est faux, tu le sais bien.

— Mon père était un raté, et je tiens de lui. J'ai hérité ses gènes.

— Il n'avait rien d'un raté, protesta Eve. Il était très intelligent, c'est juste qu'il a fait de mauvais choix dans sa jeunesse.

Cory examina le bloc qu'elle tenait sur ses genoux.

— Dis-moi si j'ai des grands-parents que je ne connais pas. Des tantes, des oncles, des cousins ?

Eve s'assit à côté d'elle en soupirant.

— Aucune idée, ma chérie.

— Maman, je veux savoir ! dit Cory, au bord des larmes, en regardant sa mère droit dans les yeux. Quelquefois, j'ai l'impression de ne même pas savoir qui je suis...

Eve, tout aussi émue que sa fille, la prit dans ses bras :

— Cory, je suis navrée pour toi.

— Tu veux bien m'aider à retrouver ma famille ? murmura la fillette d'une voix suppliante, la tête sur l'épaule de sa mère.

— Je crois que tu devrais t'y mettre, dit Jack, quand Eve lui relata sa conversation avec Cory. Elle a le droit de connaître sa famille.

Comment retrouver des gens qui n'existent pas ? songea Eve avant d'affirmer à voix haute :

— Je n'ai jamais vu aucun membre de sa famille. Comment veux-tu que je retrouve les proches de Patrick Smith à Portland, alors que je ne connais rien d'eux à part leur nom, qui, je te le rappelle, est très courant ?

— Tu devrais au moins essayer, en tout cas !

Le lendemain, Eve alla à la bibliothèque universitaire, où se trouvaient des piles d'annuaires téléphoniques des plus grandes villes du pays. Une fois déniché l'annuaire de Portland, Oregon, elle recopia les deux pages de Smith, et ce soir-là, en présence de Cory, entreprit de joindre la famille inexistante d'un homme inexistant. Elle détestait jouer cette comédie, qui n'apporterait à Cory que déception. Elle en vint même à se détester elle-même au cours de cette semaine agitée.

— Nous nous trouvons dans une impasse, ma chérie, déclara-t-elle, le vendredi soir, assise au bord du lit de Cory.

Elle ne supportait plus de composer ces numéros et d'interroger de braves gens, dénommés Smith, qui cherchaient à lui faciliter son impossible quête.

— Il n'avait peut-être pas de famille, reprit-elle. On peut supposer qu'il était fils unique et que ses parents sont morts...

A la lumière de la lampe de chevet, le visage de Cory était indéchiffrable.

— Tu as appelé tout le monde, maman ?

— Oui, répondit Eve, en pensant à la note de téléphone astronomique qu'elle allait recevoir.

Le menton de Cory se mit à trembler.

— J'ai fait un rêve cette nuit... Je rencontrais une fille de sa famille. Une sorte de cousine... Elle me ressemblait terriblement et elle était si gentille... et moi j'étais si heureuse de la connaître... Et puis quand je me suis réveillée...

Cory fondit en larmes, et Eve serra sa main entre les siennes.

— Quand je me suis réveillée, j'ai réalisé qu'elle n'existait pas, poursuivit Cory d'une voix entrecoupée. J'aurais tellement aimé qu'elle existe pour de vrai, maman.

— Je sais, ma chérie ! On a parfois du mal à se réveiller d'un rêve agréable...

Cory eut un sanglot qui fit vibrer tout son corps.

— Tu sais, maman, je t'aime, j'aime papa, et Dru, et tout le monde... Mais j'aurais besoin de me sentir... entière.

— Je comprends, ma chérie, et je suis navrée pour toi, murmura Eve.

Tous ces appels avaient donné de faux espoirs à Cory. Pour simplifier les choses, elle aurait dû lui affirmer, une fois pour toutes, que son père n'avait pas de famille.

Cory soupira profondément et tenta de se ressaisir.

— Quand je serai plus grande, j'irai peut-être à Portland chercher des gens qui l'ont connu...

Du bout du doigt, Eve chassa une larme sur la joue de sa fille.

— Oui, approuva-t-elle, tout en faisant le souhait que Cory trouve mieux à faire d'ici là.

Dans le cas contraire, elle risquait de chercher fort longtemps.

37

1993

Dans le cabinet du médecin, Eve s'attendait une fois de plus à entendre que sa douleur – aux pieds et maintenant occasionnellement aux mains – était le fruit de son imagination. En l'occurrence, son médecin se montra plus inquiet que d'habitude à l'examen de ses pieds gonflés, le droit en particulier, et de ses chevilles chaudes et enflées.

— Eh bien, dit-il, une paume plaquée sur le dessus de son pied, comme s'il cherchait à évaluer sa température, nous avons reçu le résultat de votre analyse sanguine et tout s'explique. Votre facteur rhumatoïde est élevé.

— Ce qui signifie ?

— Vous souffrez d'une polyarthrite rhumatoïde, lui annonça le médecin en scrutant son visage.

Une punition bien méritée, se dit Eve, qui n'avait jamais cessé de penser qu'un jour viendrait où elle devrait payer pour ce qu'elle avait fait.

— Savez-vous de quoi il s'agit ? reprit le praticien.

— Je sais que... l'arthrite est une inflammation des articulations.

Depuis deux ans, ses pieds la faisaient souffrir de plus en plus. Après être restée longtemps assise à son bureau, elle parvenait difficilement à prendre appui sur le sol ; d'autre part, elle avait mal aux doigts et aux poignets quand elle tapait à la machine, et elle se sentait constamment fatiguée. Depuis quelque temps, elle programmait ses rendez-vous de manière à rentrer chez elle à l'heure du déjeuner pour faire une sieste.

— La polyarthrite rhumatoïde est une maladie auto-immune, qui peut toucher non seulement vos articulations, mais l'ensemble de votre corps. Voilà pourquoi vous êtes si fatiguée, conclut le médecin. Je vais vous adresser à un rhumatologue.

— Ça se soigne ?

— Non, mais il y a un traitement, que vous avez tout intérêt à commencer le plus vite possible.

Les deux premiers médicaments restèrent sans effet. Les mois passant, Eve se mit à boitiller, ses poignets enflés paraissaient déformés, et ses pieds, surtout le droit, lui faisaient terriblement mal. La nuit, il lui arrivait de gémir de douleur – comme si son pied, même immobile, était serré dans un étau.

— Que puis-je faire pour t'aider, Evie ? lui demanda Jack, allongé près d'elle, en séchant ses larmes avec un kleenex.

— Rien !

— Que ressens-tu exactement ? insista son mari, pour qui un mal de crâne était un événement rarissime.

— C'est comme si je marchais dans l'océan en mai, quand il est encore glacial.

— Et tes pieds s'ankylosent ?

— Oui, mais avant qu'ils en arrivent à ce stade, je ressens une douleur intense.

— Si c'est le cas en ce moment, permets-moi au moins de te masser.

Eve eut un mouvement de recul.

— Ne me touche surtout pas !

Jack parut désemparé, mais c'était ainsi : personne, pas même lui, ne pouvait l'aider.

Quant aux filles, elles réagissaient de façon diamétralement opposée ; alors que Dru semblait indifférente aux souffrances de sa mère, Cory était très inquiète.

— On peut mourir de cette maladie ? lui demanda-t-elle un jour.

Rentrée de ses cours plus tôt que d'habitude, elle avait eu la surprise de trouver sa mère non seulement à la maison, mais encore couchée.

260

Eve la rassura de son mieux. L'évolution de la maladie pouvait être fatale dans certains cas, mais à quoi bon perturber Cory par des statistiques inquiétantes ?

Cory laissa planer son regard vers la fenêtre, dont Eve avait tiré les stores. A seize ans, elle était plus jolie que jamais, et cependant toujours aussi solitaire. Elle déclinait toutes les invitations des garçons, ne consentait même pas à sortir en groupe avec d'autres élèves de son école. Certains conduisaient, et les accidents de voiture la terrifiaient. Tout en souhaitant qu'elle mène une vie sociale normale, Eve partageait ses craintes et ne l'incitait guère à prendre part à ces sorties.

— Tu as tellement changé, dit Cory, en fixant à nouveau son attention sur le visage de sa mère.

— Que veux-tu dire ?

— Tu parais malheureuse et tu as tout le temps les sourcils froncés.

— Moi ? Je ne dois pas vous rendre la vie très agréable alors...

— Ce n'est pas ce que je voulais dire, maman. J'aimerais tellement que tu ne sois plus malade.

— Je sais, ma chérie, et je t'assure que je fais mon possible pour que ça aille mieux.

Une fois seule, Eve songea à sa mère, morte avant son trentième anniversaire, et à Genevieve, morte à trente-deux ans. Elle-même était encore vivante à trente-trois ans ! Chaque année passée sur terre était un don du ciel, qu'elle se devait d'apprécier à sa juste valeur. La médecine n'offrait pas de réponse à ses rhumatismes, mais elle pouvait toujours maîtriser sa propre réaction face à la maladie. Chaque jour, elle accorderait une pensée à sa mère et à Genevieve, en se souvenant de ce qu'elles avaient perdu et dont elle bénéficiait encore.

38

1995

Personne ne s'étonna quand Cory rechigna à l'idée de s'inscrire dans une lointaine université.

— Je veux aller à l'université de Virginie et habiter à la maison, déclara-t-elle.

Dans le bureau du conseiller pédagogique de Darby, ses parents et elle discutaient des options qui s'ouvraient à Cory. Son conseiller d'orientation, un charmant jeune homme fraîchement diplômé, l'avait obligée, au mois de janvier, à présenter deux souhaits. Eve, horrifiée, avait découvert que le second choix de sa fille se portait sur l'université de Caroline du Nord, à Chapel Hill ; ses souvenirs de cette ville lui étaient brusquement revenus en mémoire. Cory avait été admise dans les deux universités, et le moment était venu de trancher.

— Ma mère est malade et a besoin de ma présence à la maison, confia-t-elle au conseiller d'orientation, tétanisé devant cette superbe jeune fille de dix-sept ans, à la chevelure d'un roux éblouissant.

— Ne me prends pas comme prétexte ! s'insurgea Eve.

Effectivement, elle n'avait nullement besoin de Cory à la maison, d'autant plus que sa présence représenterait une charge supplémentaire sur le plan domestique ; mais elle souhaitait cependant la garder au moins une année de plus. Sa fille n'était pas prête à vivre seule ; en outre, elle osait à peine l'imaginer à Chapel Hill, une ville où elle-même avait pris des décisions absurdes et croisé la route d'un homme redoutable. Jack et le conseiller d'orientation estimaient, au contraire, que l'heure de l'indépendance avait sonné pour Cory.

« Depuis dix-sept ans, elle craint de se séparer de toi, avait grommelé Jack dans la voiture, pendant le trajet. Tu devrais comprendre que le moment est venu de rompre le cordon, Eve ! »

Eve était bien consciente de cet attachement maladif et évitait au maximum de participer à la discussion, tandis que Jack et le jeune homme cherchaient à persuader Cory.

— Très bien, je cède, va pour la Caroline du Nord, dit enfin celle-ci, en regardant tour à tour son père et sa mère. Mais je ne me doutais pas que vous teniez tant à vous débarrasser de moi.

Une simple plaisanterie, espéra Eve.

Au cours de l'après-midi, Eve retrouva Jack à la cafétéria de l'université. Arrivée la première, elle gara son scooter à l'extérieur et boitilla jusqu'à un box. Elle utilisait ce moyen de locomotion depuis un an maintenant et entretenait une relation ambivalente avec lui. Tout en lui rendant sa liberté, il la privait de l'espoir que ses douleurs prendraient fin un jour. Elle se savait enviée par certains de ses collègues, qui traversaient péniblement le campus, malgré leurs pieds douloureux ou leurs hanches défaillantes.

Ce jour-là, elle se sentit vieille. Les serveuses étaient si dynamiques ! A trente-cinq ans, elle craignait d'en paraître soixante-quinze...

Jack fit son entrée, svelte et bronzé ; pour la première fois, elle se demanda s'il la désirait toujours. Il paraissait nettement plus jeune et plus vivant qu'elle.

Il l'embrassa avant de s'asseoir.

— Salut, Evie. Bonne journée ?

— Oui, et toi ?

— Une folle journée, comme d'habitude. Sais-tu qu'un nouveau président de l'université vient d'être nommé pour l'année prochaine ?

— Quelqu'un dont nous avons entendu parler ?

— Pas un de ceux dont on parle sur le campus depuis quelques mois en tout cas. C'est Irving Russell, l'ancien gouverneur de Caroline du Nord.

Eve resta muette de saisissement. Quand la serveuse qu'ils connaissaient bien s'approcha, elle avait recouvré son sang-froid. Une fois la commande passée et la serveuse les ayant laissés seuls elle demanda :

— Tu es sûr ?

— Pratiquement, mais je n'ai pas assez d'informations à son sujet pour savoir si j'approuve ou non ce choix. Et toi, tu en sais quelque chose ?

Eve secoua la tête.

— On a beaucoup parlé de lui dans les années soixante-dix, reprit Jack ; à l'époque il était gouverneur, mais tu vivais probablement à Portland ou Charleston. Sa femme a été kidnappée. Une terrible histoire ! Deux types l'avaient enlevée pour qu'il fasse sortir leur sœur de prison.

— Il l'a libérée ? risqua Eve, comme si elle ignorait toute l'histoire.

— Elle a été exécutée, et on n'a jamais retrouvé la femme de Russell.

— Ça me revient vaguement... Quelle horreur !

Pour la première fois, elle fut soulagée à l'idée que Cory accepte d'aller en Caroline du Nord. Sa place n'était pas dans une université présidée par Russell.

La sienne non plus...

39

— Je pense que nous devrions déménager, annonça Eve à Jack ce soir-là, une fois les filles au lit.

Assise sur le canapé, la tête de son mari sur ses genoux, elle écoutait avec lui la musique des *Misérables*.

— Qu'est-ce que tu racontes ? fit-il en ouvrant des yeux ronds. Tu voudrais déménager ?

Elle tremblait d'angoisse depuis la nomination d'Irving Russell et tout son instinct la poussait à prendre la fuite. Au cours de ses premières années de cavale, elle avait craint de vivre tel un animal traqué mais, le temps passant, elle s'était sentie rassurée et sa vie paisible l'avait confortée dans son sentiment qu'elle ne risquait plus rien. Or voilà qu'il semblait que tout cela doive prendre fin. Comment fuir quand on a la responsabilité de deux enfants et le devoir de prendre en considération la vie professionnelle d'un époux ?

— Tu ne trouves pas qu'un changement nous ferait du bien ? reprit-elle en passant un doigt sur le profond sillon qui s'était creusé entre les sourcils de Jack. Il y a si longtemps que nous sommes ici.

— Mais nous nous y plaisons, toi et moi !

— Je pensais, un peu égoïstement, à un endroit où je bénéficierais d'un meilleur traitement médical… hasarda-t-elle en se reprochant de jouer avec la culpabilité de son mari.

— Tu n'es pas satisfaite des soins que tu reçois ? Il y a une fac de médecine à ta porte.

— Je sais.

— Si tu espères obtenir un meilleur traitement ailleurs, nous pouvons toujours nous déplacer en laissant les filles avec Lorraine et Bobbie.

Eve tourna les yeux vers les fenêtres du séjour aux persiennes ouvertes. Elle se sentait soudain aussi exposée que si Irving Russell en personne la guettait dans l'obscurité.

— Je suis titulaire ici, lui rappela Jack, au cas où tu l'aurais oublié, et ton emploi te plaît. Du moins, c'est ce que je supposais.

— Mais il me plaît toujours !

Le visage de Jack s'illumina d'un coup et il leva une main pour promener un doigt sur ses lèvres.

— J'ai compris, Evie... Tu veux t'installer à Chapel Hill pour être plus proche de Cory ?

Elle sourit d'un air gêné. Contrairement à ce qu'il pensait, Chapel Hill était le dernier endroit où elle aurait souhaité vivre, mais elle se garda bien de rectifier afin de mettre un terme à une conversation qu'elle n'aurait jamais dû provoquer.

— Tu as deviné, dit-elle. Je vais avoir du mal à la voir partir.

— Elle reviendra !

Jack roula sur le côté pour la prendre dans ses bras et presser sa tête contre son ventre, soulagé de constater que sa femme baissait les bras.

— Elles reviennent toujours... souffla-t-il.

Fin août, Eve, Jack et la petite Dru, âgée de dix ans, accompagnèrent Cory à Chapel Hill.

Eve avait l'impression d'un rêve dans lequel tout était à la fois semblable et différent. Franklin Street avait changé. De nombreux restaurants et magasins avaient cédé la place à d'autres commerces ; ainsi en était-il du café où elle travaillait autrefois avec Ronnie, aujourd'hui une boutique de mode. Les étudiants avaient cependant le même âge qu'à l'époque de son départ ; elle se rappelait son excitation à l'idée de figurer un jour parmi eux et d'étudier sur le campus. Elle se mit à chercher le visage de Ronnie dans celui des femmes d'une trentaine d'années qu'elle voyait passer, tout en craignant de rencontrer quelqu'un qui se souviendrait de CeeCee. Même dans la résidence de Cory, elle évita les autres parents, croisés dans le salon ou le hall.

Ils aidèrent leur fille à déballer ses affaires et firent connaissance avec sa camarade de chambre, une certaine Maggie – l'abréviation de Magnolia –, aux cheveux noirs comme de l'encre et avec un piercing à la langue. Eve n'aurait su dire si elle souhaitait que Cory sympathise ou non avec cette jeune personne.

— Tu es du style « sororité » ? fit Maggie, sans chercher à masquer sa déception.

Cory sortit des vêtements de son sac de voyage.

— Non, je suis plutôt du style timide et solitaire.

Maggie éclata de rire ; Cory l'imita comme si elle avait plaisanté.

Quitter sa fille fut pour Eve un véritable calvaire. Le premier jour de Cory à l'école maternelle lui revint en mémoire : la petite fille pleurant toutes les larmes de son corps quand la porte de la classe s'était refermée sur sa mère.

Jack chanta dans la voiture tout au long du trajet jusqu'à Charlottesville. Dans le but de l'obliger à refouler ses larmes, comprit Eve, qui joua le jeu dans l'intérêt de Dru.

A son retour, un e-mail de Cory l'attendait déjà.

Appelle-moi, s'il te plaît, pour me dire que vous êtes bien rentrés.

Combien d'étudiants de première année écrivaient-ils cela à leurs parents ? se demanda Eve.

Ma chérie, nous sommes rentrés, répondit-elle. *Papa nous a fait chanter pendant tout le trajet. J'espère que tu es contente. Dis-nous comment vous vous entendez, Maggie et toi. Ta maman qui t'aime.*

Un autre e-mail, en provenance d'un certain Barko, était destiné à Eve seule. Elle l'ouvrit et lut :

Chère Eve, un ami de N. et F. a besoin d'un endroit pour repartir de zéro. Réponds-nous si tu peux nous aider. Sinon, va en paix !

Elle garda longtemps les yeux rivés sur ce message, avec un étonnement qui se mua peu à peu en appréhension, puis elle appuya sur la touche « Supprimer ».

40

Chaque année universitaire s'ouvrait sur une réunion organisée dans l'un des bâtiments du campus. La première personne que rencontra Eve, à son arrivée, fut Irving Russell lui-même.

Elle tomba littéralement sur lui dans le hall, après avoir buté sur un sac qui traînait par terre. Comme il la retenait dans sa chute, elle lui adressa un regard reconnaissant, accompagné de quelques mots d'excuse.

Derrière son sourire, elle imagina une vie marquée par le deuil, l'angoisse et les nuits sans sommeil.

Irving Russell se présenta, une main tendue. Au lieu de lui tendre sa main gauche – celle qui la faisait le moins souffrir – selon son habitude, elle commit l'erreur de lui offrir sa main droite ; ce qu'elle regretta aussitôt. Doté d'une forte poigne, il lui broya si fort les doigts que les larmes lui montèrent aux yeux.

— Président Russell, je m'appelle Eve Elliott, dit-elle une fois que l'étau se fut desserré. Je suis psychothérapeute à la consultation psychopédagogique. Bienvenue à l'université !

— Ravi de faire votre...

Il n'en dit pas plus, car quelqu'un s'était interposé pour parler au nouveau président. Après s'être félicitée de cette irruption, elle se réfugia dans les toilettes où, sa main douloureuse sur la poitrine, elle laissa libre cours à ses larmes.

De chagrin ou de honte ? Elle n'aurait su dire.

Plusieurs fois par jour, Cory lui donnait des nouvelles, généralement par e-mail, plus rarement par téléphone. Les e-mails étaient moins pénibles, car elle n'entendait pas sa fille, en larmes, la supplier de la laisser rentrer à la maison. Cory détestait la Caroline du Nord. Les étudiants n'avaient en tête que le sport ; ils étaient agités et buvaient trop. Elle détestait tout autant Maggie, dont les copains lui faisaient peur.

« Tiens bon ! lui répétait Eve, navrée de la savoir seule et malheureuse. C'est normal d'avoir le cafard les premiers temps. »

La situation ne s'étant pas améliorée en novembre, Jack et elle se mirent d'accord pour la faire revenir. Jack lui imposa toutefois une condition : elle verrait un psychothérapeute à son retour. Cory ayant accepté, Eve réfléchit aux consultants qu'elle connaissait dans le quartier, mais s'abstint de toute démarche supplémentaire. Puisque sa fille avait tant de mal à prendre son autonomie, elle devait la laisser totalement libre de son choix.

41

1998

En ce deuxième samedi de septembre, Eve se réveilla de bonne heure avec la sensation qu'un changement était survenu. Elle leva les mains en l'air, serra les poings, écarta les doigts. Aucune douleur. Ses poignets et ses doigts, toujours déformés, lui semblaient néanmoins bien moins enflés que de coutume. Quand elle remua les pieds, sous la couverture, elle n'éprouva qu'une gêne minime.

— Jack ?

Un grognement lui répondit. Elle insista en lui secouant l'épaule.

— Jack ?

— Que se passe-t-il ?

— Je n'ai plus mal.

— Oui, Eve ?

— Je disais que ce médicament a l'air de marcher.

Quinze jours auparavant, elle avait commencé un nouveau traitement qui venait d'être mis sur le marché. Même si elle devait se faire ses propres piqûres, c'était un faible prix à payer pour un tel résultat.

— J'avais l'impression d'aller un peu mieux de jour en jour, mais je ne voulais pas vendre la peau de l'ours avant de l'avoir tué, reprit-elle.

— Quelle bonne nouvelle ! s'écria Jack, maintenant parfaitement réveillé.

Elle crut un instant qu'il allait se mettre à danser de joie sur le matelas. Mais il avait beau être en pleine forme, à quarante-cinq ans ce genre de réaction n'était plus de son âge.

Il l'enlaça et elle se blottit contre lui.

— Je craignais que le nouveau départ de Cory n'aggrave ton état, murmura-t-il.

La veille, ils avaient ramené leur fille en Caroline du Nord. Après deux années à la maison – tout en suivant les cours de l'université de Virginie – et presque trois de psychothérapie, elle était prête à réintégrer l'université de Caroline du Nord, et Eve s'était préparée à son départ.

A la demande de Cory, elle était allée voir sa psy en avril.

« Il y a beaucoup d'amour dans votre famille, lui avait dit celle-ci ; mais manifestement vous entretenez avec Cory une relation classique de dépendance mutuelle. Maintenant qu'elle est prête à se libérer, ne cherchez pas à la retenir ! »

Eve avait alors collé sur le miroir de sa salle de bains un papier sur lequel on pouvait lire : *Ne retenir personne.*

Elle sortit du lit et fit la grimace quand ses pieds touchèrent le sol. Le nouveau traitement n'était pas une cure miraculeuse ! Son médecin l'avait prévenue que ses pieds et ses mains avaient subi de gros dégâts ; mais après avoir livré bataille pendant plus de cinq ans, elle goûtait la moindre amélioration.

Non seulement Cory se libérait, mais c'était comme si elle disparaissait progressivement à l'horizon. Ses e-mails, tout d'abord quotidiens, se limitèrent bientôt à deux par semaine, et il lui arrivait de ne pas être dans sa chambre quand Eve l'appelait le soir. Elle l'imaginait avec des amies... ou peut-être avec des hommes attirés par sa beauté.

En octobre, Cory demanda à sa mère de téléphoner moins souvent.

— J'ai besoin de me détacher de toi, maman, précisa-t-elle. Tu le sais, alors essaie de m'aider !

Cory s'exprimait maintenant comme une adulte, capable de se prendre en charge, et c'était une bonne chose, se morigéna Eve.

— Je te laisse m'appeler quand tu en auras envie ? lui proposa-t-elle, tout en redoutant de rester des semaines sans nouvelles.

— Non, tu peux m'appeler de temps en temps. Une fois par semaine, ça t'irait ?

— Très bien.

— Et fais-moi grâce de tes coupures de presse !

Chaque fois qu'Eve tombait sur un article concernant les bienfaits d'une alimentation saine et d'un sommeil réparateur, ou les dangers d'une musique trop forte pour les tympans, elle le découpait aussitôt pour l'envoyer à Cory.

— D'accord, murmura-t-elle d'une petite voix.

Jack communiquait avec Cory en lui envoyant des histoires drôles qui la faisaient certainement ricaner, les yeux au ciel. Et Dru lui adressait régulièrement des e-mails. Agée de treize ans, Dru regrettait sa grande sœur. Elles étaient pourtant aussi différentes que le jour et la nuit, tant par leur apparence que par leur personnalité. Dru, très sociable, portait des lunettes et un appareil dentaire ; elle avait la chevelure sombre et rebelle de Jack, et ses épais sourcils. Cory, plus introvertie, n'avait jamais eu ne serait-ce que l'ombre d'un bouton. Eve espérait que le lien entre les deux sœurs résisterait aux épreuves de la vie.

Début novembre, Cory déclara à sa mère, par e-mail, qu'elle avait rencontré « quelqu'un de très spécial ». Eve ouvrit de grands yeux en lisant ces mots, car elle ne s'attendait pas à ce genre de nouvelle. Le premier amour de Cory ? Celle-ci précisait que Ken Carmichael était journaliste aux actualités d'une chaîne de télévision locale, et qu'elle était tombée amoureuse de lui.

Comment sa fille pouvait-elle lui donner si peu d'informations ? s'indigna Eve avant de décrocher aussitôt son téléphone pour en apprendre plus.

— Je veux tout savoir au sujet de Ken !

— C'est un type formidable, répondit nonchalamment Cory.

Eve l'imagina en train de hausser les épaules avec lassitude, mais elle insista.

— D'où est-il ?

— De Rocky Mount. A propos... je voulais t'annoncer que je passerais Thanksgiving dans sa famille, cette année.

Elle ne prit pas la peine de quémander l'assentiment de sa mère. Contrairement à son habitude, Cory ne demandait pas la permission...

— Bien, dit Eve, sans se départir de son calme. Tu nous manqueras.

— Vous me manquerez aussi. Et merci d'être si compréhensive ! Dru m'a écrit que, cette fois-ci, tu ne t'arraches pas les cheveux parce que je ne suis plus là.

— Ça vaut mieux pour moi, plaisanta Eve, à qui ses médicaments faisaient perdre ses cheveux. Ferons-nous bientôt la connaissance de Ken ?

— Peut-être à Noël, proposa Cory.

Ce « peut-être » déplut à Eve, mais elle ne broncha pas.

— Je suis pressée, maman, fit Cory. On en reparle une autre fois ?

— Bien sûr ! Je t'aime.

— Je t'aime, moi aussi.

Cory se comportait enfin comme une jeune fille normale. Elle avait rencontré un homme... un journaliste à la télévision. Eve raccrocha avec un sentiment doux-amer : elle avait compris qu'elle était en train de perdre sa fille.

Non contente de passer Thanksgiving loin de sa famille, Cory alla à Rocky Mount pour les vacances de Noël également ; ses coups de téléphone et ses e-mails s'espacèrent davantage. Elle paraissait de plus en plus froide et distante quand elle s'adressait à sa mère, avec qui elle partageait de moins en moins ses états d'âme. Chaque fois qu'elle l'avait au téléphone, Eve ressentait une grande frustration. Elle avait la sensation de parler à une simulatrice ayant la voix de Cory, mais ni sa chaleur ni sa tendresse. Il lui arrivait de craquer devant son incapacité à trouver les mots qui lui permettraient de franchir l'abîme qui s'était ouvert entre elles. Cory lui avait donné vingt et une années de bonheur ; vingt et une années volées... Elle ne lui en donnerait probablement pas une de plus.

— Il est divorcé, annonça Dru un soir, au dîner.

— Qui ? demanda Eve.

— Ken, le petit ami de Cory.

Eve et Jack échangèrent un regard.

— C'est elle qui te l'a dit ? demanda Jack.

273

— Oui, oui ! bredouilla Dru. Et puis, il a douze ans de plus qu'elle.

— Oh non ! s'exclama Eve. Ça explique pourquoi elle nous en dit si peu.

— Et la raison pour laquelle elle répugne à nous le présenter ! supposa Jack, les lèvres blanches comme chaque fois qu'il s'évertuait à réfréner sa colère.

— On fera sa connaissance aux vacances de printemps, poursuivit Dru, parce que je l'ai prévenue que si elle ne revenait pas à la maison, j'aurais des relations sexuelles.

— Quoi ? s'exclama Eve.

Dru éclata de rire.

— Je voulais juste savoir si vous m'écoutiez ! En tout cas, ils ont l'intention de venir, mais ils veulent dormir dans la même chambre.

— Pour ça, elle peut mettre une croix dessus, dit Eve. Elle n'aura qu'à lui laisser sa chambre et dormir sur le canapé.

— Tu te lances dans une bataille perdue d'avance, Evie, conclut Jack.

Eve éprouva une antipathie immédiate à l'égard de Ken Carmichael. En entrant dans la maison, il s'était avancé vers Jack, la main tendue. Il avait un visage harmonieux, exagérément hâlé pour un mois de mars, et une épaisse chevelure blond cendré, soigneusement coupée. Ses yeux étaient aussi verts que ceux de Tim Gleason, et il avait le même genre de charme.

Elle accepta sans se faire prier que Cory partage sa chambre avec lui. Jack avait raison : cela ne mènerait qu'à une confrontation et elle ne voulait pas gaspiller un temps précieux à batailler avec sa fille.

Ken les complimenta, Jack et elle, sur leur maison et leur jardin ; plus encore que ses yeux verts, son admiration accrut la méfiance qu'il lui inspirait. En cette saison, le jardin n'était qu'une masse d'arbres dénudés et de buissons qui semblaient condamnés à ne jamais renaître. D'ici quelques mois, il serait superbe, mais, pour l'instant, les compliments de Ken lui firent l'effet de flatteries.

— Nous préparons le dîner, dit Eve. Venez bavarder avec nous, Ken !

— Vas-y, chéri, lui conseilla Cory. Je monte une minute et je reviens.

Ken suivit Eve et Jack dans la cuisine, qui embaumait le filet de porc mis à rôtir dans le four. Dru préparait des pommes de terre ; à leur entrée, elle laissa tomber le dernier morceau dans une casserole d'eau.

— Vous devez être Dru, remarqua Ken qui, ne sachant que faire de ses mains, les laissa reposer sur le dossier d'une chaise.

— Dru en personne !

Elle prit une canette de Pepsi sur la table, et, accoudée au comptoir, dévisagea sans vergogne le nouveau venu derrière ses lunettes.

— Eh bien, quelles sont vos intentions au sujet de ma sœur ?

— Dru ! s'interposa Eve qui équeutait les haricots verts au-dessus de l'évier. Laisse un moment de répit à Ken, avant de le soumettre à un interrogatoire.

— J'ai l'intention de la traiter comme elle le mérite, répliqua le jeune homme sans se démonter.

— Ça peut vouloir dire des tas de choses, riposta Dru en avalant une gorgée de soda.

Jack ouvrit le réfrigérateur pour y jeter un coup d'œil.

— Nous avons du soda, du vin, de la bière... Et du jus de pommes !

— Avez-vous de l'eau minérale ? demanda Ken.

— Non, mais l'eau du robinet est filtrée, intervint Eve.

— Merci, je m'en passerai. Je m'achèterai demain mon eau minérale...

— Alors, vous êtes de ces reporters qu'on voit à la télé quand il y a des accidents ? questionna Dru, sans le quitter des yeux.

— Oui, je suppose.

— Quel était votre reportage le plus éprouvant ?

— Dru, laisse-le se détendre ! insista Eve.

— En fait, répondit Ken, il s'agissait d'un autocar scolaire.

— Il y a eu des morts ? Des enfants ?

— Oui, des gosses d'une école primaire. Ça m'a déchiré le cœur.

Eve coupa l'extrémité d'un haricot vert d'un geste sec. Pourquoi n'en croyait-elle pas un mot ? S'imaginait-elle qu'aucun homme n'était digne de sa fille ? Etait-elle devenue ce genre de mère ? Ou bien était-ce parce que Ken lui rappelait Tim, la personne la plus malhonnête qu'elle ait jamais connue ?

Cory revint, et son visage s'illumina à la vue de son amoureux. Il lui passa un bras autour des épaules ; elle glissa le sien autour de sa taille. Tous les deux portaient un pull bleu marine et un pantalon kaki. On aurait dit un corps à deux têtes.

— Tu as une petite sœur très curieuse, lança Ken.

— Je sais. Elle me harcèle tout le temps pour que je dise du mal de toi !

— Sers-toi à boire, Cory, dit Eve.

— Il n'y a pas d'eau minérale, remarqua Ken.

— Il n'y en a jamais. On aurait dû en apporter !

Eve écarquilla les yeux à la pensée du filet de porc.

— Seriez-vous végétarien, Ken ?

— Non, je mange de la viande ; mais je cherche à me nourrir d'une manière équilibrée, en dosant protéines, glucides et graisses. Evidemment, je préfère l'huile d'olive ou de noisette.

Que diriez-vous de la graisse de porc ? songea Eve.

— L'assaisonnement est à base d'huile d'olive, annonça Jack en essorant la salade.

Ken s'adressa à Eve.

— Corinne m'a dit que vous souffrez d'une polyarthrite rhumatoïde ?

— Effectivement.

— Plusieurs personnes de ma connaissance ont guéri de cette maladie grâce à un régime sans sucres et sans céréales.

Jack adressa un sourire complice à sa femme : il savait combien les solutions simplistes à un problème médical aussi délicat l'irritaient. Fort agacée par la remarque de Ken, elle prit son temps pour lui répondre, de peur de se montrer trop désagréable.

— Il existe différentes sortes d'arthrite, et je doute que quelqu'un ait pu guérir d'une polyarthrite rhumatoïde grâce à un régime alimentaire.

— Tu ne pourrais pas essayer, mère ? demanda Corinne.

Depuis quand l'appelait-elle « mère » ?

— Je me conforme au traitement prescrit par mon médecin et j'obtiens de bons résultats !

— Mais tu prends des médicaments si toxiques...

— Ma maladie l'est aussi ! objecta Eve sur le point de perdre patience.

— Maman supporte bien ses médicaments et ils n'ont pas vraiment d'effets secondaires, intervint Dru.

— Depuis quand es-tu devenue experte en pharmacologie ? ironisa sa sœur.

— Et toi, depuis quand es-tu devenue aussi conne ? objecta Dru avant de se précipiter hors de la pièce sans qu'Eve ou Jack aient eu la possibilité de réagir.

— C'est inadmissible, Dru ! lança Jack sans grande conviction.

Un long silence plana avant que Cory propose son aide à sa mère.

— Allez plutôt vous asseoir dans le séjour, j'ai presque terminé, répondit Eve.

Lorsque Cory et Ken eurent quitté la cuisine, elle adressa un signe de tête à Jack : leur soirée de retrouvailles avait pris un mauvais départ.

Après le dîner, Ken alla acheter de l'eau minérale et Dru monta faire ses devoirs. Cory aida ses parents à débarrasser. Pendant le repas, les deux jeunes gens avaient fait des efforts méritoires pour être polis et éviter de prononcer des paroles provocantes.

Cory ferma le lave-vaisselle, le mit en route, et s'adossa au plan de travail, les bras croisés.

— Je souhaiterais vous parler.

— Bien sûr, dit Jack en l'embrassant sur la joue. Nos conversations nous manquaient, Cor...

Elle ébaucha un sourire, avant de s'asseoir à la table de cuisine.

— Ken et moi allons nous installer ensemble l'année prochaine, dès que j'aurai obtenu mon diplôme.

Eve, assise en face de sa fille les mains croisées dans son giron, pesa soigneusement ses mots.

— Ken me paraît très intelligent... Il tient certainement à toi... Mais as-tu pensé à son âge ? Je...

Cory l'interrompit aussitôt.

— Maman, quand vas-tu cesser de te mêler de mes affaires ? Pour une fois, laisse-moi prendre mes décisions toute seule !

Eve ne pipa mot.

— J'ai encore des angoisses, maman ! Toutes sortes de choses me font peur... Même pour venir ici en voiture, nous avons dû partir avec une heure d'avance, parce que je voulais emprunter des routes secondaires. Et...

Au bord des larmes, elle baissa la tête ; Eve posa une main sur la sienne, mais Cory enleva vivement sa main avant de la fixer droit dans les yeux.

— J'allais te dire que Ken m'a permis de comprendre que c'était toi la cause de toutes mes angoisses.

— Cory ! fit Jack en se versant une tasse de décaféiné.

— C'est la vérité, papa, répondit Cory en fusillant sa mère du regard. Tu ne me laissais rien faire quand j'étais adolescente. Tu m'as étouffée... Tu me donnais l'impression que j'étais incapable de me débrouiller toute seule. Grâce à Ken... j'ai pour la première fois une activité physique.

Elle tendit et replia son bras, pour exhiber le petit biceps qui gonflait la manche de son pull.

— Et peux-tu me dire en quoi je t'ai freinée ? demanda Eve, sur la défensive.

— Tu voyais du danger partout !

Cory ne criait pas, et son ton n'était ni passionné ni agressif. Elle se contentait d'énumérer les faits selon son point de vue – ou celui de Ken – un peu comme elle avait récité son rôle à l'audition, il y avait de cela plusieurs années.

— Tu as toujours contrôlé tout ce que tu pouvais, reprit Cory, mais je ne te laisserai pas intervenir dans le choix de mon compagnon. Et j'insiste pour que tu arrêtes de m'envoyer des coupures de presse, maman ! Je ne les lis pas, et je suis capable de me faire ma propre opinion. En somme, j'ai besoin de prendre ma vie en main… et Ken en fait partie.

— Et ta famille ? questionna Eve que les paroles de sa fille blessaient profondément.

— Vous ferez toujours partie de ma vie, mais je dois me tourner vers mon avenir. Il y a un autre problème qui me tracasse…

Jack s'assit à côté d'Eve.

— Vas-y, je t'en prie ! D'autres reproches à ton père et ta mère ?

— Non, papa, répondit Cory d'un ton préoccupé. J'ai beaucoup réfléchi pendant mes études et je commence à y voir plus clair.

— Parle-nous de ce problème, dit Eve.

Cory la regarda, les yeux dans les yeux.

— Il me semble que tu m'as privée d'informations sur mon père biologique pour me retenir auprès de toi. Tu voulais que je considère Jack comme mon père, et tu ne voulais pas que j'aie d'autres liens familiaux, pour ne pas avoir à me partager. J'ai le droit de connaître mes origines, maman, au cas où j'aurais hérité de problèmes de santé… et pour toutes sortes de raisons. Je suis persuadée que tu n'as pas fait le maximum pour retrouver la famille de mon père !

— C'est l'opinion de Ken ? demanda Eve en ravalant sa colère et sa culpabilité.

Une profonde lassitude apparut sur le visage de Jack.

— Cory, ça suffit ! Maman te dit la vérité et elle est prête à tout pour t'aider. Le nom de famille de ton père était Smith ; un nom des plus courants.

— Tu as toujours pris son parti ! répliqua Cory. Elle te tient à sa merci.

Jack plongea ses yeux dans ceux de Cory, qui resta impassible.

— Je crois que tu as bien besoin de grandir, lui dit-il enfin.

— Tu ne peux pas comprendre ! s'emporta Cory. Je monte dans ma chambre.

Eve attendit que la porte se soit refermée au premier étage pour prendre Jack à témoin.

— Dis-moi si j'exagère, mais il me semble qu'on lui a fait un lavage de cerveau.

279

— Tu n'exagères pas, mais je pense que sa réaction est normale... Tu m'as toujours dit que la rébellion est une étape inévitable, et que les gens qui ne se révoltent pas durant leur adolescence se rattrapent plus tard. C'est peut-être ce qui se passe...

Même si Eve offrait cette explication à Jack chaque fois qu'il se plaignait de l'un de ses élèves, elle savait qu'elle ne pouvait l'appliquer à sa fille.

— Je n'aime pas ce garçon, murmura-t-elle.

— Je te concède qu'il est d'un abord difficile, mais notre petite fille a le béguin pour lui. Essayons de faire de notre mieux !

Eve acquiesça d'un signe de tête, en se souvenant de sa fascination pour Tim. Elle avait au moins une consolation : Cory avait jeté son dévolu sur un journaliste et non un criminel.

42

En rentrant de son travail à midi, Eve avait trouvé dans sa boîte à lettres une enveloppe – destinée à Cory – avec la mention *Refusée : retour à l'envoyeur* de la main de Ken. Cory avait-elle au moins jeté un coup d'œil sur son invitation au prochain spectacle du Helms Theater ? Suivant la trace de son père, Dru avait choisi l'art dramatique comme matière principale, et tous deux tenaient les rôles principaux dans une production estivale de *Wait Until Dark*.

Eve avait sauté sur l'occasion pour écrire à Cory, qui n'avait pas remis les pieds à la maison depuis deux ans. Sa fille lui répondait rarement au téléphone, car elle pouvait identifier la personne qui l'appelait. Eve l'imaginait regardant le nom affiché, et retournant sans hésiter à ses occupations.

Cory et Ken vivaient ensemble, fiancés depuis plusieurs années, mais sans aucun projet de mariage, d'après ce qu'en savait Eve. Cory tenait en effet ses parents totalement en dehors de sa vie. « Je m'adresse maintenant à Ken quand j'ai des problèmes », avait-elle annoncé, l'année précédente, à sa mère qui regrettait leur intimité d'autrefois. Cory communiquait cependant encore avec Dru ; c'est donc grâce à Dru qu'Eve et Jack savaient qu'elle était toujours en vie, qu'elle enseignait toujours à des élèves de neuf ans, et qu'elle se sentait toujours très angoissée.

Eve alluma la télévision pour regarder les actualités, tout en mangeant un sandwich à la dinde. L'une des correspondantes habituelles de Channel 29 faisait face à la caméra.

« On a pu identifier le cadavre grâce à son dossier dentaire, disait-elle. Irving Russell n'a encore fait aucun commentaire. A vous, Stan. »

Le présentateur réapparut sur l'écran.

« Prodigieux ! Certains d'entre nous travaillent depuis assez longtemps dans les actualités pour se souvenir de la disparition de Genevieve Russell. Grâce à cette découverte... »

Eve saisit la télécommande et changea de chaîne.

« Nous venons d'apprendre la nouvelle par notre antenne de Raleigh... A l'occasion de travaux de terrassement, en vue de la construction d'un ensemble immobilier le long de la Neuse River, près de New Bern, en Caroline du Nord, une équipe d'ouvriers a mis au jour le corps d'une femme. On peut affirmer, après consultation des dossiers dentaires, qu'il s'agit de Genevieve Russell, l'épouse d'Irving Russell, ex-gouverneur de Caroline du Nord. Genevieve a été kidnappée il y a vingt-sept ans, et Irving Russell est actuellement président de l'université de Virginie. Rendons-nous à New Bern !

— John, dit un jeune reporter, ce chalet que vous apercevez derrière moi est la seule construction à des kilomètres à la ronde, dans ce coin isolé, au bord de la Neuse River. »

Sur l'écran, apparut un chalet à l'abandon, aux fenêtres barrées de planches. Eve sentit ses oreilles bourdonner ; ce chalet hantait encore ses rêves.

« Une équipe d'ouvriers nivelait le terrain de la forêt voisine quand elle a découvert cette dépouille, expliqua le reporter. L'enquête sur le kidnapping de la femme du gouverneur, en 1977, est ainsi rouverte. Voici le contremaître de l'équipe, Bill Smart. »

La caméra se focalisa sur un homme, debout à côté du reporter.

« Pouvez-vous nous raconter ce qui s'est passé ici ? »

Coiffé d'une casquette de base-ball, Bill Smart avait une abondante barbe brune.

« On a abattu les arbres de ce bosquet, dit-il en pointant du doigt un endroit hors champ. Et on était en train de creuser la terre là où devrait se situer le cœur de l'ensemble immobilier, quand un de mes hommes a remarqué quelque chose dans un tas de boue. C'était, paraît-il, les ossements de Mme Russell.

— Comme vous le voyez, poursuivit le reporter, ce secteur est interdit d'accès, pendant que la police passe l'endroit au crible, à la recherche d'autres traces de la lointaine disparition de Geneviève Russell. Nous n'en savons pas plus pour l'instant. Nous vous tiendrons au courant dès que nous aurons de plus amples informations. »

Le présentateur reprit les commandes.

« Geneviève était enceinte au moment de sa disparition, n'est-ce pas, Chuck ?

— Effectivement, John. Je pense que c'est à la fois un moment de tristesse et de soulagement pour la famille Russell. »

Eve, le sandwich à la main, regardait l'écran sans le voir, le dos raide. Elle fit défiler les chaînes ; la plupart étaient passées à d'autres nouvelles.

Après un instant d'hésitation, elle décida d'appeler Lorraine. Elle ne savait pas exactement quelle question poser à sa vieille amie, mais elle éprouvait le besoin d'en savoir plus, et personne ne pouvait être mieux informé que la réalisatrice des actualités de Channel 29.

— Alors, mon chou, comment va ? lui dit Lorraine après avoir décroché.

— Ça va, mais je viens d'apprendre que l'on a retrouvé la femme du président Russell... je veux dire sa dépouille...

— Une actualité juteuse, non ?

Si Lorraine s'étonnait qu'Eve l'appelle à ce propos, elle n'en laissa rien paraître.

— Russell a-t-il fait une déclaration ? demanda Eve. Et le bébé qu'attendait sa femme ? Etait-elle... toujours enceinte ?

— Toujours enceinte ? Oui, je suppose. Pourquoi ne l'aurait-elle pas été ?

Eve fit aussitôt machine arrière.

— Comme ils n'ont rien précisé à ce sujet, je me posais la question.

— Je n'en sais pas plus que toi, et Russell a gardé le silence le plus total. On fait notre possible, je t'assure, mais aucune réaction de sa part jusqu'à maintenant ! J'ai seulement entendu dire qu'on a trouvé un pistolet enfoui à côté d'elle. Nous cherchons à en avoir confirmation...

Eve se remémora le pistolet entre ses mains gantées. Avait-elle porté des gants tout le temps ? Au fil des ans ses souvenirs étaient devenus de plus en plus flous, comme s'ils appartenaient à une autre. Elle se revit, l'arme braquée sur Genevieve, lui ordonnant de se taire ; et, plus tard, défonçant la porte de la salle de bains.

Eve fit un effort pour se mettre dans la peau d'une personne à la conscience tranquille.

— Triste histoire ! marmonna-t-elle. La piste du coupable est probablement refroidie depuis le temps.

— On ne sait jamais. Ils ont retrouvé la dépouille près d'un chalet. Peut-être un bon filon... Je m'attends à d'autres nouvelles.

Pour la première fois, sans doute, Eve et Lorraine appartenaient à des équipes adverses.

— Je voulais m'assurer que tu es au courant de la pièce que vont jouer Jack et Dru... reprit Eve.

— *Wait Until Dark,* n'est-ce pas ? Bien sûr, nous viendrons !

— Parfait. Dis bonjour de ma part à Bobbie.

— Ça m'a fait plaisir de te parler. On déjeune bientôt ensemble ?

— Volontiers, Lorraine.

Eve retourna sur le campus et reçut ses patients, mais l'après-midi lui sembla particulièrement long. Que n'aurait-elle donné pour être chez elle devant sa télévision plutôt que confinée dans son bureau !

Le soir, à son retour, Jack préparait déjà des croque-monsieur pour le dîner.

— Es-tu au courant ? fit-il après l'avoir accueillie avec un baiser.

— La femme du président Russell ?

— Hum ! fit Jack en sortant deux assiettes du placard.

— Je vais allumer la télé. Il y a eu du nouveau cet après-midi ?

— Ils n'arrivent pas à trouver le bébé.

Eve prit la télécommande et s'installa sur le canapé.

— Tu veux bien qu'on mange devant la télévision ? Les actualités sont dans cinq minutes.

— Pourquoi pas ? Le dîner est presque prêt.

En attendant les actualités, Eve regarda la publicité sur Channel 29.

« Bonsoir, dit le présentateur. Les nouvelles de New Bern, Caroline du Nord, sont de plus en plus troublantes. D'après le commissariat de police de New Bern, on a retrouvé les ossements de Genevieve Russell, mais ceux du fœtus de huit mois dont elle était enceinte auraient disparu. La police est perplexe. Des recherches sont effectuées sur place... »

— Les croque-monsieur sont prêts ! chantonna Jack sur un air de Gershwin.

— Chut ! lui intima Eve, qui voulait écouter.

« La police a bouclé tout ce secteur jusqu'à la fin des recherches », poursuivait le présentateur.

— Quel endroit charmant ! plaisanta Jack, en voyant apparaître le chalet en ruine sur l'écran.

Eve se rappela la porte d'entrée disjointe, le grondement de la rivière et les gouttelettes sur son visage, quand Tim et elle se tenaient au bord de l'eau. C'était avant...

La journaliste sur place tendit son micro à un policier.

« Vous pensez que Genevieve Russell a été gardée en otage ici par ses ravisseurs ?

— Ce n'est encore qu'une simple hypothèse, et il est hors de question que nous jouions aux devinettes en attendant la fin de l'enquête.

— Avez-vous trouvé quelque chose dans la maison ?

— Nous ne sommes pas autorisés à en parler pour l'instant. »

Quels indices pouvaient bien exister encore, tant d'années après ? Combien de personnes avaient séjourné dans cette maison depuis cette fameuse nuit ? Eve avait la certitude de n'avoir laissé aucune trace ; pas même une empreinte digitale. Et le masque ? Forrest l'avait-il enterré avec Genevieve ? Allait-on le retrouver en creusant le sol ? Etait-il possible que le masque mène les policiers jusqu'à Eve Elliott ?

Irving Russell apparut sur l'écran, à côté de sa fille, Vivian. Ils se tenaient devant la rotonde du campus.

— J'ai aperçu le camion de Channel 29 sur le campus, aujourd'hui, dit Jack. Je me doutais qu'ils...

Eve posa une main sur son bras pour lui intimer le silence.

— Je t'en prie, murmura-t-elle.

« C'est une épreuve difficile pour ma famille et moi », disait Russell avec lassitude.

Eve se souvint qu'elle l'avait vu à la télévision, peu de temps après le kidnapping. Presque maigre à l'époque, il avait pris du poids et paraissait plus robuste, mais son regard caverneux n'avait guère changé.

Deux enfants, d'environ cinq et huit ans, apparurent auprès de Vivian. Les petits-enfants de Russell, évidemment. Vivian ressemblait tant à Cory... Jack allait-il remarquer la similitude de leurs traits ? Eve retint son souffle, en s'attendant à un commentaire de sa part.

« Je suis à la fois très triste et profondément soulagé que l'on ait enfin retrouvé Genevieve, disait Russell. Les mots ne peuvent exprimer mon horreur en apprenant que l'enfant dont elle était enceinte a disparu. Je ne comprends pas, et j'ose à peine penser à ce que cela peut signifier. »

Sa lèvre inférieure tremblait-elle ? Eve vit la main de Vivian serrer énergiquement le bras de son père, comme si elle cherchait à l'empêcher de tomber.

« J'espère au moins que Genevieve n'a pas trop souffert, conclut Russell. Jamais je ne serai en paix tant que j'ignorerai ce qu'est devenu ce bébé – mon fils ou ma fille. »

— Pauvre homme ! s'exclama Jack quand le présentateur aborda un autre sujet. J'imagine ce qu'il éprouve...

— Désolée de t'avoir imposé silence, dit Eve quand elle eut retrouvé sa voix. J'ai entendu des rumeurs toute la journée... et je voulais savoir ce qui s'est réellement passé.

— Aucun problème. Mange ton croque ; Dru ne tardera pas à rentrer.

Eve avait oublié que Dru devait répéter son rôle avec son père.

Elle examina son croque-monsieur. Jack les réussissait à merveille : le pain était grillé à la perfection, et le cheddar fondu formait une tache blanche sur l'assiette. Le rouge d'une rondelle de tomate brillait à l'intérieur.

— Je n'ai pas très faim, dit-elle, l'estomac serré.

Jack se rembrunit.

— Tu as eu mal aujourd'hui ?

— Non… c'est mon estomac… Dru mangera peut-être ma part tout à l'heure.

— Veux-tu que je l'emballe ?

— Je m'en charge.

Eve était en train de recouvrir son assiette d'un film transparent quand elle eut une forte nausée. Elle eut tout juste le temps d'atteindre les toilettes avant de vomir. Son cœur battait à se rompre. Elle se laissa glisser à terre, le dos au mur et les yeux clos. L'image de la lèvre tremblante de Russell, puis du profil pâle et fragile de Vivian – si semblable à celui de sa sœur –, se dessina sous ses paupières.

Jack frappa à la porte.

— Une nausée, Evie ?

— Oui, souffla-t-elle.

— Je peux entrer ?

— Non, merci, chéri. Je me sens mieux, mais j'ai besoin de rester assise ici un moment.

— Je vais appeler Dru pour annuler…

— Mais non !

— Je voudrais m'occuper de toi.

— Tout va bien. Un simple problème de digestion…

Ce soir-là, elle préférait se passer de sa sollicitude et rester en tête à tête avec la seule personne qui connaissait la cause de sa détresse : elle-même.

Elle se rinça la bouche et sortit de son refuge.

— Tu n'es pas enceinte tout de même ? demanda Jack.

— Mon Dieu, j'espère que non. Ce serait un comble !

— Peut-être une bonne chose…

— Jack, tu es fou ! Je vais prendre un bain et me coucher. Embrasse Dru de ma part.

— Tu n'as besoin de rien ?

— Non, merci.

Une fois dans sa salle de bains, Eve se fit couler un bain. Après s'être déshabillée, elle s'assit au bord de la baignoire, en luttant contre la nausée qu'elle sentait monter à nouveau, puis elle enjamba le rebord et s'enfonça dans l'eau, agrippée aux barres latérales. Enfin, elle remonta ses genoux sur sa poitrine et ferma les yeux avec force.

— J'ai peur, dit-elle d'une petite voix dans la solitude de la salle de bains. J'ai affreusement peur.

287

Quand elle se réveilla, cette nuit-là vers dix heures, elle avait mal partout. Depuis dix ans qu'elle luttait contre sa maladie, elle n'avait constaté aucune corrélation entre la douleur et les événements de sa vie quotidienne. Les crises les plus pénibles avaient coïncidé avec les périodes les plus paisibles de sa vie conjugale ; et ses meilleurs moments dataient de la période difficile où ils avaient dû s'occuper, son mari et elle, de sa belle-mère malade.

Mais à cet instant, bien qu'elle ait toujours refusé d'admettre que le stress pouvait exacerber son arthrite, le lien entre le corps et l'esprit lui sembla indéniable. Elle éprouvait la même douleur atroce qu'avant son traitement à base de piqûres, commencé deux ans auparavant. Allait-elle devoir épousseter son scooter qu'elle n'utilisait plus depuis ce temps ? Ce serait un retour en arrière, un aveu d'échec. Elle avait vécu quinze ans de plus que sa mère, se dit-elle en sortant de son lit. Déjà une bénédiction...

La voix de Dru lui parvint du séjour. Après avoir avalé un anti-inflammatoire, elle enfila un peignoir pour rejoindre sa fille et son mari.

Jack et Dru avaient pris place aux extrémités opposées du canapé, un script ouvert sur les genoux. Sa fille était superbe maintenant qu'elle avait trouvé son style de coiffure ; son abondante chevelure était coupée très court et ses boucles sombres mettaient en valeur ses grands yeux bruns.

— Tu te sens mieux ? fit Jack.

— J'ai un peu mal, ce soir.

Dru se leva pour l'embrasser.

— Tu boites, maman. Et papa m'a dit que tu as eu la nausée...

— Sans doute de petits ennuis gastriques !

Eve s'installa dans un fauteuil près de la cheminée.

— J'avais oublié de te dire, Jack... L'invitation que j'avais adressée à Cory et Ken m'a été renvoyée sans avoir été ouverte. L'enveloppe portait la mention *retour à l'envoyeur*, de la main de Ken.

— Tant pis pour eux, marmotta Jack.

— J'ai reçu un e-mail de Cory cet après-midi, intervint Dru. Elle ne fait aucune allusion à ton invitation, ce qui veut dire qu'elle ne l'a jamais eue sous les yeux. L'affaire Russell a été assignée à Ken, paraît-il. Cory était tout excitée, parce que c'est la plus importante mission de sa carrière.

— Que faut-il entendre exactement par « assignée » ? demanda Eve.

— Je suppose qu'il est responsable de cette affaire pour sa chaîne, expliqua Dru.

— Et à part ça, comment va-t-elle ? questionna Jack.

Dru laissa fuser un rire.

— Toujours aussi énigmatique ! Elle m'annonce une promotion imminente... Mais dans la phrase suivante, elle me dit qu'elle renonce à une sortie scolaire avec ses élèves, par crainte de s'éloigner de plus de quelques kilomètres de Raleigh.

— Parle-lui de votre pièce, suggéra Eve. Elle viendra peut-être si l'invitation vient de toi.

— Ça m'étonnerait, mais je peux toujours essayer.

Eve se fit une tisane, tandis que Jack et Dru continuaient à répéter ; puis, leur ayant dit bonsoir, elle emporta sa tasse dans sa chambre, pour écouter les nouvelles de vingt-trois heures. Channel 29 n'annonçant rien de nouveau au sujet de l'affaire Russell, elle zappa jusqu'à tomber sur l'émission de Larry King. L'individu interviewé supposait que Genevieve Russell avait été kidnappée à cause de son bébé.

« On l'a avortée, à mon avis. Ce crime est plus fréquent qu'on ne pense. »

Larry King semblait sceptique :

« Les frères Gleason voulaient contraindre Russell, alors gouverneur, à gracier leur sœur, condamnée à mort, non ?

— C'est ce qu'on a cru à l'époque ; mais alors, pourquoi le bébé a-t-il disparu ?

— Bonne question, en effet, dit King avant de se tourner face à la caméra. Nous nous retrouvons dans un moment. »

Eve éteignit le poste.

Ken était donc chargé du dossier Gleason, une mission enviable... Qu'avait-il appris ? Que savait-il déjà ? Il était trop tard pour appeler Cory, mais elle ferait une tentative le lendemain, en début de matinée. Cory ne travaillait pas le samedi et, avec un peu de chance, elle décrocherait peut-être le téléphone.

43

— Oh, bonjour, maman, fit Cory d'une voix dépitée quand Eve lui téléphona le lendemain matin.

Eve réalisa que sa fille avait décroché sans regarder qui l'appelait. Comme chaque fois qu'elle avait Cory au téléphone, ce qui était extrêmement rare, elle eut envie de lui dire combien elle lui manquait ! Mais elle avait appris à rester sur ses gardes.

— Bonjour, ma chérie. Comment vas-tu ?

Après un réveil pénible, elle avait boitillé jusqu'à la salle de bains, puis était venue s'installer sur le canapé du séjour pour téléphoner, afin de ne pas déranger Jack qui dormait encore.

— J'ai très peu de temps, maman. Je pars dans quelques minutes à mon cours de gym !

— C'était simplement pour...

Eve ferma les yeux. Comme elle lui manquait ! Elle regrettait de tout son cœur l'enfant bien-aimée, dont elle avait été si proche. Trop proche ! dirait Cory.

Mais à quoi bon lui avouer le fond de sa pensée ?

— Dru m'a appris que Ken a été chargé d'une importante mission au sujet de l'affaire Russell ; j'appelais simplement pour vous féliciter, précisa-t-elle.

Cory garda le silence. Cet appel d'une mère à qui elle n'avait pas parlé depuis des mois – et qui ne lui avait jamais caché son mépris pour Ken – devait lui sembler suspect.

— Oui, dit-elle enfin. Il est assez satisfait, et je suppose que vous vous réjouissez de son succès, vous aussi.

— Certainement... Quoique l'enquête n'ait pas beaucoup progressé, semble-t-il. Aux dernières nouvelles, on n'aurait pas retrouvé le... bébé.

— Bizarre, en effet. Ken est descendu à New Bern...

— Je suppose qu'on fouille toujours les lieux.

— De fond en comble, d'après lui. As-tu entendu parler du pistolet et du couteau ?

— Lorraine pensait qu'on a retrouvé un pistolet.

— Et un couteau ensanglanté ! La presse n'en parle pas encore. On a demandé à Ken de ne pas ébruiter la nouvelle, mais je pense qu'elle sera bientôt annoncée. C'est un scoop de première importance pour lui.

— Mais...

Eve se revit en train de couper le cordon ombilical. Avec des gants... ou sans ? Des empreintes digitales pouvaient-elles rester sur quelque chose enfoui dans la terre depuis près de trois décennies ?

— Je m'étonne que des traces de sang soient encore visibles sur une lame après tant d'années, reprit-elle.

— Eh bien, c'est le cas ! Ils disposent donc d'un pistolet et d'un couteau plein de sang. Reste à trouver quelle est l'arme du crime.

Eve se tut un moment en songeant au couteau qui avait servi à mettre au monde Cory.

— Hum, grommela-t-elle pour manifester sa présence au bout du fil.

— On se demande maintenant si on a avorté Genevieve avant de la tuer, ou l'inverse.

— J'ai entendu Larry King poser la question hier soir.

— Il vaudrait mieux qu'il l'ait tuée avant !

Eve n'avait pas eu une conversation aussi longue avec sa fille depuis ce qui lui semblait des siècles. Il suffisait peut-être d'éviter toute allusion à leurs problèmes relationnels... contrairement à ce qu'elle avait fait jusque-là.

— Je suis ravie que Ken soit chargé de cette affaire ! lança-t-elle.

— Pourquoi ? Tu ne l'aimes pas.

— Je n'ai jamais dit cela.

— Allons, maman !

— Peu importe que je l'aime ou non. Je t'aime, et toi tu l'aimes. Donc, ce qui est bon pour lui est bon pour toi.

— C'est juste, admit Cory. Merci, mais... désolée, maman, je dois filer.

— Une dernière chose, Cory. Je t'ai écrit pour t'annoncer que Dru et ton père jouent ensemble dans une pièce, au Helms Theater, la semaine prochaine. As-tu reçu ma lettre ?

— Ta lettre ?

— Oui, vous êtes invités, Ken et toi, si vous souhaitez venir.

— Ce ne sera sans doute pas possible, mais merci de ton invitation.

— Tu me manques, ma chérie.

Eve regretta aussitôt ses paroles malencontreuses.

— Maman, tu ne vas pas commencer ! maugréa Cory.

— Quand je te parle, je ne peux pas faire semblant de… Tant pis, conclut Eve, en hochant la tête, et merci d'avoir décroché le téléphone.

— Pas de quoi, maman. N'oublie pas de dire bonjour à papa de ma part !

44

— Cette histoire t'obsède, dit Jack en rejoignant Eve dans le séjour une heure plus tard.

Elle prenait son petit déjeuner – un bol de céréales, qu'elle avalerait avec peine – devant le poste de télévision.

— Elle me passionne !

D'autres personnes suivaient sans doute l'affaire Russell avec un intérêt presque égal au sien, mais ces gens-là étaient à l'affût des scoops, alors qu'Eve les redoutait plus que tout. Elle ne souhaitait pour rien au monde entendre prononcer le nom de CeeCee Wilkes, lié à celui de Genevieve Russell.

— Une conférence de presse va avoir lieu dans quelques minutes, Jack !

Il s'assit à côté d'elle et lui caressa les cheveux.

— Comment te sens-tu ?

— Mieux.

Elle réussit à s'arracher un sourire tandis qu'il l'enlaçait.

— Tu m'as inquiété, hier soir. Je ne t'avais pas vue souffrir autant depuis bien longtemps.

— J'ai eu peur moi aussi. Je me sens encore un peu endolorie aujourd'hui, mais ça ira.

— Tu vas mieux à cause du coup de fil ?

— Ça se peut, oui.

Elle l'avait informé de sa petite conversation avec Cory, sans pour autant lui avouer qu'elle l'avait cuisinée au sujet de l'affaire Russell. La gorge serrée, elle ressentait la même angoisse que lors de l'arrivée de Russell à l'université de Virginie : elle n'avait pas pu expliquer à Jack son soudain désir de s'éloigner de Charlottesville. Elle avait en horreur ce mur qui les séparait, et dont il ignorait l'existence. A moins qu'il en ait conscience, ce qui expliquait peut-être l'air soucieux qu'il arborait ce matin-là.

— Ça y est ! annonça-t-il, lorsqu'un policier en uniforme fit face à une rangée de micros.

Le policier s'entretenait à voix basse avec un collègue. Une fois seul, il se racla la gorge avant de prendre la parole :

« Nous avons découvert à la fois un pistolet et un couteau de cuisine enfouis sous terre, près de la dépouille de Genevieve Russell. Nous n'avons pas retrouvé d'empreintes digitales, ni sur le pistolet ni sur le couteau ; mais le pistolet était enregistré au nom de Timothy Gleason, soupçonné, ainsi que son frère, Martin, du kidnapping de Mme Russell. »

— Rien de neuf, soupira Jack. Qui soupçonner à part ces deux hommes ?

Une photo des deux frères s'afficha sur l'écran : Tim à gauche, Marty à droite. Malgré le temps écoulé et tout ce qu'elle savait maintenant de lui, Eve se sentit mollir devant le sourire sexy du jeune Tim. Comment était-ce possible ? Pourquoi ne lui trouvait-elle pas un air répugnant ?

« Ces photos datent d'il y a vingt-sept ans, ajouta le policier. Les Gleason sont maintenant proches de la cinquantaine et vivent, d'après ce que nous pensons, sous des identités d'emprunt. »

Un journaliste, hors champ, s'adressa à lui.

« Le pistolet est-il la seule preuve de la présence de Timothy Gleason sur les lieux ? »

— On dirait la voix de Ken, remarqua Jack.

— Peut-être, répondit précipitamment Eve, pour ne pas manquer la réponse du gradé.

« Les propriétaires du chalet, à l'époque de l'enlèvement, étaient des membres de la famille Gleason », déclara celui-ci.

Eve avait oublié que Tim et Marty avaient l'habitude de séjourner là, chez leurs cousins.

« Ces membres de la famille Gleason ont-ils été impliqués dans le kidnapping ? demanda une voix féminine.

— Nous n'en savons rien actuellement, mais nous avons tendance à croire que d'autres personnes étaient mêlées à cette affaire. Je n'en dirai pas plus en l'occurrence... »

Eve se crispa. De quoi s'agissait-il ? A quelles « autres personnes » faisait-il allusion ?

Jack lui ébouriffa les cheveux.

— J'espère qu'ils vont mettre la main sur ces types et les pendre par les lobes des oreilles.

Elle acquiesça du bout des lèvres, en faisant le vœu que Tim et Marty soient si bien cachés que personne ne puisse les retrouver.

« Le bébé serait-il né au cours de la captivité de Mme Russell et précipité, du haut de la falaise, dans la rivière ? demanda quelqu'un. Cela expliquerait que vous ne l'ayez pas retrouvé, bien que vous ayez passé ce secteur au peigne fin. »

— Oh ! s'écria Eve, au bord des larmes.

L'idée que l'on ait pu jeter à l'eau le beau bébé qu'était Cory lui était intolérable.

— Eve ? fit Jack en la dévisageant. Ma chérie, qu'y a-t-il ?

— J'étais en train de penser à la cruauté d'un tel acte. Jeter un bébé du haut d'une falaise… répondit-elle avant de s'interrompre, incapable d'articuler un mot de plus.

Devant le trouble de sa femme, deux rides se creusèrent entre les sourcils de Jack.

— Tu n'es plus toi-même, Eve. Est-ce à cause de ton arthrite ? Cherches-tu à jouer la comédie pour ne pas m'inquiéter ? Je ne veux pas de ça !

— Je me sens un peu émotive ces jours-ci, admit-elle en haussant les épaules.

Les paroles de Jack résonnaient dans sa tête. Elle n'était plus elle-même. CeeCee revenait insidieusement, avec son manque d'assurance et son inconscience qui la poussaient à commettre des actes qu'Eve n'aurait jamais faits.

45

Le vendredi soir suivant, elle essayait de dompter sa chevelure avec son fer à friser, avant d'aller assister à la pièce, quand Jack entra dans la salle de bains.

— On a retrouvé l'un de ces types, lui annonça-t-il en prenant sa brosse à dents.

Non, pas cela ! Elle posa son fer près du lavabo.

— L'un de ces types, dis-tu ?

— L'un des ravisseurs, oui, répondit Jack en étalant le dentifrice sur sa brosse à dents.

— Tu plaisantes ! Où ça ? Et comment le sais-tu ?

— Je viens de l'apprendre à la télé.

Eve alla dans la chambre et zappa sur CNN, en espérant que la police avait arrêté un faux coupable !

— Ils ont montré cet homme ?

Jack se tenait sur le pas de la porte, sa brosse à dents toujours à la main.

— J'ai entendu seulement la fin. Ils l'auraient retrouvé en Californie...

Il consulta sa montre.

— Ma chérie, il ne nous reste plus qu'une vingtaine de minutes.

— Je suis prête, mais...

Un homme venait d'apparaître sur l'écran. Menotté et escorté par un policier ou un gardien en uniforme. Assise sur le lit, Eve se pencha pour mieux voir. Le prisonnier, mince et chauve, avait une cinquantaine d'années. L'objectif se posa un instant sur ses yeux, translucides comme du verre. Tim...

Espèce de salaud, pensa-t-elle. Sale menteur.

« Timothy Gleason, soupçonné du meurtre et du kidnapping de Genevieve Russell, a été arrêté en Californie, disait une voix masculine. Gleason vivait à Modesto, sous le nom de Roger Krauss, et travaillait comme barman. »

Un policier – le même qui avait donné une conférence de presse la semaine précédente – se matérialisa sur l'écran, toujours face à une rangée de micros.

« Gleason a suivi le policier venu l'arrêter sans opposer de résistance, précisa-t-il. Il va sans doute être extradé immédiatement en Caroline du Nord, où il sera inculpé pour le kidnapping et le meurtre de Genevieve Russell et de son bébé. »

La caméra revint se fixer sur Sophia Choi, en studio.

« Selon les informations fournies par la police, Gleason aurait été livré par un cousin, David Gleason. La famille de ce dernier était propriétaire du chalet auprès duquel on a retrouvé la dépouille de Genevieve Russell, il y a maintenant quinze jours. David Gleason savait que ses cousins étaient passés dans la clandestinité, mais il n'aurait réalisé la gravité des accusations portées contre eux qu'après la découverte du corps de Genevieve. L'autre suspect, Martin Gleason, serait mort d'une crise cardiaque en 1998. »

— Bon, maintenant que tu t'es mise à jour, allons-y ! plaisanta Jack.

Quand Eve se leva, la chambre se mit à tourner et elle faillit perdre l'équilibre. Allait-elle être malade une fois de plus ?

Elle tituba jusqu'à la salle de bains, où elle attendit la fin de ses vertiges, appuyée au meuble du lavabo. Elle éteignit son fer à friser, sans un regard pour son reflet dans le miroir : sa coiffure était le cadet de ses soucis.

Le lundi, pendant sa pause, elle se rendit dans la salle de repos regarder CNN. A son grand soulagement, personne n'était dans la pièce quand Tim apparut sur l'écran : on l'entraînait vers une voiture, afin de l'extrader en Caroline du Nord, quand un reporter trouva le moyen de lui demander s'il avait tué Genevieve Russell et son bébé.

« Je l'ai kidnappée, répondit-il, mais je ne l'ai pas tuée, non plus que son bébé. »

Un homme – probablement son avocat – s'approcha et fit signe au journaliste de laisser Tim en paix.

« Nous n'avons rien à ajouter, tempêta-t-il, en saisissant Tim par le coude pour le pousser dans le véhicule. »

Eve resta figée sur place jusqu'à la fin de la séquence. Les yeux dans le vide, elle se demandait si Tim avait déjà parlé à son avocat d'une jeune fille « sachant qu'il n'avait tué personne et au courant de ce qui s'était réellement passé au chalet, sur la Neuse River ».

Elle consulta sa montre : bientôt l'heure de son rendez-vous avec Nancy Watts, une étudiante handicapée par des troubles obsessionnels compulsifs.

Nancy – une personne sympathique, et résolue à surmonter son besoin compulsif de se laver les mains et autres gestes obsessionnels – l'attendait. Eve la fit entrer dans son bureau et l'écouta d'une oreille distraite lui exposer ses progrès de la semaine. Tendue et nerveuse, elle laissait errer son regard du visage de Nancy à la fenêtre donnant sur l'entrée du bâtiment, s'attendant à ce qu'un policier surgisse avec un mandat d'arrêt.

Du calme ! se dit-elle. Supposons que Tim parle de Cee-Cee Wilkes à son avocat. Comment découvrir CeeCee, devenue Eve Bailey, puis Eve Bailey Elliott ? N'était-ce pas impossible ? Peut-être avait-elle brouillé sa piste de manière imparable ?

En revanche, si la police parvenait à remonter une piste jusqu'à Naomi et Forrest et à les faire parler, elle était perdue. Vivaient-ils toujours dans cette maison délabrée, aux environs de New Bern ? Elle se souvint de la boîte de déguisements, de l'apparition magique des pièces d'identité, et de l'ambiance démente qui régnait dans cette famille. Dieu qu'elle était sotte, à l'époque !

Si seulement la machine à remonter le temps avait existé ! Elle aurait fait des choix différents quand elle travaillait au café, avec Ronnie. Elle n'aurait pas cédé aux avances du beau garçon assis dans un box ! Si seulement elle n'avait pensé qu'à ses études... Oui, si seulement...

Mais alors, il n'y aurait pas eu Cory ; malgré l'hostilité de sa fille, cette pensée lui fut si pénible qu'elle tressaillit sur son siège.

— Eve ? fit Nancy. Qu'y a-t-il ?

Elle lui sourit.

— Ce n'est rien. Juste un frisson !

De quoi avait parlé Nancy ? Elle chercha à se rappeler ses propos mais pas un mot ne lui revint.

— Désolée, Nancy. Pourrais-tu me répéter ce que tu viens de me dire ? J'ai eu un moment de distraction.

D'un naturel aimable, Nancy lui raconta longuement le rituel – exaspérant pour sa camarade de chambre – auquel elle se livrait chaque soir. Pendant quelques minutes, elle l'écouta attentivement, hochant la tête avec sympathie, avant de replonger dans ses propres tourments.

Les flics finiraient par mettre la main sur Naomi et Forrest, et ceux-ci avoueraient qu'ils avaient envoyé CeeCee Wilkes chez Marian Kazan, à Charlottesville. Marian serait localisée sans peine : il suffisait d'interroger n'importe quel passant dans sa rue. « Marian, si je la connais ! Elle est en maison de retraite, sur Sycamore Street. »

A quatre-vingt-neuf ans, Marian, bien que plus très agile, avait conservé une étonnante vivacité d'esprit. Eve lui rendait visite deux fois par mois et lui apportait des livres, des magazines ou des cassettes pour son magnétoscope. La vieille femme ferait son possible pour la protéger si la police l'interrogeait, mais elle réaliserait sans doute que l'étau se resserrait. Même si elle prétendait ne l'avoir jamais reçue chez elle, des dizaines de personnes connaissaient la vérité, et le lien serait facile à établir.

Eve se sentit brusquement prise au piège : on allait l'arrêter, et Cory souffrirait le martyre quand la vérité éclaterait. Il fallait à tout prix éviter cela !

— Vous avez de nouveau l'esprit ailleurs, murmura Nancy, qu'elle regardait fixement sans l'entendre. Eve ?

— Oui...

— Je pense que vous n'avez pas entendu une seule des paroles que je viens de prononcer.

Eve émit un long soupir.

— C'est vrai, Nancy. Pardonne-moi ! J'ai de gros soucis et j'aurais sans doute mieux fait de ne pas travailler aujourd'hui. Pourrais-tu revenir demain ? dit-elle en parcourant son agenda. Je te promets d'avoir retrouvé mes esprits d'ici là.

— Comment vous sentez-vous ? s'inquiéta Nancy. Vous êtes toute pâle...

Nancy apprendrait-elle la vérité la semaine suivante ? Dans deux semaines ? Eve eut l'intuition qu'elle allait défrayer la chronique. Les gens se demanderaient si Jack était au courant de ses forfaits. S'ils optaient pour le oui, ils le jugeraient coupable lui aussi ; dans le cas contraire, il passerait pour la victime d'une épouse perverse.

— J'ai cours toute la matinée, dit Nancy. Vous n'avez pas un moment dans l'après-midi ?

Eve feuilleta son carnet de rendez-vous d'une main tremblante et finit par articuler qu'elle était libre à trois heures.

Nancy lui tendit son stylo.

— Notez bien mon rendez-vous ! Mais je peux le faire à votre place, si vous voulez.

— Non merci, répondit Eve, avec un rire qui sonnait faux.

Incapable de se souvenir du nom de famille de sa patiente, elle nota simplement *Nancy*, avant de s'excuser encore une fois.

— Demain, tout ira mieux, promit-elle.

A moins que je ne sois en prison... se dit-elle.

Depuis le seuil de la résidence pour personnes âgées autonomes, Eve aperçut Marian en train de nourrir les poissons rouges, dans l'immense aquarium. Même de dos, elle était immédiatement reconnaissable : droite comme un I, cheveux blancs coupés au bol. Qui aurait cru qu'elle approchait des quatre-vingt-dix ans ?

Eve s'approcha d'elle.

— Comment se porte mon octogénaire préférée ? demanda-t-elle, en glissant un bras autour de ses épaules.

Marian l'embrassa sur les deux joues.

— Ah, bonjour, Eve !

— Je venais t'inviter au théâtre, Marian. Jack et Dru ont tous les deux un rôle, et la pièce est à l'affiche pendant plusieurs week-ends encore.

— Volontiers, dit Marian en ouvrant un placard pour y ranger la boîte de daphnies. Allons nous asseoir pour bavarder, reprit-elle.

Elle se dirigea vers la partie la plus spacieuse de la grande pièce où des pensionnaires jouaient aux cartes, lisaient ou observaient les allées et venues. Ces derniers – les observateurs – étaient nombreux, et Eve sentit leur regard peser sur elle. Plusieurs résidents levèrent les yeux de leur jeu de cartes, et quelques femmes lui adressèrent un petit signe après l'avoir reconnue.

Marian la guida jusqu'à un renfoncement, près de la fenêtre. Pourquoi ce lieu en retrait ? Avait-elle eu vent de quelque chose et désirait-elle lui en toucher un mot ?

— Que deviens-tu ? demanda Eve. Tu as l'air en forme, comme d'habitude.

— En pleine forme, tu veux dire ! Et toi ?

— Ça va.

— Jack et les filles ? Cory te parle, ces temps-ci ?

— Pas spécialement.

— Elle est toujours fiancée à cet hurluberlu ?

— J'essaie d'être mieux disposée à son égard, répondit Eve en riant.

— Eh bien, pense ce que tu veux, mais, pour ma part, je n'éprouve aucune sympathie pour un homme qui s'interpose entre une femme et sa famille.

— Cory l'aime pourtant.

— J'espère que ce n'est pas définitif.

Un silence plana entre les deux femmes, qu'Eve mit à profit pour réfléchir à la meilleure manière d'aborder le sujet qui lui tenait à cœur. Marian se rappelait-elle sa réaction de jadis, en entendant parler de l'enlèvement de Genevieve aux actualités ? Elle pouvait peut-être lui demander si elle était au courant des derniers événements concernant la femme du président de l'université...

Au lieu de la questionner prudemment, elle s'entendit chuchoter :

— La police est-elle venue te voir ?

— La police ? Pourquoi la police ?

Eve hésita. Marian avait-elle tout oublié ? Y compris le fait qu'elle l'avait reçue sous un faux nom et qu'elle lui avait procuré un dossier scolaire bidon. Elle la connaissait depuis si longtemps sous le nom d'Eve Bailey !

— Je voulais simplement...

— Aurais-tu un problème, Eve ?

— J'espère bien que non...

— Le passé te rattrape-t-il ?

— J'espère que non, répéta Eve. Je...

Marian l'interrompit.

— Chut ! Pas un mot de plus, je te prie. Je me souviens seulement que tu es venue me trouver pour me donner un coup de main. En échange, je t'ai logée et nourrie. Plus tard, je me suis occupée de Cory et tu as repris tes études. Je t'ai présentée à Jack, tu l'as épousé, et nous sommes restées en excellents termes. C'est tout ce dont je me souviens, conclut-elle, en transperçant Eve du regard.

— Vraiment tout ?

— Oui, absolument. Mais si les flics étaient venus me questionner, je peux t'assurer que je m'en souviendrais !

— Donc, pas de flics.

— Non, ma chérie.

Elle pencha la tête en plissant les yeux.

— Tu es vraiment inquiète, n'est-ce pas ?

Eve acquiesça d'un signe de tête.

— As-tu de bonnes raisons de croire qu'ils sont à ta recherche ?

— D'excellentes raisons, hélas.

— Alors, tu auras ta place dans mes prières. Je n'ai jamais su ce qui t'avait amenée à moi. J'ignore ce qui t'est arrivé ou ce que tu as bien pu faire. En tout cas, tu n'as plus rien à voir avec la petite jeune fille d'autrefois... Si la police me rend visite, c'est ce que je dirai. Tu es une femme et une mère merveilleuse...

— Je n'ai pas été si merveilleuse que ça avec Cory. Je l'ai étouffée ; je l'ai rendue craintive.

— Aucune mère n'a aimé sa fille plus que toi ! Même en ayant les meilleures intentions du monde, chaque mère commet des erreurs avec ses enfants. Si j'en avais eu, j'aurais sûrement fait des erreurs moi aussi.

Marian se pencha pour tapoter la main d'Eve.

— Et maintenant, dis-moi quel soir nous pourrions aller assister à cette pièce !

47

Le procès de Tim devait avoir lieu fin août, mais son avocat, Len Edison, demanda et obtint un délai de deux semaines.

Ils n'ont pas réussi à me trouver, se disait Eve. Ils ont besoin de temps...

Les yeux rivés sur l'entrée du bâtiment, elle s'attendait à voir un policier surgir avec un mandat d'arrêt : un individu qui bouleverserait sa vie et celle de toute sa famille. Elle avait la sensation d'attendre sa propre mort qui mènerait à leur perte tous les gens qu'elle aimait – et à qui elle avait menti.

Deux émissions abordèrent le sujet, l'une d'elles recourant à une partie du reportage de Ken. Le sérieux de sa présentation l'aurait sans doute impressionnée si elle avait été capable de la moindre objectivité.

Après l'expiration du premier délai, l'avocat de Tim en demanda vainement un second. On ne l'avait toujours pas retrouvée, mais les recherches ne manqueraient pas de se poursuivre. Son hypervigilance pesait lourd sur sa santé : le cœur battant à se rompre, elle se tenait constamment sur ses gardes, à l'affût du policier venu lui passer les menottes. Quand arriva le jour du procès, elle avait perdu près de cinq kilos et flottait dans ses vêtements. Elle devait utiliser de plus en plus souvent son scooter sur le campus, pour aller rassurer ses amis et ses collègues sur sa santé.

Les articulations de ses pieds et de ses chevilles, de ses mains et de ses poignets étaient si enflées que son médecin augmenta les doses de médication. Faute d'amélioration, il préconisait un nouveau traitement. Préoccupé par son amaigrissement, sa pâleur et son anxiété, il lui fit prélever une grande quantité de sang, en vue d'analyses approfondies ;

mais aucun examen de laboratoire ne pourrait révéler le mal qui la rongeait.

Une chaîne de télévision présentait le procès dans son intégralité. Eve aurait aimé rester chez elle pour regarder, mais c'était impossible et pour le moins irresponsable. Elle devait travailler, qu'elle soit capable ou non de se concentrer ; le soir venu, elle s'installait devant le poste pour écouter le compte rendu des débats de la journée.

Jack ne s'étonnait plus de son intérêt pour l'affaire Gleason. Ce procès, supposait-il, lui permettait de se sentir plus proche de Cory, grâce aux reportages de Ken en Caroline du Nord. Depuis des semaines, Eve avait cessé de lui faire part de ses pensées et ses sentiments, et il espérait, en lui tenant compagnie, ouvrir ainsi une brèche dans le mur qu'elle avait dressé entre eux.

Sal Schreiner, le procureur, était un homme de très petite taille et d'allure inoffensive – du moins jusqu'au moment où il ouvrait la bouche et se mettait à déambuler autour de la salle d'audience. Il avait une voix forte, une démarche et des gestes saccadés, et une façon insidieuse de questionner les gens, qui irritèrent immédiatement Eve.

Irving Russell fut le premier à passer à la barre. Moins imposant que sur le campus, l'ex-gouverneur se montra stoïque, mais évoqua d'une voix vibrante la nuit du kidnapping. Il travaillait dans son bureau au rez-de-chaussée, en attendant le retour de sa femme… Ayant appris par la responsable de la crèche qu'elle n'était pas allée chercher sa petite Vivian, âgée de cinq ans, à l'heure habituelle, il se préparait à partir à sa recherche quand il avait reçu le premier coup de téléphone de Timothy Gleason. « Ma femme était à sa merci, mais elle me serait rendue saine et sauve, si je graciais Andrea Gleason », dit-il.

La caméra s'attardait par instants sur Vivian, un mouchoir pressé contre ses yeux. Eve supportait mal de voir le père et la fille, et ne parvenait pas à prendre ses distances. Ses paupières se gonflèrent de larmes quand s'acheva le témoignage de Russell. Les jurés éprouvaient-ils la même émotion, ou bien sa sensibilité exacerbée n'était-elle due qu'à sa propre implication ?

Le lendemain, ce fut au tour de David Gleason, le cousin de Tim, de comparaître. Avec ses longs cheveux et ses yeux marron, il ressemblait plus à Marty qu'à Tim, et parlait avec un accent traînant qui le rendait parfois difficile à comprendre. Il déclara que Tim et Marty avaient demandé à lui emprunter le chalet « pour y passer quelques jours de détente », et qu'il leur avait confié la clef.

« Vous n'avez pas été surpris par cette demande ? s'enquit Schreiner.

— Non. Marty avait des problèmes et Tim l'avait pris sous sa protection. Ça ne m'étonnait pas qu'il veuille l'emmener dans un endroit paisible, loin de la ville. »

Il lissa sa barbe d'une main.

« Evidemment, j'ai réalisé qu'il y avait un problème quand j'ai appris par la télévision que la femme du gouverneur avait été kidnappée ; mais ce n'était pas clair pour moi.

— Pas clair ?

— Oui, d'après les actualités, ils avaient téléphoné au gouverneur, alors qu'il n'y a pas d'appareil téléphonique au chalet.

— Vous n'avez pas songé à appeler la police quand vous avez réalisé ce que faisaient vos cousins ? »

Gleason baissa les yeux et secoua la tête.

« Non, j'étais si jeune... »

Jack regardait la télévision, allongé sur le lit à côté d'Eve.

— Bonne excuse ! s'exclama-t-il. Ce type ne vaut pas mieux que son cousin.

« Je n'étais pas le même homme à l'époque, ajouta David, et je m'inquiétais moi aussi au sujet d'Andie... Andrea... J'aurais aimé soutenir Tim et Marty dans leur projet... Bien sûr, je ne pouvais pas me douter que... hum... que Mme Russell était morte. »

Eve, crispée, s'attendait à l'entendre prononcer le nom de CeeCee Wilkes. Elle regrettait de devoir assister au procès en différé, et trouvait de plus en plus pénible de travailler toute la journée en se demandant si la participation de CeeCee avait été révélée. Qui la trahirait ? Peut-être personne, tant que Tim ne serait pas appelé à la barre. Apparemment, David Gleason n'avait jamais entendu parler d'elle.

« Quand êtes-vous retourné à votre chalet familial ? demanda Schreiner.

— Au printemps suivant, sans doute. Je ne me souviens plus exactement.

— Y avez-vous trouvé des traces de la présence des deux frères ? »

Gleason se trémoussa sur sa chaise.

« Je me souviens que la porte de la salle de bains était détériorée... Le montant était fendu près de la poignée. »

Schreiner reprit alors sa danse frénétique autour de la salle d'audience, en présentant deux clichés agrandis de la salle de bains du chalet, et une du vestibule. Il les exhiba sous les yeux des jurés, avant de les dresser sur des chevalets, face à la salle. A l'aide d'un pointeur, il désigna un point dans le mur de la salle de bains où une balle avait été retrouvée. Il sortit ensuite un sac en plastique, contenant ladite balle, qu'il déposa sur la table, près des chevalets.

« Plus tard, avez-vous été en contact avec les frères Gleason ? demanda Schreiner quand il eut terminé sa mise en scène.

— Tim m'a appelé, je ne sais plus quand... Peut-être une semaine après son passage au chalet. Ils avaient les flics aux trousses et ils étaient en cavale. »

David Gleason jeta un regard furtif à Tim, assis calmement à côté de son avocat.

« Il m'a dit qu'il reprendrait contact avec moi dès qu'il pourrait.

— L'a-t-il fait ?

— Oui. Environ un an plus tard, il m'a appelé. Il ne voulait pas me perdre de vue, d'après ce qu'il m'a dit... Nous avions toujours été très proches, vous savez... Il m'a demandé de ne jamais... »

David baissa les yeux, les mâchoires contractées ; puis il releva la tête, au bord des larmes.

« Il m'a demandé de ne dire à personne son nouveau nom...

— Pourquoi n'avez-vous pas appelé la police quand vous avez réalisé que Mme Russell n'était pas réapparue ? »

Gleason haussa les épaules.

« Je ne voulais pas mettre Tim et Marty dans le pétrin. »

— Charmant garçon, ricana Jack.

« Marty était schizophrène, vous savez ? reprit David en haussant les épaules. J'ai cru qu'il l'avait tuée sans faire exprès... et que Tim cherchait à le protéger. »

Jack s'étira en bâillant.

— Tu n'as pas encore eu ta dose, Eve ?

— J'ai envie de regarder encore un peu. Je vais dans le séjour.

Jack se pencha pour l'embrasser ; il paraissait soucieux.

— Bon, mais ne veille pas trop tard.

— Promis !

Une fois dans le salon, elle alluma la télévision pour assister au témoignage suivant. Terry Newhouse était l'ami de Tim, propriétaire, à Jacksonville, de la maison d'où il avait appelé le gouverneur. Impeccable et rasé de près, il se présenta comme un comptable « semi-professionnel ».

« Aviez-vous une idée du projet des deux frères ? demanda Schreiner, dès que Newhouse eut prêté serment.

— Plus ou moins...

— Vous ont-ils dit où ils avaient laissé la femme du gouverneur ?

— Dans un chalet, sous la garde d'une personne de leur connaissance. »

Eve noua les mains sur ses genoux.

« Vous ont-ils donné des précisions sur cette personne ?

— Non.

— S'agissait-il d'un homme ou d'une femme ?

— Une femme, à mon avis. J'ai supposé que c'était la copine de Tim, mais je ne me rappelle plus pourquoi j'ai eu cette impression. J'ai oublié ce qu'il m'a dit...

— Vous vous souvenez du nom de sa petite amie ? »

Eve retenait son souffle, mais Newhouse secoua nerveusement la tête.

« Je vous répète que je ne peux même pas affirmer que c'était une femme ! »

Eve pensa alors à Bets : on pourrait la soupçonner d'avoir gardé Genevieve et de s'être suicidée ensuite, poussée par la culpabilité. Mais le soulagement d'Eve fut de courte durée. Dès que Tim aurait donné sa version des événements, plus personne ne soupçonnerait Bets !

Jack faisant passer des auditions, Eve regarda seule la retransmission du procès, le lendemain soir. Elle assista au témoignage d'une ancienne colocataire de Bets : Jennie Rose, une jolie infirmière de cinquante et un ans, aux cheveux blonds et courts, et au regard d'un bleu limpide. Avait-elle entendu parler de CeeCee ? Eve se félicita de l'absence de Jack, car elle n'aurait pu lui dissimuler son angoisse en entendant cette femme prêter serment.

« Bets et Tim ont été deux ans ensemble, répondit Jennie quand Schreiner la questionna. Lorsque Tim a kidnappé la femme du gouverneur, j'ai pensé qu'elle était plus ou moins au courant, parce qu'elle ne semblait pas surprise ; mais elle n'y a pas participé activement. Nous étions au travail au moment des événements. Je l'ai vue nuit et jour, pendant que Tim… faisait ce que vous savez. »

Jennie gardait les yeux rivés sur Schreiner. Etait-ce pour éviter de croiser le regard de Tim ? se demanda Eve.

« Où se trouvait-elle au moment du kidnapping de Genevieve Russell ? s'enquit le procureur.

— Elle travaillait avec moi. Je peux donc affirmer qu'elle n'est pas la personne dont ce témoin… M. Newhouse… a parlé. Elle ne peut pas avoir eu la garde de Mme Russell, car je ne l'ai pas perdue de vue une seconde cette semaine-là. Pourtant, elle était perturbée… soi-disant parce que Tim lui manquait. En y repensant par la suite, je me suis dit qu'elle était au courant de ce qui s'était passé. »

Schreiner questionna Jennie encore un moment, puis l'avocat de Tim lui fit subir un contre-interrogatoire, qui apporta peu d'éléments. Après son témoignage, la cour se retira. Une bonne journée, se dit Eve, rassurée : chaque journée s'écoulant sans que le nom de CeeCee Wilkes ait été évoqué était bonne à ses yeux.

48

Tim était censé assurer sa défense le cinquième jour du procès. Eve attendit le départ de Jack pour prévenir son service qu'elle était souffrante. Elle tenait absolument à savoir ce qu'allait dire Tim.

Installée sur le canapé, elle entreprit de frictionner ses poignets pendant qu'il prêtait serment d'une voix douce et grave. Il paraissait calme quand il prit place dans le box, mais sa respiration saccadée trahissait sa tension. Elle eut du mal à reconnaître le jeune homme qu'elle avait aimé et se demanda s'il avait subi une opération de chirurgie esthétique ? Son visage était plus émacié, ses lèvres plus fines, et son crâne rasé le rendait totalement différent. Mais ses yeux restaient les mêmes ; jusqu'à sa mort il aurait ces yeux verts caractéristiques.

« Avez-vous kidnappé Genevieve Russell ? lui demanda Sal Schreiner.

— Oui, avec mon frère.

— Comment avez-vous procédé ? »

Tim décrivit le kidnapping tel qu'il l'avait planifié. Tout ne correspondait pas à ce qu'avait imaginé Eve.

« J'ai demandé à lui parler une minute, expliqua-t-il. Elle a accepté, et nous nous sommes assis dans ma fourgonnette. Evidemment, elle ne se doutait pas que Marty était à l'arrière ! J'ai démarré et Marty lui a bandé les yeux. On a fini par la menotter, car elle cherchait à empoigner le volant par tous les moyens. »

La caméra se focalisa sur les Russell, dans la salle d'audience. Le président avait un bras passé autour des épaules de Vivian, qui tenait sa tête baissée, les mains sur ses lèvres.

L'interrogatoire de Tim se poursuivit.

« Etes-vous allé directement au chalet ?

— Oui.

— Que s'est-il passé à votre arrivée ? »

Nous y voilà, pensa Eve.

« Nous l'avons ligotée à l'intérieur du chalet. Ensuite, nous avons roulé, Marty et moi, jusqu'à Jacksonville, où se trouvait Terry Newhouse. »

Eve, intriguée, se pencha en oubliant ses poignets douloureux.

« Vous l'avez laissée seule au chalet ? fit Schreiner, incrédule.

— Oui. »

— Mon Dieu ! murmura Eve, ébahie.

« Où l'avez-vous ligotée ?

— Sur le canapé. Nous lui avons lié les mains et les pieds.

— Elle était allongée ?

— Oui.

— Les yeux toujours bandés ?

— Non.

— Elle n'avait plus les yeux bandés, répéta Schreiner, comme s'il accordait une importance particulière à ce fait. Et le pistolet, retrouvé auprès de Mme Russell, vous appartenait-il ?

— Oui.

— L'avez-vous utilisé ?

— Non.

— On a pourtant découvert une balle de ce pistolet – votre pistolet – dans le mur de la salle de bains.

— J'ignore comment elle est arrivée là. Mon frère a sans doute tiré.

— Vous devriez le savoir !

— J'étais peut-être sorti un instant, et je n'ai rien entendu.

— Menteur ! »

Vivian Russell apparut sur l'écran. Debout et rouge de colère, elle s'agrippait des deux mains au banc devant elle.

« Arrêtez de mentir ! » cria-t-elle à Tim.

Irving Russell se leva et enlaça sa fille, pour l'inciter à se rasseoir. Celle-ci jeta un regard noir au juge et lança :

« Vous voyez bien qu'il vous trompe ! »

— Asseyez-vous, mademoiselle », fit le juge.

Vivian se mordit les lèvres et se laissa retomber sur son banc.

« Poursuivez, je vous prie, dit le juge à Schreiner.

— N'est-il pas vrai que vous avez tué Mme Russell dans le chalet ou à proximité ? reprit ce dernier.

— Je ne l'ai pas tuée.

— Votre frère l'a tuée ?

— Aucun de nous ne l'a tuée.

— Avez-vous affirmé à M. Newhouse que Genevieve Russell était sous la surveillance de quelqu'un ?

— Oui, nous lui avons affirmé cela parce qu'il nous aurait trouvés imprudents de la laisser seule ; à juste titre, d'ailleurs.

— Pourquoi l'un de vous deux n'est-il pas resté au chalet ?

— Nous pensions que c'était inutile : elle ne pouvait aller nulle part, même si elle parvenait à se dégager de ses liens. »

Eve écoutait avec une telle attention qu'il lui fallut un moment pour réaliser que Jack se tenait dans l'embrasure de la porte, entre le séjour et la cuisine. Une main sur la gorge, elle laissa échapper un cri de surprise.

— Salut ! dit-il.

— Tu m'as fait peur, Jack ! Depuis combien de temps es-tu là ?

— Je viens de rentrer, dit-il en la rejoignant sur le canapé. J'ai appelé ton bureau et on m'a dit que tu étais restée à la maison parce que tu te sentais mal ; alors j'ai décidé de venir te voir entre mes cours.

Elle rougit sous son regard inquisiteur.

— Ça ne va pas, Eve ?

— C'est juste que je me sentais un peu bizarre ce matin, au réveil.

Tout en parlant, Eve cherchait à écouter la télévision.

— Alors, où en sont-ils ? demanda Jack.

— Tim... Timothy Gleason est à la barre.

Schreiner avait repris la parole d'un ton énergique.

« Vous voulez nous faire croire qu'une tierce personne a pénétré dans ce chalet du bout du monde, a délié cette femme, puis l'a tuée et a trouvé moyen... d'arracher son bébé de ses entrailles ?

« — Je vous répète que je ne sais pas ce qui s'est passé, fit Tim. Tout ce que je peux vous dire c'est que le chalet était vide quand nous sommes revenus, Marty et moi. Nous avons supposé qu'elle s'était sauvée en emportant le pistolet ! Nous avons été choqués en apprenant qu'elle n'était pas réapparue chez elle. Je me suis toujours demandé ce qui lui était arrivé.

— Vous l'avez laissée avec le pistolet ? Pour quelle raison ? demanda le procureur d'un ton narquois.

— Nous en avions un autre ; c'était suffisant. »

Oh ! Tim, qui lui avait menti avec une telle adresse, s'en tirait bien mal, se dit Eve, sidérée. Ses mensonges, elle n'en doutait pas, étaient destinés à la protéger. Qu'attendait-il pour dire que quelqu'un d'autre était intervenu ? Une fille qu'il connaissait et qui était à sa merci. S'abstenant de toute allusion à un troisième complice, il laissait le piège de ses mensonges se refermer sur lui.

Tim avait changé, conclut-elle. Il s'était humanisé... Malgré l'insistance du procureur, il ne trahirait pas CeeCee. Il se ferait pendre pour ne pas l'impliquer !

Partagée entre gratitude et culpabilité, elle souhaitait de tout son cœur que le jury proclame l'innocence de Tim. Comment le laisserait-elle condamner pour un crime qu'il n'avait pas commis et dont elle pouvait l'exonérer ? Ses mensonges étaient cousus de fil blanc et s'ils la sauvaient elle, ils n'avaient aucune chance de le sauver lui.

« Saviez-vous qu'elle était enceinte ? demanda Schreiner.

— Je ne me doutais pas qu'elle était sur le point d'accoucher, admit Tim. Elle a probablement mis au monde son bébé en notre absence, et elle est morte.

— Qu'a fait le bébé ? Il a filé tout seul ? »

Des ricanements fusèrent dans la salle et le juge demanda le silence.

— Ce crétin est un lamentable menteur, remarqua Jack. Je plains le président Russell d'avoir affaire à un type pareil ; à sa place, j'aurais envie de l'étrangler.

— Il aurait dû dire que c'était Marty le meurtrier !

— Qui ?

— Son frère, Martin... Même si c'est faux, il pouvait prétendre que c'est ce qui s'est passé, que c'est son frère le coupable, pour donner des doutes au jury.

— Pourquoi te soucies-tu de cet individu ? Il mérite la potence.

— La potence ? Je te croyais contre la peine de mort !

— C'est une façon de parler, Eve... Même si c'est son frère qui a appuyé sur la détente ou poignardé Genevieve, ce Timothy Gleason l'a mise en situation d'être assassinée. C'est une ordure !

Eve s'interdit de protester.

— Je sais, murmura-t-elle. Je suis tout simplement... fascinée par cette histoire.

Ils suivirent le procès en silence pendant quelques minutes, puis Jack soupira :

— Tu t'es fait porter malade pour assister à cela ?

Eve, qui s'était attendue à cette question, laissa aller sa tête sur l'épaule de son mari pour lui cacher son embarras.

— Ne dis pas de bêtises ! souffla-t-elle.

Mais son manque d'assurance ne finirait-il pas par la trahir ? Elle n'avait jamais été dépassée à ce point par les événements, depuis ses seize ans – époque à laquelle elle avait été la complice de Tim.

49

— Cory dit qu'elle n'a jamais vu Ken aussi motivé que depuis qu'il couvre le procès, déclara Dru en mâchonnant sa salade.

Ce dimanche soir, elle était venue partager des lasagnes avec ses parents, qui préparaient ce plat en équipe : Jack s'occupait de la cuisson des pâtes, tandis qu'Eve se chargeait de la farce. Elle adorait les visites de sa plus jeune fille, non seulement pour le plaisir de sa compagnie, mais aussi parce qu'elle était la seule à pouvoir lui donner des nouvelles de son aînée.

— D'après Cory, il aborde cette affaire sous des angles particuliers, sans aucun rapport avec le travail des autres chaînes. Elle est convaincue qu'il va être nominé pour le Rosedale Award !

Je pourrais suggérer un angle très particulier au fiancé de ma fille ! se dit Eve.

— Et j'ai une autre nouvelle, encore plus importante, à vous annoncer, reprit Dru.

— Ils ont fixé la date de leur mariage ? demanda Eve tout en souhaitant que Dru lui réponde par la négative.

— Elle est enceinte...

— Oh non !

Jack fit la grimace comme si les lasagnes avaient mauvais goût, et, quant à Eve, elle resta sans voix. Elle avait espéré que la relation de Cory et Ken s'userait d'elle-même et que sa fille rentrerait pour ainsi dire dans le droit chemin. Un bébé risquait de la lier définitivement à Ken ! Et puis, comment se réjouir d'être la grand-mère d'un enfant qui ne connaîtrait jamais son grand-père biologique ?

Sa question fusa :

— Est-elle heureuse d'attendre un enfant ?

— Oui, et je n'étais sans doute pas censée vous prévenir, mais elle ne me l'a pas interdit, donc...

Dru haussa les épaules : elle était incapable de garder un secret, sa vie fût-elle en jeu.

— Ils vont se marier ? demanda Jack.

— Oui, je suppose. Enfin, elle suppose. Il n'est au courant que depuis hier soir.

Jack se pencha en avant, les coudes sur la table.

— Dis-moi, Dru, sais-tu lequel des deux traîne les pieds en ce qui concerne leur mariage ? Ken ou Cory ?

— La force d'inertie... finit par répondre Dru, consciente d'en avoir trop dit. Ils vivent ensemble depuis si longtemps qu'ils ont peur des secousses, mais je pense qu'ils ne vont pas tarder à franchir le pas. En tout cas, je me réjouis d'être bientôt la tante de cet enfant ; et vous allez devenir grands-parents !

Eve l'entendit à peine. Plongée dans son passé, elle revoyait le corps de Genevieve Russell, inerte, sur un lit imbibé de sang.

Assise devant son ordinateur, tard dans la nuit, elle garda longuement les yeux rivés sur l'écran avant de se mettre à taper.

Dru nous a appris que tu es enceinte, Cory. Félicitations ! Je me réjouis pour toi.

Après une hésitation, elle ajouta :

Je sais que tu n'apprécies pas mes conseils, mais j'ai quelque chose à te dire : les femmes rousses courent des risques d'hémorragie, à la suite d'un accouchement... Parles-en à ton médecin. D'accord ? Je t'aime.

Dès qu'elle eut cliqué sur « envoyer », elle regretta son geste. Pourquoi inquiéter Cory des mois à l'avance ? Sa fille avait bien raison de la tenir à distance. Ce mail était stupide, irraisonné, et même cruel.

Le lendemain matin, elle s'accordait une pause entre deux patientes quand Dru entra dans son bureau.

— Quelle gaffe, maman ! lança-t-elle en s'effondrant sur l'un des sièges rembourrés. Cory m'a dit que tu lui avais envoyé ce mail absurde au sujet des risques d'hémorragie pour les femmes rousses, quand elles accouchent.

— C'est vrai, admit Eve, je me suis dit que je devais l'informer ; quand j'ai réalisé qu'il n'y avait pas urgence, il était trop tard...

— En tout cas, je ne peux que l'approuver, pour une fois. On dirait que tu cherches à l'effrayer. Pas si simple d'être enceinte d'un fiancé aussi stupide... A quoi bon en rajouter ?

— C'est vrai, répéta Eve. Je n'aurais pas dû... mais je tiens à sa santé et à son bonheur, et je voudrais tellement qu'elle accouche dans les meilleures conditions possible.

Dru scruta un moment sa mère, avant de lui avouer le fond de sa pensée.

— Maman, tu n'as pas les idées très claires ces temps-ci... Je sais que tu souffres beaucoup et il se peut que tes médicaments te troublent l'esprit. Tu n'y peux rien, mais si l'envie te prend d'appeler Cory, de lui adresser un mail ou de lui écrire, demande-moi conseil avant, s'il te plaît. Laisse-moi réfléchir à ta place pour l'instant. D'accord ?

Eve se sentit humiliée. Sa fille de dix-neuf ans la traitait comme une enfant – et à sa propre consultation, où elle était justement censée aider des étudiants en difficulté. Pis encore, elle savait que sa fille avait raison : il lui fallait un guide. Le matin, elle était à peine capable de trouver son chemin jusqu'à la salle de bains.

— D'accord, dit-elle d'une petite voix en hochant la tête.

50

Le vendredi après-midi, Tim fut jugé pour le kidnapping et
le meurtre de Genevieve – et de son nourrisson, bien que l'on
n'ait pu retrouver le corps de celui-ci. Les jurés délibérèrent
moins d'une heure : ils n'avaient pas cru un mot de ce
qu'avait dit Tim. Le verdict serait rendu le mardi suivant :
peine de mort ou prison à vie...

Sur trois chaînes différentes, il y eut des débats à n'en plus
finir au sujet de cette affaire et de son issue imminente.
Vivian Russell elle-même fit une apparition dans une émission. Eve, trop occupée à guetter sur son visage des ressem-
blances avec Cory, entendit à peine ses paroles.

Vivian était furieuse.

« Il m'a privée de ma mère ! gronda-t-elle, les cils scin-
tillants de larmes. Il a privé mes enfants de leur grand-mère,
mon père, de sa femme. C'est un acte délibéré et cruel. Pire
que tout, je ne sais même pas comment elle est morte. Comment l'a-t-il tuée ? A-t-elle souffert ? Ces questions sont into-
lérables pour moi, et pourtant je n'arrête pas de me les
poser. »

Les intervenants étaient hostiles et agressifs. Un homme
dont la femme avait été enlevée et assassinée demanda la
peau de Tim, et la majorité d'entre eux semblait assoiffée de
sang.

La nuit précédant le verdict, Eve fut incapable de trouver le
sommeil. Les yeux grands ouverts, elle écoutait le léger ron-
flement de Jack en se demandant si elle resterait à la maison
le lendemain pour assister à la sentence, ou si elle irait travailler. Devait-elle oublier qu'elle connaissait Tim et qu'elle

était impliquée dans cette affaire ? Oublier qu'il n'avait pas commis le meurtre dont on l'accusait et qu'elle était la seule personne sur terre à le savoir innocent ? Elle avait espéré qu'un témoignage le laverait de cette accusation, ou que son avocat insinuerait un doute dans l'esprit des jurés. Cela ne s'était pas produit...

Il faisait une chaleur inhabituelle pour octobre. Elle se leva, enfila son peignoir, sortit et boitilla jusqu'au banc installé dans le jardinet derrière la maison. Au clair de lune, les arbres et les buissons prenaient un air surnaturel et fantomatique, en harmonie avec ses sombres pensées.

La tête renversée contre le dossier, elle contempla le ciel nocturne sur lequel se découpait le feuillage verdoyant. Je ne veux pas perdre tout cela, songea-t-elle. J'ai besoin de m'asseoir dans mon petit jardin, de sentir le souffle de l'air sur ma peau et de voir le ciel empli d'étoiles au-dessus de moi.

Et Cory ? Comment réagirait-elle en apprenant la vérité ? Un bref sanglot s'échappa de la gorge d'Eve. Sa douleur physique, ses soucis quotidiens lui paraissaient dérisoires comparés au risque de faire souffrir Cory. Sa fille serait déchirée et le lien infime qui les unissait encore définitivement rompu.

Elle pensa ensuite à tout ce qu'avait perdu Genevieve, à ce qu'avait perdu la famille Russell. Et à ce que perdrait Tim s'il était condamné pour un crime qu'il n'avait pas commis.

Ses crimes à elle, quels étaient-ils ? Elle les passa en revue : complicité avec les kidnappeurs de Genevieve Russell ; kidnapping d'un nourrisson, avec qui elle avait franchi la frontière d'un Etat ; changement d'identité pour échapper à la loi. Et elle s'était sûrement rendue coupable d'une multitude de petites infractions... Mais elle se reprochait par-dessus tout le fait de laisser un homme payer pour un crime dont il était innocent.

— Eve ?

Elle se retourna et aperçut Jack sur la petite terrasse. Il portait le tee-shirt blanc avec lequel il dormait, et avait enfilé son jean.

Une fois près d'elle, il lui tendit la main.

— Rentre à la maison, lui dit-il comme si elle s'apprêtait à sauter du haut d'une corniche.

Elle lui sourit pour le rassurer et effacer les plis soucieux qui barraient son front.

— Ne t'inquiète pas ! Je n'arrivais pas à dormir, c'est tout... Par cette belle nuit, j'ai eu envie d'aller m'asseoir un moment dehors.

— Je te prie de rentrer, chérie. Je voudrais te parler...

Eve se leva docilement et se laissa guider par Jack jusqu'à la maison. Dans la cuisine, il dégagea une chaise et lui fit signe de s'asseoir.

— Désolée de t'avoir réveillé en me levant.

— Tu ne m'as pas réveillé ! Quand j'ai ouvert un œil, tu n'étais pas là ; je suis venu te chercher.

Il prit une chaise à son tour.

— Je m'inquiète à ton sujet, Evie. J'aimerais que tu consultes un thérapeute.

— A quoi bon ?

— Ecoute-moi, tu veux ? Nous sommes d'accord sur ce point, Dru et moi.

Eve frémit à l'idée que Jack et Dru avaient discuté de sa santé mentale.

— Nous pensons tous les deux que cette... rechute de ton arthrite rhumatoïde... t'a beaucoup secouée.

Gênée par cette compassion qu'elle estimait imméritée, Eve fondit en larmes.

— Mais non, ça va !

— Je sais ce que je dis, Evie. Tu allais tellement mieux, depuis quelque temps, que l'on aurait pu te croire en rémission... Et puis, tu as été obligée d'admettre que tu souffrais toujours de cette maladie. Je sais que ce retour à l'usage du scooter a été terrible pour toi. Tu l'as pris comme l'aveu d'un échec... Tu n'aimes pas que les gens te voient circuler sur cet engin dans le campus et t'interrogent sur tes problèmes de santé. Leurs questions t'empoisonnent la vie.

Eve posa sa tête sur l'épaule de Jack, lui cachant ainsi son visage.

Il lui frictionna le dos.

— J'attendais que tu ailles consulter spontanément, comme tu le fais quand tu te sens submergée... Je me suis souvenu ensuite de cette femme chez qui tu allais. Une certaine... Janet. C'est bien ça ?

— Oui, murmura Eve.

— Je crains qu'elle n'ait déménagé et que tu ne saches pas à qui t'adresser. Quand on est soi-même thérapeute, on a du mal à trouver quelqu'un... avec qui il n'y ait pas d'interférences professionnelles... Mais c'est indispensable, Eve. Je ne t'ai jamais vue dans cet état ! Tu as perdu du poids, tu es déprimée, tu passes ton temps devant la télévision. Que puis-je faire pour t'aider ? Et même si Cory t'a rendu la vie encore plus difficile en te rejetant, elle va sûrement se rapprocher de toi ! Quand on a un bébé, on a besoin de sa maman.

— Pardonne-moi de te donner tant de soucis, souffla Eve, le visage enfoui dans l'épaule de son mari.

— Tout finira bien par s'arranger. Tu peux compter sur moi !

Eve se redressa brusquement : Jack l'apaisait avec ses massages et ses paroles, mais elle ne méritait pas une telle sollicitude.

— Si on en reparlait demain ? suggéra-t-elle.

Quand il laissa glisser ses mains le long de ses bras, en la regardant avec amour, elle se dit que le pire de ses crimes était de mentir à l'homme qui l'aimait depuis tant d'années et de ne lui confier aucun de ses secrets.

51

Une fois recouchée, Eve réfléchit à ce que Jack lui avait dit. Il n'avait pas tort : elle avait besoin d'aide. En proie à des impulsions et des émotions contradictoires, elle se sentait au bord de la folie. A cinq heures du matin, quand les oiseaux se mirent à pépier, sa décision était prise : le prix à payer serait certes terrible, mais pire encore si elle ne faisait rien.

A six heures, elle se leva, en proie à une douleur physique plus aiguë encore que celle qui lui serrait le cœur. Le réveil de Jack sonna tandis qu'Eve préparait le café. Après avoir empli deux tasses, elle les emporta dans leur chambre.

Son mari avait tourné le robinet de la douche et s'apprêtait à retirer son tee-shirt quand elle entra dans la salle de bains.

— Je voudrais te parler, dit-elle.

Il scruta son visage, puis posa les yeux sur les deux tasses de café.

— Tu peux attendre que j'aie pris ma douche, Eve ?

Lorsqu'elle refusa d'un signe de tête, il hésita à peine un instant avant d'arrêter l'eau et de lui prendre l'une des tasses.

— Bien, marmonna-t-il, avant de la suivre jusqu'aux fauteuils, près de la fenêtre. Il s'agit de notre conversation de cette nuit ?

Eve posa avec précaution sa tasse sur le guéridon, à côté de son siège. Malheureusement, ce n'était pas si simple. Elle souhaitait de tout son cœur éviter de le blesser, mais elle savait bien que l'un et l'autre allaient souffrir.

— Non, Jack. Il y a une chose dont je ne t'ai jamais parlé. Une chose horrible, et je suis vraiment navrée...

Jack inclina la tête comme s'il cherchait à percer son secret. Elle imagina le cours de ses pensées : elle avait été molestée dans son enfance ; s'était mariée une première fois avant de le rencontrer... Rien de tout cela ne pouvait le préparer aux aveux qui allaient suivre.

A sa manière de tenir sa tasse à deux mains, elle sut qu'il s'armait de courage.

— Je croyais tout savoir à ton sujet, Evie !

— Eve Bailey n'est pas mon vrai nom. En réalité, je m'appelle CeeCee Wilkes.

— Mais voyons... tu plaisantes ? s'exclama Jack en la regardant avec ébahissement.

— Non ! Ce que tu sais sur mon enfance est fondamentalement exact. Mon père a disparu quand j'étais petite, et j'ai perdu ma mère à douze ans. J'ai vécu ensuite dans des familles d'accueil, mais jamais dans l'Oregon.

— Tu as pourtant habité Portland...

— Non ! Je n'ai jamais mis les pieds dans l'Oregon.

— Pourquoi m'as-tu fait croire cela ?

— Je vais y venir.

Eve tournait autour du pot, mais elle devait se jeter à l'eau : elle lui devait des explications.

— A seize ans, reprit-elle, je travaillais dans un petit café, à Chapel Hill, et...

Elle regarda le jardin délicatement illuminé par le soleil levant.

— Eve, lui recommanda Jack, évite les digressions, si possible ! Que cherches-tu à me dire ?

Elle plongea ses yeux dans ceux de son mari.

— Je connais Timothy Gleason. Plutôt, je l'ai connu... C'était mon petit copain quand j'avais seize ans.

— Tu as... Par pitié, dis-moi que tu me racontes des blagues !

— Hélas, non. Il était client du café où je travaillais, et je suis tombée amoureuse de lui, dit-elle en joignant ses mains sur ses genoux. Je ne comprends pas comment j'ai pu agir de cette manière...

Ce qu'elle se préparait à révéler à un Jack qui tombait des nues se bousculait dans son crâne. C'était monstrueux, mais il n'était plus question de reculer.

— Tim était membre d'une organisation clandestine, appelée SCAPE. Il y a fait allusion au cours de sa déposition. T'en souviens-tu ?

— Contrairement à toi, je n'étais pas suspendu à ses lèvres ! aboya Jack. Eprouves-tu encore des sentiments à son égard ? C'est cela ton problème ?

— Non, chéri ! s'écria-t-elle, sidérée qu'il puisse envisager cette hypothèse. Absolument pas !

— En quoi consiste SCAPE ?

— C'est une organisation qui milite contre la peine de mort. Je ne sais même plus à quoi correspondent ces lettres. Il était contre, parce que sa sœur était dans l'antichambre de la mort.

— Il voulait la tirer de prison ?

— Exactement. Il m'a menti, tu sais. Il prétendait qu'elle avait tué un photographe qui l'avait violée...

— Je croyais qu'elle avait tué une photographe.

— Je te répète qu'il m'a menti. Pour éveiller ma sympathie, il m'a fait croire que sa sœur avait été violée.

— Quel rapport avec le fait que tu vis sous un faux nom ? demanda Jack, perplexe.

— Je vais t'expliquer... Tim voulait m'apitoyer afin de me manipuler ensuite. Je n'avais rien compris ! Je croyais qu'il m'aimait. Il était beaucoup plus âgé que moi et j'étais si troublée par ses attentions... Au bout d'un certain temps, il m'a annoncé son intention de kidnapper Genevieve Russell.

— Je commence à saisir, grommela Jack, qui arborait une expression habituellement réservée à ses filles, quand, enfants, elles faisaient de grosses bêtises.

Une expression qui le rendait méconnaissable.

— Ça me paraît inimaginable maintenant, mais je me suis laissé entraîner dans cette histoire, Jack. Je croyais que sa sœur avait été victime d'une injustice et l'idée qu'il était prêt à prendre de tels risques pour la sauver m'a profondément émue. Il m'a persuadée de... surveiller... Genevieve Russell dans ce chalet, sur la Neuse River.

— Là où l'on a retrouvé son corps ?

— Oui.

— Tu l'as tuée ?

Eve éclata en sanglots. Incapable de parler, elle se contenta de secouer vigoureusement la tête. Au lieu de la prendre dans ses bras pour la réconforter, comme à son habitude, il resta de marbre, serrant entre les mains sa tasse de café encore pleine.

Après avoir essuyé ses larmes, elle s'éclaircit la voix.

— Ses contractions ont commencé quand j'étais seule avec elle. J'ai eu une peur bleue... A seize ans, j'ignorais tout de ces choses-là. Au début, j'ai cru qu'elle me jouait la comédie, puis j'ai réalisé qu'elle ne trichait pas. J'étais paniquée...

Dans sa hâte d'en finir, Eve parlait de plus en plus vite.

— Je ne savais pas où trouver un hôpital... Il faisait nuit et nous étions en rase campagne. J'aurais voulu l'emmener en voiture, mais c'était trop tard : le bébé allait naître. Elle a accouché au chalet, et j'ai coupé le cordon avec un couteau ; c'est le couteau ensanglanté qu'on a trouvé enfoui près d'elle ! Il n'a pas servi à la tuer ; personne ne l'a tuée... Après la naissance du bébé, Genevieve a commencé à perdre son sang. Elle était rousse et elle m'avait prévenue que les rousses ont tendance à faire des hémorragies après avoir accouché...

— C'est pour cela que tu as dit à Cory que...

Les yeux écarquillés, Jack se leva brusquement, en laissant tomber sa tasse sur le tapis.

— Non, tu ne vas pas me dire qu'elle est...

Sa phrase resta en suspens ; Eve acquiesça d'un signe de tête en le regardant dans les yeux, et reprit :

— Je l'ai enveloppée dans une couverture et j'ai conduit jusqu'à la maison d'autres membres de SCAPE. J'étais hystérique... paniquée... Quelques jours après, j'ai...

Jack sortit de la pièce sans explications. Au bout d'un moment, Eve entendit la porte du fond claquer. Elle ne fit pas un geste, mais elle tremblait de tout son corps. Comme le soir où Cory était née, elle savait qu'elle devait réagir au plus vite ; mais que faire ? Rattraper Jack ? Ce n'était sans doute pas le moment ; pourtant, elle n'avait pas une seconde à perdre. Il était bientôt sept heures et demie. A quelle heure avait lieu la délibération du jury ?

Elle se leva et alla rejoindre son mari dans le jardin. Assis sur le banc, la tête entre les mains, il leva les yeux vers elle en l'entendant approcher.

— Je ne te connais pas. Je ne t'ai jamais connue, dit-il d'une voix misérable.

— Bien sûr que si !

Elle s'assit à côté de lui.

— Tu me connais mieux que quiconque. Tu connais la personne que je suis depuis trente ans. Eve Bailey... la femme que je suis devenue.

— Comment as-tu osé...

Il s'interrompit, outré, avant de reprendre :

— Comment as-tu osé garder le bébé ? Tu aurais dû t'arranger pour rendre sa fille à Russell !

— J'ai essayé. Les gens qui m'aidaient nous ont donné de nouveaux papiers d'identité... à Cory et moi. Ils m'ont indiqué le nom de Marian et conseillé de...

— Marian ?

— Elle était en liaison... indirecte... avec SCAPE, à la suite de l'exécution de son mari.

— Je n'imagine pas Marian t'autorisant à...

— Marian ignorait absolument tout, sauf le fait que j'avais besoin d'un lieu sûr où vivre, le coupa Eve. Elle ne souhaitait pas en savoir plus. Le soir où je suis partie chez elle – à Charlottesville – je voulais déposer le bébé chez le gouverneur, à Raleigh, mais sa maison était étroitement surveillée. Alors, j'ai essayé de laisser la petite dans une voiture de police ; la sirène d'alarme s'est déclenchée quand j'ai ouvert la portière, et je suis partie en courant. Je ne savais pas quoi faire... Comprends-moi, Jack, je t'en prie ! J'étais une gamine... Je savais à peine conduire... et encore moins comment rendre son enfant à Irving Russell. Quand je suis arrivée, Marian a cru que Cory était ma fille. J'étais déjà tombée amoureuse d'elle... de Cory. J'avais l'impression que mon devoir était de la protéger, d'être digne d'elle, et d'en prendre soin comme l'aurait fait Genevieve...

— Tout cela me semble terriblement malsain, articula Jack.

— Ta réaction ne m'étonne pas : il y a de quoi être horrifié ! Mais c'est la pure vérité, je n'y peux rien.

Eve consulta sa montre ; son bras tout entier tremblait.

— Je ne te connais pas, répéta Jack. La femme que je connais n'aurait jamais volé le bébé d'une autre.

— Je n'étais pas encore une femme !

Les sanglots d'Eve redoublèrent.

— A l'époque, je n'étais qu'une gamine ; mais je ne suis pas en train de me chercher des excuses.

— Pourquoi me racontes-tu toute cette histoire ?

— Parce que... Tim ne m'a pas trahie. Tu te rends compte ?

Eve saisit la main de Jack, qui lui parut glaciale.

— Tim n'était même pas là quand Genevieve est morte. Je suis la seule à savoir ce qui s'est passé. A part moi, personne ne sait qu'il ne l'a pas tuée ! Pourtant, il me protège. Il protège CeeCee.

Jack dégagea sa main.

— Cesse de prononcer ce nom ! J'ignore qui est cette femme.

— C'est moi, Jack. Moi à l'époque... Si Tim avoue que son ex-petite amie CeeCee Wilkes était présente, les flics se lanceront immédiatement à ma recherche et leur traque les mènera tout droit ici. A notre porte ! Je m'attends d'une minute à l'autre à les voir arriver avec un mandat d'arrêt...

Eve tourna les yeux vers la maison, comme si elle apercevait, à travers la treille, une voiture de police dans la rue.

— Voilà pourquoi je perds la tête depuis quelque temps, Jack. Je ne suis pas... déprimée, mais je vis dans la terreur. Je me sens coupable et j'ai honte de moi. Voilà aussi pourquoi je reste scotchée à la télévision. Je guette le moment où Tim dira que j'étais présente, même s'il n'a encore rien dit... Il prend tout sur lui, à ma place ; et, aujourd'hui, on va probablement le condamner à mort pour un meurtre dont il n'est pas coupable. Je suis la seule à savoir...

— Que cherches-tu à me dire ?

— Je dois passer aux aveux.

Jack hocha énergiquement la tête.

— Sûrement pas !

— J'ai bien réfléchi. Je n'ai pas le droit de le laisser payer pour un crime qu'il n'a pas commis.

— Bordel, pourquoi pas ?

Eve n'avait jamais entendu Jack s'exprimer aussi grossièrement.

— C'est un criminel, reprit-il en levant les bras au ciel. S'il avait été là au moment où tout cela s'est passé, il aurait sans doute fini par l'assassiner.

— Je ne pense pas ! En tout cas, il n'était pas là, mais moi si. Il est coupable de beaucoup de choses, mais il n'a tué personne.

— En somme, conclut Jack, tu es prête à t'autodétruire... Parce que c'est ce qui va se passer, Eve, je t'assure... Tu peux dire adieu à ta carrière et moi à la mienne probablement. Par ta faute, Dru va être traînée dans la boue ; et, pis encore, l'univers de Cory va s'effondrer. Oh, mon Dieu !

Il pressa ses doigts sur ses tempes.

— Je n'ose même pas imaginer la réaction de Cory.

— Moi non plus, souffla Eve. J'ai peur...

— Ce sera la fin de ta relation avec elle, et peut-être avec tous les gens que tu as trahis.

— Avec... toi aussi ?

Jack fit comme s'il n'avait rien entendu.

— Tout cela pour sauver la vie de cette ordure, qui ne le mérite pas !

Accablée, Eve resta muette. Si Jack avait une autre solution à lui proposer, elle était prête à l'entendre, mais elle savait ce qu'il lui restait à faire.

— Et comment prouveras-tu que tu n'as pas arraché le bébé des entrailles de Genevieve Russell avant de la tuer de tes propres mains ?

— Je prends le risque, dit Eve, que cette idée n'avait pas effleurée.

— Tu iras en prison !

— Je sais.

Elle se revit sur ce même banc, la nuit précédente, en train de contempler le ciel. Elle allait perdre les étoiles et la lune. Perdre Cory... Qu'attendait-elle pour l'appeler ? Il était près de neuf heures. Cory devait déjà être en cours.

— L'affaire Russell est à la une de tous les tabloïds, dit Jack comme s'il devinait ses pensées. Tu veux que Cory y figure aussi ? Que tous les clients de la supérette connaissent l'histoire de sa vie ?

— Je peux essayer de la protéger.

— Tu as intérêt à bien réfléchir !

— C'est ce que je fais depuis des semaines.

— Tu es déjà à bout, Eve. Imagine ton état si tu vas en prison ? Ma femme en prison ! C'est dément...

— Si je ne bouge pas, ça ira de mal en pis. Je suis dans cet état, Jack, parce que la culpabilité est trop lourde pour mes épaules. Pardonne-moi de vous mettre, les filles et toi, dans une telle situation, mais essaie au moins de te mettre à ma place.

— Je vois mal comment !

— Qu'aurais-tu fait, à seize ans, si tu avais été dans ma situation ?

— Jamais je ne me serais fourré dans ce genre de pétrin, je peux te l'assurer.

— Je reconnais que j'ai fait des choix stupides ; mais suppose que tu aies agi comme moi et que tu voies quelqu'un porter le chapeau à ta place ! La vertu de cette personne a-t-elle une importance, Jack ?

Comme il ne disait mot, Eve sentit qu'elle avait visé juste. Jack était la générosité même ; elle avait touché un point sensible.

— J'ai besoin de temps pour assimiler, dit-il en détournant le regard.

— Malheureusement, j'ai déjà hésité trop longtemps à parler. Il va être jugé aujourd'hui, c'est donc aujourd'hui que je dois intervenir, sans plus attendre.

— Non ! s'insurgea Jack. Il n'est pas seulement question de ta vie, mais de la mienne et de celle de tes filles. Tu t'inquiètes pour ce salaud, mais tu sembles oublier l'essentiel. Tu lui donnes la priorité sur ta propre famille...

Etait-ce exact ? Devait-elle renoncer à son honneur au nom de sa famille ? Ce serait bien plus simple, mais ô combien méprisable.

— Aucun de nous ne mourra si j'avoue, dit-elle ; alors que Tim sera probablement condamné à mort si je me tais.

— Je t'ai dit ce que j'en pensais !

— Désolée, Jack. Je sais ce qu'il me reste à faire.

— Je n'arrive pas à y croire.

Eve crut apercevoir une lueur haineuse dans les yeux de son mari.

— Tu me parais irréelle, reprit-il, en tournant la tête vers la maison. Je dois m'en aller...

— Que veux-tu dire ?

— Simplement que je dois aller au bureau... Et j'espère que ce soir, à mon retour, cette histoire navrante ne sera plus qu'un mauvais rêve.

Eve se leva et retint Jack par le bras.

— Ne pars pas, je t'en prie ! Je dois me décider maintenant, et j'ai besoin de ton aide pour savoir comment m'y prendre.

— Tu m'en demandes trop, Eve, répondit Jack en se dégageant. Par ton comportement, tu t'apprêtes à faire souffrir tous ceux que tu prétends aimer, et tu espères ma bénédiction ?

Sur ces mots, il la laissa plantée là et se dirigea vers la maison.

Les genoux flageolants, Eve s'affala sur le banc, tandis qu'il claquait la porte derrière lui. Allait-elle le perdre ? Il aimait Eve de tout son cœur, inconditionnellement, mais Eve était morte à ses yeux – aussi sûrement que si elle avait été écrasée par un autobus. Alors qu'elle avait eu plusieurs décennies pour s'adapter à son étrange destinée, il n'avait disposé que de quelques minutes. Pouvait-elle s'attendre à obtenir sa bénédiction ? Son pardon ? Elle n'aurait su dire, mais elle avait la certitude que sa décision était la bonne.

52

Elle rentra chez elle pour laisser un message sur le téléphone portable de Cory.

« Ici maman, Cory ; c'est urgent. Je te prie de m'appeler dès que tu recevras ce message. » De peur que Cory ne s'inquiète au sujet de Jack ou de Dru, elle ajouta : « Tout le monde va bien, mais je tiens à te parler immédiatement. Appelle-moi au plus vite ! »

Elle hésita un moment après avoir raccroché. Devait-elle appeler Jack sur son portable ? Le prier de rentrer à la maison ? C'était la première fois qu'il la quittait au milieu d'une dispute ; celles-ci étaient rares, et ils ne s'étaient jamais affrontés avec une telle violence. Il avait besoin d'un moment de répit, se dit-elle en s'éloignant du téléphone. Elle respecterait ce besoin.

Que faire maintenant ? Joindre la police et avouer ce qu'elle avait sur la conscience ? Dans ce cas, l'arrêterait-on aussitôt ? Lui donnerait-on l'autorisation de parler à l'avocat de Tim, ou bien l'extraderait-on en Caroline du Nord, sans lui permettre de s'exprimer ? A moins qu'elle cherche à entrer directement en contact avec l'avocat de Tim... Perplexe, elle se mordit les lèvres.

Après avoir laissé un deuxième message à sa fille, elle alluma la télévision du séjour tout en regrettant l'absence de Jack. Sur CNN, une vidéo tournée aux abords du tribunal montrait quelques journalistes interviewant des gens qui avaient assisté au procès, afin de connaître leur opinion sur le degré de culpabilité de Tim.

Une fois arrêtée, pourrait-elle obtenir une libération sous caution ? Peut-être estimerait-on qu'elle chercherait à s'évader ? Elle avait fui une première fois ; pourquoi pas une seconde ?

Elle refoula son angoisse pour demander aux renseignements le numéro du tribunal et une mise en liaison directe. Une voix mécanique lui proposa une multitude d'options. Frais de justice ? Héritages et successions ? Affaires civiles ? Affaires criminelles ? Affaires criminelles ! Elle pressa le bouton indiqué et entendit une autre série de choix. Dépitée, elle appuya sur le zéro. Une voix féminine, avec un accent à couper au couteau, finit par se faire entendre.

— Je ne sais pas quel numéro appeler pour joindre Len Edison... l'avocat de Timothy Gleason, précisa-t-elle, comme si quelqu'un pouvait encore ignorer son nom.

— Je ne peux pas vous mettre en relation avec lui, madame. Je suppose qu'il est ici, mais vous devez appeler son cabinet pour lui parler.

— Avez-vous son numéro ?

— Non, madame. Désolée...

Eve raccrocha et appela Cory une fois de plus. Elle lui laissait de trop nombreux messages, au risque de la contrarier ; mais c'était le seul moyen de lui faire comprendre qu'il était urgent qu'elle la rappelle. Elle obtint ensuite, toujours par les renseignements, le numéro du cabinet de Len Edison.

— Il est au tribunal, déclara la standardiste.

— Je dois lui parler immédiatement, car je dispose d'informations permettant d'innocenter Timothy Gleason.

Après un silence, la standardiste laissa échapper un soupir.

— Un peu tard, vous ne trouvez pas ?

— Comment puis-je le joindre ?

— Donnez-moi votre nom et votre numéro de téléphone, et je l'informerai de votre appel.

— J'ai besoin de lui parler ce matin, reprit Eve qui doutait que son message soit transmis à temps.

— Si vous saviez combien d'appels nous recevons de gens qui veulent lui parler de cette affaire !

— C'est important.

— Donnez-moi votre nom et...

La lassitude de la standardiste était criante. Eve l'interrompit pour lui donner les renseignements demandés, en lui faisant promettre de joindre Edison immédiatement. Au moment de raccrocher, elle l'imagina jetant ses informations dans la corbeille à papier.

Si Cory avait des nausées matinales, peut-être n'était-elle pas allée travailler ? Eve tenta de l'appeler à la maison. En désespoir de cause, elle composa le numéro de Ken à son bureau. Il était « sur le terrain », lui dit-on. Sans doute au tribunal de Raleigh, en train d'attendre que les jurés décident du sort de Tim Gleason.

Elle insista :

— Pourriez-vous me communiquer le numéro de son portable ? Je suis sa future belle-mère, et c'est urgent.

— Nous n'avons pas l'autorisation, trancha la standardiste.

Eve renonça à discuter et raccrocha. Elle s'interdit d'appeler Jack et composa le numéro du portable de Dru. Elle connaissait son emploi du temps et pouvait donc la joindre entre ses cours.

— Il faut que je te parle, annonça-t-elle dès qu'elle entendit sa fille au bout du fil.

— C'est grave ?

Eve imagina Dru s'arrêtant net, au son de sa voix chargée d'angoisse.

— J'aimerais te le dire face à face, ma chérie, mais je n'ai pas le temps. Aussi pardonne-moi de te mettre au courant par téléphone.

— De quoi s'agit-il ?

Pour la seconde fois de la journée, Eve bouleversa l'univers de quelqu'un qu'elle aimait.

— Je ne peux pas y croire, répétait Dru, en écoutant ses aveux. Cory n'est tout de même pas... la fille du président Russell ?

Malgré le récit détaillé de sa mère, une certaine confusion demeurait dans son esprit.

— Mais si, Dru !

Dru, qui n'avait jamais eu la larme facile, éclata en sanglots.

— Pardon, ma chérie, murmura Eve.

— Papa savait ? hoqueta-t-elle.

— Non, je l'ai mis au courant ce matin seulement.

— Il est à la maison ? demanda Dru.

— Je l'ai perturbé... répondit Eve qui hésita une seconde avant d'ajouter : Il est parti travailler.

— Et il t'a laissée toute seule ?

— Il lui fallait un moment pour... assimiler. Je ne lui en veux pas.

— Il est furieux, non ?

— Oui. C'est un sale coup pour lui, et il estime que je ne dois pas informer l'avocat de Tim Gleason.

— Tu dois le faire au contraire !

Pour la première fois depuis longtemps, Eve sentit son cœur s'alléger : Dru, à peine sortie de l'adolescence, partageait son point de vue sur la conduite à suivre. Son soutien lui serait précieux.

— Tu me comprends, Dru ? demanda Eve avec émotion.

— Oui, totalement, maman... Mais c'est affreux... ajouta Dru, toujours en larmes. Et Cory... J'ai peur de sa réaction... Elle a déjà tellement de mal à...

En entendant les sanglots redoublés de sa fille, Eve aurait souhaité avoir une baguette magique pour apaiser son chagrin.

— Il faut que tu lui parles... avant d'entreprendre quoi que ce soit, bredouilla Dru.

— Justement, j'essaie de la joindre, mais elle ne me rappelle pas.

— Elle éteint son portable pendant les heures de cours.

— Crois-tu que je pourrais la contacter par le secrétariat de l'école ?

— Peut-être... Mais laisse-moi m'en charger, et je lui dirai de t'appeler. Si c'est moi, elle répondra. Ça te va ?

— Merci, ma chérie. Et merci aussi pour ta compréhension.

Eve raccrocha et attendit un moment, les yeux dans le vague, un éventuel appel de l'avocat de Tim. Elle consulta sa montre ; le temps passait trop vite. Len Edison avait-il seulement eu son message ? A la télévision, les journalistes jacassaient et exposaient des points de vue différents, en attendant d'avoir du concret à annoncer. Quand les caméras balayèrent la façade du palais de justice, elle s'étonna de voir le camion de Channel 29 garé dans la rue. C'était pourtant logique : la chaîne de Charlottesville couvrait l'événement depuis le début. Une affaire « juteuse », selon les termes de Lorraine.

— Oui ? fit-elle quand le téléphone sonna.

— C'est Dru. Il paraît que Cory a emmené sa classe au musée ; elle est injoignable.

Cette nouvelle lui fit oublier un instant ses propres déboires.

— C'est formidable qu'elle puisse organiser une sortie scolaire !

Cory avait fait un pas en avant, mais sans doute reculerait-elle de plusieurs pas quand elle entendrait ses révélations.

— J'ai été agréablement surprise moi aussi, dit Dru.

— Peux-tu lui laisser un message sur son portable, en lui demandant de m'appeler tout de suite ? Je lui en ai laissé une demi-douzaine, mais tu auras plus d'impact que moi.

— C'est d'accord ; et ensuite, j'arrive. Tu as l'air à bout, maman. Et surtout pas de bêtises !

— J'en ai déjà fait une, Dru. Il y a très, très longtemps.

Quand elle eut raccroché, Eve concentra son attention sur le poste de télévision, dans l'espoir d'apercevoir Ken parmi les gens qui se pressaient autour du tribunal. Le camion de Channel 29 était toujours visible.

Lorraine. L'esprit d'Eve s'emballa ; elle décrocha le téléphone pour l'appeler sur sa ligne directe, à Channel 29.

— Ici Lorraine Baker...

— C'est Eve, annonça-t-elle, profondément soulagée en entendant son amie. Tu vas me prendre pour une cinglée, mais je dispose d'une information qui pourrait innocenter Timothy Gleason du meurtre de Genevieve Russell... Je souhaiterais faire une déclaration publique avant de flancher !

53

L'équipe des actualités télévisées débarqua chez Eve dans deux camions ; en quelques minutes elle se sentit comme dépossédée. Elle n'était plus chez elle : son séjour grouillait d'individus s'interrogeant sur le lieu le plus propice à l'interview. Lorsque Lorraine arriva à son tour, elle dut fendre la foule pour la rejoindre au milieu du salon.

Après avoir fait un tour d'horizon, la journaliste posa ses mains sur les épaules de son amie.

— Je suis désolée. On a vraiment envahi ton salon... fit-elle avant de claquer dans ses mains en s'écriant : Dehors ! Installez-vous sur la pelouse. Mme Elliott se tiendra sur le porche, devant la maison.

Tandis que l'équipe battait en retraite, Lorraine reposa ses mains sur les épaules d'Eve et sonda son regard.

— Tu tiens à peine debout... Assieds-toi !

Eve fit quelques pas et s'affala sur le canapé.

— Où est Jack ? demanda Lorraine.

— Au travail.

Eve l'avait appelé pour lui faire part de ses intentions : elle redoutait qu'il soit pris de court quand la nouvelle se répandrait comme une traînée de poudre.

Il était dans une fureur noire.

« Tu vas détruire ta propre famille, avait-il hurlé au téléphone. Pourquoi ?

— Je te demande pardon... »

Ses paroles sonnaient creux pour elle comme pour lui. Sans doute la considérait-il maintenant comme une étrangère, déterminée à faire son malheur et celui de leurs filles, tout cela dans l'intérêt d'un monstre.

— Tu souhaites sa présence ? s'enquit Lorraine, troublée. Veux-tu que j'attende son retour ?

— Je ne sais pas s'il accepterait de venir, même si je le suppliais.

— Que se passe-t-il, Eve ? fit Lorraine, de plus en plus déconcertée.

— Je n'ai pas le temps de t'expliquer.

Dru prit place sur le canapé à côté de sa mère et l'enlaça d'un bras protecteur. Les yeux rougis par les larmes, elle abandonna sa tête sur l'épaule d'Eve, sans un mot.

— Bien, dit Lorraine, je vais sortir pour tout organiser. Je viendrai te chercher dès que nous serons prêts.

Eve hocha la tête et joignit ses doigts à ceux de sa fille.

— Tu es vraiment courageuse, maman, murmura Dru, une fois qu'elles furent seules.

Eve ébaucha un sourire.

— Courageuse ou stupide, je ne sais… Je n'ai plus qu'une crainte, c'est que la police vienne m'arrêter dès que j'aurai dit ce que j'ai à dire…

Elle serra avec force la main de sa fille. Le moment qu'elle redoutait depuis près de trente ans était arrivé.

— Je ne peux pas renoncer à la liberté tant que je n'aurai pas parlé à Cory, reprit-elle. Aussitôt après l'interview, je file à Raleigh.

— Ils rechercheront ta voiture, objecta Dru, sa tête toujours sur l'épaule d'Eve.

— Je tenterai ma chance.

— Prends ma voiture. Je peux même te conduire là-bas !

Eve aurait souhaité que Jack soit à ses côtés à cet instant, mais la dureté de ses paroles l'avait piquée au vif. D'autre part, elle ne voulait pas impliquer Dru outre mesure.

— J'irai seule, décréta-t-elle.

— Ils se douteront peut-être de ta destination, maman, mais si tu te sers de ma voiture, ils mettront plus de temps à te retrouver.

Dehors, la rue était bondée. Des voisins curieux avaient envahi le trottoir. Impossible d'atteindre le véhicule de Dru sans être vue par des dizaines de personnes.

Dru devina sa pensée.

— Je vais sortir ma voiture tout de suite, dit-elle posément, comme si elle avait l'habitude de pareilles manœuvres clandestines. Je la garerai de l'autre côté du pâté de maisons ; tu n'auras qu'à sortir par l'allée de Samson.

Elle souleva sa tête de l'épaule maternelle.

— Tu pourras marcher jusque-là ?

Eve n'avait pas même la certitude de pouvoir atteindre le porche, mais elle acquiesça d'un signe de tête.

— J'y vais, fit Dru en embrassant sa mère sur la joue. Respecte bien les limitations de vitesse surtout !

Eve suivit sa fille du regard à travers la fenêtre. Toutes les têtes se tournèrent quand elle se dirigea vers sa voiture.

Lorraine entra à cet instant.

— Je vais fixer cela sur toi, Eve.

La journaliste traversa la pièce, un petit micro et un récepteur en main, puis s'installa à côté de son amie pour accrocher le récepteur à une poche de son jean et le micro à l'encolure de son pull.

— Dès que tu es prête, tu me rejoins dehors. C'est moi qui vais t'interviewer. D'accord, Eve ? dit-elle.

Eve rassembla ses forces et se leva docilement. Puis elle sortit sur le seuil, la bouche sèche. Voisins et passants s'étaient massés sur le trottoir. Deux énormes caméras trônaient sur la pelouse.

Décontenancée, Eve cligna des yeux, éblouie par les projecteurs, puis elle aperçut la voiture de Jack, qui venait de s'arrêter au milieu de la rue. Il en sortit précipitamment et se mit à courir vers elle, sans doute pour l'empêcher de faire sa déclaration. Elle se jura de résister, mais cela ne fut pas nécessaire...

Le souffle court, il s'arrêta au pied des marches et articula : « Je suis là. » Les larmes aux yeux, elle lui adressa un signe de tête. Lorraine ouvrait déjà la bouche pour lui poser une question, mais elle la devança.

— Timothy Gleason n'est pas coupable du meurtre de Genevieve Russell, proclama-t-elle. Je peux le prouver car j'étais là.

CORINNE

54

Sa mère paraissait petite et fragile sur l'écran de la télévision. Elle avait perdu du poids et peut-être même sa raison. Que signifiait ce « j'étais là » ? Qu'avait-elle voulu dire ?

— Qu'est-cc qu'elle nous chante ? grommela Ken. C'est mon affaire. Elle n'a pas à s'en mêler !

Corinne pensa à la série de messages sur son téléphone. Etait-ce la raison de tous ces appels ?

— Tu as fait allusion à ce que j'ai découvert ? reprit Ken d'un ton accusateur.

— Je ne lui ai rien dit du tout ! Je ne lui ai même pas parlé !

Ken et Corinne, debout devant la télévision de leur chambre à coucher, regardaient fixement le poste. Cory avait une main agrippée au tee-shirt de son fiancé.

— Et tu n'as sûrement pas trouvé le moindre indice qui puisse innocenter Timothy Gleason... poursuivit-elle.

— Oh non !

— Quelqu'un lui a peut-être fait des confidences à sa consultation, et maintenant elle se sent obligée de...

— Dans ce cas, j'aurais apprécié qu'elle...

— Chut ! fit Corinne.

Lorraine Baker venait d'apparaître à l'écran.

« Je suis ici chez Eve Elliott, psychopédagogue à l'UVA de Charlottesville. Eve vient de révéler pour la première fois les informations dont elle dispose au sujet de l'affaire Gleason. Eve, qu'entendez-vous par "j'étais là" ? »

Eve s'éclaircit la voix avant de répondre.

« J'étais présente quand Genevieve Russell est morte. »

— Elle a perdu la boule, chuchota Ken.

— Chut ! fit à nouveau Corinne.

« Où était-ce ? demandait Lorraine.

— Au chalet, au bord de la Neuse River, près de New Bern.

— A l'endroit où l'on a retrouvé la dépouille de Mme Russell ?

— Oui.

— Pourquoi étiez-vous présente ? »

Corinne vit sa mère blêmir, paniquée, face à la caméra. Elle connaissait cette expression qu'elle avait lue bien des fois dans son propre miroir.

Lorraine tenta un angle d'approche différent.

« Comment connaissiez-vous les frères Gleason ? »

Après avoir jeté un coup d'œil à la journaliste, Eve sembla recouvrer ses esprits.

« J'ai rencontré Tim quand je... »

Elle s'interrompit en secouant la tête.

« Mon vrai nom n'est pas Eve Elliott... Je m'appelle Cee-Cee Wilkes et j'ai rencontré Tim Gleason à l'âge de seize ans. Nous sommes sortis ensemble... »

— Mon Dieu, Ken, tu as raison, elle a perdu la tête ! s'exclama Corinne, incrédule.

« Je les ai aidés, son frère et lui, quand ils ont décidé de kidnapper Genevieve », déclara Eve.

Pendant un instant, Lorraine resta sans voix, puis elle reprit :

« Pour quelle raison les avez-vous aidés ?

— Parce que... balbutia Eve, Tim m'a menti... Il prétendait que sa sœur avait été condamnée à tort... Je l'ai cru bêtement... naïvement... et j'ai accepté de les aider.

— Comment vous y êtes-vous prise ?

— J'étais censée la surveiller au chalet. Tim a raconté que Marty et lui l'avaient laissée seule et qu'elle avait disparu à leur retour, mais il a affirmé cela pour me protéger... ou plutôt pour protéger CeeCee Wilkes. »

Eve se passa une main sur le cou.

« Il ne me connaît pas sous le nom d'Eve Elliott... »

— Quelle fumisterie ! murmura Corinne. Elle est la dernière personne au monde capable de...

Sa phrase resta en suspens, tandis que sa mère poursuivait :

« Ses contractions ont commencé alors que j'étais seule avec elle. Elle aurait dû accoucher environ un mois plus tard, et elle m'a dit qu'elle avait eu une hémorragie après la naissance de son premier enfant. Un problème en rapport avec ses cheveux roux... »

— C'est de là qu'elle tient cette histoire à propos des rousses, commenta Ken.

« Vous avez mis le bébé au monde ? demanda Lorraine, stupéfaite.

— Oui, et Genevieve a fait une hémorragie. Personne ne l'a tuée ! Elle est morte de causes naturelles, conclut énergiquement Eve, en regardant la caméra bien en face.

— Qu'avez-vous fait du bébé ? » insista Lorraine.

Corinne vit sa mère hésiter.

« J'ai paniqué. J'ai abandonné Genevieve, mais j'ai pris le bébé avec moi avant de m'enfuir du chalet. J'ai conduit jusqu'à la maison de personnes en relation avec les frères Gleason. Elles ont... »

Mais Corinne n'entendait plus. Genevieve Russell avait été kidnappée en 1977, l'année de sa propre naissance.

— Oh, mon Dieu ! souffla-t-elle, avant de cracher : Espèce de garce !

Assis au bord du lit, Ken était penché vers la télévision.

— Chut !

« Ils nous ont donc donné de nouveaux papiers d'identité, au bébé et à moi, précisa Eve. J'ai voulu la déposer chez le gouverneur en allant à Charlottesville, mais sa résidence était étroitement surveillée par la police.

— Vous voulez dire que vous avez gardé le bébé ? » fit Lorraine.

Eve déglutit lentement, avec un regard égaré, comme une biche prise au piège par les phares d'une voiture.

« Oui, dit-elle. C'est ma fille, Cory. »

— Non ! gémit Corinne, les mains plaquées sur la bouche. Mon Dieu, Ken, dis-moi que j'ai mal entendu !

Le téléphone sonna.

— Ne décroche pas, Ken.

Il vérifia la provenance de l'appel.

— C'est professionnel, lança-t-il en soulevant le combiné. Allô ?

— Tu m'as volé ma vie ! hurla Corinne à la télévision, tandis que Ken passait dans l'autre pièce.

Elle se laissa glisser à terre, adossée au lit ; la pièce tournait. Sa mère répondait toujours aux questions de Lorraine, mais elle n'entendait plus leurs paroles. La haine, tel un poison, emplissait son cœur.

« Ta mère t'a détruite », lui disait souvent Ken. Irving Russell, le président de l'université, était donc son père ! Elle revoyait sa photo, diffusée dans les journaux et aux actualités, et celle souriante de Genevieve Russell. Sa mère, sa vraie mère... Une mère qui ne l'aurait pas étouffée avec son besoin pathologique de la protéger, qui n'aurait pas fait d'elle une angoissée. Les Russell avaient une autre fille, qu'elle avait vue dans l'émission de Larry King. Ken avait même remarqué une certaine ressemblance entre elle et la belle Vivian.

Ken réapparut, une expression défaite sur le visage.

— C'était Darren. On m'accorde « une petite pause », selon sa formule. Et plus question d'être nominé au Rosedale...

Il regarda la télévision où l'interview d'Eve passait à nouveau.

— Elle nous a bien eus tous les deux !

Alors seulement, il eut un regard pour Corinne. Il s'accroupit à côté d'elle.

— Ça va, Cor ? murmura-t-il, une main sur sa nuque. Tu dois te sentir...

Le téléphone sonna une seconde fois. Il se leva pour prendre le combiné sur le lit.

— Je lis simplement *Virginie*.

— C'est le portable de Dru !

Après un instant d'hésitation, Corinne pressa sur le bouton et porta le combiné à son oreille.

— Dru, c'est toi ?

— Oh, Cory, tu es au courant ?

Les yeux de Corinne s'emplirent de larmes en entendant la voix entrecoupée de sanglots de sa sœur. Sa petite sœur adorée...

— J'aurais apprécié qu'elle me prévienne avant d'ébruiter la nouvelle.

Ken, non moins dépité, quitta la pièce.

— Comment a-t-elle pu me faire ça ? ajouta Corinne.

— Elle a cherché à te joindre un million de fois aujourd'hui, objecta Dru. Elle se devait d'intervenir avant que le verdict soit prononcé...

— Je savais que quelque chose ne collait pas ; toute petite déjà je le pressentais, mais je ne réalisais pas à quel point je n'étais pas à ma place ! J'ai du mal à croire qu'elle a fait tout ce qu'elle raconte, et qu'elle ose le proclamer à la face du monde.

— Elle en a vu de toutes les couleurs ces derniers mois. Elle a gardé son secret pendant le déroulement du procès... Et son arthrite rhumatoïde a beaucoup empiré ces derniers temps.

— Ne prends pas sa défense, Dru ! protesta Corinne. Tu es sa vraie fille et tu as toujours su où tu en étais !

Devant le silence de Dru, elle regretta ses paroles.

— Excuse-moi, tu n'as rien à te reprocher !

— Tu resteras ma sœur ? demanda Dru d'une voix brisée.

— Jusqu'à la fin de mes jours ! Tu es le seul bienfait que m'a apporté la famille Elliott. Est-ce que papa... Jack... savait ?

— Il a appris la nouvelle aujourd'hui et ça l'a autant choqué que toi. Il est même parti un moment, mais il est revenu quand Lorraine a commencé l'interview. Il est bouleversé et furieux.

Corinne eut du mal à imaginer Jack dans un tel état.

— On a pratiquement viré Ken aujourd'hui, reprit-elle. C'est ce qu'ils appellent « une petite pause ».

— Mais alors, le prix qu'il devait recevoir...

— Plus question !

— Papa et maman ne tarderont pas à sonner chez toi, annonça Dru après un silence. Ils sont partis dès la fin de la conférence de presse.

— Je ne veux pas les voir. Appelle-les pour leur dire de faire demi-tour. Qu'attendent les flics pour arrêter... Eve ?

— Elle est partie précipitamment, justement pour les éviter. Elle tient à te voir, Cory. Je leur ai prêté ma voiture.

— Je te répète que je ne veux pas la voir !

Dru se tut un moment puis murmura :

— Tu dois lui parler.

345

— Je la hais ; oui, je la hais ! fit Corinne en détachant ses mots et en martelant le plancher du poing.

— Corinne, s'il te plaît... Elle a été une bonne mère...

— Pour toi, peut-être. Tu es sa chair et son sang.

— Elle arrive ? demanda Ken en entrant.

Comme Corinne acquiesçait, il lui arracha le téléphone des mains.

— Dru, appelle-la et dis-lui de rester chez elle. Si elle vient ici, elle sera accueillie par les flics.

— Non ! protesta Corinne en se redressant d'un bond.

Elle ne savait pas exactement ce qu'elle souhaitait, mais sûrement pas livrer sa mère. Tôt ou tard, la police finirait bien par la rattraper.

— Dru, dit-elle après avoir récupéré le téléphone, explique-lui qu'elle ne doit pas venir ici. Je t'en prie ! Si je la vois, je risque de ne pas pouvoir me contrôler.

55

Quand elle eut raccroché, Corinne alla dans le bureau visionner sur Internet des images de sa famille biologique. Debout derrière elle, Ken lui massait les épaules, en scrutant l'écran par-dessus sa tête.

— Je ne ressemble pas beaucoup au... président Russell, n'est-ce pas ?

Elle était incapable de dire « mon père ». Y parviendrait-elle un jour ? Un cliché professionnel d'Irving Russell apparut avec une légende : « Meilleurs vœux du président de l'Université de Virginie ». Russell était bel homme, mais son visage portait les stigmates d'une vie difficile. Elle pointa du doigt les poches visibles sous les yeux et les plis qui marquaient les commissures des lèvres, tandis qu'il souriait au photographe.

— Un petit quelque chose... peut-être autour des yeux, murmura Ken.

Il se pencha pour embrasser la gorge de sa compagne.

— Tout cela peut au moins t'apporter une bonne chose...

— Laquelle ?

— Tu vas être riche. Cette famille possède une immense fortune.

Corinne se tordit le cou pour le dévisager.

— Parce que tu t'imagines que je m'intéresse à sa fortune ?

— Tu devrais ! C'est agréable de ne pas avoir à compter...

— L'argent est le dernier de mes soucis pour l'instant !

Elle cliqua sur une autre photo : celle de Genevieve Russell, habituellement utilisée dans les médias.

— Toujours la même, marmonna-t-elle. J'aimerais en trouver d'autres.

— En tout cas, c'est bien ta mère. Même nez, même chevelure splendide...

347

Ken souleva ses longs cheveux roux et les laissa retomber sur ses épaules.

Corinne trouva une photo de Vivian.

— On dirait des jumelles, à part la couleur des cheveux.

— Tu es plus jolie qu'elle, remarqua Ken.

Corinne eut soudain une vision de Dru, sa « vraie » sœur, si pétillante, si vivante.

— Et Dru ! dit-elle avant d'enfouir sa tête entre ses mains. Je me sens complètement perdue... Je ne sais plus qui je suis.

Elle leva les yeux vers Ken, puis hocha la tête en désignant la photo de Vivian, sur l'écran de l'ordinateur.

— Crois-tu que ces gens-là vont m'accepter ? Au fond, je comprends pourquoi Dru trouvait ma mère normale, alors qu'à mes yeux elle était cinglée. Elle nous a toujours traitées différemment.

— Elle a surcompensé avec toi... comme si elle espérait se faire pardonner ses torts en étant excessive. Terriblement excessive !

— J'ai l'impression d'être si...

Corinne n'avait plus la force d'exprimer ses émotions. Le sang qui coulait dans ses veines n'était plus le même, ses bras la démangeaient, ses jambes lui semblaient deux blocs de glace.

— Je ne sais plus ce qui m'arrive... dit-elle en pivotant sur son siège pour regarder Ken. Epouse-moi, s'il te plaît ! Marions-nous avant d'avoir notre enfant et fondons une vraie famille. Nous ferons tout ce qui est bon et juste pour notre fils ou notre fille, ajouta Corinne, une main sur son ventre.

— D'accord, fit Ken en hochant lentement la tête.

Débordante de joie, Corinne se leva et passa les bras autour de son cou.

— On se marie quand ? Avant que je commence à m'arrondir ? Je n'ai rien contre un mariage dans l'intimité... Juste nous deux, devant le juge de paix.

— D'accord, répéta Ken d'une voix blanche. On va se débrouiller.

— Se débrouiller ? demanda Corinne qui ne s'attendait pas à cette réaction. Je sais que tu penses que ce n'est pas le bon moment mais il faut pourtant que nous fondions une famille !

— Tu as raison, mais il y a une chose que je ne t'ai pas dite.

Ken se dégagea de son étreinte pour aller s'asseoir près du bureau de Corinne.

— J'ai été trop... lâche... pour te parler.

— Me parler de quoi ?

Corinne se rassit ; il roula son siège près du sien et lui prit les mains.

— Nous vivons ensemble depuis longtemps, Cory.

— Près de six ans.

— Et tu sais que je t'aime plus que tout au monde ?

Corinne acquiesça : il lui avait répété tant de fois qu'il l'aimait.

— Je t'ai caché quelque chose ; une seule, mais une chose importante... reprit Ken.

— Quoi ?

— Mon divorce avec Felicia... Il n'a jamais été officiellement prononcé.

Corinne eut un mouvement de recul et lâcha les mains de Ken.

— Qu'entends-tu par « officiellement » ?

— En fait, nous ne sommes pas divorcés. Quand nous nous sommes séparés... c'est-à-dire quand elle est tombée malade et que je n'ai pas pu... elle m'a supplié de ne pas divorcer... Nous avons fait le partage des biens, etc., mais je n'ai jamais terminé les démarches.

— Pourquoi ne me l'as-tu jamais dit ? s'étonna Corinne qui sentait la colère monter.

— Quand nous nous sommes rencontrés...

— Tu m'as dit que tu étais divorcé !

— Non, je t'ai dit que j'étais séparé, et en cours de divorce. Comme je ne vivais plus avec ma femme, tu en as déduit que j'étais divorcé.

— Tu n'as pas jugé utile de rectifier, s'insurgea-t-elle.

— Dans mon cœur, je me sentais divorcé.

Corinne se leva vivement, de plus en plus furieuse.

— Avec moi, tu prétendais te sentir marié dans ton cœur.

— C'est vrai.

— Ton cœur n'a rien à voir avec ce qui est légal ou non !

Ken prit un air éploré.

— Corinne... Felicia sait que notre union est définitivement rompue et que je suis lié à toi. Mais, comme beaucoup de femmes qui manquent d'assurance, elle éprouve le besoin de dire : « Mon mari ceci... Mon mari cela... »

— Tu lui envoies de l'argent depuis des années. Je croyais que c'était une pension alimentaire ?

— Une pension alimentaire sans obligation juridique ! Je lui envoie de l'argent par égard pour elle. Tu as toujours trouvé admirable que nous ayons continué à communiquer.

— Je n'en aurais pas dit autant si j'avais su qu'elle était toujours ta femme !

Lorsqu'il se leva et voulut la prendre dans ses bras, elle le repoussa.

— Je comprends ta réaction, mais, étant donné le milieu dans lequel elle vit... elle aurait trouvé humiliant d'avouer qu'elle est divorcée.

— Et ça ne te gêne pas de m'humilier moi ?

Corinne avait une envie folle de le frapper, elle qui n'avait jamais levé la main sur personne.

— Tu es plus solide qu'elle.

— Sans blague ! Tu passes ton temps à me dire que je suis fragile et que j'ai la chance d'avoir le soutien d'un homme fort dans ton genre.

Ken s'assit au bord du bureau.

— Bon, murmura-t-il, j'admets mes torts et j'ai décidé de faire le nécessaire. Je vais divorcer... Je ne sais pas combien de temps cela demandera, mais nous nous marierons dès que je serai libre.

— Je te prie de partir !

Ces mots résonnèrent bizarrement aux oreilles de Corinne, qui douta même de les avoir prononcés.

— Comment ? fit Ken, interloqué.

— Tu m'as bien entendue !

— Tu n'as pas le droit de me mettre à la porte. Cette maison est à moi aussi...

— Je m'en fiche. Et je te conseille de ne pas insister, parce que je n'hésiterai pas à te tuer si tu restes.

La rage devait se lire sur ses traits, car Ken recula de quelques pas.

— Je t'aime, souffla-t-il. Marions-nous, s'il te plaît. Je veux t'épouser !

— C'est exactement le genre de demande en mariage dont je rêvais pendant toutes ces années passées ensemble. « Marions-nous, ma chérie, dès que j'aurai divorcé », ricana-t-elle, en lui lançant un stylo à la tête... Espèce de salaud !

Elle chercha des yeux une arme plus dissuasive.

— C'est à ta mère que tu en veux, maugréa-t-il. Inutile de te venger sur moi.

— Je te prie de te taire !

Ken ramassa son stylo.

— Tu n'oses même pas aller au centre commercial sans moi. Je te suis indispensable, Cor.

Elle sortit de la pièce, la tête entre ses mains.

— Va-t'en !

C'était bon de crier. Elle aurait volontiers hurlé plus fort encore.

Il la suivit dans le séjour.

— Tu ne veux pas que je sois ici quand ta mère arrivera ?

— Non !

— Tu oublies tout ce que j'ai fait pour toi. Sans mon aide, tu ne serais même pas capable de sortir de cette maison. Tu avais peur de ton ombre quand nous nous sommes rencontrés.

— Tu t'imagines que je te dois tout ? C'est moi qui ai réussi à sortir et à rouler aujourd'hui sur la 540. C'est moi qui devrai prendre l'ascenseur et qui aurai le plus dur à faire. Toi, tu n'as même pas osé dire à Felicia que tu voulais divorcer.

Trop exténuée pour tenir debout une seconde de plus, Corinne se laissa tomber sur le canapé, les yeux levés vers Ken.

— L'aimes-tu encore ?

— Plus du tout, répondit-il en se passant la main dans les cheveux. Je dirais plutôt que je la déteste... Elle m'a passé une corde au cou, et...

— Comme je te plains ! ironisa Corinne. Ne lui mets pas tout sur le dos : c'est à toi de prendre tes responsabilités ! Et maintenant, dégage.

— Très bien, dit Ken après une hésitation. Tu peux me joindre sur mon portable en cas de besoin. Je sais que tu es furieuse, et je peux le comprendre, mais ne jette pas le bébé avec l'eau du bain !

Elle le regarda longuement, sans ciller.

— En tout cas, pas question que je… jette le bébé.

Elle l'entendit faire ses bagages dans la chambre à coucher, tandis qu'elle surfait sur Internet. Il avait raison : comment s'en tirerait-elle sans lui ? L'idée d'être seule la terrifiait. Elle se souvint que le verrou de la porte du fond était cassé et que l'évacuation des eaux, au sous-sol, faisait des bruits bizarres depuis la dernière averse. Elle resta figée sur place devant son ordinateur, la poitrine prise dans un étau, en attendant qu'il parte.

56

Une heure durant, elle ne fit pas un geste, sauf pour aller verrouiller les portes et vérifier les fenêtres.

Qu'était devenu son univers ? Tant de changements en quelques heures... Elle avait perdu la famille qu'elle avait toujours considérée comme sienne, ainsi que l'homme qu'elle rêvait d'épouser. Elle scruta la photo de Genevieve Russell, qui semblait si vive et heureuse. Comment sa « mère » avait-elle pu laisser cette belle femme mourir d'une telle manière ? Et pourquoi n'avait-elle pas appelé au secours ?

Elle avait le cœur au bord des lèvres, en attendant le moment où l'on sonnerait à la porte et où elle se retrouverait face à la femme responsable de la mort de sa vraie mère. La femme qui l'avait élevée en l'étouffant et n'avait jamais cessé de lui mentir.

Quand elle entendit les portes d'une voiture claquer dans l'allée, elle alla ouvrir. Puis elle s'assit sur la bergère, bras croisés sur la poitrine comme une armure protectrice.

Eve entra en boitillant, suivie de près par Jack. Elle avait les yeux bouffis, et un chouchou retenait ses cheveux sombres. Elle s'arrêta au milieu de la pièce, les bras ballants, sans chercher à approcher sa fille.

— Cory, murmura-t-elle d'une voix navrée, je regrette, ma chérie.

Corinne ferma les yeux.

— Assieds-toi, Eve, dit Jack d'un ton protecteur, en guidant sa femme jusqu'au canapé.

Mais au lieu de s'asseoir auprès d'elle, il prit un siège devant la cheminée.

— Que regrettes-tu exactement ? demanda Corinne avec un regard noir à Eve. De m'avoir menti pendant des années ?

Toute ma vie, en fait... Regrettes-tu d'avoir détruit la famille à laquelle j'appartenais ? D'avoir tué ma mère ? De m'avoir volée à mon père et à ma sœur ? Ou bien regrettes-tu de...

— Ça suffit, Cory, s'interposa Jack. C'est inutile !

Eve, en larmes, se pencha en avant comme si elle cherchait à se rapprocher au maximum de sa fille.

— Je t'ai tout de suite aimée. Je t'ai toujours aimée...

— Tu m'aimais, donc tu m'as volée, sale égoïste !

— Cory, arrête ! ordonna Jack.

Eve reprit la parole.

— Ce n'était pas si simple... Mais je ne suis pas venue pour me justifier. Je me suis conduite d'une manière inexcusable ! Je voulais simplement te dire combien je t'aime et combien je suis désolée de te faire du mal.

Corinne évita de la regarder, de peur que sa pâleur, les cernes sous ses yeux et ses poignets enflés ne lui inspirent de la compassion.

La tête appuyée au dossier de la bergère, elle garda les yeux rivés au plafond.

— Vas-y, je t'écoute ! Tu prétends avoir attendu au chalet pendant que ces types kidnappaient ma mère. Comment était-elle à son arrivée ?

Corinne rassembla ses forces en attendant la réponse de la femme responsable de la mort de sa mère.

— Elle était plus en colère qu'effrayée, précisa Eve après une petite hésitation. Si elle t'avait élevée, tu n'aurais pas eu toutes ces angoisses, car elle était forte et courageuse. Et belle aussi, Cory. D'une beauté exceptionnelle, comme toi. Tu lui ressembles beaucoup.

— Dis-m'en plus ! demanda Corinne en regardant enfin Eve.

Elle était résolue à ne pas pleurer : elle ne donnerait pas cette satisfaction à sa mère.

Eve lui apprit tout ce qui s'était passé au cours de cette nuit terrible ; la manière dont Genevieve l'avait guidée pendant l'accouchement, puis sa mort soudaine. Elle lui raconta également sa fuite, le nouveau-né enveloppé dans une couverture.

— J'étais terrorisée, lui dit-elle. J'étais complètement tombée sous ton charme, mais il fallait que je te rende à ton père... Je le savais et j'ai essayé. J'ai voulu te déposer dans une voiture de police, devant la résidence du gouverneur, mais quand j'ai cherché à ouvrir la porte, une sirène d'alarme s'est déclenchée. Je suis donc repartie avec toi, terrifiée à l'idée d'avoir la police à mes trousses.

— Tu m'écœures.

— Pourquoi ? demanda Eve.

— Parce que tu parles uniquement de toi, de tes sentiments... Tu n'as pensé qu'à toi dans cette histoire !

— Absolument pas. J'étais très préoccupée à ton sujet ; mais après ce que j'avais fait, je ne voyais qu'une solution : te garder, prendre soin de toi et t'aimer.

— Tu m'as fait croire que mon père était mort dans un accident de moto.

— Je ne savais pas comment...

— Tu ne savais pas ? Si tu répètes ça une fois de plus, je hurle. Tu savais parfaitement ce que tu avais à faire. Aller voir les flics et tout avouer pour qu'ils puissent m'amener à mon père... mon vrai père...

Corinne ne se permettait pas encore de croiser le regard de Jack. Dans toute cette affaire, il n'était qu'un simple spectateur, et elle ne voulait pas le blesser ; mais elle était bien trop en colère pour censurer ses paroles.

— Voilà ce que tu aurais dû faire, conclut-elle, et même à seize ans, tu le savais, n'est-ce pas ?

— Oui, admit Eve.

— Comment as-tu osé laisser mourir ma vraie mère ?

— Cory, intervint Jack, que veux-tu qu'elle te réponde ?

— Et toi, comment te sens-tu, depuis que tu sais qu'elle te ment depuis des années ?

Corinne avait adressé cette question à son père, meurtrie par la trahison de Ken. Les mensonges de son fiancé résonnaient encore dans ses oreilles. Jamais personne n'avait été honnête avec elle...

— Je me sens très mal, et je ne parviens toujours pas à comprendre cette histoire, répondit Jack à voix basse. Mais j'aime ta mère... Nous nous sommes efforcés de vous donner, à Dru et toi, une famille aimante. Eve n'a rien à voir avec la jeune fille qu'elle était en ce temps-là, Cor...

Deux portes de voiture claquèrent dehors ; il se retourna aussitôt vers la fenêtre.

— Mon Dieu ! fit-il en fermant les yeux.

— Qui est-ce ?

Corinne s'était levée et sondait l'obscurité du regard. Une voiture de police stationnait dans l'allée, derrière la voiture de Dru, et une autre dans la rue. Trois policiers en uniforme se dirigeaient vers la maison.

— La police est là, annonça-t-elle.

Sans attendre le coup de sonnette des trois hommes, elle alla leur ouvrir. Eve se contenta de hocher la tête avec résignation.

— Etes-vous Corinne Elliott ? fit l'un des policiers.

— Oui.

— Eve Elliott est-elle ici ?

— Oui.

Corinne recula pour les laisser entrer. A leur vue, Eve se leva immédiatement, en prenant appui sur le bras de Jack.

— Eve Elliott ?

— C'est moi.

— Vous êtes en état d'arrestation pour le kidnapping de Genevieve Russell et du bébé Russell, usurpation d'identité, complot, falsification de documents officiels...

Corinne écouta le policier débiter la liste des crimes de sa mère tout en se demandant qui était le « bébé Russell » ? Il lui fallut un moment pour réaliser qu'il s'agissait d'elle-même. Elle frissonna à l'idée qu'elle était deux personnes à la fois. Que serait devenu le « bébé Russell » dans des circonstances normales ? Il lui sembla que le monde plongeait dans l'obscurité, et elle dut s'agripper à l'accoudoir du canapé pour garder l'équilibre.

Jack chercha à retenir le policier qui passait déjà les menottes à Eve.

— Je vous en prie... Elle a mal aux poignets !

— Ça va aller, Jack, souffla Eve.

Elle se laissa faire sans résister, comme si elle remarquait à peine la présence des menottes. Elle ne détachait pas les yeux de Corinne, qui se réjouissait de la voir traitée comme la criminelle qu'elle était et souhaitait qu'elle partage ses souffrances.

— Je te suivrai dans la voiture de Dru, dit Jack à son épouse.

Si attentif... si compréhensif... Une vraie lavette, comme toujours, pensa Corinne en les regardant se diriger vers la voiture de police. De dos, la démarche claudicante d'Eve était plus prononcée : elle faisait visiblement des efforts pour accorder son pas à celui des policiers. Un instant, Corinne eut envie de leur crier : « Pas si vite ! », et sa poitrine se serra en voyant la seule mère qu'elle ait jamais connue s'éloigner en boitillant.

57

Le lendemain, quand les journalistes commencèrent à l'appeler et à se rassembler devant la maison, avec une frénésie proche de l'hystérie, Corinne ferma les volets de sa chambre à coucher et s'installa devant les actualités.

J. B. MacIntyre, le rival de Ken à WIGH, annonçait depuis le palais de justice du comté de Wake que Timothy Gleason avait été condamné à la prison à perpétuité.

« Ironie du sort, précisait-il, les derniers développements de l'affaire Gleason ont conduit les forces de police au domicile de Ken Carmichael, reporter de WIGH. »

Corinne détestait cet homme. Ce type avait le don de tout dramatiser, et il était capable de transformer une bagatelle en catastrophe.

« Eve Bailey Elliott, alias CeeCee Wilkes, a été arrêtée hier soir au domicile que Carmichael partage avec sa fiancée, Corinne Elliott, reprit la voix. Eve Elliott admet avoir kidnappé, en 1977, l'enfant mise au monde par Genevieve Russell, et l'avoir élevée comme sa propre fille. »

Apparut sur l'écran une photo de Corinne, prise lors d'un dîner de gala à WIGH, auquel elle avait assisté avec Ken ; ce dernier l'avait placée sur son bureau, à son travail. Une photo de Genevieve Russell – celle que tous les médias présentaient depuis plusieurs jours – lui succéda.

« Peu après avoir avoué, en public, son rôle dans le kidnapping, Eve Elliott s'était réfugiée au domicile des Carmichael, en compagnie de son mari et de sa fille. »

Curieux refuge, se dit Corinne.

« Aucun commentaire, pour l'instant, d'Irving Russell et de sa fille, Vivian, conclut J. B. Corinne Russell, alias le "bébé Russell", a refusé de nous parler. »

Irving Russell allait-il l'appeler ? se demanda Corinne, avec le sentiment d'être seule au monde, bien qu'elle n'ait jamais eu autant de parents. Eve et Jack lui étaient maintenant devenus étrangers. Barricadée dans sa chambre, elle écoutait les portes des camions s'ouvrir et se fermer dehors, tandis que les journalistes et les équipes de télévision discutaient devant sa porte. Elle eut une pensée de regret pour Ken. Il avait bien raison : il était le rempart dont elle ne pouvait se passer.

Pendant deux jours, elle se terra chez elle. On lui avait suggéré de prendre un congé, sans qu'elle ait besoin de le demander. Objet de tous les ragots, elle ne souhaitait pas faire face à des gens qui s'interrogeaient sur ses origines familiales, alors qu'elle-même avait encore l'impression de ne pas savoir à quoi s'en tenir.

Quand le téléphone sonna pour la millième fois en quelques jours, elle était installée devant son ordinateur. En vérifiant l'identité de son correspondant, elle constata avec joie qu'il s'agissait de Ken.

— Je t'en prie, reviens, murmura-t-elle sans prendre le temps de lui dire bonjour. Pardonne-moi d'avoir pété les plombs !

Ken hésita un instant.

— C'est à moi de te demander pardon. Après tout ce que tu as enduré ces derniers temps, je regrette de t'avoir compliqué la vie à mon tour.

— En m'apprenant la vérité ?

— Une vérité que j'aurais dû t'avouer depuis des années.

— Que dois-je faire, Ken ? Les journalistes me harcèlent.

— Ne réponds pas au téléphone, n'ouvre pas la porte, et garde les volets fermés !

— C'est exactement ce que je fais.

— J'arrive... Je ne veux pas te laisser seule.

— Bien, dit-elle, soulagée à l'idée qu'il la protégerait.

— Ta mère t'a fait encore plus de mal que je ne pensais, Cory.

— Je suis furieuse contre elle ! Je n'ai qu'une envie, casser quelque chose...

— Et il y a de quoi ! Elle t'a privée de ta vraie famille. Russell a-t-il cherché à te joindre ?

— Non, à moins qu'il figure parmi les tonnes d'appels que j'ai ignorés ces temps-ci.

— Devine ce que j'ai fait l'autre jour, après t'avoir quittée ! Je suis allé voir mon avocat pour réactiver la procédure de divorce, et j'ai appelé Felicia pour lui en parler.

— C'est bien, répondit-elle avec un sourire.

— Corinne, murmura Ken, après un silence, accepterais-tu de m'épouser ?

Ken filtrait tous les appels téléphoniques. Corinne refusait de parler à son « père »... Jack. Enfant, il lui arrivait de l'appeler par son prénom et elle reprit cette habitude. Il la prierait d'aller rendre visite à sa « mère » en prison, alors même qu'elle était incapable de l'imaginer dans cette situation. Etait-elle derrière des barreaux ? Dans une petite cellule glaciale ?

Corinne évitait d'y penser. L'appel qu'elle attendait avec une impatience mêlée d'angoisse lui parvint d'une manière imprévisible.

C'est Ken qui avait décroché, comme d'habitude, mais pour une fois, il lui tendit le combiné.

— C'est l'avocat d'Irving Russell.

Les mains moites, elle prit le téléphone.

— Ici Brian Charles, se présenta un homme d'un ton énergique. Je représente Irving Russell. Le président Russell voudrait savoir si vous accepteriez de procéder à un test ADN, permettant de déterminer si vous êtes bien sa fille.

En entendant cela, Corinne se sentit trahie ; une réaction qui lui devenait familière. Russell espérait-il qu'elle ne soit pas sa fille ? Craignait-il d'affronter le bouleversement qu'elle ne manquerait pas de provoquer dans son existence ? Elle garda le silence.

— Il espère très sincèrement avoir la preuve que vous êtes bien sa fille kidnappée, précisa Brian Charles ; mais vous comprenez, bien sûr, qu'il souhaite une vérification.

— Oui, je comprends. Que dois-je faire ?

— Nous pouvons nous arranger pour que votre généraliste s'en charge, si cela vous est agréable.

Pourquoi s'adresser à son médecin traitant ? se demanda Corinne. L'avait-on alerté d'une manière ou d'une autre ? Soudoyé peut-être... mais dans quel but ? Elle ne savait plus à quel saint se vouer.

Une main sur le combiné, elle questionna Ken.

— On me propose de faire pratiquer un test ADN par mon généraliste. Qu'en penses-tu ?

— Ça me paraît une bonne idée, approuva Ken. Avec ta mère, on ne peut avoir aucune certitude !

— J'accepte de m'adresser à mon médecin, déclara Corinne à son interlocuteur.

— Dans ce cas, donnez-moi son numéro de téléphone et je vais lui annoncer votre appel. Nous prendrons les frais à notre charge, bien évidemment.

Ken conduisit Corinne chez le médecin l'après-midi même. Elle portait ses lunettes de soleil, quand ils longèrent la foule de journalistes massés dans l'allée. Elle comprenait maintenant pourquoi les gens cachent leurs yeux derrière des lunettes noires en de telles circonstances : les siens n'étaient plus rougis par les larmes, mais elle voulait ne pas être vue. Et surtout ne pas croiser le regard de ces journalistes à l'affût ! Ken était de la même engeance, songea-t-elle. Il tombait sur un scoop et s'en vantait dès son retour à la maison. Ce qu'il avait d'ailleurs fait avec cette affaire !

— Je regrette... Je regrette que tu aies perdu... cette occasion... articula-t-elle.

— Aucune importance, Cory !

Il lui souriait et se montrait d'une telle gentillesse depuis son retour...

— Ce qui t'arrive compte beaucoup plus à mes yeux que le Rosedale.

Ils s'arrêtèrent à un feu rouge, entre deux voitures qui les serraient de près. Au bord de la panique, elle dut avaler une grande goulée d'air pour se calmer.

— On y est presque, lui annonça Ken qui avait perçu sa détresse au premier coup d'œil. Plus que quelques centaines de mètres...

Lorsqu'il se gara sur le parking du centre médical, il maugréa en voyant une femme devant l'entrée.

— Ne bouge pas, ordonna-t-il à Corinne d'un ton sinistre tout en coupant le contact. L'entrée du cabinet médical est piégée.

Il sortit de voiture, la contourna sans perdre de vue la journaliste qu'il avait repérée, puis prit le bras de sa compagne pour la faire sortir.

— Reste près de moi, Cory.

La femme s'approcha. Ses cheveux étaient d'un blond cuivré et un épais fond de teint recouvrait sa peau grêlée.

— Recule, Liz, lui ordonna Ken.

Une collègue, selon toute vraisemblance. Faisant mine de ne rien avoir entendu, elle s'approcha de Corinne, son bloc-notes à la main, pour la questionner.

— Vous êtes ici pour un test ADN, Corinne ?

— Ne lui réponds pas, dit Ken.

Il la faisait marcher si vite qu'elle faillit trébucher.

— Nous n'avons rien à signaler, martela Ken.

Il ouvrit la porte avant de guider Corinne dans le vestibule.

— Pas question de nous suivre ! lança-t-il à sa collègue qui s'apprêtait à leur emboîter le pas.

Cette fois, la femme obtempéra, et Corinne fut rassurée quand la porte se referma derrière elle.

Personne n'évoqua le motif de sa présence. Elle n'eut pas affaire au médecin mais à une infirmière, qui eut le bon goût de prétendre qu'un prélèvement de cellules, à l'intérieur de la joue, était un acte de routine.

— Quand aura-t-on le résultat ? questionna Ken.

— Dans une semaine environ.

Qui serait-elle alors ? se demanda Corinne, tandis que l'infirmière inscrivait son nom sur le récipient en plastique.

58

Un numéro *Virginie* s'étant affiché sur son téléphone, ce qui signifiait habituellement que Dru l'appelait avec son portable, Corinne n'hésita pas à répondre.

— Allô, Dru ?

Silence.

— Je voudrais parler à Corinne Elliott, fit une voix masculine, grave et posée.

Corinne retint son souffle : elle avait l'intuition qu'il ne s'agissait pas d'un journaliste.

— C'est moi.

— Corinne, je suis Irving Russell.

— Oh, bonjour...

— J'ai reçu ce matin le résultat du test ADN. Il prouve que vous... que tu es effectivement ma fille.

Avait-il buté sur ces mots ?

— Je suis si ému... Quel bonheur que tu sois en vie, Corinne ! J'avais renoncé à tout espoir.

Elle ferma les yeux. Après avoir attendu ce coup de téléphone avec une folle impatience, elle était comme paralysée, incapable d'articuler un mot.

— Tu es là ? reprit la voix.

— Oui... Je vous... je te demande pardon, mais je suis sous le choc. Les paroles de ma mère se concrétisent brusquement...

— Les paroles de la femme que tu prenais pour ta mère !

— Oui, répondit Corinne qui se retint d'ajouter qu'elle la haïssait.

— Je regrette que tu n'aies jamais pu connaître ta vraie mère.

— Moi aussi ! Et j'aimerais tout savoir à son sujet, ajouta Corinne au bord des larmes.

— Bien sûr... dit Irving Russell d'une voix qui s'était détendue. Vivian – ta sœur – et moi souhaiterions t'inviter à passer le week-end à Charlottesville. Nous avons plus de place qu'il n'en faut et tu peux venir avec ton fiancé si tu le désires.

Son père avait donc lui aussi entendu parler de Ken, songea Corinne. Désormais, sa vie privée appartenait au domaine public...

Même avec Ken à ses côtés, se rendre à Charlottesville était au-dessus de ses forces. Elle se sentait trop fragile depuis quelques jours et n'ignorait pas qu'elle serait sans doute obligée d'emprunter à nouveau les routes secondaires à la reprise de son travail...

— Hum... fit-elle, je ne suis pas une grande voyageuse.

— Tu es malade ?

— Non, juste une stupide phobie.

Comme il gardait le silence, elle eut l'impression d'avoir affaire à un homme qui n'avait jamais eu peur de sa vie.

— Dans ce cas, c'est nous qui viendrons samedi. Nous passerons la journée avec toi et nous repartirons le soir même. Ça te va ?

— Très bien. Si tu me donnes ton adresse e-mail, je t'enverrai l'itinéraire.

Elle nota les indications d'Irving Russell d'une main tremblante, avec le sentiment que sa vie allait basculer à nouveau – mais pour le meilleur cette fois.

59

Le samedi à midi, en voyant une Lexus se garer dans l'allée, Corinne se félicita que les journalistes aient cessé de monter la garde dans le voisinage. Elle avait préparé une salade de poulet – la salade fantaisie qu'Eve lui avait appris jadis à servir aux invités – et acheté des croissants et des fruits, tout en sachant qu'elle n'en avalerait pas une bouchée. Son estomac se noua plus encore quand elle vit Irving Russell et sa fille descendre de voiture et se diriger vers sa porte.

— Ça va, Cor ? chuchota Ken. Tu veux que j'aille ouvrir ?

Elle refusa d'un signe de tête, attendant le coup de sonnette.

Subitement, la présence de Ken lui pesait : elle ne souhaitait partager avec personne, pas même avec lui, l'instant qu'elle s'apprêtait à vivre. Elle n'éprouvait plus les mêmes sentiments à son égard depuis qu'il lui avait parlé de son divorce – ou plutôt de son non-divorce. Malgré sa gentillesse de ces derniers temps, il n'était pas l'homme qu'elle avait cru.

Les Russell frappèrent au lieu de sonner. Lorsqu'elle ouvrit, elle fit face à une femme qui lui ressemblait si étrangement qu'elle en eut le vertige.

— Mon Dieu ! s'exclama Vivian.

Après avoir franchi le seuil, elle serra Corinne dans ses bras, et les deux sœurs restèrent un moment enlacées.

Corinne se sentit submergée d'amour pour cette jeune femme ; d'un amour si profond et si pur que ses yeux s'emplirent de larmes.

— C'est bon, murmura-t-elle en tapotant le dos de Vivian, qu'elle répugnait à lâcher.

— Président Russell, je suis Ken Carmichael, se présenta Ken.

— Appelez-moi Russ, répondit Irving Russell.

Corinne et Vivian s'arrachèrent l'une à l'autre tandis que les deux hommes se serraient la main, et Corinne put enfin contempler le visage de son père. Il avait les yeux secs, mais rougis par des journées d'espoir et d'incertitude.

— Tu lui ressembles tellement, dit-il doucement.

Une main sur son épaule, il se pencha pour l'embrasser maladroitement avant de lui sourire.

Un long silence plana.

— Je suis si ému que je ne sais pas quoi dire... reprit Irving Russell.

— D'habitude, papa n'est jamais à court de mots, observa Vivian.

— Il y a de quoi être ému. Entrez donc et prenez un siège, proposa Ken. Nous avons du thé glacé, du soda ou du vin.

Dans le séjour, Vivian s'assit près de sa sœur sur le canapé et lui prit la main. Ce geste parut à la fois étrange et naturel à Corinne, dont le cœur lui semblait battre au même rythme que celui de Vivian. Leurs paumes l'une contre l'autre, elle n'aurait su dire si elle sentait son pouls ou celui de Vivian sous ses doigts.

Russ sourit, les larmes aux yeux, à ses deux filles réunies.

— Comment commencer ? fit-il.

— Nous voulons tout savoir à ton sujet, Corinne. Comment as-tu vécu ? dit Vivian en cherchant le regard de son père. Nous avons un peu peur d'apprendre ce que tu as enduré, alors que tu aurais dû être avec nous.

Ce qu'elle avait enduré... Corinne haussa les épaules.

— En fait, j'ai mené une vie assez normale.

— Pas si normale, à mon avis, rectifia Ken. Ses parents sont... bien gentils. Son père... enfin, l'homme qu'elle considérait comme son père...

— Jack Elliott est un professeur honorable, d'après les rapports qui me sont parvenus, intervint Russ. Je pense qu'il n'était pas au courant.

— Son épouse lui a menti, comme à nous tous.

— Je suis profondément désolé que tu aies passé ta vie auprès de la femme qui t'a enlevée, Corinne. Elle prétend ne pas avoir tué Genevieve, mais je suppose que nous n'en aurons jamais la certitude. Elle t'a gardée, ce qui signifie qu'elle désirait avoir un enfant. J'ai entendu dire que certaines femmes en mal d'enfant s'arrangent pour voler celui d'une femme enceinte.

— Non, ce n'est pas du tout le genre de ma mère ! s'écria Corinne, horrifiée. Et elle n'avait que seize ans…

— Comment peux-tu affirmer que ce n'est pas son genre, Cor ? objecta Ken. Aurais-tu imaginé un seul instant qu'elle pouvait avoir trempé dans une histoire pareille ? A mon avis, elle avait l'esprit malade… Qui sait de quoi elle était capable à l'époque ?

— Si elle n'avait pas souhaité désespérément te garder, elle aurait trouvé moyen de te restituer à nous. A ta famille, ta vraie famille ! dit Vivian.

Celle-ci était à nouveau en larmes, et Corinne se demanda s'il se pouvait qu'elle ait raison. Eve l'avait volée, plus personne n'en doutait ; mais se pouvait-il qu'elle ait tué délibérément sa mère pour s'emparer de son bébé ? C'était impensable.

— En tout cas, je ferai mon possible pour qu'elle paie, d'une façon ou d'une autre, martela Russ. J'ai du mal à comprendre qu'elle ait été employée à l'université pendant tant d'années… surtout en qualité de psychologue.

Corinne s'abstint de dire qu'Eve faisait bien son travail, car elle n'avait aucune envie d'entendre Ken exprimer son désaccord. On peut élever ses propres enfants en dépit du bon sens, tout en aidant judicieusement d'autres enfants à trouver leur voie.

Russ hocha la tête en direction de son porte-documents.

— Aimerais-tu voir des photos, Corinne ?

— Quelles photos ?

— Des photos de maman, dit Vivian. Si tu savais comme tu lui ressembles ! Moi aussi, d'ailleurs.

— Volontiers, approuva Corinne. Sur Internet, je n'ai trouvé que celle qui est toujours montrée aux actualités.

Russ posa son porte-documents sur ses genoux.

— Ma pauvre petite, dire que tu en étais réduite à chercher des photos de ta mère sur Internet ! Nous aurions dû te contacter beaucoup plus vite.

Il tourna les yeux vers Vivian, qui opina du chef.

— Mais nous devions être absolument certains… Si Eve Elliott avait menti sur un point, elle pouvait mentir sur beaucoup d'autres. J'espère que tu comprends pourquoi nous n'avons pas cherché à te joindre plus rapidement.

— Bien sûr qu'elle comprend, lança Ken sans laisser à Corinne le temps de répondre.

Russ sortit une grande enveloppe et traversa la pièce pour la donner à Corinne. Il frôla son épaule avant de reculer, et elle eut le sentiment qu'il voulait la serrer dans ses bras jusqu'à la fin des temps. Elle lui sourit, tandis que Vivian récupérait l'enveloppe.

— Papa, tu vas la submerger !

Elle prit un tas de photos et choisit l'une d'elles, qu'elle tendit à sa sœur.

— Papa et maman pendant leur lune de miel, annonça-t-elle en se penchant pour regarder en même temps.

Sur le cliché légèrement jauni, une femme rousse ressemblait à la fois à Corinne et Vivian.

— Tu as exactement ses cheveux, dit celle-ci. Les miens sont plutôt comme ceux de papa.

— Comme... ils étaient, tu veux dire !

Russell ébaucha un timide sourire en passant les mains dans ses rares cheveux gris.

— Je ne ressemblais à aucun membre de ma famille, murmura Corinne. Pas le moins du monde !

— Une chance pour toi, ricana Ken.

— Ken ! C'est mesquin de ta part, s'indigna Corinne.

— Vous n'êtes pas un ardent supporteur de la famille Russell, constata Russ.

— Eh bien, Jack est un brave type. Parfois un vrai bouffon. Un éternel comédien... Et Dru est gentille, très gentille.

— Dru est ta sœur ? s'enquit Vivian.

Corinne hocha la tête et expliqua d'une voix teintée de tristesse :

— Je la prenais pour ma demi-sœur, mais je réalise maintenant que nous n'avons aucune parenté... Malgré tout, elle est formidable.

— Oui, alors qu'Eve... Je ne sais vraiment pas quoi en dire...

— Ken n'a jamais aimé ma mère.

— J'avais l'intuition que... Bon, vous savez que Corinne n'a pas pu venir vous voir à Charlottesville en voiture...

Russ acquiesça d'un signe de tête.

— Elle souffre de nombreuses phobies ; elle en a surmonté certaines et travaille sur les autres, mais pour moi, c'est sa mère qui est à blâmer.

— Ma mère était surprotectrice... pathologiquement surprotectrice. A cause d'elle, j'avais peur de tout. Je vais beaucoup mieux maintenant, ajouta vivement Corinne pour ne pas sembler trop pathétique.

— En tout cas, elle ne t'a pas négligée, dit Vivian. Nous craignions qu'elle ait été... incompétente.

Ken insista :

— Il existe toutes sortes d'incompétences !

— Tu es enseignante, n'est-ce pas, Corinne ? demanda Russ. C'est étonnant... Ta mère, qui aurait pu se passer de travailler, n'avait jamais renoncé à enseigner. Elle adorait sa profession.

— Moi aussi, dit Corinne.

— L'année prochaine elle aura à charge de former des enseignants ! proclama Ken. A condition qu'elle puisse contrôler sa phobie des voyages.

— J'en suis capable ! dit Corinne, qui aurait apprécié que Ken cesse d'exposer ses angoisses à son père et sa sœur qu'elle connaissait à peine.

Elle était plus que ses phobies, mais Ken s'était toujours focalisé sur ce point, et n'avait de cesse de se considérer comme son sauveur.

— Elle a dû se séparer de sa mère... d'Eve pour mûrir, renchérit ce dernier.

— Que faut-il entendre par « se séparer » ?

— J'ai pris des distances, expliqua Corinne. Elle est venue me voir avec mon père... avec Jack... juste avant son arrestation, pour tout me raconter. C'était la première fois que nous parlions ensemble depuis des années !

Elle fit la grimace au souvenir de cette conversation.

— Son tort est d'avoir été une trop bonne mère et de m'avoir protégée à outrance. Elle m'étouffait, et ma psy elle-même m'avait conseillé de couper les ponts.

Comme les Russell ne faisaient aucun commentaire, Corinne se demanda si le mot « psy », couramment prononcé chez les Elliott, était tabou dans leur milieu.

Russ se trémoussa sur sa chaise en soupirant.

— Eh bien... Je suis navré, Corinne. Je me demande comment j'aurais pu trouver moyen de te sauver...

— Papa, protesta Vivian, que pouvais-tu faire ?

Elle chercha le regard de Corinne.

— Mon père se pose toujours des questions ! Et s'il était allé chercher maman à l'université ce soir-là ? Et s'il...

— Je détestais qu'elle passe par ce parking le soir, mais elle ne voulait rien entendre. Elle me trouvait ridicule de m'inquiéter... D'autre part, si j'avais accepté de gracier cette fille, ils auraient peut-être libéré Gene...

— Papa, c'était impossible ! Si tu avais cédé à ce chantage, des tas de gens auraient recouru au kidnapping pour obtenir gain de cause.

Penché sur son siège, les coudes sur les genoux, Russell gardait les yeux rivés sur Corinne.

— J'aurais voulu pouvoir t'épargner. Je t'aurais élevée comme tu devais l'être...

— Elle a tout de même réussi à s'en tirer, observa Vivian, comme si sa sœur ne lui était pas quasi inconnue.

Vivian et elle, côte à côte et si proches que leurs cheveux se mêlaient presque, devaient avoir l'air de vraies jumelles, se dit Corinne.

Russ sortit une mince enveloppe blanche de son porte-documents et la lui tendit.

— Pour toi, Corinne ! Il ne s'agit pas d'une compensation... mais je t'aurais envoyée dans les meilleures écoles privées, comme Vivian. Et tu aurais pu faire ton choix parmi les universités ! Accepte donc ce chèque, avec la bénédiction de ta sœur.

— Absolument, approuva Vivian.

Corinne ouvrit l'enveloppe, et blêmit en voyant qu'elle contenait un chèque de trois cent mille dollars, à son nom.

— Non, je ne peux pas accepter !

— Je t'en prie, Corinne. Ne prends pas ce cadeau pour une insulte. Je sais que tu es enseignante, que ton... que Ken est journaliste, et que vous n'êtes pas dans le besoin. Ce que je souhaite...

— J'ai étudié dans le privé, puis à Sarah-Lawrence, et à la fac... Papa en aurait fait autant pour toi ! dit Vivian.

— Je me sens tout de même gênée...

— Désolé, marmonna Russ. J'aurais dû attendre plus long-temps pour te remettre ce chèque, mais je voudrais tellement te donner le maximum...

Il lui sourit avec une profonde bonté.

— Pense à cet argent ! Rien ne t'oblige à l'accepter mainte-nant, mais souviens-toi qu'il est à ta disposition.

— Merci, dit Corinne. Tu es si généreux !

Les hommes restèrent dans le séjour pendant que Vivian aidait sa sœur à mettre la table.

— Tu m'as manqué, dit Vivian en souriant. Puisque tu as été élevée avec une sœur, tu as l'habitude de toutes ces petites choses que l'on fait ensemble, comme mettre la table...

Elle lui indiqua la corbeille de croissants d'un signe de tête.

— Moi, j'ai été privée de cette chance... J'étais encore petite quand maman était enceinte de toi, mais j'avais ima-giné tout ce que nous pourrions faire entre sœurs. On m'avait même fait participer au choix de ton prénom.

— Je devais m'appeler comment ?

— Lara.

Corinne essaya de se figurer la vie qu'elle aurait menée sous ce joli prénom. Comme elle partait vers la cuisine, Vivian la retint par le bras.

— Je voudrais t'expliquer quelque chose au sujet de papa... Comme beaucoup d'hommes, il a du mal à exprimer ses émotions, il a donc recours à l'argent... aux cadeaux. Nous te croyions morte, et nous sommes si heureux que tu sois en vie ! Il voudrait mettre le monde à tes pieds, c'est le seul moyen qu'il ait de te prouver son amour.

— Il ne me connaît pas encore.

— Aucune importance ! Tu es sa fille, c'est tout ce qui compte.

A table, Corinne étala autour de son assiette les photos de Genevieve qu'elle avait gardées, et les contempla, fascinée.

Russ parla de leur première rencontre. Il accompagnait une autre jeune fille à un bal, mais il n'avait eu d'yeux que pour Genevieve : elle portait une robe bleu nuit et ses cheveux roux resplendissaient. Sa cavalière s'était vexée de son indifférence à son égard. Le lendemain, il appelait Genevieve pour l'inviter au cinéma. Ils avaient vu *Midnight Cowboy*, et elle avait pleuré à chaudes larmes. Tout en lui tenant la main pour la réconforter, il s'était dit qu'une femme aussi à l'aise avec ses émotions serait l'épouse idéale.

— Tout l'inverse de moi, comme vous le dira Viv, ajouta Russ. Il me fallait quelqu'un comme elle pour m'épanouir sur le plan affectif. Après sa disparition...

Il passa un doigt sur le bord de son verre avant de poursuivre :

— Je suis resté longtemps replié sur moi-même. Seuls comptaient mon travail et Vivvie... J'avais l'impression de ne plus savoir me comporter dans le monde, sans Genevieve. Je n'étais qu'à moitié vivant !

Vivian se trompait au sujet de son père, pensa Corinne. Il était parfaitement capable d'exprimer ses sentiments, et d'une manière qui l'émut aux larmes.

— Tu ne savais même pas ce qui lui était arrivé... Si elle était encore vivante ou non... ce qui devait être encore plus terrible pour toi, suggéra-t-elle.

— Exactement ! Au bout d'un an, j'ai supposé qu'elle était morte... qu'ils l'avaient assassinée, avec notre bébé. Avec toi...

Russ essaya de lui sourire mais en fut comme empêché par sa tristesse vieille de trente ans. Elle voulut le serrer dans ses bras, lui, son vrai père ; cependant, au fond de son cœur, elle se sentait vaguement coupable, comme si elle trichait avec un amoureux, au début d'une idylle.

Elle avait devant les yeux le visage de Jack quand il était parti avec Eve et les policiers. Elle imaginait sa mère découpant avec soin des articles dans les journaux, afin de la mettre en garde contre les périls de la vie. Elle revoyait sa petite sœur, si pétillante, mais petite et boulotte comparée à la svelte Vivian. Son cœur se serra : leur amour réciproque reposait sur des années de vie commune, et était resté intact malgré son éloignement. Vivrait-elle assez longtemps pour aimer Russ et Vivian de cette manière ? Pourquoi n'éprouvait-elle pas l'amour instantané dont ils semblaient capables ?

— Ce kidnapping m'a détruit, reprit Russ. Si Vivvie n'avait pas eu besoin d'un père, j'ignore si j'aurais pu survivre...

quelles qu'aient été mes responsabilités publiques. Cela doit rester entre nous, bien sûr !

Son regard alla de Corinne à Ken, qui acquiescèrent d'un signe de tête.

— Mais tu as survécu, papa, observa Vivian. Tu as été un grand gouverneur.

— J'ai la capacité de m'absorber dans mon travail.

— Certainement, dit Vivian en riant.

— Le temps passant, ma tristesse s'est transformée en une colère noire contre ces types-là. Je n'ai rien d'un tueur, mais...

— Ça le démange de les tuer, plaisanta Vivian.

— Si l'un de ces types s'était trouvé sur mon chemin et si j'avais eu une arme à ma disposition, rien n'aurait pu me retenir. Quand on a arrêté Timothy Gleason... je n'avais qu'une idée en tête : lui faire la peau ! Et puis, ta soi-disant mère est venue raconter sa version des faits...

Les poings serrés, Russ émit un grognement qui semblait jaillir du fond de ses entrailles.

— Je songe à la vie que tu as menée. Rien à voir avec celle que tu méritais...

— Papa, intervint Vivian, tu devrais être reconnaissant qu'elle soit vivante et en bonne forme !

Corinne eut l'impression d'assister à un dialogue récurrent entre père et fille.

— Je le suis, protesta Russ, mais ça ne m'empêche pas de souhaiter qu'Eve Elliott paie pour le mal qu'elle a fait. Quand je pense qu'elle a eu l'aplomb de trouver un emploi à l'université dont je suis le président ! C'est impensable...

— Oui, fit Ken. Comme si elle jouait au chat et à la souris avec vous !

— Et elle avait gagné ; mais plus maintenant ! Corinne, tu as été élevée par la femme responsable de la mort de ta mère... Tu n'as rien à craindre, mon avocat s'arrangera pour qu'elle s'en morde les doigts jusqu'à la fin de ses jours. Désormais, sa seule distraction consistera à fabriquer des plaques d'immatriculation.

60

Jack appela Corinne le jour de sa reprise. Ken était sorti et faisait des courses ; elle contempla un moment le nom affiché sur son téléphone avant de se décider à décrocher.

— Enfin ! murmura Jack en entendant sa voix. Je craignais que Ken ne me laisse plus jamais te parler !

— Tu m'as déjà appelée ?

Corinne s'assit lourdement sur son lit. Elle venait de réaliser que Ken censurait tous les appels qui lui étaient destinés, et pas seulement ceux des médias.

— Au moins une demi-douzaine de fois ! Je suis allé deux fois à Raleigh pour rendre visite à Eve et j'ai demandé à Ken si vous pourriez me recevoir. Il a refusé, mais j'ignorais s'il t'en avait parlé ou non.

Corinne n'était pas mécontente de ne pas avoir été informée : elle aurait eu du mal à refuser d'ouvrir sa porte à Jack.

— Je n'étais pas au courant...

— Eh bien, comment vas-tu ? As-tu repris ton travail ?

— Ça va, dit-elle, sans mentionner la rencontre avec Russ et Vivian de peur de le blesser. J'ai recommencé aujourd'hui.

— Tout s'est bien passé ?

Elle faillit demander à Jack ce qu'il entendait par *bien*. Ce matin-là, plusieurs reporters, postés de l'autre côté de la rue, l'avaient filmée en train de rejoindre l'école. Elèves et professeurs chuchotaient derrière son dos ; elle les avait surpris les yeux fixés sur elle. On l'avait dépossédée de sa propre vie...

— Pas de problème, répondit-elle.

— Ta mère voudrait te voir, Cory, fit Jack après une légère hésitation. Elle a besoin de te voir.

— Cette femme n'est pas ma mère.

— Eve t'aime comme la plus aimante des mères, dit Jack sans se départir de son calme.

— Elle aurait pu tuer ma vraie mère pour m'arracher à ses entrailles !

— Corinne, qui t'a mis une idée pareille en tête ?

— C'est peut-être ce qui s'est vraiment passé... Comment peut-on la croire, maintenant ?

— Elle en a fini avec les mensonges. Est-ce que Ken t'aurait, par hasard, suggéré que...

— Non ! Pourquoi blâmer Ken systématiquement ?

— Parce qu'il est ton protecteur et ton défenseur.

— Ken me protège, comme toi tu essaies de protéger maman. Mais à une grande différence près : je ne suis pas une criminelle.

— Tu n'es qu'une petite fille égoïste ! s'exclama Jack.

C'étaient des mots difficiles à entendre et Corinne craignit tout à coup de le perdre.

— Tu ne m'aimes plus, souffla-t-elle.

— Je t'aime de tout mon cœur, protesta Jack, mais il est temps que tu prennes tes responsabilités. Oui, ta mère t'a surprotégée ! Mais tu as maintenant toutes les cartes en main – un jeu délicat – et le choix t'appartient, à toi et toi seule.

— Que me conseilles-tu ? Je dois lui pardonner d'avoir tué ma vraie mère et de m'avoir volée à ma famille ?

— Elle ne l'a pas tuée ; elle a pris des décisions tout ce qu'il y a de regrettable. Mais dis-moi, Corinne, es-tu la même personne qu'à l'époque de tes seize ans ?

— Je n'aurais pas agi de cette manière.

— C'est peut-être en rapport avec l'éducation que tu as reçue dans ton horrible famille.

Jack avait marqué un point.

— Papa, as-tu oublié que je suis enceinte ? lança Corinne. Quand je pense que je pourrais être kidnappée alors que j'attends un bébé...

— Je me doute que c'est terriblement dur pour toi, Cory, mais tu ferais bien de réfléchir par toi-même, pour une fois. Tu crois que Ken t'a libérée d'une mère qui te surprotégeait, or il s'est contenté de t'imposer ses propres règles à la place des siennes ! D'ailleurs, il n'éprouve pas à ton égard le centième de l'amour que ta mère a pour toi. Il ne pense qu'à lui ;

375

il t'a isolée pour mieux te contrôler. En as-tu conscience ? Tu reprochais à Eve de ne pas t'avoir laissée grandir. Eh bien, tu n'as toujours pas grandi, et c'est le moment ou jamais.

Elle raccrocha brutalement et plaqua le téléphone sur son lit. « Terriblement dur pour elle »... Jack avait-il la moindre idée de ce que l'on ressent quand on apprend que l'on n'est pas la personne que l'on croyait ? Il se donnait tant de mal pour défendre Eve qu'il oubliait que c'était elle, Corinne, qui avait payé le plus cher dans cette affaire.

Au bout de quelques minutes, le téléphone sonna à nouveau. *Virginie.* C'était Dru ou Russ...

— Pourquoi as-tu raccroché au nez de papa ? demanda Dru tout de go.

— Parce qu'il m'a mise en colère !

— Bonne manière de résoudre un conflit...

— Un conflit sans solution, Dru ! Es-tu à la maison ?

— Non, papa m'a appelée.

— Et il t'a demandé de me prévenir qu'Eve Elliott a besoin de me voir ?

Dru se tut un instant avant de remarquer :

— Tu l'appelles Eve Elliott maintenant ? C'est si froid...

— Ça m'aide à garder mes distances sur le plan affectif.

— J'aimerais que tu ailles la voir, dit Dru. Elle a besoin de te parler. Je t'accompagnerai si tu as peur de conduire. Est-ce un trajet compliqué de chez toi ?

Corinne hésita. Tous les trajets en voiture lui semblaient compliqués, mais ce n'était pas si loin, et elle n'osait pas avouer sa frayeur à sa sœur. Qui plus est, l'idée d'entrer dans une prison l'épouvantait.

— Assez, dit-elle en frissonnant.

— On ne lui a toujours pas donné ses médicaments...

— Pourquoi ? s'indigna Corinne, que sa réaction surprit. On doit fournir des médicaments aux détenus qui en ont besoin, n'est-ce pas ?

— Oui, mais il faut une autorisation qui prend trop de temps à arriver. Elle ne va vraiment pas bien... Tu es sur place, Cory. Je t'en prie, va la voir !

— Si tu insistes, je vais te raccrocher au nez à toi aussi.

— Bon ! soupira Dru, lassée. J'arrête, mais... fit-elle avant de s'interrompre brusquement.

— Dru ? souffla Corinne, inquiète du silence de sa sœur.

— Ils vont...

Dru, en larmes, ne pouvait plus articuler un mot. Corinne connaissait le visage de sa petite sœur quand elle pleurait : ses yeux lui sortaient de la tête et sa bouche formait une sorte de U inversé. Quelle que soit la raison de son chagrin, les larmes de Dru lui fendaient toujours le cœur.

— Ma chérie, murmura-t-elle, en larmes elle aussi, dis-moi ce qui ne va pas.

Dru ravala un sanglot.

— J'ai si peur, Cory... On monte un terrible dossier contre maman ! Elle me manque affreusement et elle va rester en prison jusqu'à la fin de ses jours.

Dru avait raison, se dit Corinne. Le dossier contre Eve ne cessait de s'alourdir. Tandis que Vivian lui adressait des mails avec des arbres généalogiques et les noms de membres de la famille impatients de la rencontrer, Russ se faisait de plus en plus haineux. Il dressait d'Eve un portrait au vitriol et l'informait des charges accumulées par le procureur.

— Je te demande pardon, poursuivit Dru. Tu estimes probablement qu'elle mérite la prison à vie, et je réagirais peut-être comme toi si j'étais à ta place. Mais elle est si bonne ! CeeCee Wilkes mérite d'être punie, sûrement pas Eve Elliott.

— Il s'agit d'une seule et même personne, Dru, chuchota Corinne en retenant ses larmes. Tout le problème est là !

Ce soir-là, les actualités de WIGH montrèrent Eve en train de boitiller d'une voiture de police à un immeuble. Elle avait une expression résignée, comme si elle avait conscience de ne pas avoir volé les souffrances qu'elle endurait.

Tandis que Corinne regardait l'écran, fascinée, Ken s'empara de la télécommande.

— On n'a pas besoin de voir ça !

Elle bloqua sa main.

— Si, je veux voir !

Jamais les poignets d'Eve ne lui avaient semblé aussi enflés. Elle ne portait plus de menottes, grâce au ciel, mais gardait les bras le long du corps par crainte de se cogner. Lorsqu'un gardien lui prit le coude, pour l'aider ou pour l'obliger à gravir plus vite les marches, Corinne la vit tressaillir de douleur. Une personne non avertie n'aurait sans doute rien remarqué, mais elle avait assisté assez souvent à cette subite altération des traits pour la discerner.

Cette image la hantait quand elle se mit au lit. Incapable de trouver le sommeil, elle finit par secouer l'épaule de Ken, à deux heures du matin.

Il roula sur le côté et s'assit sur sa couche.

— Qu'y a-t-il ? C'est le bébé ?

Elle eut soudain la pénible intuition qu'il aurait accueilli non sans plaisir l'annonce d'une fausse couche.

— J'ai décidé d'aller voir ma mère.

— Ta mère est morte.

— Ça suffit ! protesta Corinne. Tu sais parfaitement ce que je veux dire.

— Bon Dieu, pourquoi veux-tu faire ça ? Tu vas te retrouver dans une situation encore plus conflictuelle.

— J'espère pourtant que le contraire arrivera !

— Tu te trompes lourdement.

— Je veux comprendre pourquoi elle a fait cela. Il faut absolument que je la voie, Ken.

— Eh bien, vas-y !

— Peux-tu m'emmener demain, samedi ? Je ne travaille pas.

— Je viens de te donner mon point de vue. Comment peux-tu compter sur moi pour t'y conduire alors que j'ai l'impression que c'est mauvais pour toi ?

— Parce que tu m'aimes ! J'ai décidé d'y aller et tu sais que je ne peux pas faire la route toute seule.

Ken regarda au plafond.

— Que vas-tu lui dire ?

— Je n'en sais rien pour l'instant, mais je ne supporte pas de voir ces images.

— Même les criminels peuvent ressembler à des êtres humains vulnérables. Un type aussi dangereux que Ted Bundy avait l'air comme tout le monde.

— Elle n'a rien à voir avec Ted Bundy !

Ken se pencha pour enlacer Corinne, en larmes, et lui caressa les cheveux un moment.

— D'accord, je t'y emmène demain, finit-il par soupirer.

61

Ni Corinne ni Ken ne prononcèrent un seul mot pendant le trajet. Etait-il furieux, déçu, ou fatigué ? Elle n'en avait cure. Sa seule préoccupation était sa visite à sa mère, qu'elle n'avait pas vue depuis un mois, et l'image d'Eve en train de boitiller entre la voiture de police et l'immeuble, son sursaut quand le gardien lui avait pris le bras lui revenaient sans cesse à l'esprit. En tout cas, elle était décidée à refouler ses larmes, pour ne pas lui donner ce gage d'amour. Elle avait passé des années à s'endurcir, et elle serait forte ce jour-là, face à Eve Elliott. Tout ce qu'elle recherchait, c'était des informations qui l'aideraient à comprendre pourquoi tout s'était passé ainsi.

Le gardien à l'entrée lui ayant interdit d'emporter son sac dans la zone des visites, elle le confia à Ken, qui ne lui avait pas proposé de l'accompagner. Une bonne chose, car elle ne souhaitait guère sa présence, tandis que, le cœur battant, elle prenait place sur une chaise derrière la cloison de plexiglas.

Eve apparut dans un fauteuil roulant poussé par un gardien. Elle avait beaucoup vieilli : à quarante-trois ans, on lui en aurait donné une dizaine de plus. A la vue de sa fille, elle se tourna pour dire quelques mots au gardien, qui cessa de la pousser. Elle se leva alors et s'avança jusqu'au box d'une démarche laborieuse.

Maman. Ce mot monta à la gorge de Corinne, mais elle se retint de le prononcer. Quand Eve s'assit, son sourire lui rappela un peu la mère qu'elle avait toujours connue.

— Je suis si contente de te voir, Cory, dit Eve en prenant le combiné d'une main.

— Tu as l'air de beaucoup souffrir !

Eve haussa les épaules.

— Pas tant que ça. On me donnera bientôt mes médicaments.

— Je ne comprends pas pourquoi on te les refuse. N'est-ce pas une punition cruelle et anormale ?

— Un problème de paperasserie... J'irai sûrement mieux dès que je les aurai. Je me sens assez stressée en ce moment, mais tu dois l'être encore plus... Dru m'a dit que tu as fait connaissance avec Irving Russell et sa fille...

— Je veux savoir pourquoi tu as agi de cette manière, la coupa Corinne, qui ne voulait pas se laisser entraîner dans une conversation au sujet des Russell.

— Pourquoi je me suis livrée à la police ?

— Non. Pourquoi tu as kidnappé une femme et volé son bébé, en l'occurrence moi !

Eve ferma et rouvrit sa main libre.

— En tant qu'adulte, j'ai du mal à comprendre. Je ne sais comment t'expliquer ma conduite, mais je peux au moins te raconter ce qui s'est passé.

— Eh bien, raconte !

— J'ai beaucoup réfléchi toutes ces années, dit Eve, après avoir humecté ses lèvres gercées. Pourquoi me suis-je laissé entraîner dans cette sale histoire ?

Elle scruta ses articulations enflées, puis regarda Corinne à travers la cloison transparente.

— Je crois que j'avais surtout besoin d'être aimée. Tu te souviens que j'ai perdu ma mère à douze ans et que j'ai été placée dans des familles d'accueil, n'est-ce pas ?

Corinne hocha la tête : elle l'avait su, mais l'avait oublié.

— Ma mère était une maman merveilleuse... et très tendre. Après sa mort, je me suis sentie totalement perdue, car la seule personne qui m'avait donné un amour inconditionnel m'avait quittée.

Eve laissa errer son regard au-delà de la tête de Corinne, comme si elle était happée par son passé.

— J'ai obtenu mon diplôme de fin d'études à seize ans, et j'ai trouvé un job de serveuse dans un petit café de Chapel Hill.

— Chapel Hill ? s'étonna Corinne. Quand tu m'as amenée à l'université de Caroline pour étudier, tu as prétendu n'y être jamais allée.

— Un des nombreux mensonges qui m'ont permis d'effacer ma trace... J'ai donc travaillé comme serveuse. Je n'avais jamais eu d'amoureux et j'étais terriblement seule. A l'époque, je n'aurais pas été capable de mettre des mots sur ce qui me tourmentait, mais j'avais besoin d'être aimée pour que ma vie prenne un sens.

Corinne tenta d'imaginer sa vie, entre douze et seize ans, si personne ne lui avait donné de l'affection. Elle avait toujours eu la certitude d'être aimée ; une certitude telle qu'il lui arrivait d'abuser de cet amour indéfectible...

— Un jour, reprit Eve, Tim Gleason est entré au café. Il avait vingt-deux ans, moi, seize. Il paraissait s'intéresser à moi. Il m'a invitée à sortir, il m'a fait des cadeaux, et je me sentais bien en sa compagnie. Quand il m'a dit qu'il m'aimait, c'était la première fois que j'entendais ces mots depuis la mort de ma mère... Je ne me cherche pas des excuses, Cory ; j'essaie simplement de t'expliquer ma conduite.

— Continue !

— Il me donnait l'impression que j'étais belle et intelligente. J'étais si heureuse... Peu de temps après notre rencontre, j'ai reçu un paquet contenant cinq mille dollars en espèces.

— De sa part ?

— Sûrement, car sa famille était fortunée, mais il n'a jamais admis m'avoir envoyé cet argent. En tout cas, cette somme m'aurait largement permis de m'inscrire à l'université sans avoir à travailler. Il m'incitait à le faire, et il savait que j'essayais d'économiser pour poursuivre mes études. Tu vois qu'il m'a manipulée par tous les moyens !

Corinne approuva d'un signe de tête.

— Ensuite, il m'a parlé de sa sœur, Andie... dit Eve avant d'expliquer à sa fille que Tim Gleason lui avait menti au sujet du meurtre du photographe. Il m'a donc demandé si j'accepterais de lui faire une faveur, ainsi qu'à son frère, conclut-elle. Il m'a prévenue que ce serait dangereux... Ils voulaient sauver Andie de la seule manière qui leur semblait possible. J'ai d'abord refusé, mais j'étais si...

— Qu'as-tu refusé ? demanda Corinne. Qu'étais-tu supposée faire ? Je ne comprends pas.

— Il m'a demandé de participer au kidnapping de la femme du gouverneur Russell. Pas à l'enlèvement proprement dit, mais j'étais censée surveiller Mme Russell dans un petit chalet, aux environs de New Bern, pendant que Marty et lui négocieraient avec le gouverneur.

— Et tu as accepté ?

Corinne ne pouvait concevoir qu'une personne saine d'esprit ait pu donner son accord à un tel projet. Il est vrai qu'elle n'était pas une gamine de seize ans, en manque d'amour, et follement éprise d'un homme qui donnait l'impression de l'adorer.

— Oui, j'ai accepté. A l'entendre, tout était d'une telle simplicité ; et j'étais si faible, à l'époque. J'avais besoin de lui, j'étais prête à tout... pour le garder, je suppose. Au fond, je ne me rendais pas compte de ce qui allait se passer, jusqu'au moment où ils ont amené... Genevieve au chalet. Alors seulement, j'ai réalisé qu'elle n'était pas un personnage de fiction, mais un être humain en chair et en os. Et elle était enceinte !

Quand Eve plongea ses yeux dans ceux de Corinne, celle-ci détourna la tête, de peur d'éclater en sanglots. Que pouvaient-elles se dire de plus ? Elle connaissait la suite de l'histoire, et elle aurait souhaité ardemment qu'elle se termine différemment. Changer l'inchangeable...

— M'as-tu gardée pour avoir quelqu'un qui t'aime ? demanda-t-elle au bout d'un moment.

Eve baissa les yeux.

— Pas consciemment, mais j'aurais tout fait pour te protéger. Ta mère m'avait dit : « Ne la laissez pas mourir », et je...

— Ah oui ? fit Corinne, émue d'entendre les seuls mots que sa mère biologique avait eu l'occasion de prononcer à son sujet.

— Quand elle s'est sentie mourir, elle m'a demandé de prendre soin de toi. Je suis très vite tombée amoureuse de toi : je t'avais aidée à venir au monde et à survivre pendant tes premiers jours, ce qui créait un lien intense entre nous. J'avais à peine dépassé l'âge où l'on a un nounours à câliner, et tu valais mille fois mieux qu'un doudou.

Un sourire plana sur les lèvres d'Eve.

— Comment te décrire mon besoin fou de te protéger ? Je ne voulais pas te quitter un seul instant et il m'arrivait de ne pas fermer l'œil de la nuit pour m'assurer que tu respirais toujours. Tu représentais tant de choses pour moi... Tu étais ce que j'avais de plus précieux au monde et je me sentais responsable. Je m'étais engagée auprès de ta mère ! Je sais que j'ai été excessive, ma chérie, et je suis navrée d'être à l'origine de tes angoisses. Tu avais sans doute besoin de te détacher de moi pour trouver ta voie ; je suppose que c'était la seule solution, malgré le chagrin que j'ai ressenti.

— Je m'étonne que ce type – Timothy Gleason – ne t'ait pas dénoncée à la police. Pourquoi t'a-t-il protégée ?

— Aucune idée ! Il a peut-être fini par acquérir un sens moral et par comprendre qu'il avait eu tort de me compromettre. Je n'en sais strictement rien.

— Tu aurais pu garder le silence. Rien ne t'obligeait à avouer.

— C'était mon devoir.

— Mais, maman, objecta Corinne, comment feras-tu pour survivre ? Tu ne peux pas rester en prison... tu es malade... et on te prive de tes médicaments.

— Ne t'inquiète pas, ma chérie. On va me les donner, et tout ira mieux. Dis-moi plutôt ce que tu deviens toi, ajouta Eve après un silence.

— Tu veux dire... en dehors de la révélation que je ne suis pas celle que je croyais être ?

Eve sourit tristement.

— Je suppose qu'il y a peu de place pour autre chose...

— Il y en a, si... J'ai insisté pour fixer la date de notre mariage, et devine ce que m'a appris Ken ! Son divorce avec Felicia, sa femme, n'a jamais été prononcé.

Ces paroles avaient échappé à Corinne.

— Oh, ma chérie ! s'exclama Eve, ébahie. Tu veux dire qu'il t'a toujours menti ?

— Il me mentait par omission, en me cachant une information essentielle. Il m'a affirmé qu'elle était malade et qu'elle aurait mal supporté un divorce.

— Et si toi, tu supportais mal qu'il ne divorce pas ? Oh, Cory, je sais comme on souffre quand on est trahi par l'homme que l'on aime !

— Je veux avoir cet enfant, maman.

— Tu vas tout de même épouser Ken ?

Corinne hésita. Elle n'était pas sûre de l'aimer encore. Mais pouvait-elle vivre seule, sans personne à qui s'adresser quand ses craintes prenaient le dessus sur sa raison ? Sur le point de répondre qu'elle avait besoin de lui, elle réalisa que ce même « besoin » avait lié sa mère à Timothy Gleason. L'idée que Ken l'attendait dehors réveilla son amertume.

— J'ai si peur de la solitude, admit-elle.

— Cory, s'écria Eve, tant que je vivrai, tu ne seras jamais seule !

Elle plaqua sa paume sur le plexiglas, et Corinne fit spontanément le même geste. Sa main paraissait lisse et juvénile, comparée aux articulations déformées et au poignet enflé de sa mère, mais leurs paumes étaient exactement de la même forme.

62

— Tu vas te décider à me dire comment elle va ? demanda Ken.

Ils avaient parcouru plus d'un kilomètre et Corinne n'avait toujours pas pipé mot.

— C'était pénible de la voir enfermée comme ça...

— Tu as dû lui parler à travers le plexiglas ?

— Ça aussi, c'était dur.

Corinne s'abstint d'évoquer le fauteuil roulant et les articulations enflées de sa mère.

— Sa place est en prison, dit Ken. Tu t'en rends compte, n'est-ce pas ?

— Ken... dit Corinne en regardant son profil, j'ai besoin de souffler.

— Par rapport à ta mère ?

— Non, par rapport à toi.

Les mâchoires serrées, Ken gardait les yeux fixés sur la route.

— Ma parole ! Tu passes deux minutes avec elle, et tu te retrouves entre ses griffes.

— Ça n'a rien à voir avec elle ! protesta Corinne.

Elle savait cependant que sa mère y était pour quelque chose. Son courage l'avait impressionnée. Peut-être n'avait-elle pas le même sang qu'Eve Elliott, mais elle avait hérité d'un peu de son énergie.

— Je te rappelle que je vais divorcer, fit Ken. C'est l'affaire de quelques semaines. Ensuite, on pourra se marier quand tu voudras.

— Le problème n'est pas là...

— Ah bon ? Il est où alors ?

— Tu n'as pas été honnête avec moi.

— Je n'ai rien à me reprocher, Corinne. Quel homme se serait accommodé de tes phobies ?

— Je ne resterai pas avec toi par nécessité.

— Et le bébé ?

— Les premiers temps, ma mère m'a élevée toute seule.

— Il n'y a qu'à regarder ce que tu es devenue !

— Va te faire foutre !

— Grande première : Corinne Elliott se met à jurer...

— Je n'ai plus rien à te dire, déclara-t-elle.

— Tu veux que je déménage ?

— Oui.

— La maison est à nos deux noms.

— Je rachèterai ta part.

Russ lui donnerait sans doute l'argent nécessaire, mais elle préférait se débrouiller par ses propres moyens.

— Hors de question que je te quitte ! riposta Ken. Une fois que j'aurai déménagé, à la première occasion, tu m'appelleras au secours en pleine nuit, sous prétexte que tu as entendu un bruit suspect. Je serai bien forcé d'accourir...

— Si ta vie avec moi a été si pénible, tu devrais être ravi de te libérer.

Ken prit un air contrit.

— Corinne... je t'aime. C'est absurde ! Nous allons nous marier et avoir ce bébé...

— Non.

— Allons, Cor. Tu perds la tête ! Ta mère t'a jeté un sort...

— Laisse-moi descendre !

Ken éclata d'un rire sardonique.

— Tu veux descendre ?

Ils étaient maintenant à moins de trois kilomètres de chez eux – trois misérables kilomètres – et Corinne était capable de finir le chemin à pied.

— Arrête la voiture et laisse-moi descendre, ordonna-t-elle. Je ne resterai pas une seconde de plus avec toi.

Lorsqu'il se fut exécuté, elle le regarda s'éloigner, stupéfaite qu'il ose la laisser en plan. La route s'étendait à perte de vue...

Un pied après l'autre, se dit-elle, au bord de la nausée. Et en avant !

Corinne revoyait sa mère quittant son fauteuil roulant pour marcher vers le box : Eve ne voulait afficher ni son handicap ni sa douleur en présence de sa fille. Elle avait toujours agi ainsi... dans le seul but de protéger sa famille.

En traversant la route, une main protégeant son ventre, Corinne se jura de ne jamais cacher les dures réalités de la vie à ses enfants. Elle les aiderait à les affronter, plutôt que de les leur cacher.

Mais comment passe-t-on son adolescence, ballottée d'une famille d'accueil à l'autre ? se demandait-elle. Comment vivre en renonçant à aimer, et en sachant que l'on ne peut compter sur personne si l'on est malade ou en difficulté ? Comment supporter une perpétuelle instabilité ?

A seize ans, sa mère, seule au monde, essayait de se créer une place dans la vie, sans aucun soutien. Pour la première fois de toute son existence, Corinne réalisa à quel point on l'avait gâtée. Des images défilaient dans son esprit... A Noël, tous les cadeaux qu'elle avait souhaités étaient alignés sous le sapin. De quoi se privaient ses parents pour que Dru et elle soient comblées année après année ? Elle revoyait sa mère la bordant dans son lit le soir et lui faisant la lecture. Elle se souvenait de la texture du papier quand elle tournait les pages avec Eve, et de l'odeur musquée de son shampooing.

Tout en marchant, le parfum du shampooing dans ses narines, elle fondit subitement en larmes. Elle les balaya du bout des doigts, mais elles ne cessèrent pas pour autant. Si Ken la rejoignait, elle ne remarquerait même pas sa présence. Certes, elle avait été surprotégée, étouffée ; mais il y avait pire qu'un amour étouffant.

En levant les yeux, elle aperçut sa maison à moins d'une centaine de mètres. Elle accéléra le pas, et une fois sur le perron, tourna sa clef dans la serrure et sentit qu'elle était maintenant arrivée à destination, dans tous les sens du terme.

63

— Je vais prendre un congé pour te tenir compagnie, disait Dru au téléphone.

Corinne l'avait appelée à peine rentrée, essoufflée et légèrement euphorique après sa marche solitaire. Elle lui avait annoncé sa rupture avec Ken, sans mentionner sa visite à leur mère.

— Merci, je me débrouillerai, répondit-elle.

Elle espérait ne pas se leurrer. La maison vide résonnait étrangement. Bien qu'elle ait été souvent seule en fin d'après-midi, elle éprouvait une sensation inhabituelle. Le soir venu, Ken ne rentrerait pas... Il s'attendait peut-être à un appel de sa part, le suppliant de revenir, mais, en cas de bouffée de panique, elle s'adresserait à une amie.

— Je me sens... Oui, reprit Corinne après avoir cherché le mot juste, je me sens effrayée, tout en sachant que nous sommes en sécurité, le bébé et moi. Je ne dois plus batailler pour le garder. Ma décision est prise et je n'ai pas à me justifier !

— C'est bien, Cory, approuva Dru.

— Je ferai venir un service de sécurité dès demain pour installer un système d'alarme. Il suffit que je tienne le coup jusque-là.

— Si tu en as envie, on peut parler au téléphone toute la nuit, comme si j'étais avec toi.

— Tu es la meilleure des sœurs !

— Tu devrais également faire changer les serrures, suggéra Dru.

— Je n'imagine pas Ken entrant par effraction.

— Je ne pensais pas à ça. S'il pointait son nez sans prévenir, ça te ferait une peur de tous les diables.

Corinne baissa le store de la fenêtre de sa cuisine.

— Tu as raison, Dru. Mais je veux ce bébé ; Ken restera donc dans ma vie d'une manière ou d'une autre. Il changera peut-être, et nous pourrions tenter une thérapie de couple... En tout cas, je ne veux pas de lui tant qu'il cherche à m'étouffer. J'aurais dû réaliser qu'il agissait avec moi exactement comme maman !

— Vous étiez trop proches pour que tu voies son manège.

— Tu avais remarqué ?

— Il me semblait... qu'il avait besoin que tu aies besoin de lui... Réfléchis un instant ! Son ex-femme – sa femme actuelle, en fait – est censée avoir encore besoin de lui. C'est la raison pour laquelle il restait marié...

Corinne sentit sa colère monter contre Ken.

— Il m'a reproché de vouloir surmonter trop vite mes nombreuses phobies.

— Tu t'es donné beaucoup de mal, Cor, mais il serait peut-être temps de consulter quelqu'un.

— Je sais...

Ken avait déconseillé à Corinne d'entreprendre une psychothérapie et elle avait suivi son avis. Sa propre mère étant du métier, elle n'accordait qu'une confiance mitigée à l'ensemble des psychothérapeutes.

— Je ne voudrais pas faire du mal à l'enfant que j'attends ; lui transmettre mes angoisses...

— Tu seras la meilleure des mères ! s'exclama Dru.

Un silence s'installa, qu'elle finit par rompre :

— Tu m'as raconté ce qui s'était passé avec Ken mais tu ne m'as pas dit un mot au sujet de maman. Comment c'était ?

Corinne revit le gardien poussant sa mère au parloir, dans son fauteuil roulant.

— Sa place n'est pas en prison !

— Ah ! soupira Dru. Je suis contente de te l'entendre dire.

— Ce n'est pas sa place, répéta Corinne. Elle a commis des actes abominables, Dru, et j'estime qu'elle doit payer ; mais pas de cette manière. Que va faire son avocat pour la tirer de là ?

— Il aura du mal ! Le président Russell fait travailler un cabinet entier sur ce dossier. Papa et moi, nous avons rencontré son avocat, hier. Nous ferons appel à un grand nombre de témoins de moralité, moi y compris.

— Très bien.

— Maman a commis tant d'illégalités ! J'ai perdu le fil pendant que son avocat les énumérait, et elle est entièrement coupable de chacune. Elle a tout avoué, ce qui est une erreur, à mon avis.

— Peut-être une erreur en termes de défense, mais pas du point de vue de sa conscience, rectifia Corinne.

— Tu me rappelles la sœur que j'ai connue autrefois.

Dru parut hésiter.

— Je regrette que tu n'aies pas laissé tomber Ken depuis longtemps.

— Il ne s'agit pas de Ken ! C'est en voyant maman... Je ne sais pas, Dru. Elle paraissait tellement souffrir... Elle s'en veut d'avoir blessé tant de monde, mais je crois que, en un sens, sa confession l'a libérée. J'ai décelé chez elle une vraie paix intérieure et j'ai réalisé combien je l'aime, ajouta Corinne en se souvenant de leurs paumes contre le plexiglas. Je reconnais qu'elle m'a élevée de son mieux...

— Mon Dieu, tu penses ce que tu dis, Cory ?

Corinne ne put s'empêcher de sourire devant l'enthousiasme de sa sœur.

— Bien sûr que oui !

— Je suis vraiment soulagée de t'entendre dire cela. Accepterais-tu... non, rien, ne fais pas attention...

— Quoi ?

— Accepterais-tu d'être témoin de moralité ?

— Dru, c'est impossible ! s'exclama Corinne.

Le simple fait de s'imaginer piégée à la barre des témoins faisait battre son cœur au galop.

— Ce serait trop angoissant pour toi ?

— Oui, mais ce n'est pas tout. Quels que soient mes sentiments à son égard, elle n'en est pas moins responsable de la mort de ma mère biologique. Et elle m'a arrachée à ma famille !

— Je sais, admit Dru. Pourrais-tu quand même parler au président Russell ? L'avocat de maman estime qu'il peut peser d'un grand poids sur cette affaire. Il est particulièrement influent, et il réclame une très, très longue peine de prison... Peux-tu lui en toucher un mot ?

Corinne eut un mouvement de recul à cette idée, d'autant plus que Russell l'intimidait.

— Je pourrais voir avec Vivian, proposa-t-elle.

— Et elle en discuterait ensuite avec son père ?

— Peut-être, mais ils ont une piètre opinion de maman.

— Ça va de soi ! Tentons notre chance, malgré tout.

Une sirène retentit au loin et, plus près, un chien aboya. A mesure que la nuit tombait, Corinne sentait croître son angoisse. Elle aurait aimé garder sa sœur au téléphone toute la nuit, mais elle prit son courage à deux mains.

— Je raccroche, lui dit-elle, et j'appelle immédiatement le gouverneur Russell.

Elle ferma toutes les fenêtres, poussa une chaise devant la porte du fond, dont la serrure était cassée. Quand elle prit le téléphone pour appeler Vivian, le courage lui manqua. Comment formuler sa demande sans la mettre dans l'embarras ? Elle décida alors de lui envoyer un mail. Sans doute était-ce préférable pour elles deux.

64

Chère Vivian,

J'ai vu ma mère, Eve Elliott, aujourd'hui. Elle souffre d'une arthrite rhumatoïde et n'a pas encore reçu ses médicaments.

J'ai du mal à te décrire ce que j'ai ressenti en sa présence. Eve est la seule mère que j'aie jamais connue. Bien entendu, je ne cherche aucunement à excuser sa conduite, mais elle a été une bonne mère pour moi. Je sais que je ne vous ai pas donné cette impression quand vous êtes venus, ton père et toi. J'étais horrifiée, je venais de réaliser qu'elle m'avait arrachée à ma famille biologique. Mais elle m'a élevée de son mieux ! Elle a été une bonne psychothérapeute et a aidé un grand nombre de jeunes étudiants toutes ces années. C'est une bonne citoyenne, peut-être même une citoyenne modèle. Je t'écris donc pour te demander, ainsi qu'à ton père, de vous montrer indulgents à son égard. Souvenez-vous qu'elle n'était qu'une enfant quand sa mère est morte.

Corinne

Chère Corinne,

J'ai réfléchi toute la journée à ton mail et à la manière de te répondre. J'ai relu plusieurs fois ce que tu avais écrit, en cherchant à me représenter ce que tu éprouves ; mais, à mon grand regret, je ne peux surmonter mes propres émotions pour me mettre réellement à ta place. Tu n'as pas connu notre mère, donc tu ne peux pas réaliser la perte que nous avons subie. Essaie tout de même d'imaginer ce que tu ressentirais si tu perdais un être très cher – ta sœur, par exemple – d'une manière atroce.

Comprends-tu que je ne peux pas oublier ma colère à l'égard de Timothy Gleason et de ta mère ? Ils étaient complices. Ta mère l'a admis ! Elle n'avait que seize ans, certes, mais elle était en âge de distinguer le bien du mal, et elle a pris, à plusieurs reprises, une décision extrêmement blâmable. (A propos, selon la législation de Caroline du Nord, on n'est pas considéré comme mineur à seize ans ; cet argument est donc irrecevable.) Les gens doivent payer pour leurs fautes. Même s'ils sont la mère de quelqu'un ou s'ils souffrent d'une terrible maladie, cela ne les décharge pas de leur dette envers la société.

Pas question pour moi de faire lire ton mail à papa. Il serait navré d'apprendre ton point de vue. Il adorait maman, il ne s'est jamais remarié et n'a jamais eu de liaison durable après sa mort. Il a passé sa vie à veiller sur moi et à la pleurer. Bien que je puisse admettre plus ou moins tes sentiments, lui n'y parviendrait pas, et je ne veux pas risquer d'éveiller en lui la moindre animosité à ton égard. A ses yeux, tu es belle et parfaite.

Des sœurs peuvent être en désaccord et continuer à s'aimer, n'est-ce pas ? Je m'estime heureuse d'avoir une sœur avec qui je peux être en désaccord !

Affectueusement,

Vivian

65

— Dru m'a dit que tu avais prié Ken de partir.

Dans le parloir, le téléphone à l'oreille, Eve s'adressait à sa fille. Elle avait eu sa première injection et semblait déjà aller un peu mieux.

— Exact, répondit Corinne.

— Tu peux te débrouiller toute seule ?

— Pour l'instant, ça va. J'ai le système d'alarme le plus sophistiqué de tout le voisinage et j'ai fait changer toutes mes serrures.

Ken était revenu la veille au soir, soi-disant pour récupérer des affaires, en réalité pour la supplier de le laisser revenir. Son divorce serait prononcé dans deux semaines et ils pourraient se marier dès le lendemain si Corinne le souhaitait. Bien qu'elle ait dû envoyer une amie faire les courses à sa place et prendre un taxi pour aller voir sa mère, elle ne s'était pas laissé fléchir.

— Je suis fière de toi, Cory, dit Eve.

— J'ai décidé de consulter un psy ! En septembre, j'aurai un nouveau poste qui m'obligera à circuler dans tout le comté. Je tiens à ce boulot, mais comment faire si je ne suis même pas capable de conduire jusqu'au supermarché ?

— En quoi consiste ce travail, et comment feras-tu après la naissance du bébé ?

Corinne décrivit ce qui l'attendait et la manière dont elle comptait s'organiser une fois l'enfant né.

— J'appréhende un peu, conclut-elle.

— Beaucoup de stress, admit Eve, mais tu as raison de ne pas baisser les bras et de chercher un psy. Il te faudrait une personne qui... Veux-tu que je te donne mon avis ou préfères-tu que je te laisse réfléchir par toi-même ?

Corinne lui sourit.

— Bonne question, maman, mais je suis prête à t'entendre... En tous les cas, il est hors de question que je me replonge dans mon enfance et que je décortique le moindre incident, comme avec la femme qui me suivait quand j'étais étudiante. D'autant plus que plus personne n'ignore comment a commencé mon enfance !

— Tout à fait juste... Il te faut quelqu'un qui travaille vite, en se focalisant sur tes phobies. Tu es très forte en ce moment, et ta psy devra faire un bon usage de ton énergie.

Eve s'était exprimée sur un ton professionnel et, pour la première fois depuis des années, Corinne ne regimba pas.

— Comment trouver quelqu'un ? demanda-t-elle.

— Appelle Valerie !

Il s'agissait d'une amie de la famille, psychologue à l'université elle aussi.

— Demande-lui d'effectuer une petite recherche pour toi à Raleigh.

— Tu crois vraiment que je me sentirai mieux avant le mois de septembre prochain ? Je suis paumée depuis si longtemps...

— Tu n'es pas paumée, ma chérie ! Tu as un travail à entreprendre, comme tout le monde. Le tien est particulièrement ardu, mais il ne t'a pas empêchée d'aller de l'avant ! Tu devras travailler dur. Un thérapeute n'est pas un magicien, mais s'il est compétent et si tu t'attelles à la tâche, tu réussiras.

Eve, apparemment enchantée de conseiller sa fille, fit passer son téléphone d'une main à l'autre. Tenir le combiné trop longtemps lui était douloureux, comprit Corinne.

— Voici un modeste conseil que je peux te donner dès maintenant, ajouta Eve. Te souviens-tu d'une occasion où tu t'es sentie réellement courageuse ?

— Non, répondit Corinne en riant.

— Il n'y a pas un moment où tu t'es sentie sûre de toi et en pleine possession de tes moyens ? insista Eve, qui ne pouvait se contenter d'une réponse négative.

— En classe, quand j'ai une vingtaine d'élèves face à moi.

— La plupart des gens trembleraient de la tête aux pieds.

— Moi, j'adore ça !

— La prochaine fois que tu auras un accès de panique, pense à ce que tu ressens devant une classe entière... Les odeurs, les sons, et surtout le calme qui est en toi.

— J'éprouve plutôt une sorte d'excitation. Une excitation positive.

— Encore mieux ! Souviens-toi de cette excitation positive et essaie de la projeter dans la situation où tu te trouves. Répète-toi comme un mantra : *Aie confiance*. Répète-toi cela chaque fois que tu as peur, afin de te sentir aussi à l'aise qu'avec des élèves.

— Hum, fit Corinne. Un conseil professionnel ?

Eve hocha la tête.

— C'est une chose que j'ai apprise bien avant de commencer mes études.

Elle se tut et son sourire se figea. Ce soudain changement d'humeur inquiéta Corinne.

— Maman ! Qu'y a-t-il ?

— De toutes les méthodes que j'utilise dans mon métier, c'est la plus... fit Eve avant de s'interrompre.

— Ça ne va pas ? s'alarma Corinne.

— J'ai recours à ce procédé depuis si longtemps que j'avais oublié d'où je le tiens. Avant le kidnapping de Genevieve... Tim, Marty Gleason et moi avons passé la nuit chez certains de leurs amis, qui vivaient dans la clandestinité pour une raison que j'ignore. La femme, Naomi, m'a expliqué comment surveiller ta mère. Quand je lui ai avoué combien j'avais peur, elle m'a conseillé de penser à un moment où je m'étais sentie courageuse, et d'appliquer ce sentiment à la situation qui m'inquiétait. Ça m'a aidée.

Corinne s'éloigna du plexiglas, horrifiée.

— Depuis, reprit Eve, j'ai affiné la technique ; mais la base reste la même. Projeter un sentiment déjà vécu de confiance et de sérénité dans une situation nouvelle... J'ai donné fréquemment ce conseil à mes patients.

Sourcils froncés, elle fixa un moment sa fille.

— Cette technique, que j'ai mise au service du mal à l'époque, tu peux la mettre, toi, au service du bien.

Présenté sous cet angle, son point de vue semblait beaucoup plus acceptable.

— De quel moment de courage t'es-tu souvenue au moment du kidnapping ? lui demanda Corinne.

— J'ai repensé au moment où j'ai assisté à la mort de ma mère.

— Oh, maman, tu n'avais que douze ans !

— J'étais courageuse alors, et cela m'a aidée à survivre jour après jour depuis que je suis ici.

Corinne dévisagea cette petite femme si courageuse, qu'elle connaissait si mal... Comment pourrait-elle apprendre tout ce qu'elle ignorait à son sujet, si Eve passait le reste de sa vie derrière les barreaux ?

66

Une employée de FedEx attendait sur le seuil quand Corinne descendit de taxi.

— J'ai bien failli vous manquer. Voulez-vous signer le formulaire ? dit la femme en lui tendant un paquet de la taille d'un carton à chaussures, portant le cachet de Charlottesville.

Après avoir remercié l'employée, elle alla ouvrir le paquet dans la cuisine. Il contenait trois petites boîtes et une enveloppe ; dans cette dernière, une brève missive d'Irving Russell ainsi qu'un chèque de trois mille dollars.

Si tu ne veux pas de mon argent en une seule fois, j'espère que tu l'accepteras en petits morceaux, avait écrit le gouverneur. *Le contenu des boîtes appartenait à ta mère.*

Sa mère ? Comment avait-il pu se procurer des objets appartenant à sa mère ? Sa première stupéfaction passée, Corinne réalisa qu'il était question de Genevieve.

La première boîte contenait une bague ornée d'une émeraude et d'un diamant, la deuxième un collier de saphirs, la troisième un rang de perles fines. De ravissants bijoux qu'elle disposa sur la table. Elle les examina avec attention... Pourrait-elle un jour les porter, et sentir ainsi le contact de ces joyaux qui avaient touché la peau de sa mère biologique ?

Le chèque était posé au centre de la table. Elle le prit pour étudier la signature illisible de Russ. Lui accorderait-il son pardon s'il apprenait ce qu'elle allait faire de son argent ? Et Genevieve ?

La nuit tombait. Elle vérifia toutes les portes et les fenêtres selon le rite qu'elle avait adopté, et, une fois dans sa chambre, composa le numéro de ses parents.

Jack répondit.

— Salut, papa !

— Bonsoir, ma chérie. J'ai appris que tu avais vu ta mère aujourd'hui ? Elle est ravie de ta visite.

— Je l'ai trouvée un peu mieux.

— Elle a fini par obtenir ses médicaments.

Corinne hésita un instant puis se lança avant de changer d'avis.

— Papa, j'ai trois mille dollars et je voudrais contribuer aux frais juridiques de maman. Et puis... annonça-t-elle en évitant de penser à l'exiguïté du box des témoins et à la tension de la salle d'audience, j'ai l'intention de témoigner en sa faveur.

67

Parler à Jack était une chose, parler à son père biologique une tout autre affaire. A neuf heures, ce soir-là, Corinne trouva enfin le courage de l'appeler.

Installée à la table de cuisine, les bijoux toujours sous les yeux, elle composa son numéro et tomba directement sur lui.

— Corinne ! s'exclama-t-il, ému d'entendre sa voix. As-tu reçu mon paquet ?

— Oui, je voulais te remercier pour ce superbe cadeau.

— J'ai pensé que tu serais heureuse de posséder des bijoux ayant appartenu à ta mère.

— Elle les portait souvent ?

Corinne, anxieuse, tripotait la bague ornée d'une émeraude. Elle aurait dû recourir à la méthode d'Eve pour se sentir confiante...

— Surtout le collier de saphirs, répondit son père.

— J'adore ces bijoux et je te suis très reconnaissante pour l'argent, mais j'ai quelque chose à te demander.

— Demande-moi tout ce que tu voudras, mon petit !

Corinne douta qu'il reste dans les mêmes dispositions quand il connaîtrait le but de son appel.

— Je sais... J'ai parlé à ma...

Comment désigner Eve ? *Mère adoptive* ne semblait pas le terme approprié.

— J'ai parlé à Eve, reprit-elle, et j'ai réalisé combien elle était jeune au moment des événements. Je ne veux surtout pas qu'elle souffre...

Corinne fit la grimace. Ses mots sonnaient creux ; Russ n'allait-il pas les juger blessants ? Il ne répondit pas immédiatement et elle craignit d'avoir vu juste.

— As-tu oublié ce qu'elle a fait ? demanda-t-il enfin.

— Bien sûr que non ! Mais je ne peux pas oublier non plus toutes ces années où elle a été ma mère.

— Tu as dit toi-même qu'elle a été une mauvaise mère.

— Je ne crois pas avoir dit cela, répondit Corinne qui n'en était pas tout à fait sûre. Je pense que sa tendance à me surprotéger m'a causé certains problèmes, mais de là à en déduire que...

Russ l'interrompit avec sécheresse.

— Quelqu'un a fait pression sur toi ? Son avocat t'a appelée ? Ou ton père adoptif ?

Corinne se sentait devenir toute petite et sa voix était de moins en moins audible à mesure que Russ haussait le ton.

— Non, personne n'a fait pression sur moi ! Je t'appelle simplement pour te prier de ne pas être trop sévère à son égard. Je comprends ta fureur, mais je...

— Tu me déçois, Corinne.

Elle ferma les yeux.

— Pardon, je regrette de ne pas m'exprimer suffisamment clairement...

— As-tu songé à ce que j'ai ressenti quand j'ai perdu ma femme en de tragiques circonstances ? A ce que Vivian a ressenti ? A l'incertitude dans laquelle nous avons vécu pendant vingt-sept ans ? Mais, par-dessus tout, je voudrais que tu penses à l'épreuve subie par ta mère, ta vraie mère, quand elle est morte de cette manière, si jeune elle aussi. Imagine-toi enceinte de huit mois, kidnappée, accouchant avec pour seule aide une gamine... et consciente que tu risques de mourir ainsi que ton bébé... Quand tu auras imaginé tout cela, rappelle-moi pour me dire comment, à ton avis, je dois traiter ta prétendue mère.

La communication s'interrompit net. Corinne n'était pas à la hauteur, et elle pressentait que l'avocat de sa mère ne le serait guère plus.

Ce soir-là, une fois couchée, une main sur le ventre, elle fit ce que lui avait suggéré Russ. Elle s'imagina cinq mois plus tard, enceinte de huit mois, enlevée par deux inconnus dans un parking, emmenée en pleine nuit dans un chalet au fond des bois, et laissée sous la surveillance d'une adolescente de seize ans. Elle eut beaucoup de mal à s'imaginer en train d'accoucher mais c'était sans importance, car celle qui lui inspirait le plus de pitié était cette adolescente, totalement dépassée par les événements.

68

Chère Corinne,

Papa et moi sommes blessés et troublés. Nous comprenons que tu éprouves toujours des sentiments pour Eve Elliott ; mais comment peux-tu témoigner en sa faveur alors que nous mettons tout en œuvre pour que justice soit faite en ce qui concerne la mort tragique de ma mère ? De notre mère... Je te demande, au nom de la justice, de renoncer.

Vivian

Corinne ne prit pas la peine de répondre au mail que lui adressa Vivian dans la nuit. Enfants, sa sœur et elle se seraient chamaillées sans cesse, songea-t-elle ; et elle se serait rebellée contre l'autorité d'Irving Russell. Elevée dans la famille Russell, elle n'aurait sans doute pas souffert de crises de panique, mais où en seraient maintenant les relations familiales ?

Le lendemain matin, tout en s'habillant, elle regarda la télévision. Au *Today Show*, Matt Lauer interviewait un avocat qu'elle n'avait encore jamais vu.

« Vous savez sans doute qu'Eve Elliott n'avait que seize ans à l'époque du kidnapping, disait ce dernier. En tant qu'adulte, elle a été une citoyenne modèle, mais les parties plaignantes sont en train de monter un dossier très lourd. On ne peut que compatir à la douleur de la famille Russell. Ils croyaient l'affaire réglée avec Timothy Gleason, quand Eve Elliott est apparue avec sa propre version des faits.

— Pourtant, rien ne l'obligeait à avouer. N'est-ce pas un bon point pour elle ? fit Matt Lauer.

— Evidemment, elle ne sera pas condamnée à mort. Son avocat pourra prouver qu'elle était manipulée par Timothy

Gleason ; mais elle a commis une terrible gaffe, si je peux m'exprimer ainsi, en volant le bébé. Elle savait ce qu'elle faisait et elle a eu vingt-sept ans pour corriger sa faute. Les parties plaignantes vont utiliser cela à leur avantage.

— Alors qu'en pensez-vous ? La prison à vie ?

— Un bon pari ! dit l'avocat. »

On pariait donc sur la vie de sa mère, réalisa Corinne. Elle se représenta des employés de bureau, autour d'une fontaine à eau, misant sur l'issue de l'audience préliminaire du lendemain.

Elle alla dans la cuisine mettre le café à chauffer et se préparer un bol de céréales, avant de s'asseoir et de réfléchir. Quand un plan lui vint à l'esprit, elle résista à la tentation d'appeler Ken à la rescousse. Elle devait se débrouiller sans lui !

Les yeux fermés, elle s'imagina devant une classe d'une vingtaine d'enfants, au début d'une nouvelle leçon de lecture. L'odeur des jeunes élèves, la teinte rosée de leur peau... Son regard s'attardait sur une pile de livres, sur son bureau ; elle respirait avec régularité et son enthousiasme d'enseignante accélérait légèrement le rythme de son cœur. Elle savait avec précision ce qu'elle avait à faire et comment le faire.

Sans toucher à son bol de céréales, elle alla arrêter la cafetière électrique. Elle prit ensuite ses clés de voiture sur le plan de travail en se répétant : « Aie confiance, aie confiance... »

Raleigh et Charlottesville étaient distants de près de deux cent cinquante kilomètres. Elle n'avait pas conduit sur l'autoroute depuis le jour où elle avait réussi à prendre la 540 pour aller au travail. Des voitures la doublèrent en vrombissant quand elle s'inséra dans le flot de la circulation, la gorge sèche. Elle roulait beaucoup trop lentement et sa petite Honda tremblait à chaque dépassement. Les camions étaient les pires. Elle eut la sensation d'étouffer ; mais combien de fois cela lui était-il arrivé sans que cela devienne réalité ?

« Aie confiance ! » Ce mantra l'aidait, mais elle dut marquer quatre arrêts au cours des cinquante premiers kilomètres, pour rassembler son courage. Au bord de la route, elle se disait que le staccato de son rythme cardiaque était le même que lorsqu'elle était sur le point de commencer une nouvelle leçon. Elle se voyait devant une classe et cette vision lui communiquait de plus en plus de force.

Pendant les trente derniers kilomètres, le besoin de se garer ne se fit plus sentir une seule fois, et elle arriva bientôt en territoire connu, à Charlottesville.

Passerait-elle chez ses parents pour voir si son père y était ? Il tomberait des nues en apprenant qu'elle avait conduit toute seule sur une aussi longue distance ; elle-même osait à peine y croire. Mais ce n'était pas le moment de s'arrêter : personne ne devait interférer dans ses projets et lui dire qu'elle était téméraire. Quoi qu'il arrive, elle ferait ce qu'elle avait à faire.

Elle se gara sur le campus qu'elle connaissait bien, le plus près possible de Madison Hall, puis se dirigea vers le bâtiment, en se sentant nettement plus âgée – et plus mûre – que les étudiants. Une fois à l'intérieur, elle n'eut aucun mal à trouver le bureau du président.

La réceptionniste, qui était au téléphone, leva les yeux à son entrée.

— Mon Dieu, dit-elle à son correspondant, je vous rappelle !

Après avoir reposé le combiné, elle alla serrer la main de Corinne en souriant.

— Vous êtes Corinne ! D'après vos photos, je n'avais pas réalisé à quel point vous ressemblez à Vivian !

— Le président Russell est-il ici ?

La réceptionniste examina les touches clignotantes de son téléphone.

— Il est en ligne, mais prenez donc un siège ! Je vais lui annoncer votre visite.

Et s'il refusait de la recevoir ? Corinne aperçut le nom d'Irving Russell gravé sur une porte, à gauche du bureau d'accueil.

— Je souhaite le voir immédiatement, déclara-t-elle en s'approchant de la porte.

— Attendez ! s'interposa la jeune femme en lui barrant le passage. Laissez-moi l'appeler...

Corinne repoussa son bras et entra sans même prendre la peine de frapper. Russell leva les yeux d'un air intrigué.

— Nous en reparlerons plus tard, dit-il dans le combiné. Au revoir ! Corinne...

— J'ai besoin de te parler.

— Je t'écoute, dit-il en lui faisant signe de s'asseoir. Tu as bien fait de venir me voir. Les mails et les coups de fil ne sont pas toujours à la hauteur, et je te prie de m'excuser de t'avoir raccroché au nez l'autre soir. Tu avais touché une corde sensible...

Elle s'installa dans un fauteuil en face de lui, consciente qu'elle allait toucher le même point sensible. Si elle ne prenait pas immédiatement le contrôle de la situation, il ne ferait d'elle qu'une bouchée ! Les mains moites, elle se lança :

— Vous parlez de sentiments, Vivian et toi, comme si c'était automatique. Je te connaissais en tant que président de l'université de Virginie, du jour au lendemain tu deviens mon père, et, paf !, automatiquement je suis censée t'aimer !

— Je n'attends pas cela de toi, mais c'est automatique de ma part. Tu es ma chair et mon sang... c'est pourquoi je voudrais mettre le monde à tes pieds... et t'offrir encore d'autres bijoux qui ont appartenu à ta mère. Vivian en possède la plupart, et les sœurs de Genevieve, tes tantes, en ont reçu quelques-uns, mais j'ai gardé certaines pièces... Peut-être n'avais-je pas renoncé à croire qu'elle était encore vivante... J'espérais qu'un jour elle pourrait les porter à nouveau ; il ne m'est jamais venu à l'idée que j'aurais l'occasion de les donner à ma propre fille.

Russell eut un sourire qui fendit le cœur de Corinne, mais rien ne la détournerait du but qu'elle s'était fixé.

— Pardonne-moi de ne pouvoir t'aimer sur un claquement de doigts, murmura-t-elle. Il me faudra du temps...

— Pas de problème, Corinne. Je comprends, Vivian aussi.

— Je crains que tu ne me voies pas telle que je suis. Tu me considères comme ta fille et non comme Corinne.

— Mais tu es ma fille !

— Oui, mais pas la fille de tes rêves.

— Nos enfants deviennent rarement les enfants de nos rêves, dit Russell en riant.

Corinne se pencha vers lui.

— Je suis une femme sérieuse et une excellente enseignante. J'apprécie l'argent que tu m'as envoyé, parce que c'est un geste d'amour de ta part. Et je serai heureuse de porter les bijoux de ma mère. Tout cela me touche beaucoup, mais si tu souhaites vraiment mon bien, il faut que tu m'aides à... à obtenir la libération d'Eve.

Russell se rembrunit.

— Je l'aime, reprit Corinne. Je ne peux pas me passer d'elle ! Elle a commis un acte abominable, mais...

— Plusieurs ! la coupa Russell.

— Plusieurs, s'inclina Corinne pour éviter toute discussion, mais elle en a pris conscience et elle a mené une vie exemplaire dans l'espoir de se racheter. A quoi bon la faire croupir en prison ?

— Elle doit payer, Corinne. Quand on commet un crime, on paie.

Corinne sentit ses yeux s'embuer et chuchota :

— Mais elle paie ! Si tu la voyais, tu comprendrais. Elle peut à peine marcher...

Corinne prit un mouchoir en papier dans l'étui en cuir posé sur le bureau et s'essuya les yeux. A la pensée du long trajet de retour, elle eut un frisson de panique, mais elle se ressaisit : puisqu'elle était là, elle serait capable de refaire la route en sens inverse.

—- Ma mère... Eve Elliott... souffre sans se plaindre. J'estime qu'elle a payé pendant toute sa vie d'adulte.

Russell était-il ému ? Corinne vit son regard s'adoucir.

— Ma chérie, ne pleure pas, je t'en prie.

— Si tu m'aimes... si tu éprouves pour moi un amour inconditionnel, je te supplie de ne pas la faire souffrir davantage. Je n'ai besoin ni d'argent ni de bijoux, c'est le seul cadeau que je désire.

De profondes rides se dessinèrent sur le front de Russell.

— Te rends-tu compte de ce que tu attends de Vivian et moi ?

— J'ai conscience de te demander beaucoup... Non seulement d'aimer l'enfant... la fille qui t'a manqué pendant tant d'années, mais de m'aimer moi, Corinne Elliott.

Après l'avoir longuement dévisagée, il changea de sujet comme si la discussion était close.

— Je croyais que tu ne pouvais pas conduire sur de longues distances.

Cette remarque désarçonna momentanément Corinne.

— C'est vrai, j'ai horreur de rouler sur l'autoroute. J'étais terrifiée pendant tout le trajet, et j'ai dû m'arrêter une dizaine de fois au bord de la route. Mais, conclut-elle en le regardant droit dans les yeux, certaines choses sont trop importantes pour que la peur ait son mot à dire.

EVE

69

Chère CeeCee,

Quand j'ai réalisé que j'avais un cancer, j'ai eu l'impression d'être prise au piège. Je n'avais jamais éprouvé un sentiment aussi effroyable. Cela n'avait pas grand-chose à voir avec la mort, la douleur ou la maladie... C'était parce que je n'avais plus aucun contrôle sur ma vie ; je me sentais emprisonnée.

Et puis, un beau matin, je me suis réveillée dans un tout autre état d'esprit. J'ai réalisé que si mon corps était prisonnier, mon esprit restait libre. Quelle merveilleuse sensation ! Je ne pouvais pas voyager en Europe, escalader une montagne ou même t'emmener en promenade, mais mon esprit pouvait toujours prendre son envol. C'est un cliché de dire qu'une maladie peut être un don du ciel ; il arrive que ce soit aussi une vérité.

Ta maman qui t'aime

Au cours de sa troisième semaine de détention à la maison d'arrêt pour femmes de Caroline du Nord, Eve reçut une visite inattendue. Dans le box, derrière la vitre, elle se demandait si elle était censée reconnaître cette femme de son âge, aux cheveux poivre et sel, dont le visage ne lui était pas familier. Elle reconnut cependant la boîte que la femme avait posée sur le comptoir, devant elle, et porta aussitôt une main à sa bouche.

— Ronnie ?

Ronnie ébaucha un timide sourire.

— Tu te souviens de moi ?

— Bien sûr ! Tu ressembles toujours à Olivia Newton-John, mentit pieusement Eve.

— Mes cheveux ont un peu changé, répondit Ronnie en riant. Sans parler du reste...

Eve lui désigna la boîte.

— Est-ce que...

Ronnie acquiesça d'un signe de tête.

— Je les ai gardées ! Comme je savais combien elles étaient importantes pour toi, je les ai traînées avec moi de déménagement en déménagement, en espérant avoir l'occasion de te les rendre un jour. J'avoue que je ne m'attendais pas à te retrouver ici.

— Incroyable, n'est-ce pas ? Je suppose que tu connais toute l'histoire.

— Y a-t-il un seul être sur terre qui l'ignore ? Je suis désolée pour toi... Tu étais bien jeune et Tim était un si grand manipulateur !

— J'ai beaucoup de chance d'avoir été condamnée à un an seulement, dit Eve en souriant.

Sa peine aurait été beaucoup plus sévère si Irving Russell n'était intervenu en sa faveur. Jamais elle ne pourrait s'expliquer sa volte-face ni celle de sa fille, mais elle leur devait une reconnaissance éternelle.

Elle regarda la boîte avec nostalgie.

— Je ne sais pas si on me permettra de la prendre avec moi...

Ronnie la rassura.

— Tu auras l'autorisation. Je me suis renseignée ; une femme m'a dit qu'il faudrait vérifier le contenu de cette boîte, ce qui a été fait ce matin. Maintenant, tu peux l'emporter dans ta chambre... ta cellule.

— Oh, Ronnie, si tu savais comme je suis émue !

Ronnie lui apprit qu'elle travaillait dans l'informatique, était divorcée et avait trois enfants. Eve l'écouta avec tout l'intérêt et la sollicitude dont elle était capable, mais elle n'avait qu'une idée en tête : trier le contenu de la boîte pour trouver les sages paroles que sa mère pouvait offrir à une femme de quarante-quatre ans en prison.

70

Un an après

Pour une fois, Eve était assise du bon côté du plexiglas, et s'apprêtait à poser une question qui la hantait depuis des décennies. En allant rendre visite à Cory, elle avait fait un détour par la prison pour hommes de Raleigh. Cette dernière lui semblait différente de celle où elle avait séjourné : l'odeur de renfermé y était plus tenace, l'air plus rance. Dans les box voisins, des femmes parlaient au téléphone à des hommes. Leurs paroles étaient inaudibles, mais l'une d'elles pleurait.

Depuis quatre mois, Eve avait le bonheur d'être libre. Jack et elle suivaient une thérapie de couple ; elle envisageait leur avenir avec optimisme. Leur lien était solide et elle avait épousé un homme non seulement capable de pardon, mais d'un dévouement sans borne. Il en avait donné la preuve pendant les mois qui venaient de s'écouler. En outre, il avait retrouvé son humour et son entrain, alors qu'elle avait cru avoir définitivement détruit son goût du bonheur.

Dru vivait avec eux et enseignait l'art dramatique au lycée où Jack avait jadis été professeur. Seul à la maison, il avait souhaité sa présence, et Eve n'avait aucune envie de chasser sa plus jeune fille du nid familial. Dru était amoureuse d'un garçon formidable, dont la personnalité dynamique s'harmonisait parfaitement avec la sienne ; elle ne tarderait pas à prendre son envol.

En prison, l'épreuve la plus dure pour Eve avait été l'accouchement de Cory, car elle n'avait pu être à ses côtés. Elle ne cessait de revoir Genevieve sur le lit ensanglanté du chalet... Dru avait accompagné sa sœur dans la

.alle d'accouchement, où Cory avait donné naissance à Sam, un petit rouquin au corps long et mince, qui avait maintenant neuf mois. Le plus merveilleux enfant du monde...

Cory avait dû renoncer au nouveau poste dont elle rêvait, non pas en raison de ses phobies, mais à cause des exigences de la maternité. Irving Russell lui apportait un soutien financier pour qu'elle puisse s'occuper elle-même de son fils. D'ici un an ou deux, elle reprendrait le travail, mais en attendant, elle appréciait la contribution de son père biologique. Eve n'avait pas encore croisé le chemin de Russell, ce qui lui semblait préférable : leur vie durant, ils aimeraient la même fille et le même petit-fils, dans des univers différents.

La porte du fond du parloir attira soudain son attention. Escorté d'un gardien, Tim rejoignit le box, revêtu de l'uniforme orange de prisonnier.

L'homme qui l'avait manipulée lui sourit en s'asseyant et porta le téléphone à son oreille.

— Tu n'aurais jamais dû avouer ta participation au kidnapping, déclara-t-il sans préambule.

— C'était mon devoir. Je n'aurais pas pu te laisser – toi ou qui que ce soit – payer pour un crime que tu n'as pas commis. J'ai apprécié que tu cherches à me protéger...

— Et moi que tu m'aies sauvé la vie ! Sans ton intervention, on me condamnait à mort.

Eve se tortilla sur son siège.

— J'ai quelque chose à te demander. Es-tu la personne qui m'a envoyé de l'argent pour Cory pendant des années ?

— Oui.

Tim dévisagea Eve si longuement qu'elle se sentit mal à l'aise.

— A mon tour de te confier quelque chose, reprit-il. Primo, j'ai honte de l'homme que j'étais autrefois. Je n'avais qu'une idée en tete : sauver ma sœur. Le procédé et le mal que j'allais causer m'étaient indifférents ! Je me suis servi de toi et de Genevieve Russell. Tu étais si jeune et si...

— Crédule ? suggéra Eve.

Tim sourit et corrigea :

— Si naïve que je n'ai eu aucun mal à te séduire ; mais ça a été encore plus simple avec Genevieve.

— Tu veux dire : quand tu l'as kidnappée ?

— C'était mon professeur d'espagnol.

— Oui, je sais.

Tim haussa les épaules.

— J'ai pensé qu'elle pourrait m'aider à faire pression sur Russell, donc... j'ai eu une relation avec elle.

— Une relation ?... Une relation sexuelle ?

Eve se rappela brusquement l'allusion de Genevieve à une liaison de Tim avec une femme mariée.

— Son mari était si peu disponible que c'était facile. Elle avait besoin d'attentions masculines et je crois qu'elle est tombée amoureuse de moi ; du moins elle le prétendait. Quand je me suis aperçu qu'elle n'avait guère d'influence sur les décisions politiques de Russell, j'ai rompu. Quelques mois plus tard, je me suis lancé dans mon projet de kidnapping. Bets, ma copine d'alors, a refusé de participer, et c'est à ce moment-là que tu es entrée en jeu.

Eve hocha la tête.

— Tu n'étais qu'un manipulateur !

— Absolument. Tu comprends maintenant pourquoi je t'ai envoyé de l'argent pour ta fille ?

— Parce que tu te sentais coupable ? demanda Eve avant que la vérité se fasse jour dans son esprit. Tu pensais qu'elle était ta fille !

— Genevieve a toujours eu des doutes ; aussi, au cas où elle aurait été de moi, je voulais au moins faire un geste. Je sais maintenant que ce n'est pas le cas... et tant mieux pour elle ! Il est préférable d'être la fille de Russell plutôt que celle d'un repris de justice...

— Elle a eu la chance – la très grande chance ! – d'avoir Jack, mon mari, comme père adoptif.

Les yeux baissés, Eve scruta un moment ses mains, puis elle chercha le regard de Tim.

— Et toi ?... Tu as été si longtemps en cavale, comme moi... Qu'es-tu devenu ? As-tu mené une vie intéressante avant d'être arrêté ?

— Intéressante sans doute, mais je n'ai jamais trouvé la paix. C'est impossible quand on vit dans le mensonge.

C'était avec ce genre de phrase que Tim l'avait séduite, se souvint Eve. Elle n'était plus sensible à son charme, mais elle

pouvait encore reconnaître une évidence quand elle en entendait une.

— J'en sais quelque chose, admit-elle.

Une fois dehors, elle savoura la lumière du soleil et le plaisir de rouler pour aller voir Cory. Elle ne s'était jamais sentie
aussi libre depuis l'arrestation de Tim presque deux ans avant
et la mort de sa mère, dans un lointain passé. Elle avait
obtenu les réponses à toutes ses questions et plus rien ne faisait obstacle à son avenir.

Encore quelques minutes, et elle serrerait sa fille et son
petit-fils dans ses bras.

71

Chère CeeCee,

J'espère que tu pourras me lire. Aujourd'hui j'ai du mal à tenir mon stylo et à m'asseoir correctement dans mon lit.

C'est si étrange de t'écrire des lettres que tu ouvriras quand tu seras bien plus âgée que je ne le serai jamais. Quels conseils donner à quelqu'un qui a bien plus d'expérience de la vie que moi ? Je me contenterai peut-être de te dire que je regrette de ne pas pouvoir te connaître en tant qu'adulte. Je ne te verrai pas grandir et je ne serai pas là pour veiller sur toi quand tu passeras par le stade iné- vitable de la rébellion ; je ne pourrai pas t'écouter une fois que tu seras devenue plus sérieuse et plus réfléchie ; je ne pourrai pas t'aider à choisir ta robe de mariée, tenir tes enfants dans mes bras, et te soutenir dans les périodes difficiles. Sache, ma fille chérie, que si je le pouvais, je t'appellerais chaque jour pour te dire que je t'aime, sans la moindre arrière-pensée critique, sans te conseiller, sans exiger quoi que ce soit. Juste pour te dire que je t'aime.

Je pense qu'il s'agit de ma dernière lettre. J'espère me tromper, mais c'est une journée bien pénible... Je respire avec peine et je crois que je suis tout simplement fatiguée de vivre. Je sens que mon esprit est en train de passer d'un monde à l'autre, ce n'est pas une sensation désagréable.

Que ces lettres soient ton héritage, CeeCee. Je n'ai rien à te léguer à part mes plus tendres pensées. Et je suis convaincue que l'héritage que tu transmettras à tes enfants sera dix fois plus riche.

Je t'aime de tout mon cœur,

Maman

Remerciements

Toute ma reconnaissance à John Pagliuca, Emilie Richards et Patricia McLinn, qui m'ont aidée à sortir des sentiers battus, à creuser un peu plus profondément, et à faire face aux péripéties de la vie, l'an passé.

Beaucoup de gens ont partagé avec moi leurs souvenirs de Chapel Hill et de Charlottesville. Merci à Caroline et John Marold, Matt Barnett, Sara Mendes, Kerry Cole, Chris Morris et Carole Ramser. Habitants de Charlottesville, vous m'avez donné l'envie d'un *grillswith*, une de vos spécialités locales !

Mes amis d'ASA m'ont fourni des informations sur tout – depuis les sièges pour bébés jusqu'aux uniformes des serveuses.

Adelle D. Stavis m'a éclairée sur le plan juridique.

Brittany Walls et Kate Kaprosy m'ont aidée à comprendre les difficultés et les tribulations d'une toute jeune mère comme CeeCee. Merci à vous deux de m'avoir fait rire !

Au cours d'un déjeuner au Silver Diner (où nous espérions que personne n'écoutait notre sinistre conversation), Marti Porter m'a donné les informations et les précisions cliniques qui m'ont permis d'écrire l'effroyable scène entre CeeCee et Genevieve, au chalet.

Mon assistante, Mari Sango Jordan, m'a aidée dans mes recherches et d'autres tâches trop nombreuses pour les énumérer, tandis que sa fille, Myya, s'occupait de mes chiens pour me permettre de travailler.

Enfin, un grand merci à mon éditeur, Miranda Stecyk, pour son intelligence, son soutien.

Cet ouvrage a été imprimé en France par

à Saint-Amand-Montrond (Cher)
en octobre 2009

*Composé par Nord Compo Multimédia
7, rue de Fives, 59650 Villeneuve-d'Ascq*

N° d'édition : 7763. — N° d'impression : 092696/1.
Dépôt légal : novembre 2009.